Susan Crispell
Ein zarter Hauch von Glück

AF177936

SUSAN CRISPELL

Ein zarter Hauch von GLÜCK

Aus dem amerikanischen Englisch
von Christiane Wagler

cbt

Wir reduzieren und vermeiden die Emissionen, die an unseren Produkten entstehen, fortlaufend und gleichen die verbliebenen Emissionen über ein Klimaschutzprojekt aus. Weitere Informationen zu dem Projekt: www. ClimatePartner.com/14044-1912-1001

Penguin Random House Verlagsgruppe
FSC® N001967

Der Verlag behält sich die Verwertung der urheberrecht-
lich geschützten Inhalte dieses Werkes für Zwecke des
Text- und Dataminings nach § 44 b UrhG ausdrücklich vor.
Jegliche unbefugte Nutzung ist hiermit ausgeschlossen.

1. Auflage 2024
Erstmals als cbt Taschenbuch Januar 2024
© 2024 für die deutschsprachige Ausgabe
cbj Kinder- und Jugendbuch Verlag in der
Penguin Random House Verlagsgruppe GmbH,
Neumarkter Str. 28, 81673 München
Alle deutschsprachigen Rechte vorbehalten
Die Originalausgabe erschien unter dem Titel
»The Holloway Girls« bei Sourcebooks US
Aus dem amerikanischen Englisch von Christiane Wagler
Lektorat: Tamara Reisinger
Umschlaggestaltung: Carolin Liepins, München
Umschlagmotive: Shutterstock.com
(tomertu, zyudi yanto, Levskaia Kseniia, Moschiorini)
FK · Herstellung: AW
Satz: Vornehm Mediengestaltung GmbH, München
Druck: GGP Media GmbH, Pößneck
ISBN 978-3-570-31541-5
Printed in Germany

www.cbj-verlag.de

Für meine Schwester Karen –
ich bin so froh, dass ich mein Leben
»stereo« mit dir lebe.

Das Buch des Glücks

Als Holloway-Mädchen ist dieses Buch dein Vermächtnis. Es erzählt von deiner Vergangenheit, deinen Liebesgeschichten und deiner Magie. Indem du deinen Namen hier verewigst, erklärst du dich bereit, die Regeln zu befolgen, und bindest alle Namen – sowohl deinen eigenen als Holloway-Mädchen als auch die derjenigen, die du küsst – an das Schicksal der Kusszeit.

Deine Kusszeit beginnt mit der Sommersonnenwende, die auf deinen sechzehnten Geburtstag folgt. Jeder Person, die du binnen eines Jahres küsst, wird Glück widerfahren, wenn sie es am meisten braucht. Das kann innerhalb eines Tages, einer Woche oder auch erst viele Jahre später geschehen. Darüber entscheidet die Magie. Solange der Name der geküssten Person im Buch eingetragen ist, wird das Glück sie finden.

Als Gegenleistung dafür, dass du anderen Glück schenkst, wird dein eigenes Leben bis ans Ende deiner Tage mit wahrer Liebe und einer ordentlichen Prise Glück gesegnet sein.

Diese Regeln musst du beachten:

- Deine Magie wird die Herzen der Menschen in deiner Umgebung beeinflussen, die bereits Zuneigung für dich empfinden.
- Sowohl du als auch die Person, die du küsst, müssen dies freiwillig tun.
- Küsse niemals eine Person, die bereits in eine andere verliebt ist.

1. TEIL

Eine flüchtige Berührung von
Lippen und Atemhauch

1

Nichts birgt mehr Potenzial als eine leere Seite. Besonders eine Seite aus dem Buch des Glücks. Das in Leder gebundene Notizbuch ist ein Familienerbstück. Es enthält den Namen aller Holloway-Mädchen und einen kurzen Bericht über das Glück, das ihre Magie den Menschen, die sie küssten, bescherte.

Ich bin mit den Geschichten der anderen Holloway-Mädchen aufgewachsen, und nun ist es endlich an mir, meine eigene zu schreiben. Es ist ein Übergangsritual und außerdem etwas, auf das ich mich mein ganzes Leben lang gefreut habe. Mit ein paar schnellen Strichen setze ich meinen Namen an den oberen Rand und verpflichte mich damit der Magie der Kusszeit.

Remy Reed Holloway

Meine Ur-Ur-Ur-Hoch-Unendlich-Großmutter war das erste Holloway-Mädchen, das die Kusszeit erleben durfte.

Mit einem einzigen Küsschen brachte sie einem verliebten Jungen Glück. Und dadurch verwurzelte sie diese magische Fähigkeit in allen Frauen meiner Familie.

Wir wurden zu Liebesgöttinnen.

Glücksbringerinnen.

Noch bevor die Tinte getrocknet ist, spüre ich, wie die Magie der Kusszeit für das kommende Jahr von mir Besitz ergreift. Mir wird leicht ums Herz und mein Blut fängt an zu rauschen. Es ist ein Versprechen, dass die verheißungsvolle Zukunft, von der ich immer geträumt habe – eine mit wahrer Liebe und einem zarten Glücksschimmer, der sich wie Glitzer auf meine Haut legt –, nur einen Kuss entfernt ist.

Meine Kusszeit beginnt offiziell erst in fünfeinhalb Stunden. Aber obwohl es schon fast Mitternacht ist, hätte ich garantiert kein Auge zugetan, wenn ich das hier nicht vorher erledigt hätte.

Ich vollführe mit meiner Schwester Maggie, die sich auf mein schmales Doppelbett gequetscht hat und mich von hinten umarmt, meine beste Version eines Freudentanzes. Eigentlich ist es eher ein seltsames Rumgehampel mit dramatischen Handbewegungen. Aber es erfüllt seinen Zweck.

»Bei dir werden so viele Jungs für einen Kuss Schlange stehen, dass du ihre Namen gar nicht schnell genug auf deiner Seite eintragen kannst.« Sie drückt mich fest an sich, als würde es ihr nichts ausmachen, dass ihre Kusszeit morgen endet, wenn meine beginnt.

Und so ist es wohl auch. Meine Schwester hat im letzten Jahr mehr Jungs geküsst, als ich vermutlich in meinem ganzen Leben küssen werde.

Maggie küsst schlichtweg jeden, der ihr gefällt. Darauf vertrauen alle Jungs während der Kusszeit – von wegen Chancengleichheit und so –, und Maggie küsst auch einfach gern. Ich bin da anders drauf. Wenn ich dieses Jahr jemanden küsse, muss ich mir sicher sein, dass es etwas bedeutet. Uns beiden.

»Lass gut sein, Mags.« Ich knuffe sie mit dem Ellbogen in die Rippen und entlocke ihr ein Lachen. »Mir würde schon einer reichen, der eher an mir als am Glück interessiert ist.«

Wir Holloway-Mädchen haben null Einfluss darauf, wer sich während der Kusszeit in uns verliebt. Aber wenn ich es mir aussuchen könnte, dann wäre dieser Jemand Isaac Fuller. Ich kann nicht einmal seinen Namen denken, ohne dass sich meine Mundwinkel nach oben ziehen. Es ist wie ein blinkendes Neonschild über meinem Kopf, auf dem jedes Mal, wenn ich ihn sehe, *Küss mich* aufleuchtet. Und wenn alles nach Plan läuft, kann ich ihn vielleicht dazu bringen, genau das zu tun.

Isaac und ich sind nicht wirklich befreundet, sondern kennen uns durch ein paar gemeinsame Kurse und noch ein paar mehr Bekannte. Unsere Spinde sind praktisch nebeneinander, nur durch drei andere getrennt, und irgendwie hat sich im letzten Jahr so ein Ritual entwickelt. Jeden Morgen vor der ersten Stunde klopfte Isaac im Vorbeigehen an meine Spindtür und meinte, *Da ist sie*, und ich darauf, *Hier bin ich*, und er, *Jetzt kann mein Tag beginnen.* Damals hatte er aber eine Freundin und hat das bloß so gesagt. Was mein Herz jedoch nicht davon abhielt, jedes Mal einen Salto zu schlagen. Als er sich am Ende des Schuljahres von Hannah trennte, keimte in mir die Hoffnung auf, dass unser morgendliches Ritual ihm vielleicht doch mehr bedeutet.

Maggie greift nach dem Buch und klappt es zu. Dann lässt sie sich zurück auf die Matratze plumpsen und zieht mich mit sich. Sie presst ihre Stirn an meine und streift meine Wimpern mit ihren, als würde ihr diese Berührung direkten Zugang zu meinen Gedanken verschaffen. Aus dieser Nähe sieht man die zarten Sommersprossen auf ihren Wangen, anders als meine, die dunkel und zahlreich sind und den Nasenrücken und beide Wangen bis zum Kinnansatz bedecken.

Sie schiebt eine Hand unter ihr Kinn, um meinen Kissenbezug vor ihrem himbeerfarbenen Lippenstift zu schützen, der passenderweise *Partygirl* heißt, und erklärt: »Ich weiß schon, dass es während der Kusszeit schwer zu erkennen ist, wer echte Gefühle für dich hat und wer nur aufs Glück aus ist. Aber denk einfach daran, am schönsten ist es, jemanden zu küssen, für den du wirklich etwas empfindest.«

Das klingt wie eine abgewandelte Version von etwas, das Mom uns nun schon das ganze Leben lang predigt. Eine

Art Holloway-Motto. Wenn wir ein Familienwappen hätten, würde es den kitschigsten Spruch aller Zeiten tragen: *Wahre Liebe ist das Schönste überhaupt.*

Ich möchte Maggie von Isaac erzählen. Dass ich ihn küssen will und sonst niemanden. Aber ich kenne meine Schwester fast besser als mich selbst, und ich habe keine Lust auf einen Vortrag über die Regeln und darüber, dass ich Isaac nicht küssen darf, wenn er noch in Hannah verliebt ist. Also erwidere ich einfach: »Mach ich«, und lächle, als hätte ich meine Wahl nicht schon längst getroffen.

Oma schärfte uns immer ein, jemanden zu küssen, dessen Herz schon vergeben ist, sei eine der schlimmsten Sünden der Kusszeit, ebenso wie sich zu weigern, überhaupt jemanden zu küssen. Aber im Buch des Glücks steht nichts darüber, was passiert, wenn ein Holloway-Mädchen die Regeln bricht. Ich kann mich nur an ein oder zwei Geschichten über Mädchen in meiner Familie erinnern, die ihre wahre Liebe nie fanden. Und das waren auch bloß Gerüchte.

Ich verscheuche die Bedenken und lasse mir diesen großen Moment nicht verderben. Wenn die Kusszeit Isaac morgen in ihren Bann zieht, bedeutet das, dass seine Gefühle für mich echt sind. Und dann kann mich nichts davon abhalten, ihn bei der erstbesten Gelegenheit zu küssen.

Als Maggie und ich in meinem Bett aufwachen, klebt ein Zettel am Fenster meines Zimmers. Maggie, die stets wachsam ist, wenn es um mich geht, entdeckt ihn vor mir. Sie fällt aus dem Bett, weil sie sich in ihrer Eile, die Nachricht zu lesen, mit dem Fuß im Bezug verheddert. Ich presse mir eine Hand auf den Mund und unterdrücke ein Lachen, die andere strecke ich aus, um ihr vom Boden aufzuhelfen. Sie funkelt mich wütend an, aber dann verschränken sich unsere Finger ineinander, als wir die Botschaft inspizieren, die uns durch die Scheibe entgegenblickt. Das Blatt mit den ausgefransten Rändern wurde aus einem Spiralblock gerissen. Die unordentlich hingekritzelten Worte, die trotz der hellblauen Linien auf dem Papier nach unten wandern, lauten: *Dir ein Lächeln auf die Lippen zu zaubern, versüßt mir den Tag.*

Es ist nicht direkt ein Liebesbrief, aber er kommt einem solchen näher als jeder zuvor. Normalerweise ist Maggie diejenige, die die ganze Aufmerksamkeit auf sich zieht – auch schon vor ihrer Kusszeit. Zu wissen, dass jemand ausnahmsweise mir den Vorzug gibt und nicht meiner Schwester, ist ein echter Serotonin-Kick. Ich streiche mit den Fingern über die Scheibe und fahre die Umrisse der einzelnen Wörter nach.

»Von wem ist der?« Maggie beugt sich näher heran und sucht nach einer Unterschrift. »Und wie konnte er ihn hier anbringen, ohne dass wir ihn gehört haben?«

»Keine Ahnung.« Aber ich weiß es wohl. Im Laufe der Jahre habe ich Hunderte solcher Liebesbriefe an Hannahs

Spind gesehen. Sie waren Isaacs Art, ihr und jedem, der vorbeikam, zu zeigen, dass sein Herz ihr gehörte. Vielleicht ist das seine Art zu sagen, dass es nun mir gehört.

»Das ist voll süß. Und stimmt ja auch. Wer auch immer er ist, er sollte auf jeden Fall auf deiner Liste stehen.«

»Warum muss es denn gleich eine Liste sein? Was, wenn ich *ihn* mag?« Das will ich eigentlich gar nicht fragen, aber mein Herz hört nicht auf mich.

Maggie hebt unsere verschränkten Hände und tippt mir auf die Brust, als könnte sie mein Herz damit zur Vernunft bringen. »Es heißt nicht umsonst Kusszeit, Rem. Wenn wir nur eine Person küssen sollten, würde sie nicht ein ganzes Jahr dauern. Oder die Magie würde nur bei einer Person wirken.«

»Ja, aber es gibt keine Regel, die besagt, dass wir mehr als einen küssen *müssen*. Nur, dass wir können, wenn wir wollen.« Ich schiebe das Fenster auf und greife nach oben, um das Klebeband abzuziehen. Das Blatt flattert im Wind, als ich es losmache, und weht mir fast aus der Hand, als wollte es wegfliegen und seine Botschaft in der ganzen Stadt verbreiten. Ich lege den Zettel in die oberste Schublade meines Nachttischs, damit Maggie nicht merkt, wie viel er mir bedeutet.

»Oh, du wirst es wollen«, versichert sie mir. »Warte, bis die Kusszeit ihre Magie entfaltet, dann wirst du schon sehen.«

2

Heute Abend findet am Firelight Falls eine Party statt, mit der der Sommer eingeläutet wird – und eine zweite Kusszeit.

Die Leute erzählen, sie erkennen die Kusszeit daran, dass die Luft süßer riecht, als hätte man sie mit Zucker bestreut. An Tagen, an denen die Luftfeuchtigkeit so hoch ist, dass man kaum atmen kann, behaupten sie, es sei, als wäre die Luft in Honig getaucht worden. Aber damit wollen sie der ganzen Sache bloß einen romantischen Anstrich verleihen. Es ist die Sommersonnenwende, die die Magie im Blut eines Holloway-Mädchens entfacht.

Die Magie hat sich den ganzen Tag über in mir aufgebaut. Als sie am Abend ihre volle Stärke erreicht, dringt ein heißer Luftzug durch die offenen Autofenster, kitzelt meine Haut und hinterlässt einen leichten Duft nach Vanillebuttercreme in der Stadt. Aber das kann auch an den Dutzenden von Whoopie Pies liegen, die in zwei von Moms »Wild Flour Bake Stop«-Beuteln auf dem Rücksitz liegen. Nach diesen kleinen Doppeldeckern mit Cremefüllung sind alle

Jungs in der Stadt verrückt. Vielleicht liegt es am Namen, den sie gewöhnlich leise und anzüglich aussprechen, oder auch daran, dass sie handlich und so megalecker sind, dass man schon nach dem zweiten greift, während einem der erste noch auf der Zunge zergeht.

Wie dem auch sei, Moms S'mores-Whoopies – eine fluffige Marshmallow-Füllung mit einem Klecks Schokoladencreme zwischen runden Graham Crackern – gehören bei unseren Treffen am Wasserfall zur Standardverpflegung. Und egal, wie viele wir mitbringen, es sind immer zu wenige.

Der Parkplatz am Pfad zum Wasserfall ist rappelvoll. Die Autos stehen bis auf die Straße, blockieren eine halbe Fahrspur und betteln förmlich darum, dass jemand die Polizei ruft, damit sie im Wald eine Razzia wegen Alkoholkonsums von Minderjährigen durchführt. Maggie parkt am Lookout Bed & Breakfast neben dem Ausgangspunkt des Wanderpfads. Dort hat Mrs. Chastain Schilder aufgestellt, die genau das untersagen, aber da sie all ihr Gebäck für den Nachmittagstee von Mom und mir backen lässt, wird sie uns schon nicht abschleppen lassen.

Maggie und ich hieven die Tragetaschen aus dem Auto und folgen dem Pfad, der sanft zum Wald abfällt. Das dichte Laubwerk über uns versperrt der Frühabendsonne den Weg, sodass nur wenig Licht durch die Blätter dringt. Und auch kein Lüftchen kommt durch. Mein Kleid klebt an dem Schweißfilm auf meinem Oberkörper. Ich zupfe an dem dünnen Stoff, damit sich keine dunklen, nassen Flecken darauf abzeichnen, wenn wir den Wasserfall erreichen – und Isaac. Alles soll perfekt sein, falls es heute Abend zu unserem ersten Kuss kommt.

Auf dem Weg zum Wasserfall wirft Maggie mir immer wieder ein vielsagendes Lächeln über die Schulter zu. Für den Bruchteil einer Sekunde trifft ihr Blick auf meinen, und der aufgeregte Funke darin setzt die Luft zwischen uns in Brand. Und weil ich meine Schwester so gut kenne wie sie mich, bin ich mir sicher, dass sie heute Abend noch einen letzten Kuss verschenken wird, bevor die Magie der Kusszeit sie endgültig verlässt.

In den letzten Wochen hing sie nonstop am Telefon. Dabei hat sie kaum mehr als einen flüchtigen Kommentar im Gruppenchat gepostet, den wir mit unserer besten Freundin Laurel haben. Zuerst dachte ich, ihr geheimnisvoller Schwarm sei Theo, der heiße Barista aus dem Pour House, der ihr bei jedem Besuch eine Flirtnachricht auf dem Becher hinterlässt. Aber das müsste sie nicht vor mir verheimlichen, und sie lässt absolut nicht durchblicken, bei wessen Nachrichten sie sich zusammenreißen muss, um nicht von einem Ohr zum anderen zu grinsen. Doch da ich Maggie nichts von Isaac erzählt habe, kann ich ihr nicht wirklich übel nehmen, dass sie mir das nicht verrät.

Also erwidere ich ihr Lächeln einfach und hoffe, dass

wir beide den Kuss bekommen, auf den wir heute Abend aus sind.

Der Wald weicht einer ausgedehnten Fläche aus Sand, Steinen und moosbewachsenen Baumstämmen, die das Felsbecken am Fuß des Wasserfalls säumen. Ich lasse meinen Blick über die Anwesenden schweifen, um zu sehen, wer da ist. Isaac entdecke ich mühelos. Als hätte ich die letzten Monate in einem Wimmelbuch verbracht, und meine Augen wären darauf trainiert, alles zu übersehen, was nicht zu dem Gesuchten passt.

Er steht knietief im Wasser und schirmt die Augen mit einer Hand vor der Sonne ab, während er einem seiner Freunde beim Sprung vom Wasserfall zuschaut. Sein feuchtes aschblondes Haar klebt ihm am Kopf, und seine Augen, die so dunkelgrün sind, dass es fast schon ins Haselnussbraune geht, sind zusammengekniffen und zaubern ein Grübchen auf seine linke Wange. Mit den Fingern zeigt er dem Springer eine Wertung von sieben an. Die beiden Jungs zu seiner Rechten, seine besten Freunde Ethan Wells und Seth Anders, vergeben sieben und neun Punkte. Sie sind alle im Tauchteam der Schule. Aber weil Isaac aus diesen spontanen Wettbewerben fast immer als Sieger hervorgeht, hat er sich selbst zum ständigen Preisrichter ernannt, damit die anderen auch einmal gewinnen können.

Isaac bemerkt mich ein paar Sekunden, nachdem Felix

Vega aus dem seichten Wasser aufgetaucht ist und auf mich zupatscht. Letzten Sommer habe ich mit Felix auf Paiges Mittsommerparty rumgemacht. Das war, bevor ihm klar wurde, dass es ihm nicht das geringste bisschen Glück einbringt, weil meine Kusszeit noch nicht begonnen hatte. Aber als ich es ihm verraten habe, lachte er nur und küsste mich noch einmal. Er ist ein ziemlich guter Küsser. Wenn ich nicht schon in Isaac verknallt wäre, würde ich ihm vielleicht noch eine Chance geben.

Maggie streift mir die Tasche von der Schulter und flüstert: »Es muss nicht heute Abend passieren.«

Die Magie in meinem Blut flammt entrüstet auf. Ich drehe mich zu Maggie um und will ihr sagen, dass es keinen Grund gibt zu warten, aber sie bewegt sich bereits auf die Leute zu, die um die Feuerstelle hocken, und hält ihnen die Beutel mit Whoopie Pies hin. Paige und Audrey, die den Kreis unserer engsten Freundinnen vervollständigen, winken uns von der anderen Seite des Feuers zu, wo sie sich bereits den besten Platz gesichert, uns aber leider nichts freigehalten haben. Dahinter steckt wahrscheinlich Hannah. Seit Hannahs Vater letztes Jahr Paiges Mutter geheiratet hat, wechselt Paige Schritt für Schritt auf die dunkle Seite. Laurel gibt sofort ihren Platz auf einem der Baumstämme hinter ihnen auf, um sich zu meiner Schwester zu setzen. Ihr Lächeln konkurriert mit dem der Jungs, die um Maggies Aufmerksamkeit buhlen.

Doch bevor ich darüber nachdenken kann, was das wohl zu bedeuten hat, ruft Isaac: »Da ist sie.«

Seit Schulschluss sind erst wenige Wochen vergangen, aber seinen Gruß zu hören, ist wie wenn sie im Radio plötzlich deinen Lieblingssong spielen. »Hier bin ich«, antworte ich.

Jetzt muss er nur noch kommen und mich holen.

»Macht ihr das immer noch?«, fragt Felix und schüttelt sich das Wasser aus den Haaren. Er lächelt mich an und in seinen Augen ist nur ein Hauch von Enttäuschung zu sehen.

Ich senke den Kopf, damit mein Lächeln nicht verrät, was ich für Isaac empfinde. »Das ist irgendwie so unser Ding.« Meine Stimme hat mal wieder nichts mitgekriegt und klingt verträumt und butterweich.

Isaac schließt zu uns auf, stellt sich zwischen uns und legt mir einen Arm um die Schultern. »Jetzt kann meine *Nacht* beginnen.« Seine Lippen streifen mein Ohr lange genug, um mir einen Schauer über die Haut zu jagen.

Wir sind fast gleich groß, und deshalb weiß ich, dass er seinen Kopf nur ein wenig neigen musste, um mein Ohr zu berühren. Der Gedanke daran sendet ein Kribbeln durch meinen ganzen Körper. Ich kann ihn nicht ansehen, um herauszufinden, ob er das absichtlich getan hat, ohne meinen Mund direkt in Kussweite zu bringen. Aber der Heiserkeit seiner Stimme nach zu urteilen, muss es so sein.

Ich trete einen Schritt zurück und schaffe ein wenig

Abstand zwischen uns, damit ich nicht in Versuchung gerate, meine Lippen auf seine zu pressen. Er lässt meine Schultern los. Stattdessen nimmt er mir den Beutel ab und schwenkt ihn triumphierend über dem Kopf, als wäre er die ganze Zeit nur hinter den Whoopies her gewesen.

»Hey!« Ich greife nach dem Beutel, aber er tanzt damit außer Reichweite.

Isaac schenkt mir ein schüchternes, entwaffnendes Lächeln. Es ist so viel intensiver als jedes andere Lächeln, das ich von ihm kenne, dass mir fast das Herz stehen bleibt. »Was? Hast du gehofft, dass ich auf was anderes aus bin?«

»Weißt du nicht, dass es Unglück bringt, während der Kusszeit mit dem Herzen eines Holloway-Mädchens zu spielen?«, necke ich ihn und lasse meinen Blick noch ein wenig länger auf ihm ruhen, wobei ich sein Lächeln erwidere und insgeheim bete, dass es auf ihn eine ähnliche Wirkung hat wie auf mich.

»Äh … stimmt das?«

Der ganze Sinn der Holloway-Magie ist es, Glück in der Welt zu verbreiten. Sie Kuss für Kuss zu einem besseren Ort zu machen. Befolgt man die Regeln, manifestiert sich das Glück. Befolgt man sie nicht, bleibt es aus. Alle in der Stadt kennen die Kusszeit-Regeln in etwa. Aber da Maggies Kusszeit gerade erst zu Ende geht, hat sie jedem hier, der ein Stück vom Holloway-Glück abhaben will, schon haarklein erklärt, wie die Magie funktioniert – auch denjenigen, die sie nicht geküsst hat. Daher sollten Isaac und alle anderen, die heute Abend am Wasserfall sind, wissen, dass man keinen Kuss mit Gewalt erzwingen oder ein Holloway-Mädchen küssen darf, wenn man bereits verliebt ist.

Ich lege meine Hand auf Isaacs Unterarm, lasse meine Finger um sein Handgelenk gleiten, wo sein Puls heftig und schnell pocht, und flüstere: »Kein bisschen.« Ich lache, als er seinen Arm wieder um mich schlingt und mich an sich zieht.

An seine Seite geschmiegt zu sein, kann ich gerade einmal zwei Sekunden genießen, bevor er sich neben mir verkrampft.

»Scheiße«, murmelt er. Dann: »Hannah.«

Meine Bauchmuskeln ziehen sich zusammen, und ich mache mich auf eine Abfuhr gefasst, nun da Hannah auf uns zuläuft.

Und ich warte.

Und warte.

Und dann merke ich, dass er mich nicht loslässt. Er entscheidet sich nicht für sie.

Schon das allein hält mich davon ab, den Rückzug anzutreten, als Hannah kurz vor uns stehen bleibt und mit ihrem Blick die Luft zwischen uns zerschneidet.

»Ziemlich cleveres Timing, was, Isaac?«, stichelt sie.

»Wieso clever?«

Sie hat die Arme verschränkt und ihre rundgefeilten

Nägel bohren Halbmonde in ihre Haut. »Na, dass du genau in dem Moment mit mir Schluss gemacht und dich auf Remy gestürzt hast, in dem ein Kuss von ihr dein Leben auf magische Weise verändern wird.«

»Darum geht es nicht«, meint Isaac und wendet sich mir zu, wobei sein warmer Atem meine Wange streift.

Mein Herz will ihm unbedingt glauben, aber mein verräterischer Verstand warnt mich, dass Hannah nicht ganz unrecht hat. Kann er wirklich so schnell über sie hinweg sein? Sie waren seit der achten Klasse zusammen. Mit Unterbrechungen jedenfalls. Hannah war immer diejenige, die sich eine Auszeit gönnte, sobald jemand anders auch nur das geringste bisschen Interesse an ihr zeigte. Isaac nahm sie jedes Mal zurück. Als ob diese Tage/Wochen/Monate der Trennung ihr klargemacht hätten, dass sie eigentlich nur ihn liebt.

Ich schaue mich nach Maggie um, um mir von ihr eine Portion Selbstvertrauen zu holen. Sie hat es sich am Feuer gemütlich gemacht und sitzt mit Laurel auf einem Handtuch, während sich eine Handvoll Jungs ein letztes Mal um einen ihrer glücksbringenden Küsse bemüht.

Ich löse mich aus Isaacs Umarmung und sage: »Wenn ich jemanden küsse, dann weil ich es will, und nicht, weil er aufs Glück aus ist.«

»Dann muss ich mich noch mehr anstrengen, um dich davon zu überzeugen, dass du mich küssen willst.« Er sagt das so, als ob Hannah nicht neben uns stünde. Als ob nicht alle Anwesenden jedes Wort verfolgen würden.

Das Grinsen, das er mir nun zuwirft, verrät, dass er sich seiner Sache sicher ist. Doch wenn er die Wahrheit sagt und mehr als nur das Holloway-Glück will, dann wird er es beweisen müssen.

3

Bei Einbruch der Dunkelheit schreitet Isaac schließlich zur Tat. Oder vielmehr schickt er Felix vor.

»Isaac wartet auf dich.« Felix deutet auf das schwarze Loch am Eingang des Wegs, der hinauf zum Wasserfall führt. Er legt einen Arm um meine Schultern und neigt sein Gesicht zu meinem herab. Für jeden Beobachter sieht es so aus, als würden wir uns gemeinsam davonmachen und Isaac links liegen lassen. »Er weiß, dass Hannah nicht hoch zum Wasserfall geht, weil sie Höhenangst hat, also …«

Also … ist das wahrscheinlich heute Abend meine einzige Chance, mit Isaac allein zu sein.

Und herauszufinden, ob er mir die Wahrheit gesagt hat.

»Dann lasse ich ihn mal lieber nicht warten.«

Die meisten unserer Freunde und Freundinnen haben es sich inzwischen mit Decken, Handtüchern und in Hängematten, die zwischen Baumstämmen aufgespannt sind, am Kiesstrand bequem gemacht. Nach Sonnenuntergang nuckeln sie lieber gemächlich am Lagerfeuer an ihren Bierflaschen, als auf dem schmalen Pfad, der sich am Rand der Klippe entlangschlängelt, ihren Hals zu riskieren. Darum reiße ich mich auch nicht gerade. Aber mit Isaac allein sein zu können, ist es wert.

Wenn Maggie noch hier wäre, würde sie versuchen, mir das auszureden. Doch sie ist vor einer halben Stunde losgezogen, um ein paar Flaschen Wasser zu holen, und nicht zurückgekehrt. Und daher gibt es nichts, was mich davon abhält. Wenn sie auf ihr Herz hört, darf ich das ja wohl auch. Maggie wird mir einfach nachsehen müssen, dass ich ein kleines bisschen leichtsinnig bin.

Mehr als ein Dutzend Augenpaare folgen Felix und mir, als wir uns in der Dunkelheit zum Waldrand begeben, während der schwache Strahl seiner Taschenlampe uns den Weg weist. Niemand fragt, wohin wir gehen. Oder was wir dort oben wollen. Das Rauschen des Wasserfalls übertönt ihr Getuschel und auch den Großteil meiner Schuldgefühle, weil ich Felix derart ausnutze. Dass er sich auf die Sache einlässt, obwohl er selbst auf einen Kuss von mir aus ist, beweist, dass er ein guter Freund ist – sowohl für Isaac als auch für mich.

Da mein Handy in Maggies Tasche ist, kann ich sie nicht anrufen, um ihr von meinem Vorhaben zu erzählen. »Wenn du meine Schwester siehst«, bitte ich Felix, »sag ihr, dass ich bei Isaac bin und sie sich keine Sorgen machen soll.«

»Bist du sicher, dass du nicht lieber mit mir da hochgehen willst?« Er lacht, aber die Art, wie er mich ansieht, mit diesem Dackelblick und dem hoffnungsvollen Lächeln, zeigt, dass er es ernst meint.

Isaac streckt eine Hand zwischen den Bäumen heraus, zieht mich ein Stück an sich heran und erspart mir damit, Felix eine Abfuhr geben zu müssen. »Danke, dass du Remy für mich hergebracht hast. Eine Szene von Hannah reicht für heute Abend.«

»Ja. Klar. Macht da oben nichts, was ich nicht auch machen würde.« Felix ringt sich ein weiteres Lachen ab, dann schlängelt er sich durch den Wald, damit niemand sieht, dass er ohne mich wieder zurückkommt.

»Hey«, sagt Isaac, als wir allein sind.

Es steckt so viel in dieser einen Silbe. *Endlich*, sagt sie. *Jetzt steht nichts mehr zwischen uns.*

»Hey.« Meine bedeutungsschwangere Antwort: *Ich will das auch. Das Warten hat ein Ende.*

Er hält mir seine Hand entgegen, mit der Handfläche nach oben, und ich verschränke meine Finger mit seinen. Nur ein schwacher Schimmer Mondlicht dringt durch die fast geschlossene Wolkendecke, und als wir ein paar Schritte in den Wald hineingegangen sind, ist auch der nicht mehr zu sehen. Die Taschenlampe, die mir Felix geliehen hat, flackert, als ob sie Angst vor der Dunkelheit hätte. Ich drücke Isaacs Hand in der stummen Bitte, nicht loszulassen, bis wir wieder im Hellen sind. Der süße Duft von gerösteten Marshmallows und Kokosnuss-Limetten-Sonnenmilch vom Lagerfeuer weicht einem feuchten, erdigen Geruch. Nach Frischgebackenem ist das mein zweitliebster Duft. Ich möchte ihn am liebsten in einem Flakon einfangen, damit ich ihn für den Rest des Sommers mit mir herumtragen kann.

Wir klettern über morsche Baumstämme und Felsen, die glitschig von der Gischt des Wasserfalls sind. Mein Fuß rutscht auf feuchten Blättern aus, und ich greife hastig nach einem Ast, um mich wieder zu fangen. Dabei fällt mir die Taschenlampe aus der Hand und ihr Licht wird vom Wald verschluckt.

»Hoppla! Alles okay?« Isaac lässt meine Hand los und legt seinen Arm um meine Taille, um mir Halt zu geben, obwohl seine Berührung das Gegenteil bewirkt.

Rinde löst sich unter meinen Fingernägeln und bleibt an meiner klammen Haut kleben. Ich wische meine Finger am Oberschenkel ab. »Ja. Mir geht's gut.«

Er zieht mich näher heran, dann dreht er sich auf der Stelle und sucht den Boden nach der verloren gegangenen Leuchte ab. Es ist zu dunkel, um irgendetwas zu erkennen, das sich da unten verbergen könnte. Nachdem wir ein paar Minuten vergeblich nach der Taschenlampe Ausschau gehalten haben, geben wir auf und kehren mit leeren Händen zum Pfad zurück.

»Willst du zurück?«, fragt er.

Zurückzugehen bedeutet Geglotze/Getuschel/getrennte Wege. Es bedeutet, uns das vorzuenthalten, was wir beide unbedingt wollen. »Auf keinen Fall!«, erwidere ich.

Mein Wunsch, ihn zu küssen, ist stark genug, um Hannahs Stimme in meinem Kopf zum Schweigen zu bringen, die mahnt, dass er nicht über sie hinweg sei und sie nur eifersüchtig machen wolle. Sein Blick fällt auf meinen Mund, und ich weiß, er brennt ebenso auf den Kuss wie ich.

Etwas mehr Mühe kostet es mich jedoch, die Sorgen darüber zu verdrängen, welche Folgen der Kuss hat, falls er doch noch in Hannah verliebt ist. Was, wenn ich meine Holloway-Magie verliere, sobald sich unsere Lippen berühren? Das ist jedenfalls das schlimmste Szenario, das ich mir vorstellen kann. Obwohl, wenn es tatsächlich eine Konsequenz hätte, diese Regel zu brechen, wäre sie wahrscheinlich nicht *sooo* drastisch. Das Buch des Glücks hätte diese Warnung in fetten Lettern verkündet. Ich knülle den Gedanken zusammen, schiebe ihn in die hinterste Ecke meines Bewusstseins und baue darauf, dass die Magie mich beschützt.

»Ich auch nicht.« Isaac hält mich den ganzen Weg im Arm, bis die Klippe beginnt und der Pfad schmaler wird, sodass wir im Gänsemarsch gehen müssen. Ich taste mich langsam vorwärts und setze einen Fuß vorsichtig vor den anderen, denn obwohl die Magie der Kusszeit jetzt durch meine Adern fließt, bin ich mir nicht sicher, ob das Glück auf meiner Seite ist, wenn ich etwas tue, was meine Schwester leichtsinnig finden würde. Isaac streckt die Hand aus und hilft mir über eine besonders rutschige Stelle. Mein Herz schlägt erst dann wieder im normalen Rhythmus, als wir die massiven Felsplatten am Rand des Wasserfalls erreichen.

»Endlich sind wir ungestört«, sagt er.

»Wir hätten uns auch *so* mal allein treffen können. Das nennt man ›Date‹.«

»Das wäre wahrscheinlich schlauer gewesen. Aber ich weiß nicht so genau, wie diese ganze Kusszeit-Sache funktioniert. Und ich war mir nicht sicher, ob du mich küssen willst, bloß weil ich dich küssen will. Ich weiß, dass ein paar der Jungs auch auf dich stehen, also bin ich nicht der Einzige im Rennen.«

»Du würdest es merken, wenn ich dich nicht küssen will.« Nicht, dass ihn das davon abhalten würde, sich trotzdem Hoffnungen zu machen.

»Dann kann uns jetzt wohl nichts mehr aufhalten, hm?«

Einen Moment lang denke ich, dass er mich einfach so küsst. Keine Liebesschwüre, kein Trara. Nur Lippen, die auf Lippen treffen, und das war's dann auch schon. Ich widerstehe dem Drang, einen Rückzieher zu machen, und will einfach nicht glauben, dass es Isaac nur um das Glück geht, sondern vertraue darauf, dass er mich – und diesen Kuss – genauso sehr will wie ich ihn. Und ich werde nicht enttäuscht, denn kurz darauf senkt er den Kopf und lächelt, als wäre es ihm peinlich, dass er die letzten Worte laut ausgesprochen hat.

Er tritt ein paar Schritte vom Rand der Klippe zurück, wo die Felsen dem rauschenden Wasser weichen, zieht sein Hemd aus und breitet es auf dem Boden aus, damit ich etwas halbwegs Sauberes habe, worauf ich sitzen kann. Dann lässt er sich auf den feuchten Steinen nieder. Ich gehe neben ihm in den Fersensitz und ziehe mein Kleid über die Knie.

»So krass, dass man die anderen neben dem dröhnenden Wasserfall nicht hören kann. Als ob außer uns niemand hier wäre«, sage ich. Der Blick, den er mir zuwirft, sendet einen warm prickelnden Schauer durch meinen Körper. Wenn er das kann, ohne mich auch nur zu berühren, werde ich dann in Flammen aufgehen, wenn wir uns endlich küssen?

Ich lege den Kopf in den Nacken und genieße diesen vollkommenen Augenblick. Genieße die Sekunden, bevor ich den ersten Jungen in meiner Kusszeit küsse und uns beiden damit eine glückliche Zukunft beschere.

Mein ganzes Leben hat mich zu diesem Moment geführt. Jede Nervenzelle in meinem Körper vibriert schneller und schneller, bis Aufregung und Vorfreude mich überwältigen. Ich will nicht, dass dieses Gefühl jemals aufhört. Aber wenn ich Isaac nicht bald küsse, werde ich mich wohl zum

Abkühlen in den Wasserfall stürzen müssen, bevor ich den Verstand verliere.

Hier oben verschmelzen die Bäume auf dem nächsten Gipfel und der Himmel zu einem Meer aus Tinte und lassen sich nur durch die funkelnden Sterne voneinander unterscheiden. Das Plätschern und Rauschen des Wassers, das sich in den Abgrund ergießt, ahmt das heftige Klopfen meines Herzens nach.

»Spürst du es?« Ich senke die Stimme, sodass er an mich heranrücken muss, um mich zu verstehen.

»Was denn?«

»Die Magie in der Luft. Wie winzige Funken, die sich an deiner Haut entzünden.«

Isaac lässt seinen Blick an meinem Hals hinab zu meinen nackten Schultern wandern, dann wieder hinauf zu meinen Lippen, und ich muss mich zusammenreißen, damit ich mich nicht vorbeuge und ihn auf der Stelle küsse. »Du meinst, wenn ich dich küsse, brauche ich nie wieder eine andere zu küssen, weil es nie mehr so ... intensiv sein wird?«

Ich lache. »So was in der Art.«

Sein verführerisches Lächeln erstirbt. Er richtet sich auf, stützt die Ellbogen auf die angewinkelten Knie, starrt über den Rand der Klippe und wirkt auf einmal ziemlich unschlüssig. »Remy, hör mal ...« Er bringt meinen Namen nur mit Mühe heraus. Dann räuspert er sich und nimmt einen neuen Anlauf.

Aber auf *Hör mal* folgt nie etwas Gutes. Und die Tatsache, dass Isaac innerhalb eines Atemzugs vom Flirt-Modus in den »Wie-bringe-ich-es-ihr-schonend-bei«-Modus wechselt, ist völlig absurd. Es sei denn, er überlegt es sich gerade anders.

Hat er Angst vor der Magie? Oder geht es um Hannah?

Bei dem Gedanken daran drehen meine Nerven völlig frei. Ich wünschte, ich könnte sie mir aus dem Bauch reißen und wie Kieselsteine auf den Felsen verstreuen. »Es wird trotzdem noch schön sein, eine andere zu küssen. Versprochen«, beruhige ich ihn, während mein Herz noch immer wie verrückt hämmert.

»Ich weiß. Die Jungs, die Maggie dieses Jahr geküsst haben, hätten etwas gesagt, wenn die Magie ihnen auf Dauer die Tour vermasselt hätte.«

»Schweigen und genießen ist bei euch wohl nicht, oder?«

»Nicht, wenn es ums Holloway-Glück geht.«

»Warum hat es dann plötzlich den Anschein, als ob du mich nicht mehr küssen und etwas von dem Glück abhaben willst?«, frage ich. Es hat keinen Sinn, das Offensichtliche hinauszuzögern, auch wenn ich die Antwort nicht wirklich hören will.

Er neigt den Kopf, stützt ihn auf die Hand und vergräbt die Finger in seinem Haar. »Das will ich ja. Du bist echt cool, Remy.«

»Aber du bist doch noch nicht über Hannah hinweg, oder?«

»Hannah kann unglaublich gut Leute manipulieren. Ich habe den Gedanken an sie kurz an mich rangelassen, das ist alles.« Isaac sieht mich an, während das Mondlicht Schatten auf sein Gesicht malt. »Ich hab mich wieder gefangen. Und ich will dich unbedingt küssen.« Doch in seiner Stimme schwingt ein leichtes Zögern mit.

Da werfe ich mich ihm praktisch an den Hals, und er denkt an das Mädchen, das sein Herz regelmäßig als Zielscheibe benutzt? Hannah ist eine gute Schützin, ihre Trefferquote liegt bei hundert Prozent. Wahrscheinlich braucht sie nicht einmal den schwarzen Kreis, den er auf seine Brust gezeichnet hat, indem er sie jedes Mal zurückgenommen hat. Aber trotzdem ist Isaac hier oben bei mir. Er ist kurz davor, mich zu küssen. Also kann das, was er für Hannah empfindet, nicht wirklich Liebe sein, oder?

Mein Herz trommelt ein monotones *Bittebittebitte*, als mich Zweifel überkommen. Wie mein Verstand ist es nicht bereit, sich geschlagen zu geben und die Chance auf einen Kuss von Isaac verstreichen zu lassen. Wir haben diesen Tanz monatelang geprobt, den Rhythmus des anderen gelernt und getestet, wie nah wir einander kommen können, ohne uns zu berühren. Und jetzt, wo ich hier sitze und alles, was ich mir wünsche, zum Greifen nah ist, verdränge ich meine hartnäckigen Bedenken und glaube seiner Beteuerung, dass ich diejenige bin, die er will.

Es ist nur ein Kuss. Eine flüchtige Berührung von Lippen und Atemhauch. Aus der aber hoffentlich mehr wird. Etwas, das das Zeug für ein Liebeslied hat.

»Ich will dich auch küssen«, sage ich. *So. Absolut. Unbedingt.* Irgendwie schaffe ich es, die letzten Worte nicht auszublubbern.

Sein Grinsen ist das Letzte, was ich sehe, bevor ich meine Augen schließe und sein Mund auf meinem ist, nicht zaghaft, wie meistens beim ersten Kuss, sondern heiß und fordernd und perfekt. Ich lege eine Hand auf seine nackte Brust, direkt über seinem Herzen, und lasse mich gegen ihn sinken. Seine Hände umrahmen mein Gesicht und seine Finger vergraben sich tief in meinem Haar. Ich gebe mich der Leidenschaft hin, die zwischen uns aufbrodelt, und werde von ihr verschlungen.

In diesem Moment gibt es nur uns beide.

Als wir uns schließlich voneinander lösen, dauert es satte fünfzehn Sekunden, bis ich wieder zu mir komme, und danach eine Ewigkeit, bis ich mich bewegen kann. Als ich es tue, meint Isaac leichthin: »Vielleicht ist an der Magie ja doch was dran.«

»Dass ich sie in mir spüren kann, war nicht gelogen. Ich wusste bloß nicht, dass sie so … intensiv ist.«

»Mir tut jeder leid, der das nicht mit dir erleben kann.« Er wirft einen Blick in Richtung unserer Freunde und Freundinnen, die unten am Lagerfeuer chillen und nicht mitbekommen, was wir hier treiben. »Weißt du schon, wen du sonst noch küssen wirst?«

Wen sonst? Wie kann er glauben, dass es nach diesem Kuss noch jemanden geben kann? »Es ist nicht so, dass ich eine Liste hätte oder so.«

»Klar, du willst dir wahrscheinlich alle Optionen offenhalten.«

»Es macht dir nichts aus, wenn ich einen anderen küsse?«, frage ich und gebe ihm damit die Möglichkeit, die Kurve zu kriegen.

»Warum sollte es? Ich meine, das ist doch der Sinn der Sache, oder? Es wäre ja komisch, wenn du nur mich küssen würdest. Außerdem würden ein paar der Jungs echt durchdrehen, wenn sie denken, sie hätten keine Chance auf das Holloway-Glück.«

Seine Worte lassen eine Bombe in meiner Brust detonieren, die meine Rippen in Geschosse verwandelt. Die Knochensplitter durchbohren meine Eingeweide tausendfach. Ich atme tief ein, um mich gegen die schmerzhaften Stiche zu wappnen, doch die Luft entweicht einfach aus mir.

»Du bist so ein Arsch, Isaac.«

»Weil es mir nichts ausmacht, dass du andere Jungs küsst?«

»Weil ich dachte, du magst mich.« Tränen brennen in meinen Augen, aber ich blinzle sie zurück, denn vor ihm die Fassung zu verlieren, wäre noch etwas, das ich heute

Abend bereuen würde. »Ich dachte, es wäre mehr als nur ein Kuss. Ich wäre mehr für dich als nur eine Glücksbringerin.«

Bei diesen Worten zuckt Isaac zusammen. So viel Anstand hat er wenigstens. »Was willst du denn von mir hören? Ich mag dich wirklich, Remy. Und ich habe nicht gelogen, als ich sagte, dass ich dich küssen möchte. Aber nach allem, was mit Hannah passiert ist, bin ich noch nicht bereit für was Ernstes. Ein Kuss ändert das nicht, auch wenn er im wahrsten Sinne des Wortes magisch war.«

»Gott, ich hätte wissen müssen, dass nach all den Jahren, in denen Hannah dein Herz in Stücke gerissen hat, kaum noch etwas davon übrig ist.«

»Und trotzdem willst du ein Stück davon abhaben«, sagt er. Das ist keine Anschuldigung, sondern eine nüchterne Feststellung, die er in demselben Tonfall vorträgt, in dem er Seth erzählt hätte, dass er sich bei einem Sprung nicht richtig gedreht und schräg statt senkrecht auf dem Wasser aufgekommen ist.

Nein, nicht ein Stück. Wenn er mir jetzt das ganze Ding anbieten würde, ich würde es nehmen. Dann wären wir wenigstens quitt.

»Der Zettel, den du an mein Fenster geklebt hast, wozu das Geschwafel, wenn du nur einen Kuss wolltest? Warum das ganze Getue vorhin vor Hannah, wenn sie doch recht hatte?«

»Du tust so, als wäre ich ein Verbrecher. Du bist ein Holloway-Mädchen. Leute zu küssen, ist eure Aufgabe. Ich habe gewartet, bis deine Kusszeit beginnt, damit ich dich küssen kann, aber vielleicht wäre Maggie die bessere Wahl gewesen. Sie hätte nicht versucht, mehr daraus zu machen als einen Kuss.«

Meine Kusszeit sollte der Abschnitt in meinem Leben sein, in dem sich ausnahmsweise einmal alles um mich dreht. In dem ich keine Minderwertigkeitskomplexe habe, weil ich die stillere Schwester bin und Maggie alles einfach so zufliegt. Isaac hat vielleicht so lange gewartet, bis er mich statt Maggie küssen konnte, aber er wollte trotzdem nur einen Kuss. Nicht mich. Nicht mein Herz.

»Keine Sorge, das werde ich auch nicht«, erwidere ich. »Du hast deinen Kuss bekommen. Ziel erreicht. Aber von mir aus kannst du dich gern von einer Klippe stürzen, weil du nicht der Typ bist, für den ich dich gehalten habe.«

»Krieg dich wieder ein«, blafft Isaac. Dann dreht er sich um und läuft auf den Rand des Wasserfalls zu, um sich, wie schon so oft, in die Tiefe zu werfen. Doch er stößt sich eine Sekunde zu spät ab, um den Sprung richtig auszuführen. Statt in einem Bogen nach oben zu steigen, fliegt er zu weit nach vorne und plumpst geradewegs hinunter.

Ich renne an den Rand und versuche, neben dem Wasser-schwall die Fontäne auszumachen, die er verursacht, wenn er unten in das Felsbecken eintaucht. Aber es gibt keine Fontäne – zumindest keine, die so groß ist, dass sie neben der sprudelnden Gischt auffällt –, nur ein vom Rauschen des Wasserfalls gedämpftes Klatschen und ein Knirschen, das vermutlich niemand hört, als Isaac unten an den glatten Steinen hängen bleibt und halb im, halb außerhalb des Wassers landet.

4

Ich bin die Einzige, die Isaac fallen sieht. Die Einzige, die weiß, dass er da unten im Wasser liegt, verletzt ist und vielleicht sogar stirbt. Seth und Ethan tauchen sofort in das Felsbecken, als ich den Weg hinunterstolpere und ihnen – oder wem auch immer – zurufe, sie sollen ihm helfen. Jemand wählt den Notruf. Dann hagelt ein Haufen von Fragen auf mich ein, die ich nicht beantworten kann oder will.

Was ist da oben passiert?

Sollen Holloway-Mädchen nicht Glück bringen?

Wie konnte ausgerechnet Isaac einen Sprung so verhauen?

Wird er wieder?

Sie tragen Isaac aus dem Wasser, gefühlte Stunden später, obwohl es nur wenige Minuten gewesen sind. Seth hat die Arme um Isaacs Brust geschlungen, Ethan hält ihn an den Beinen. Als sie ihn auf das steinige Ufer legen, entweicht Isaacs Atem rasselnd und in schnellen, flachen Stößen. Ich denke nur, *wenigstens atmet er*, auch wenn es gar nicht gut klingt.

Aber atmen heißt, er lebt.

Hannah kniet sich neben Isaac in den Schlamm, streicht ihm über das Haar und flüstert: »Das wird schon, das wird schon«, als würde es wahr werden, wenn sie es nur oft genug wiederholt. Isaac schmiegt seine Wange in ihre Handfläche und sein schmerzverzerrtes Gesicht glättet sich ein wenig. Wie bescheuert war ich denn zu glauben, dass er nicht mehr in sie verliebt ist. Vielleicht mag er mich ja wirklich, wie er behauptet hat, aber das ist nichts im Vergleich zu dem, was er offensichtlich noch für Hannah empfindet.

Omas Warnung hallt laut in meinen Ohren wider – das Einzige, was schlimmer ist, als während der Kusszeit niemanden zu küssen, ist, jemanden zu küssen, dessen Herz bereits vergeben ist. Dann übermannen mich die Schuldgefühle.

Ist er verunglückt, weil wir diese Regel gebrochen haben? Bestraft ihn die Holloway-Magie für meinen Fehler?

Da im Buch des Glücks nicht erwähnt wird, was passiert, wenn ein Holloway-Mädchen gegen die Regeln verstößt, habe ich keine Ahnung, wie ich Isaac helfen kann. Weiß ich nicht, wie ich dafür sorgen kann, dass er wieder in Ordnung kommt. Im Moment kann ich nur hoffen, dass die Holloway-Magie nachlässt, wenn ich hier weggehe und sie mit mir nehme.

Wie ein Zombie schleiche ich um unsere Lagerstelle und suche die Gesichter im Schein des Feuers nach Maggie ab. Und weil sich fast alle am matschigen Ufer versammelt haben, ist eines sonnenklar. Meine Schwester ist nirgends zu finden und ich bin auf mich gestellt.

Paige fasst mich am Arm und zieht mich zum Weg, der zum Parkplatz hinaufführt. »Lass uns auf den Krankenwagen warten, okay?« Ihr kupferfarbenes Haar löst sich aus ihrem Messy Bun, und ihr Augen-Make-up besteht nur noch aus schwarzen Rändern, als hätte sie sich über die Augen gewischt, obwohl von Tränen keine Spur ist. Wir sind seit der ersten Klasse befreundet, und auch wenn wir uns in den letzten Monaten auseinandergelebt haben, weil sie sich Hannahs Clique angeschlossen hat, stehen wir uns immer noch so nahe, dass ich weiß, sie hat Angst und will es nicht zugeben.

Audrey hingegen lässt ihrer Nervosität freien Lauf, indem sie ununterbrochen plappert, während sie uns folgt und mir über den Rücken streichelt, sobald ich langsamer werde. Ich höre ihr nicht zu. Stattdessen zweifle ich bei jedem zweiten Schritt an meiner Entscheidung. Vielleicht ist es falsch, einen Bogen um Isaac zu machen. Vielleicht ist die Holloway-Magie das Einzige, was ihn retten kann. Maggie wüsste das. Meine Schwester weiß immer eine Lösung. Aber sie ist nicht hier, um mir zu erklären, wie die Magie funktioniert und was sie Isaac antun könnte. Ich habe keinen blassen Schimmer, wo Maggie abgeblieben ist, und ich fühle mich verloren. Und so gehe ich weiter und hoffe, dass meine erste Eingebung richtig war.

Wenn der heutige Abend irgendetwas gezeigt hat, dann, dass man meinem Urteilsvermögen nicht trauen kann. Und Isaac bezahlt jetzt den Preis dafür.

Obwohl wir zwanzig Minuten bis zum Parkplatz brauchen, sind wir trotzdem vor dem Krankenwagen da. Als er endlich eintrudelt, laufen die Sanitäter, zwei davon mit einer Trage, zu Fuß den Weg hinunter zum Ufer.

Ich bin nicht religiös. Ich bete nicht. Aber als die Minuten verstreichen, während wir darauf warten, dass sie Isaac zurückbringen, versuche ich es. Auch wenn es kein Gebet ist, sondern eher eine Bitte an das Universum: *Lass ihn nicht sterben. Bitte, lass ihn nicht sterben.*

Maggie kommt irgendwann kurz vor Mitternacht nach Hause. Sie stürmt in mein Zimmer, völlig außer Atem, als wäre sie den ganzen Rückweg gerannt. Ihr feuchtes Haar klebt ihr an Nacken und Schultern. Sie streicht es ungeduldig weg, als ob es ihr die Luft nehmen würde.

»Isaac ist im Krankenhaus.« Ihre Stimme versagt, und sie muss schlucken, bevor sie weiterreden kann. »Er soll vom Wasserfall gestürzt sein. Seine Lunge ist kollabiert und er hat sich ein paar Rippen gebrochen. Sie sagen, er hat Glück gehabt, dass er das überlebt hat.«

Die Finsternis in meiner Brust breitet sich noch weiter aus, tentakelartige Finger greifen nach Nerven und Muskeln und halten die Gefühle zurück, die bei ihren Worten wieder hochkommen wollen. Ich erzähle ihr nichts von dem, was zwischen Isaac und mir oben am Wasserfall vorgefallen ist.

Nichts von unserem Kuss.

Nichts davon, dass er vielleicht/irgendwie/wahrscheinlich noch in Hannah verliebt ist.

Und schon gar nichts darüber, dass sich mein Inneres anfühlt, als würde es verderben und jeder Tropfen Magie in meinem Blut zu Asche werden.

Wie soll ich vor ihr auch zugeben, dass meine Kusszeit, obwohl sie gerade erst begonnen hat, bereits in Scherben liegt und alles meine Schuld ist?

»Glück hat damit nichts zu tun«, flüstere ich.

Sie fährt fort, als ob ich nichts gesagt hätte. »Und ich wusste nicht, wo du warst. Jemand meinte, du warst bei ihm, als er heruntergestürzt ist, und dann warst du einfach weg. Vielleicht im Wald oder im Wasser – ich hatte nicht die leiseste Ahnung.« Maggie presst sich den Handrücken auf den Mund, als ihr die Tränen in die Augen schießen, und verschmiert die Reste ihres Lippenstifts. Sie lässt sich auf das Bett sinken und lehnt sich an mich, um zu testen, ob ich echt/aus Fleisch und Blut/hier bin.

»Ich bin nach Hause.«

»Das sehe ich. Ich bin fast verrückt geworden, weil ich nicht wusste, ob es dir gut geht oder nicht. Warum hast du denn nicht auf mich gewartet?«

Bei Isaacs Freunden zu bleiben, nachdem der Krankenwagen ihn abtransportiert hatte, kam nicht infrage. Nicht nach dem, was ich getan habe. Obwohl sie nicht wussten, dass ich ihn geküsst habe, wussten alle, dass ich irgendetwas mit seinem Unfall zu tun habe. »Weil du nicht da warst, Mags. Zuerst habe ich überall nach dir gesucht, bevor du gemerkt hast, dass ich nicht mehr da bin.«

Ich bin unfair. Es ist nicht Maggies Schuld. Nicht wirklich. Aber wenn sie nicht einfach wer weiß wohin abgehauen wäre, wäre ich bei ihr gewesen, statt heimlich Isaac zu küssen. Und alles wäre in bester Ordnung.

Er wäre in bester Ordnung.

»Du hättest jemandem sagen können, dass es dir gut geht und dich jemand nach Hause bringt.«

»Hätte ich mein Handy gehabt, hätte ich dich angerufen. Aber das ist in deiner Tasche. Du weißt schon, die, die du mitgenommen hast, als du heute Abend verschwunden bist, ohne mir zu sagen, wohin *du* gehst oder mit wem *du* unterwegs bist. Da schienst du ja nicht so besorgt um mich zu sein.«

Mich überkommt ein Anflug von Panik, wie nach dem Unfall, als ich gemerkt habe, dass ich niemanden anrufen und um Hilfe bitten kann. Die Luft im Raum wird dünn. Meine Lunge brennt, weil mir das Atmen schwerfällt. Und plötzlich will ich Maggie so weit wie möglich von mir weghaben. Ich lege mich auf den Rücken und strecke mich, mache mich in meinem Bett so breit, wie es geht. Sie zuckt kurz zusammen, als ich sie mit dem Knie anremple, aber sie steht nicht auf.

»Es war der erste Abend deiner Kusszeit. Ich dachte, du willst vielleicht nicht, dass ich die ganze Zeit an dir klebe«, verteidigt sie sich.

Noch ein paar flache Atemzüge, dann verwandelt sich die Panik in Wut. Heute ist viel passiert, woran ich schuld bin. Dass meine Schwester mich allein gelassen hat, gehört nicht dazu. »Es war auch *dein* letzter Abend. Ich wette, du wolltest einen letzten Kuss, bevor dich die Magie verlässt. Also tu nicht so, als wärst du mit dem, auf den du gerade scharf bist, nur mir zuliebe abgehauen.«

Maggie wendet ihren Kopf und blickt mich über die Schulter hinweg an. Ihr Lippenstift ist so gut wie weg, nur ein Hauch von Rot ist übrig. »Warum bist du denn so sauer auf mich?«

»Weil du mich anlügst.«

»Mach ich nicht.«

»Ha, du lügst ja schon wieder.«

»Also schön. Was verheimliche ich denn vor dir?«

Was verheimlicht sie mir denn *nicht*? Wir hatten noch nie Geheimnisse voreinander, aber plötzlich türmen sie sich zwischen uns auf und treiben uns auseinander, jetzt, wo ich Maggie am meisten brauche. »Erstens, warum du dich heute Abend weggeschlichen hast. Zweitens, mit *wem* du dich verdrückt hast. Mit wem du seit Wochen am Handy flirtest und denkst, ich wüsste es nicht. Ich bin nicht doof, Maggie. Ich weiß, dass du dich mit jemandem triffst und alles tust, damit ich nicht dahinterkomme. Ich verstehe bloß nicht, warum.«

»Ich wollte einfach nicht, dass du das Gefühl hast, wir würden dich ausschließen.« Maggies Stimme ist sanft, flehend, sie bittet bereits um Verzeihung, bevor die Katze aus dem Sack ist. »Du, Laurel und ich, wir haben so unser Ding. Zu dritt. Und dann haben sie und ich vor ein paar Wochen uns auch mal nur zu zweit unterhalten. Und daraus ist dann irgendwie mehr geworden.«

»Du und *Laurel*?« Das muss ein Witz sein. Hält sie es wirklich für eine gute Idee, mit einer unserer besten Freundinnen etwas anzufangen? Maggies Gefühle wechseln so oft wie ihre Lippenstiftfarbe, also jeden zweiten Tag. Aber wenn sie ihre Beziehung mit Laurel geheim hält, muss es ja etwas Ernstes sein. Oder sie will nicht, dass ich ihr die Schuld gebe, wenn Laurel nichts mehr mit mir zu tun haben will, falls es so läuft, wie es bei Maggies Beziehungen immer läuft. Ich setze mich auf und lehne mich mit dem Rücken an die Wand. Ich ziehe die Knie an und umfasse sie mit den Armen, damit sie nicht zittern. »Warst du heute Abend mit ihr zusammen? Hast du sie geküsst?«

Ich muss sie nur ansehen und weiß, dass es so war. Ihr nasses Haar hängt in Strähnen herab und tropft auf ihre

Schultern. Der Stoff ihres Einteilers ist nur über dem BH und dem Slip feucht, also hatte sie ihn beim Schwimmen nicht an. Natürlich hat sie mir auch kein Sterbenswörtchen darüber verraten, dass sie mit Laurel nur in Unterwäsche baden war.

»Sei mir deswegen bitte nicht böse.«

»Hast du sie geküsst?«, frage ich noch einmal.

Sie erhebt sich vom Bett, schlingt die Arme um sich und weicht meinem Blick aus. »Ja.«

»Warum? Wegen der Kusszeit oder weil du etwas für sie empfindest?«

Maggie wäre vielleicht die bessere Wahl gewesen. Isaacs Worte haben sich in mein Gedächtnis eingebrannt. Meine Schwester hat die Erwartung geweckt, dass in der Kusszeit alle mal dürfen. Warum sollte sie da bei Laurel eine Ausnahme machen?

»Du hast Isaac heute Abend geküsst, oder? Wieso?«, will sie wissen.

So, wie sie sich um meine Fragen drückt, muss es sich bei Laurel um etwas Vorübergehendes handeln. Ein weiterer Name für Maggies Seite im Buch des Glücks und sonst nichts. Allerdings ist Laurel unsere Freundin. Wie konnte Maggie ihr das antun, wo sie doch weiß, dass Laurels Gefühle echt sind? So viel zum Thema, dass wir aufpassen sollen, wen wir während der Kusszeit küssen. Eine neue Lüge landet auf dem Stapel. Also zitiere ich sie mit ihren Worten. »Am schönsten ist es, jemanden zu küssen, für den du wirklich etwas empfindest, schon vergessen?«

»Ich meine, war es deine Entscheidung oder hat er …«

»Gott, Maggie. Nein, er hat mich nicht gezwungen. Ich wollte ihn küssen.«

Im Gegensatz zu meiner Schwester kann ich nicht so tun, als hätte mein egoistisches Verhalten keine Konsequenzen. Dem einzigen Jungen zu schaden, den ich während der Kusszeit geküsst habe, ist schon schlimm genug. Aber zuzugeben, dass ein Teil von mir mich vor dem Kuss gewarnt hat? Das ist etwas, das mich ewig verfolgen wird, wenn es rauskommt.

5

Ich weiß nicht, wer meinen Eltern von Isaacs Unfall erzählt hat oder davon, dass ich daran beteiligt war. Aber noch vor Sonnenaufgang stehen sie in meinem Zimmer und fragen *erst*, ob es mir gut geht, und *dann*, was geschehen ist. Ich erzähle ihnen die Kurzfassung. Gerade so ausführlich, dass sie verstehen, wie es abgelaufen ist, aber keine persönlichen Details, die außer mir niemand zu wissen braucht.

Sie sagen nicht ein einziges Mal, dass es meine Schuld ist. Obwohl wir alle wissen, dass es so ist, auch wenn sie es nicht zugeben wollen.

Dad meint so etwas wie: *Es ist ein Wunder, dass sich nicht schon mehr Leute beim Sprung vom Wasserfall ernsthaft verletzt haben* und *Niemand sollte nach Einbruch der Dunkelheit dort hinaufgehen dürfen, denn das schreit ja förmlich nach einem Unglück.* Mom streicht mit den Händen über mein Gesicht, mein Haar, als ob meine körperliche Unversehrtheit ein Beweis dafür wäre, dass es mir gut geht.

Tatsächlich geht es mir alles andere als gut. Es war naiv

von mir, der Holloway-Magie so blind zu vertrauen. Mich darauf zu verlassen, dass sich die Sache mit Isaac so entwickelt, wie ich es will, nur weil ich das Glück auf meiner Seite hatte.

Die Besuchszeit im Krankenhaus beginnt um sieben und dank meiner Eltern bin ich auch schon auf den Beinen. Sie haben beide angeboten, heute daheim zu bleiben, falls ich sie brauche. Brauche ich aber nicht. Ich muss einfach Isaac besuchen und meinen Fehler zugeben. Ihm sagen, dass es mir leidtut. Ich hoffe, dass er dann die Verantwortung für seinen Teil übernimmt. Wenn wir das tun, erlaubt uns die Holloway-Magie vielleicht, einen Strich darunter zu ziehen.

Da meine Eltern zur Arbeit sind, kann ich entweder Maggie um den Autoschlüssel bitten, worauf ich nach letzter Nacht null Bock habe, oder eine meiner Freundinnen fragen, ob sie mich fährt. Paige und Audrey haben mich gestern Abend nicht weiter bedrängt, aber ich glaube, das lag eher am Schock als an der Rücksicht auf meine Privatsphäre. Keine von ihnen wird mich zu Isaac bringen, ohne mich auf dem Hin- und Rückweg auszuquetschen. Ich wecke Laurel mit meiner Nachricht, aber sie erklärt sich bereit, mich abzuholen, und stellt keine weiteren Fragen. Lieber fühle ich mich ein bisschen unbehaglich in Laurels Gegenwart, als dass ich darüber reden muss, was passiert ist.

Ich schleiche mich aus dem Haus und warte am Ende der

Einfahrt auf sie, damit Maggie nicht unaufgefordert mitkommt. Ich habe weder Lust, unseren Streit wieder aufzuwärmen, noch mit ansehen zu müssen, was zwischen ihr und Laurel abgeht.

»Was hat Maggie denn heute so Wichtiges vor, dass sie das Auto braucht?«, erkundigt sich Laurel, als ich mich auf dem Beifahrersitz niedergelassen habe. Die schwarzen Strähnen unter ihren blondierten Haaren werden sichtbar, als sie sich das Haar zu einem lockeren Knoten zusammenbindet. Mein Blick fällt auf die drei geflochtenen Zöpfchen, die sich daraus lösen. Eine kleine Aufmerksamkeit von Maggie gestern Abend, da könnte ich wetten.

Okay, vielleicht war *lieber* zu voreilig. Aber jetzt muss ich da wohl durch. »Ich glaube, sie hat gar nichts vor. Ich habe sie nur nicht gefragt.«

»Oh. Mir hat sie erzählt, dass sie heute beschäftigt ist, ohne ins Detail zu gehen. Ich dachte, sie liefert was für deine Mutter aus oder so. Also hat sie heute gar nichts zu tun?«

»Sie war noch in ihrem Zimmer, als ich los bin. Falls sie Pläne hat, weiß ich nichts davon.« Ich halte mich zurück, bevor ich meinen Frust an Laurel auslasse. Sie ist ja auch nicht ganz unschuldig an dem Desaster. Aber dass sie ihre Beziehung zu meiner Schwester geheim gehalten hat, fühlt sich weniger wie ein Verrat an als Maggies Schweigen. »Ja, also, sie hat es dir bestimmt nicht erzählt, aber ich weiß von euch beiden. Dass ihr euch geküsst habt.«

Laurel blickt zu mir herüber und lächelt zaghaft. »Und da hast du mich zu diesem unglückseligen Unterfangen überredet, damit du mir eine ›Brich meiner Schwester das Herz und ich breche dir das Genick‹-Rede halten kannst?«

Eigentlich mache ich mir ja eher um Laurels Herz Sorgen. Ihre Augen haben den verräterischen Glanz von jemandem, der frisch verliebt ist. Oder zumindest ganz schön verknallt. Ich hasse es, sie mit den Tatsachen zu konfrontieren, aber ich weiß aus erster Hand, dass alles vor die Hunde geht, wenn Blick, Kopf und Herz nicht klar sind.

»Eher das Gegenteil. Sei vorsichtig, okay? Du kennst uns schon lange und weißt, wie Maggie mit Beziehungen ist. Vielleicht ist es ihr nicht so ernst, wie du denkst.«

»Bei mir ist sie anders, Remy. Ihre Gefühle für mich sind echt. Jetzt, wo du eingeweiht bist, kannst du dich ja selbst überzeugen.«

»Ich hoffe bloß, dass du recht hast«, sage ich.

Und das meine ich auch so. Ich bin immer noch angepisst, dass Maggie eine unserer besten Freundinnen geküsst und es vor mir verheimlicht hat, aber ich will nicht, dass eine von beiden verletzt wird. Ich habe selbst schon genug angerichtet.

Als wir zehn Minuten später das Krankenhaus erreichen, hocken Paige und Audrey auf dem Kofferraumdeckel von Audreys Wagen, der im Schatten einer Eiche ein paar Plätze neben Seths Bronco abgestellt ist. Laurel parkt neben den beiden ein.

Sich zu vergewissern, dass es Isaac gut geht, und dem Unheil, das unser Kuss ausgelöst hat, ein Ende zu bereiten, ist mit Publikum unendlich viel schwieriger. Aber ich muss es versuchen. So viel schulde ich uns beiden.

Kaum bin ich ausgestiegen, lässt sich Paige vom Kofferraumdeckel gleiten, schlappt in ihren Flipflops auf uns zu und schreit mich förmlich an: »Was machst du hier?«

»Ich möchte zu Isaac.« Ich mustere die Fenster des Krankenhauses, als ob ich irgendwie erkennen könnte, welches seins ist. Wenn ich in sein Zimmer gelangen kann, gibt es bestimmt einen Weg, die Sache in Ordnung zu bringen.

»Das ist keine gute Idee, Remy«, wirft Audrey ein.

»Hannah ist da drin. Zusammen mit Seth und Felix.« Paiges schneidende Stimme zieht eine rote Linie. Eine, die ich ganz klar nicht überschreiten sollte. »Er hat ihnen erzählt, dass du ihn geküsst hast, bevor er gesprungen ist. Dass du ihm gesagt hast, er soll sich doch von einer Klippe stürzen. Alle denken, dass du ihn verflucht hast.«

Verflucht. Das Wort geht mir durch Mark und Bein. »Und ihr glaubt ihnen?«

»Keine Ahnung, Remy. Ich meine, wir reden hier von Isaac. Wann hat er jemals einen Sprung so vermasselt?«

Audrey packt mich am Arm und hält mich fest. »Und hast du das mit seinem Vater gehört? Während wir am Wasserfall waren, hat sein Vater seine Siebensachen gepackt und wollte sich aus dem Staub machen. Knall auf Fall. Er hat schon ein neues Haus in Kalifornien oder so. Ich glaube, er wollte sich nicht mal verabschieden, aber dann hat sich Isaac verletzt, und sein Vater hat den Flug um einen Tag verschoben. Einen einzigen beschissenen Tag. Gut, dass die den Idioten los sind.«

»Und sein Vater will die Familie immer noch verlassen? Wer macht denn so was, wenn das eigene Kind in einem Scheißkrankenhaus liegt?«

»Isaacs Vater offenbar«, bemerkt Laurel.

»Wie kommt Isaac damit zurecht?«, frage ich und überhöre ihre nüchterne Feststellung.

Paige hakt sich bei Audrey unter und zieht sie ein Stück von mir weg. Als wäre es in meiner Nähe nicht sicher. Als würde sie glauben, dass ich zu dem fähig bin, was Isaacs Freunde mir vorwerfen. Wir waren fast unser ganzes Leben lang befreundet. Wie kann sie denen mehr vertrauen als mir?

Die Frage kann ich mir selbst beantworten. Hannah. Isaac hat nicht übertrieben, als er meinte, sie könne gut Leute manipulieren. Sie nutzt ihre Stellung als Stiefschwester, um Paige zu beeinflussen.

»Er weiß es nicht«, erwidert Paige. »Bevor wir zu ihm durften, mussten wir seiner Mutter schwören, dass wir nichts verraten. Sie will es ihm erst nach seiner Entlassung sagen.«

»Ich bin mir sicher, dass sie so tun wird, als hätte sein Vater nie existiert.« Audrey senkt ihre Stimme, als würde uns jemand belauschen, und fährt fort: »Es würde mich nicht wundern, wenn sie bereits alle Spuren von ihm im Haus restlos beseitigt hat. Sie ist absolut irre. Schon deshalb kannst du da nicht reingehen, Remy. Sie bringt dich wahrscheinlich auf der Stelle um, weil du Isaac ins Krankenhaus befördert hast.«

Bei ihr klingt das so, als hätte ich Isaac gestoßen. Als wäre er nicht aus freien Stücken von der Klippe gesprungen, nachdem er mir das Herz gebrochen hat. Wenn Audrey das denkt, obwohl sie meine Freundin ist, wird erst recht niemand anders glauben, dass es nicht an mir lag.

Wenn ich mich jetzt entschuldige, kommt das einem Schuldeingeständnis gleich. Ich sollte Mrs. Fuller lieber etwas Zeit geben, um sich zu beruhigen, bevor ich einen weiteren Versuch unternehme, Isaac zu sehen. Wahrscheinlich schadet es auch nicht, wenn ich Paige entgegenkomme. Damit sie sieht, dass ich hier nicht die Böse bin.

»Okay, dann besuche ich ihn nicht. Aber ich muss wissen, wie es ihm geht. Bitte!«

»Was denkst du denn, wie es ihm geht, Remy? Er hat sich drei Rippen gebrochen und einen Lungenriss zugezogen. Das Atmen tut ihm *regelrecht* weh. Er wird dieses Jahr vielleicht nicht mehr tauchen können, wenn er nicht rechtzeitig gesund wird.«

Ich weiche vor ihrer anklagenden Stimme zurück, bis ich gegen Laurels Auto pralle.

Laurel geht zur Fahrerseite und öffnet die Tür. »Ich glaube, damit will Paige sagen, dass er schon bessere Tage gesehen hat.«

»Das ist nicht witzig, Laurel. Er hätte sterben können«, faucht Audrey.

»Ist er aber nicht«, erwidert Laurel trocken.

»Gestern Abend hast du so getan, als wüsstest du nicht, was passiert ist. Warum Isaac gesprungen ist. Aber du hast ihn geküsst. Und dann bist du ausgeflippt, als er dir gebeichtet hat, dass er lieber noch mit Hannah zusammen wäre«, sagt Paige und zweifelt keine Sekunde an dieser Version der Geschichte.

»So ist es nicht gewesen. Erzählt er das etwa?«, frage ich.

»Hannah erzählt das.« Audrey schaut sich auf dem Parkplatz um, als fürchte sie, ihr Verrat würde belauscht werden.

Paige seufzt und die Anspannung in ihrem Gesicht lässt nach. »Und stimmt das etwa nicht?«

Ich nutze ihre Unsicherheit und entgegne: »Natürlich behauptet Hannah, ich sei eifersüchtig auf sie. Sie ist sauer, dass sich Isaac für mich entschieden hat, als sie ihn gestern Abend zur Rede gestellt hat.« Genau genommen hat er sich für das Holloway-Glück entschieden.

»Hat Isaac gelogen, als er sagte, er hätte dich geküsst?«, will Audrey wissen.

»Er meinte, er sei über Hannah hinweg. Sonst hätte ich ihn doch niemals geküsst.«

»Also liegt er jetzt *doch* da drin, weil er dich geküsst hat?« Paige sieht abwechselnd zu mir und Laurel. »Ihr beide solltet jetzt verschwinden, okay? Bevor jemand rauskommt und euch sieht. Ihr wollt es doch nicht noch schlimmer machen, oder?«

Schlimmer? Es sind noch keine zwölf Stunden seit unserem Kuss vergangen und schon liegen Isaacs Leben und seine Familie in Trümmern. Wie viel kann er noch ertragen, bevor das Pech ihn verlässt? *Falls* es ihn verlässt.

Am nächsten Tag schließe ich mich in der verglasten Backküche hinter dem Haus ein. Es ist die offizielle Küche von Wild Flour, Moms Bäckereiwagen, und der einzige Ort, an dem ich zur Ruhe komme. Ich habe die Musik ohrenbetäubend laut aufgedreht und verliere mich in der Wut und dem Schmerz von Breaking Benjamin. Wie in dem Song weiß ich, dass am Ende ich diejenige sein werde, die leidet.

Ich habe die Fenster mit Laken und Decken verhängt, damit man vom Garten aus nicht reinschauen kann. Ab und zu sehe ich draußen ein paar Schatten über die Wiese huschen. Aber was auch immer sie da draußen treiben, mich beziehen sie nicht ein. Entweder machen die Laken unsichtbar und die Küche inklusive mir sind von der Bildfläche verschwunden, oder sie haben endlich kapiert, dass ich allein sein möchte.

Maggie ist die Einzige, die den Wink nicht versteht.

Sie lässt den Blick durch den Raum schweifen und überall verharren, nur nicht auf mir. »Das ist die Mutter aller Deckenburgen«, meint sie, als die Musik leiser wird.

Ich sehe sie kurz an und verdrehe die Augen, dann ignoriere ich sie wieder. Wir haben uns nicht mehr viel zu sagen, seit ich herausgefunden habe, dass sie im Wald war und Laurel geküsst hat, als Isaac verunglückt ist. Oder besser gesagt, ich habe ihr nicht viel zu sagen. Maggie tut so, als wäre nichts passiert.

»Redest du immer noch nicht mit mir?«, fragt sie.

»Was soll ich denn sagen?«

»Weiß nicht. Irgendwas. Hör einfach auf, mich auszugrenzen.« Ihre Stimme ist sanft, flehend.

Wir hatten noch nie einen Streit, der so lange gedauert hat. Aber Maggie hat mich auch noch nie angelogen, also gibt es wohl für alles ein erstes Mal. »Es sind erst zwei Tage. Und ich würde auch nicht sagen, dass ich dich ausgrenze. Es ist ja nicht so, als hätte ich schon seit Monaten Geheimnisse vor dir.«

»So war es nicht, Remy.« Sie lässt sich auf den Stuhl mir gegenüber gleiten und nimmt sich die Reihe mit den Whoopie-Pie-Hälften vor. Jede zweite dreht sie um, damit ich die Cremefüllung aufbringen kann.

»Oh, dann hast du dich also nicht hinter meinem Rücken mit Laurel vergnügt?«

»Wir wollten dich damit nicht kränken. Aber du musst dir deswegen auch nicht mehr den Kopf zerbrechen.« Sie schiebt ihre Schultern vor, ihre Körperhaltung ist steif vor Anspannung. Maggie konzentriert sich auf das Gebäck zwischen uns und meidet meinen Blick. »Ich habe Laurel gesagt, dass ich das nicht kann.«

»Was meinst du mit *das*?«

»Eine Beziehung. Mehr als Freundschaft.«

Isaacs Worte kommen mir wieder in den Sinn und reißen die Wunden erneut auf. *Ich bin noch nicht bereit für was Ernstes. Ein Kuss ändert das nicht.* Natürlich ändert auch ein Kuss von Laurel nichts an Maggies Einstellung.

»Wow. Ich glaube, das ist ein Rekord, Mags. Das sind wie viele Tage? Zwei Tage, seit ich gehört habe, deine Gefühle seien echt, bis du Schluss mit ihr machst.«

»*Du* wolltest nicht, dass ich mit Laurel zusammen bin. Das hast du sehr deutlich gezeigt.«

»Und da dachtest du, es macht mich glücklicher, wenn du ihr vermutlich das Herz brichst?«

»Natürlich nicht. Und ich wollte sie ja auch nicht verletzen. Aber wenn ich die Wahl habe, dir oder jemand anderem wehzutun, werde ich mich immer für Letzteres entscheiden. Niemand bedeutet mir mehr als du«, erklärt Maggie.

Das war vielleicht einmal so, bevor die Holloway-Magie abwechselnd von uns Besitz genommen hat. Jetzt haben wir Geheimnisse voreinander. Jetzt denken wir nicht mehr nach, bevor wir uns gegenseitig verletzen. »Wenn das wirklich so wäre, hättest du mir von Laurel und dir erzählt, anstatt dass ich selbst draufkomme, weil ich dich brauche und du nicht da bist.«

Sie hebt resigniert die Hände und schimpft los: »Ich weiß echt nicht, was du von mir willst, Remy. Erst bist du sauer, weil ich sie mag, und jetzt bist du sauer, weil ich nichts mit ihr anfange. Was denn nun?«

Ich knalle den Spritzbeutel so heftig auf den Tisch, dass zentimeterweise rosafarbene Creme herausspritzt. »Ich war doch nicht angepisst, weil du Laurel magst. Sondern weil du es vor mir verheimlicht hast. Weil du herumgedruckst und damit hinterm Berg gehalten hast. Als ihr was angefangen habt, wolltest du es unbedingt vor mir geheim halten. Und jetzt, wo es vorbei ist, benimmst du dich, als wärst du eine Heilige, nur weil du endlich mit der Sprache rausgerückt bist.«

»Mach ich doch gar nicht.«

»Was denn dann?«

»Ich versuche, dich dazu zu bringen, mir zu verzeihen.« Maggie streckt den Arm nach mir aus. Ich zucke zurück und balle die Hände auf der Tischplatte zur Faust.

»Normalerweise gehört dazu eine Entschuldigung.«

»Es tut mir leid, okay? Ich habe das mit Laurel nicht absichtlich geheim gehalten.« Ihre Stimme zittert bei diesem Eingeständnis. »Es ging alles so schnell, und ich wusste nicht einmal, was – wenn überhaupt – da zwischen uns ist. Die Kusszeit stellt alles auf den Kopf. Zumindest war es bei mir so.«

Ich erinnere mich noch daran, wie mich heftiges Verlangen überkam, als ich mit Isaac allein war. Wie ich mich ganz der Magie hingab und sie als Rechtfertigung benutzte, ihn zu küssen. Aber trotzdem war es meine Entscheidung. Die Magie hatte keine Macht über mich. Ebenso wenig, wie sie Maggie zu etwas gezwungen hätte, das sie nicht wollte. Dass sie jetzt etwas anderes behauptet, ist eine absolute Frechheit. »Aber die Kusszeit hat dich nicht dazu gebracht, dieser Stimmung nachzugeben. Oder mich deswegen anzulügen. Das warst du ganz allein.«

»Du hast ja recht. Ich schwöre, dass ich dich nie wieder anlügen werde. Ich werde dir die Wahrheit sagen, egal was. Du brauchst nur zu fragen.« Sie hebt die Hand.

Ich sollte ihre Entschuldigung und ihr Versprechen annehmen und die Sache auf sich beruhen lassen. Aber das kann ich nicht. Wenn sie Laurel etwas vorgemacht hat, obwohl sie wusste, was Laurel für sie empfindet, obwohl sie wusste, dass daraus nichts werden wird, dann ist Maggie kein bisschen besser als Isaac. Man sollte die Kusszeit nicht dazu missbrauchen, auf Kosten der Gefühle anderer zu bekommen, was man will. Isaac kann ich all das nicht sagen, aber ich kann zumindest meiner Schwester klarmachen, was sie getan hat.

»Wenn ich nichts wegen dir und Laurel gesagt hätte, hättest du sie dann so schnell abserviert?«

»Eher nicht«, räumt sie ein bisschen vorschnell ein.

»Wärst du gern mit ihr zusammen?« Ich will, dass sie Ja sagt. Beweist, dass sie keine von dieser Sorte ist. Dass sie mich anlügt, könnte ich ihr verzeihen, wenn das, was sie für Laurel empfindet, nicht nur oberflächlich ist. »Bin ich der einzige Grund, warum du das Ganze beendet hast?«

Maggie mustert mich, als ob das eine Fangfrage wäre. Als ob sie wüsste, dass die Antwort uns noch weiter voneinander entfernen wird. »Ich mag Laurel, ganz klar. Mit ihr ist alles easy. Bei ihr muss ich mich nicht zurücknehmen, wie bei einigen Typen, mit denen ich ausgegangen bin. Und es ist schön zu wissen, dass sie mich so mag, wie ich bin, weißt du? Aber werde ich es bereuen, dass wir wieder nur befreundet anstatt zusammen sind? Nein. Wie unschwer daran zu erkennen ist, dass ich hier bin und versuche, mich mit dir zu versöhnen und mich nicht in mein Zimmer verkrieche und mir vor Liebeskummer die Augen ausheule.«

»Und hast du deshalb keine Gewissensbisse? Weil sie dir so wenig bedeutet? Macht es dir überhaupt etwas aus, dass du sie eigentlich nur benutzt hast, weil sie dich mag und du dich dadurch geschmeichelt fühlst?«

»Ich dachte, du wärst nicht sauer, weil ich sie mag.«

»Aber du magst sie doch nicht wirklich! Du läufst herum und küsst alle, die dir das Gesicht hinhalten, ohne dich darum zu scheren, ob deine Gefühle für sie von Dauer sind. Du ziehst von einer Person zur nächsten, als wäre keine von ihnen wichtig. Hast du auch nur eine Sekunde daran gedacht, was es für Laurel bedeutet, wenn du ihr eine Abfuhr gibst? Du hast ihr zwar vielleicht nicht absichtlich etwas vorgespielt, wie Isaac das bei mir gemacht hat, aber es läuft auf dasselbe hinaus. Du hast sie glauben lassen, dass da mehr zwischen euch ist, hast sie hoffen lassen, dass du genauso fühlst wie sie, und dann hast du sie sitzen lassen, als wären ihre Gefühle nichts wert. Als wäre *sie* nichts wert. Das ist so fies.«

Das ist ein Schuss unter die Gürtellinie. Und womöglich hat sie den auch nicht ganz verdient. Aber ich kann den ganzen Schmerz und Zorn, die sich entladen, nicht mehr unterdrücken, und Maggie dient als Blitzableiter.

»Es tut mir leid, dass Isaac dich so behandelt hat, aber das gibt dir nicht das Recht, deinen ganzen Scheiß bei mir abzuladen.« Sie stößt sich vom Tisch ab und ihr Stuhl schleift quietschend über den Betonboden. Sie ist auf halbem Weg zur Tür, als sie stehen bleibt, herumschnellt und mir ihre messerscharfen Worte an den Kopf schleudert. »Nein, ich war nicht da, als du mich gebraucht hast. Aber ich habe auch noch ein eigenes Leben. Du bist meine Schwester, nicht mein verdammter Schatten. Irgendwann musst du mal lernen, deine Suppe selbst auszulöffeln. Oder so schlau sein, dich gar nicht erst in so eine beschissene Situation zu bringen. Dass ich nicht da war, hat nichts damit zu tun, dass du Isaac geküsst hast. Du hättest ihn so oder so geküsst und er wäre so oder so verunglückt. Weil *du* die Regeln ignoriert hast. Wenn du also jemandem die Schuld geben willst, Remy, dann dir.«

Meine Schwester hat recht. Trotz all des Kummers und der Wut weiß ich das. Aber das geht mir nicht über die Lippen. Die Worte, die aus meinem Mund kommen, sind wild entschlossen, unser Verhältnis und alles andere zu zerstören. Obwohl ich weiß, dass sie Maggie von mir wegstoßen, kann ich sie nicht zurückhalten.

»*Du* hast mir eingeschärft, ich soll jemanden küssen, für den ich wirklich etwas empfinde. Aber du hast wohl einfach mehr Glück als ich, denn die Magie hat sich noch nie von dir abgewendet, weil du die falsche Person geküsst hast.« Was von meinem Herzen übrig ist, zerbricht bei dem, was ich nun sage. »Ich hab die Schnauze voll. Von der Kusszeit. Von Isaac. Von dir.«

Jetzt ist es raus. Und ich muss mit den Konsequenzen leben.

6

So wie's aussieht, ist das Schicksal ein Miststück. Großgeschrieben.

In der Woche seit Isaacs Unfall hat die Holloway-Magie nicht nur sein Leben ruiniert, sondern – und davon bin ich überzeugt – auch mich verflucht. Es fühlt sich an, als würde in meiner Brust ein Strudel toben, der jeden Funken Glück schon aufsaugt, bevor er sich überhaupt richtig entzünden kann.

Ich hatte gedacht, dass der Komplettverlust meiner Magie das Schlimmste wäre, was mir droht, wenn ich eine der Kusszeit-Regeln breche.

Aber im Vergleich zu dem hier wäre es ein Segen gewesen. Ich muss die Regeln auf der ersten Seite im Buch des Glücks gar nicht mehr lesen, um zu wissen, was sie bedeuten.

Dass die Magie Isaacs Herz nie berührt hat, weil er bereits in eine andere verliebt war.

Dass ich ihn trotzdem geküsst habe.

Dass sich sein Pech augenblicklich eingestellt hat, weil ich die Regeln außer Acht gelassen habe.

Und das Buch enthält keinerlei Erklärung, wie man das beheben kann. Nicht einmal eine magische Fußnote.

Ich habe jedes Mittel ausprobiert, das ich im Internet finden konnte, um uns beide von unserem Unglück zu befreien. Über jeder Seite im Buch des Glücks habe ich einen überdimensionierten Amethyst-Brocken geschwenkt und algengrüne Moldavit-Kristalle in Isaacs Vorgarten vergraben, damit sie die Finsternis absorbieren, die ihn umgibt. Ich habe YouTube-Anleitungen befolgt, wie ich mein Chakra mit einem fünfzehn Zentimeter langen Selenit-Stab reinige und wie ich meine Aura mit salzbesprenkelten Zitronen säubere. Und ich habe so viel Salbei in meinem Zimmer verbrannt, dass Mom mich gefragt hat, ob ich Gras rauche.

Nichts hat auch nur irgendetwas verändert.

Das Pech verfolgt Isaac noch immer auf Schritt und Tritt. Am Tag seiner Entlassung aus dem Krankenhaus erhielt er einen Brief von der Schule, in dem ihm mitgeteilt wurde, dass es eine Verwechslung bei seinen Abschlussnoten gab, er in Englisch eigentlich durchgefallen ist und ab Ende der Woche in der Sommerschule antanzen muss – ohne Rücksicht auf medizinische Atteste –, sonst muss er die zehnte Klasse wiederholen.

Aber ich gebe nicht auf. Kann ich auch nicht. Ich muss

einen Weg finden, das Unglück, das unser Kuss verursacht hat, rückgängig zu machen, oder ich werde das nutzloseste Holloway-Mädchen aller Zeiten sein. Und Isaac vielleicht bis ans Lebensende gestraft.

Ich ziehe das Buch des Glücks aus dem Bücherstapel neben meinem Bett. Normalerweise liegt es in der oberen rechten Schublade des Porzellanschranks im Esszimmer. Aber seit meine Kusszeit begonnen hat, hat es sich in meinem Zimmer eingenistet. Mom und Maggie haben es noch nicht vermisst. Und falls doch, haben sie mich nicht danach gefragt. Wahrscheinlich denken sie, dass ich nichts damit zu tun haben will.

Doch das ist ein gewaltiger Irrtum.

Ich schlage es so oft auf, dass ich mir gar nicht mehr die Mühe mache, es mit seinen dünnen Lederriemen zuzubinden. Wenn ich es hochhebe, lösen sich die Riemen und baumeln schlaff vom samtweichen Einband herab. Das dicke Papier verströmt einen Hauch verschiedener Blumendüfte. Ich überblättere Dutzende Seiten mit den Namen anderer Holloway-Mädchen, bis ich meine finde. Auf den meisten Seiten wurde viel mehr Tinte vergossen, sie enthalten zahlreiche Namen und glückliche Ereignisse. Meine hingegen ist einem einzigen Namen und einer nicht abreißenden Pechsträhne gewidmet. Das ist mein Vermächtnis.

Bestenfalls diene ich als abschreckendes Beispiel, damit zukünftige Holloway-Mädchen die Kusszeit ernst nehmen.

Schlimmstenfalls wissen die folgenden Generationen nicht einmal, dass ich mehr war als ein Name in einem Buch. Aber sie müssen wissen, dass alles den Bach runtergeht, wenn sie nicht aufpassen. Daher schreibe ich haarklein auf, wie sich Isaacs Unglück bemerkbar macht.

Lungenkollaps und gebrochene Rippen nach einem Sprung vom Firelight Falls.

Konnte nicht an den Wettkämpfen des Tauchteams teilnehmen, wodurch sich sein College-Stipendium erledigt hat.

Wurde von seinem Vater verlassen, der wegen eines neuen Jobs ans andere Ende des Landes gezogen ist.

Ist immer noch mit der schrecklichsten Freundin der Welt zusammen.

Und das sind nur die Schicksalsschläge, von denen ich gehört habe. Da fast alle mich für Isaacs Leiden verantwortlich machen und mich nur dann in ihrer Gegenwart dulden, wenn sie mich daran erinnern wollen, dass alles meine Schuld ist, hat mein Freundeskreis nicht mehr genügend Leute, um als Kreis zu gelten. Eigentlich reden nur noch Maggie und Laurel mit mir, auch wenn sie nicht mehr miteinander reden.

Wahre Liebe. Darauf hatte ich gehofft, als ich Isaac küsste. Und meine Schwester wirft sie einfach achtlos weg, beweist mir, dass ich mit meinen Anschuldigungen recht hatte, und treibt uns damit nur noch weiter auseinander.

Wir sind mit märchenhaften Erzählungen über unsere

Familie aufgewachsen. Überschwängliche Liebesbekundungen. Schicksalhafte erste Küsse. Ein Zuhause voller Lachen. Maggie und ich prägten uns so viele Geschichten ein, wie wir nur konnten. Und wenn uns Mom abends ins Bett brachte und sie uns erzählte, sprachen wir leise mit. Ein Holloway-Mädchen nach dem anderen fand die große Liebe, die ewig währte.

In einer Geschichte heißt es, Annabeth Holloway habe ihre wahre Liebe während der Kusszeit aus einer Laune heraus geküsst, weil ihre Magie den Jungen, für den sie schwärmte, kaltließ und sie ihn eifersüchtig machen oder zumindest ein vorübergehendes Interesse entfachen wollte. Doch stattdessen öffnete ihr der Kuss Augen und Herz für den stillen Jungen, dessen Tagebuchkritzeleien eines Tages als Romanklassiker gefeiert werden sollten.

Eine andere berichtet, dass June Holloway am ersten Tag ihrer Kusszeit alle infrage kommenden Jungs in der Stadt küsste, in der Hoffnung, damit die Gedanken an die Lippen ihrer besten Freundin Ruby zu verdrängen, die sie nachts wach hielten. Als das fehlschlug, gestand sie Ruby schließlich ihre Gefühle. Ihr Kuss half Ruby, sich einen Namen als Besitzerin einer der berüchtigtsten illegalen Kneipen des Südens zu machen, die jede Woche an einem anderen Ort öffnete, damit sie nicht entdeckt wurde.

Auf einer weiteren Seite wird beschrieben, dass Cora Holloway mehr als nur wahre Liebe aus der Kusszeit schlagen wollte und hundert Dollar pro Kuss verlangte. Mit dem gesparten Geld kaufte sie sich ein One-Way-Ticket nach Frankreich. Dort verliebte sie sich in einen Mann, der Rosen züchtete. Sie wurden aufgrund ihrer zartrosa Blütenblätter, die im Licht wie das Innere einer Muschel schimmerten, und ihres süßen Dufts, der noch wochenlang nach dem Verwelken im Raum hing, zu den begehrtesten Blumen Europas.

Alles makellose Vermächtnisse, mit Ausnahme von meinem.

Aber ich glaube keine Sekunde, dass ich in all den Jahren als Einzige Mist gebaut habe. Die anderen haben ihre Fehler entweder nicht notiert oder …

Ich blättere zum Anfang zurück und halte inne, als ich auf eine Seite stoße, die offenbar entfernt wurde. Was auch immer diese Vorfahrin während ihrer Kusszeit verbockt hatte, war so schlimm, dass man sie aus der Familienchronik strich. Ich lege meinen Finger an die betreffende Stelle und suche weiter. Insgesamt wurden vier Mädchennamen getilgt/unter den Tisch gekehrt/ausgelöscht. Um einen Irrtum auszuschließen, gehe ich das Buch noch zweimal durch.

Die fehlenden Seiten verraten mir zwar nicht, wie Isaac und ich aus dem Schlamassel herauskommen, aber zumindest weiß ich jetzt, dass ich nicht die Einzige bin.

Da im Buch nichts über die fehlenden Holloway-Mädchen steht, bleibt mir nur zu hoffen, dass Mom etwas weiß. Und dass sie bereit ist, mir davon zu erzählen.

Zuerst glaubte Mom mir nicht, dass auf Isaac ein Fluch lastet, und beharrte darauf, dass sich sein Glück später einstellt, wie bei den anderen auch. Dann rückte ich mit der Sprache heraus. Dass Isaac höchstwahrscheinlich immer noch in Hannah verliebt ist und ich ihn trotzdem geküsst habe. Daraufhin räumte sie ein, dass es zwar *möglicherweise* daran liegt, sie aber noch nie von so etwas gehört hat.

Jetzt liegt sie ausgestreckt auf dem Wohnzimmersofa mit einem Glas Wein und schaut ihre Lieblings-Reality-Backshow im Fernsehen. Das ist der eine Abend in der Woche, den sie für sich haben will, und ich bin dabei, ihr den zu vermiesen. Ich bleibe in der Tür stehen und will wieder gehen. Aber dann bemerkt sie mich und ihr Blick bleibt auf dem Buch in meinen Händen hängen.

»Alles gut bei dir, Schatz?«, fragt sie.

»Sorry, hab vergessen, dass heute dein Fernsehabend ist.«

»Das kann warten.« Sie hält die Aufzeichnung an, zieht die Beine an und macht mir auf dem Sofa Platz. »Außerdem kann ich jetzt die Werbung vorspulen.«

Ich setze mich neben sie, lehne mich mit dem Rücken an die Armlehne und ziehe die Knie an meine Brust. »Ich habe im Buch des Glücks nach etwas gesucht, das Isaac vielleicht hilft. Und bevor du sagst, dass sein Pech nicht an der Holloway-Magie liegt, hör mir einfach mal kurz zu, ja?«

»Okay. Was hast du denn gefunden?«

»Es geht eher um das, was nicht mehr zu finden ist.« Ich schiebe ihr das Buch zu und biege den Einband zurück, sodass der zerfranste Rand einer fehlenden Seite hervorlugt. Meine Nerven tanzen Pogo in meinem Magen. Ich möchte, dass meine Mom das hier – mich – ernst nimmt. »Weißt du, was diesen Mädchen passiert ist? Denen, die aus der Chronik entfernt wurden?«

Mom beugt sich vor und streicht mit dem Finger über das zerrissene Papier. »Ich habe noch nie gehört, dass ein Eintrag aus dem Buch herausgenommen wurde. Jede Holloway, die eine Kusszeit erlebt hat, steht darin. Hier hat sich bestimmt nur jemand verschrieben und eine neue Seite angefangen.«

Da die Anzahl der Seiten im Buch begrenzt ist, würde man nur als letzten Ausweg zu einem so drastischen Mittel greifen. Bei den Seiten muss es also um etwas anderes gehen. Das muss ich ihr klarmachen. »Warum wird dann in dem ganzen Buch *nicht ein einziges* anderes Unglück erwähnt?«

»Weil die Holloway-Magie nun mal kein Unglück bringt. Oder darf ich das immer noch nicht sagen?«

»Ich meine es ernst, Mom. Was ist mit den Holloway-Mädchen, die sich nicht an die Regeln gehalten haben? Wo sind die?«

»Das klingt so, als würde das deiner Meinung nach andauernd passieren.« Ihre Stimme plätschert so sanft dahin wie ein Gebirgsbach. »Aber das stimmt nicht. Keine von uns nimmt die Kusszeit auf die leichte Schulter. Natürlich haben auch andere Fehler gemacht. Niemand ist vollkommen. Aber du kannst nichts finden, was nicht passiert ist.«

»Woher weißt du, dass es nicht passiert ist? Du beziehst dich auf das, was im Buch steht. Aber was, wenn dort nicht die ganze Wahrheit erzählt wird?«

»Also hör mal. Wenn diese fehlenden Seiten wichtig wären, wüssten wir das.«

Ich bin nicht bereit, die Sache damit auf sich beruhen zu lassen, und klammere mich an jeden Hoffnungsschimmer, der Licht ins Dunkel bringen könnte. »Weiß Tante Jenna vielleicht etwas, das dir entgangen ist?«

Moms jüngere Schwester war am Ende ihrer Kusszeit schwanger. Als der Kindsvater die Kusszeit – und die anderen Jungs, die Jenna geküsst hatte – vorschob und sich seiner Verantwortung entzog, schwor sie der Holloway-Magie ab. Wenn jemand die dunkle Seite unseres Familienzaubers kennt, dann sie.

Mom seufzt. »Du weißt doch, dass deine Tante nicht gern über die Kusszeit spricht.«

Ich biege den Buchrücken so weit nach hinten, dass die Überbleibsel der herausgerissenen Seite nicht zu übersehen sind. »Möglicherweise redet sie mit mir, wenn sie weiß, wie wichtig das ist. Vielleicht ist ihr bekannt, warum die Seiten fehlen, oder sogar, was darauf gestanden hat. Wenn es eine andere Holloway gab, die jemandem Unglück gebracht hat, muss ich das herausfinden.« Ich muss mich einfach vergewissern, dass die Sache weder für mich noch Isaac dauerhafte Konsequenzen hat.

Mom stellt ihren Wein auf den Couchtisch, dann umfasst sie meine Hände und klappt das Buch zu. »Unsere Familie bringt kein Unglück. Aber wenn es so wäre, würde niemand verheimlichen, wie sich das Problem lösen lässt, das verspreche ich dir. Isaacs Missgeschicke liegen nicht an der Holloway-Magie. Das ist einfach nur gewöhnliches Pech. Es ist schrecklich, dass ihm das Leben gerade so übel mitspielt, aber das wird bald vorübergehen. Du wirst sehen, dass es nichts mit dir zu tun hat.«

Ich würde ihr ja gern glauben, aber ich weiß es besser.

Falls auf den Seiten eine Warnung oder eine Anleitung stand, wie man ein magisches Desaster bereinigt, ist sie mit dem Namen der Mädchen verschwunden.

Wenn ich gewusst hätte, dass der Kuss zwischen Isaac und mir so nach hinten losgeht, hätte ich wahrscheinlich anders gehandelt. Jemand anderen oder gar niemanden geküsst.

Mom mag davon überzeugt sein, dass Tante Jenna keine Ahnung von den verschwundenen Seiten hat, aber da Jenna eines der wenigen Holloway-Mädchen ist, das der Kusszeit den Rücken gekehrt hat, kann ich mich nicht mehr nur auf Moms Wort verlassen. Ihr Urteilsvermögen ist ein wenig getrübt, wenn es um ihre Schwester geht.

Meine Cousine Shelby hätte ihre Kusszeit vor drei Jahren begehen sollen, doch als Mom ihr das Buch des Glücks schickte, sandte Tante Jenna es zurück und verweigerte Shelby ihr Geburtsrecht. Mom sagt, dass Tante Jenna seitdem kein Wort mehr über die Kusszeit verloren habe.

Ich schließe mich in meinem Zimmer ein, wo Mom und Maggie mich nicht belauschen können, und rufe meine Tante an. Nach *Hallo* und *Wie geht's?* komme ich direkt zur Sache.

»Ich weiß, dass du nicht gern über die Kusszeit sprichst, aber ich hoffe, du machst eine Ausnahme. Es ist superwichtig, ehrlich.«

Tante Jenna seufzt, und ich kann förmlich sehen, wie sie die Stirn in Falten zieht, wie immer, wenn Mom ihr einen Vortrag hält, weil sie wieder einen Hund bei sich aufgenommen hat. Sieben sind es jetzt schon. »Ich unterhalte mich nicht gern mit deiner Mutter darüber. Sie wird nie darüber hinwegkommen, dass ich Shelby das Familienerbe vorenthalten habe. Aber mit dir rede ich gern.«

Das reicht, um den Damm zu brechen. Ich erzähle ihr

alles. Während ich rede, fahre ich mit der Fingerspitze das geprägte *H* auf dem Einband vom Buch des Glücks nach. Schließlich stelle ich die Frage, die mir unter den Nägeln brennt. »Als das mit Shelbys Vater während deiner Kusszeit geschehen ist, ist ihm da irgendetwas Schlimmes zugestoßen?«

»Ich glaube ja, sein Holloway-Glück ist, dass dein Großvater ihn nicht umgebracht hat. Das habe ich jedenfalls ins Buch geschrieben.« Ihr Lachen ist hart, als würde sie Shelbys Vater die Krätze an den Hals wünschen. »Aber nein, soweit ich weiß, ist ihm nichts Schlimmes passiert. Ich habe schon vor Shelbys Geburt kein Wort mehr mit ihm gewechselt, also kann ich nicht genau sagen, ob ihm etwas Gutes oder Schlechtes widerfahren ist.«

»Weißt du, warum einige Seiten aus dem Buch des Glücks entfernt wurden? Mom meint, jemand hätte sich bloß verschrieben, aber das kaufe ich ihr nicht ab.«

»Suchst du jetzt nach einem Weg, deinen Isaac zu retten?«

»Er ist nicht mein Isaac.« War er nie. Das zuzugeben, tut immer noch weh.

»Und trotzdem fühlst du dich für ihn verantwortlich«, stellt sie nüchtern fest.

»Er hat meinetwegen so viel Pech. Ich möchte nur, dass wir beide das hinter uns lassen können. Aber nichts, was ich probiert habe, hat funktioniert.« Ich bin versucht, mit einem Ruck die Schilderung von Isaacs Missgeschicken aus dem Buch zu reißen. Es als Fehler abzuhaken und weiterzumachen, als wäre es nie geschehen. Aber das bringt ja nichts. Stattdessen schlucke ich die Schuldgefühle hinunter und sage: »Ist dir etwas über die fehlenden Seiten bekannt, oder hat Oma dir jemals von einem Holloway-Mädchen erzählt, dem es wie mir ergangen ist? Ich bin doch bestimmt kein Einzelfall.«

»Ach, Mäuschen. Um das mal klarzustellen, mit dir ist alles in Ordnung. Ich kann mir vorstellen, dass es sich im Moment nicht so anfühlt, aber Fehler gehören zum Leben. Wenn dann noch Magie im Spiel ist, kann das schon mal gründlich danebengehen.«

Generationen von Holloway-Mädchen haben alles ganz super hingekriegt. Wenn man dem Buch des Glücks glauben darf. Doch ich halte mich an dem Funken Hoffnung fest, den ihre Worte in mir entfachen. »Bitte sag mir, du kennst vielleicht einen Ausweg.«

»Nicht so, wie du vielleicht hoffst.« Tante Jennas Stimme wird sanfter, als wäre ihre Antwort dann weniger niederschmetternd. »Meine Mutter hat uns immer erzählt, dass alles, was wir über die Magie wissen müssen, im Buch zu finden ist. Man muss es nur richtig deuten.«

»Genau das versuche ich doch. Und ich will ja nicht unhöflich sein, aber du und Mom seid in dieser Hinsicht nicht gerade hilfreich.«

»In diesem Buch stehen Hunderte Namen, Remy. Die meisten der Mädchen sind schon lange tot, aber ihre Geschichten mit Sicherheit nicht. Irgendjemand da draußen weiß etwas, das dir helfen kann. Du musst diese Person nur ausfindig machen.«

Ich knalle das dämliche Buch zu. »Warum sollte irgendwer mehr wissen als unsere Familie?«

»Manche Leute in unserer Familie nehmen die Kusszeit und ihren Eintrag im Buch des Glücks zu wichtig. Und sie wollen einfach nicht glauben, dass es mehr im Leben gibt, als unser Vermächtnis als Holloway-Mädchen zu erfüllen. Das würden sie sich von nichts und niemandem madigmachen lassen. Nicht einmal von der Wahrheit.«

»Ich könnte wetten, Mom und Maggie sind Vorsitzende in diesem Club.«

»Das heißt aber nicht, dass sie dich nicht lieben. Vergiss das nicht.«

»Ich versuch's«, erwidere ich. »Aber es fällt mir schwer, weil sie mir nicht glauben, dass Isaac meinetwegen vom Unglück verfolgt wird. Ich kann nicht mit ihnen darüber reden, geschweige denn, sie bitten, mir zu helfen, das Ganze wieder geradezubiegen.« Nicht, dass ich Maggie momentan um irgendetwas bitten würde.

»Ich wünschte, ich hätte ein paar Antworten für dich. Ich kann dir nur sagen, dass die Holloway-Magie dich nicht definiert. Küss niemanden, nur weil du dich dazu verpflichtet fühlst. Es ist deine Wahl, Holloway-Magie hin oder her. Und wofür du dich auch entscheidest, vergewissere dich, dass du das auch wirklich willst. Selbst wenn das bedeutet, dass du dich von der Holloway-Magie abwendest. Ich kann dir nicht versprechen, dass dein Leben so sein wird, wie du es dir wünschst, aber das kann dir die Magie auch nicht versprechen, egal, was all die Geschichten im Buch des Glücks dir weismachen wollen.«

Aber mir ist jetzt schon klar, dass ich weder Isaac noch meiner Magie den Rücken kehren werde. Nicht, solange ich nicht alles wiedergutgemacht habe.

7

Mein Maggie-freier Morgen am nächsten Tag endet, als ich nicht mal die Hälfte des Frühstücks verputzt habe. Sie patscht mit nackten Füßen die Holztreppe herunter und bleibt abrupt stehen, als sie mich mit meiner Müslischale an der Kücheninsel sieht. »Ich dachte, du wärst noch in der Backküche.«

Ich werfe ihr einen bösen Blick zu, und das, was wir uns letzte Woche an den Kopf geknallt haben, platzt auf wie eine schlecht verheilte Wunde. Ich hasse es, dass zwischen uns jetzt eine Kluft besteht. Dass ich meine Schwester nicht so gut kenne, wie ich dachte. Aber der Kuss am Wasserfall hat etwas in mir zerbrochen, und Maggie ist nicht die Einzige, die ich nicht mehr wiedererkenne. »Tut mir leid, dass ich dein Ausweichmanöver vereitelt habe.«

»Ich weiche dir nicht aus, Rem. Ich wollte nur …« Ihr Blick zuckt quer durch den Raum, als könnte sie durch die Wände der Küche und des Esszimmers bis zur Haustür sehen. Was auch immer für diesen nervösen Ausdruck verantwortlich ist, mit dem sie sich wieder mir zuwendet, es hat mit etwas vor der Tür zu tun. Etwas, von dem sie eindeutig nicht will, dass ich es zu Gesicht bekomme.

»Was?«, frage ich, und ihre Nervosität überträgt sich auf mich, als wären wir körperlich miteinander verbunden. Ich kneife mich mit dem Fingernagel in die Handfläche, damit mein Gehirn etwas anderes hat, auf das es sich konzentrieren kann. »Verbrennen sie eine Nachbildung von mir im Vorgarten?« Das war nur halb als Scherz gemeint, weshalb mein Lachen so schnell erstirbt, wie es gekommen ist.

Maggie schüttelt den Kopf. Sie schaut in meine Richtung, ohne mich direkt anzusehen. »Es ist nichts«, sagt sie selbstsicher und mit fester, fröhlicher Stimme. Dass sie lügt, erkenne ich bloß deshalb, weil ich in meiner Schwester lesen kann wie in einem Buch.

Ich stoße mich vom Tisch ab und laufe in den Flur. Maggie macht einen schnellen Schritt zur Seite und versperrt mir den Weg. Sie packt mich an der rechten Schulter und will mich wegziehen. Doch bevor sie mich aufhalten kann, sprinte ich zur Tür und renne barfuß über den begrünten Streifen neben unserem Haus. Das Gras unter meinen Füßen ist weich und kühl. Als ich die Einfahrt erreiche, ist das, worüber Maggie sich Sorgen macht, nicht zu übersehen.

In unserem Vorgarten wurde eine Holzbude errichtet. Vermutlich haben diejenigen, die sie auf den Rasen gezimmert haben, gewartet, bis meine Eltern das Haus verließen. Maximales Ergebnis. Minimales Risiko.

Schon aus der Ferne erkenne ich, dass die Bude robust ist und eine Weile halten soll. Sie ist so breit, dass zwei Personen nebeneinandersitzen können, auch wenn es keine Stühle gibt, und sie hat eine kleine Theke. Ich gehe langsam um die Bude herum und bleibe direkt davor stehen. Das Holz ist in einem dunklen Grafitton gestrichen, der der Außenfassadenfarbe unseres zweistöckigen Kolonialstil-Hauses ähnelt. Als ob die Bude hierhergehören würde. Oben ist ein Brett festgenagelt, das die beiden Seitenwände miteinander verbindet und für die nötige Stabilität sorgt. Aber das ist nicht sein einziger Zweck.

Vorn auf dem Brett prangen in roten Lettern die Worte: KÜSSE 1 $, FLÜCHE GRATIS.

Kurz muss ich ihnen glatt Anerkennung für den Einfallsreichtum zollen, mit dem sie die Kussbude von Grund auf entworfen und gestaltet haben. Als Verarsche ist das ziemlich großes Kino. Die Bude hätte mehr Publikum gefunden, wenn sie anstatt in unserem Vorort neben dem Bäckereiwagen und den anderen Foodtrucks oder irgendwo in der Stadt aufgestellt worden wäre, wo die Leute in Talus während der dieswöchigen Feierlichkeiten zum vierten Juli hätten stehen bleiben und gaffen können. Aber hier konnten die Spaßvögel sicher sein, dass ich sie sehe. Und darum geht es ja. Mich zu verletzen. Mich nie vergessen zu lassen, dass mein Kuss Isaac in mehr als nur einer Hinsicht geschadet hat.

Sie haben mir eine Kampfansage vors Haus gestellt. Im wahrsten Sinne des Wortes.

Und alles in mir schreit danach, sie nicht gewinnen zu lassen. Meine Muskeln schmerzen und brennen und verlangen danach, dass ich mich endlich wehre.

»Remy«, sagt meine Schwester voller Mitleid und Kummer. Ihr Gesichtsausdruck schließt sich an. Erst verziehen sich ihre Lippen zu einem perfekten Schmollmund, dann werden ihre Augen ganz groß und rehäugig. Ihre Wimpern machen Überstunden, um zu verhindern, dass die aufkommenden Tränen wirklich fließen. Auch wenn wir uns gerade in den Haaren liegen, nimmt sie ihre schwesterlichen Pflichten immer noch ernst.

»Mir doch egal«, blaffe ich sie an. Aber das ist Blödsinn und sie weiß es.

Maggie reicht mir einen Hammer, den sie auf dem Weg nach draußen aus der Küchenschublade geholt haben muss. Den langen Schlitzschraubendreher behält sie für sich. Ich glaube nicht, dass er bei den Nägeln, die die Bude zusammenhalten, viel nützen wird.

Ich hole zuerst aus und hinterlasse eine halbmondförmige Kerbe im Holz. Die Wucht des Aufpralls schießt mir in den Arm und mein Körper verlangt nach mehr. Zum ersten Mal seit Isaacs Unfall bin ich Herrin der Lage. Wenn auch nur für einen Augenblick. Mit dem nächsten Schlag hinterlasse ich eine größere Delle. Noch ein paar mehr, dann geht ein Riss durch das Holz.

»Eigentlich wollte ich die Bretter abmontieren und die Bude Stück für Stück auseinandernehmen.« Maggie zuckt mit den Schultern. Dann lächelt sie und schlägt mit dem Schraubenzieher auf das Vorderbrett ein. Dieser kleine Akt der Solidarität versöhnt mich eher, als all ihre aufrichtigen Entschuldigungen und Bitten um Verzeihung zusammen. »Aber so geht's auch.«

Rote Farbe und Splitter regnen auf uns herab. Wir hauen weiter zu, bis die Wörter nicht mehr lesbar sind und die Bude in einem Haufen auf dem Boden zusammenfällt.

Eine weitere Welle der Wut arbeite ich an einem Blech Erd-beer-Whoopies mit patriotischem blau-weißem Zuckerguss ab, die ich anderthalb Stunden später als Tagesspecial für Wild Flour bei Mom abliefere.

Der Wild Flour Bake Stop ist ein alter Airstream-Trai-ler, den Mom auf Craigslist von einer ehemaligen Bäckerei in Asheville gekauft hat. Mit seiner silber-türkisen Lackie-rung und der blutorangenfarbenen Metalltheke unter dem Verkaufsfenster sieht er unverwechselbar wie ein Foodtruck aus. Auf dem Standplatz, auf dem Wild Flour das ganze Jahr über steht, befinden sich links und rechts je vier Food-trucks und zwischen ihnen ein Schotterplatz mit fünf Picknicktischen. Zu dieser frühen Stunde sind nur die anderen Verkäufer und Leute auf der Suche nach einem Zuckerkick hier. Aber zur Mittagszeit gibt es nur noch Stehplätze.

Im Inneren des Anhängers findet sich ein sechzig Zentimeter breiter Gang in der Mitte zwischen einer Reihe von Kühlschränken unter der Arbeitsplatte, in Wand und Boden verankerten Backwarenregalen sowie ein paar Schränken mit Verpackungsmaterial und Reinigungsmitteln. Der begrenzte Platz ist einer der Gründe, warum wir alle Back- und Vorbereitungsarbeiten zu Hause erledigen.

Mom wirft einen Blick auf die Tupperdose mit den unerwarteten Leckereien in meinen Händen und meint: »Deine Schwester und du, ihr zofft euch wohl immer noch?«

Da sie meine schlechte Laune auf Maggie zurückführt, weiß sie nichts von der Kussbude. Wenn jemand ihre Töchter mobbt, würde sie das nicht einfach so durchgehen lassen.

Schade, dass die ganze Energie nicht in etwas Sinnvolles investiert wurde. Zum Beispiel, um Krebs zu heilen oder Zeitreisen zu ermöglichen, damit ich an den Anfang des Sommers zurückkehren und Isaac gleich abblitzen lassen kann. Dann hätten meine Küsse nie Unglück statt Glück gebracht.

Ich stelle den Behälter auf die Arbeitsplatte und bereue es sofort, weil meine Hände anfangen zu zittern. »Ich musste einfach mal den Kopf freibekommen.« Das ist zumindest nicht komplett gelogen.

»Und hat es was gebracht?«

»Bisschen vielleicht.«

»Willst du darüber reden?«, fragt Mom.

Selbst wenn, würde es nichts bringen. Da Mom nicht glaubt, dass ich schuld an Isaacs Pech bin, hat sie nicht wie ich das Bedürfnis, alles rückgängig zu machen. Und solange mir das nicht gelingt, wird nichts mehr wie früher sein. Und selbst dann weiß ich nicht, ob Maggie und ich je wieder dieselben sein werden. Wir mögen einen Moment der Nähe erlebt haben, als wir Kleinholz aus der Kussbude gemacht haben. Aber dadurch haben sich die Geheimnisse/Verletzungen/Zweifel zwischen uns nicht auf wundersame Weise in Luft aufgelöst.

»Ich brauche wohl mindestens noch ein oder zwei Dutzend Backsessions, bevor ich so weit bin.« Hoffentlich habe ich bis dahin einen Weg gefunden, diesen ganzen Albtraum hinter mir zu lassen.

»Okay. Ich bin hier, wenn du mich brauchst.« Sie schenkt mir ein Lächeln, das zu bekümmert ist, um mich aufzumuntern. Die tiefen Falten, die sich am Tag nach Isaacs Unfall um ihre Augen und ihren Mund eingegraben haben und die sich nicht glätten lassen, egal, wie viel revitalisierende Creme sie jeden Abend aufträgt, erinnern mich noch einmal mehr daran, dass meine ganze Familie unter meinem Fehler leidet.

»Ich weiß«, sage ich und füge dann im Gehen hinzu: »Danke.«

Ich bin aus der Tür, bevor die Last meiner Schuld mich erdrückt. Isaacs Unfall. Der Streit mit Maggie. Die Sorgen meiner Eltern. Dazu null Ahnung, wie ich das alles geradebiegen soll. Das ist einfach zu viel.

Rotz und Wasser in einer Fressmeile zu heulen, kommt einer bedingungslosen Kapitulation gleich. Also laufe ich ein paar Foodtrucks weiter, wo Mom mich nicht sehen kann. Dann zähle ich bis zehn und atme bei den geraden Zahlen aus. Ich komme bis sieben, bevor mich eine vertraute Stimme auf den Boden der Tatsachen zurückholt.

»Beeil dich«, kommandiert Paige. »Sonst ist Isaac vor den Genesungsparty-Gästen von der Sommerschule zurück.«

Isaac muss es besser gehen, wenn sie eine Party für ihn schmeißen. Ich atme erleichtert auf. Vielleicht wendet sich sein Schicksal gerade ohne mein Zutun. Aber warum hat mir Paige nichts davon erzählt? Auch wenn sie keine Lust hat, auf meine Nachfragen nach seinem Befinden zu antworten, hätte sie mir *das* wenigstens sagen können, damit ich weiß, dass er über den Berg ist.

Bevor ich es mir anders überlegen kann, laufe ich zwischen den Wagen für mexikanisches Streetfood und Holzofenpizza hindurch, um Paige zur Rede zu stellen. Dann bleibe ich abrupt stehen.

Paige und Audrey überqueren den Schotterplatz mit Felix und Seth im Schlepptau. Die beiden tragen jeweils eine Schachtel mit den legendären Donuts von Jane Dough's.

Das ist Isaacs traditionelles Freitagsfrühstück. Jede Woche bringt er eine Schachtel mit in die Schule und teilt sie mit allen, die seinen Weg kreuzen. Wenn er schließlich zu unseren Spinden kommt, hat er immer mindestens einen für mich übrig.

Audrey sieht mich zuerst, zupft die Jungs am Ärmel und will sie vergeblich dazu bewegen umzukehren, ohne eine Szene zu machen. Paige bemerkt mich als Nächste. Sie wirbelt herum, stellt sich Felix und Seth in den Weg und sagt etwas, das ich nicht verstehen kann. Doch anstatt sich davon aufhalten zu lassen, schieben sich die beiden an ihr vorbei und kommen direkt auf mich zu.

»Wenn man vom Teufel spricht.« Seths Stimme schallt über den Picknickplatz, eine Spur zu laut, zu boshaft. Als Isaacs dickster Kumpel hat er sich wahrscheinlich eigenhändig zum Vorsitzenden des Wir-hassen-Remy-Fanclubs ernannt.

Ich werfe einen verstohlenen Blick zum Wild Flour, aber zum Glück hat Mom uns nicht bemerkt. Ein paar Leute, die bei Jane Dough's anstehen, halten inne und glotzen. In ihren sensationslüsternen Augen funkelt die Gier nach einem Spektakel. Aber das werde ich ihnen nicht bieten. Seth und Co. fertige ich einfach schnell ab und dann ziehen alle unbeschadet ihrer Wege.

Schnell abfertigen, heißt, ich tue so, als ob ich unsichtbar wäre.

Erstaunlicherweise funktioniert das nicht.

»Ehrlich, mir würde es nichts ausmachen, in alle Ewigkeit von Remy bestraft zu werden.« Felix lehnt sich mit dem Ellbogen an den Foodtruck zu meiner Rechten. Auch wenn sein Freund durch meinen Kuss zu Schaden gekommen ist, ist die Anziehung eines Holloway-Mädchens stärker als seine Angst. Die anderen bilden einen Halbkreis um ihn, schneiden mir den Fluchtweg ab und starren mich wütend an. »Wie sieht's aus, Remy? Willst du mich zu deinem Liebessklaven machen? Das zu Ende bringen, was wir vor ein paar Monaten begonnen haben?«

»Sorry.« Ich zucke mit den Schultern, als wäre das ein Scherz, bei dem wir alle mitspielten. »Du wirst deine Seele an eine andere verkaufen müssen.«

»Dafür ist es zu spät.« Felix hat denselben süßen, verträumten Blick wie am Abend der Party. Einer, der sagt, dass er mich wirklich mag – und nicht nur wegen des Glücks, das ich ihm vielleicht beschere.

Nicht, dass es von Bedeutung wäre. Ich werde ihn nicht küssen. Ich werde während der ganzen Kusszeit niemanden mehr küssen, wenn die Gefahr besteht, dass ich damit auch anderen Unheil bringe.

Paige scheint das Gleiche zu denken. Sie ergreift seinen Arm und dreht Felix von mir weg. »Wie kannst du so etwas sagen, wo doch einer deiner besten Freunde keine zwei Wochen aus dem Krankenhaus raus ist, nachdem ihr Kuss ihn fast um die Ecke gebracht hat? Du willst sicher nicht genauso enden.«

Ich möchte ihr antworten, dass Isaac an alldem nicht unschuldig ist. Dass er das Unglück heraufbeschworen hat, weil er mich geküsst hat, obwohl er noch in Hannah verliebt ist, und so versessen auf das Glücksversprechen eines Holloway-Kusses war, dass er sich nicht an die Regeln gehalten hat. Aber ich bleibe stumm, denn ohne die Holloway-Magie wäre es bloß ein Kuss gewesen. Und er hätte weder Glück noch Unglück zur Folge gehabt.

Ich presse meinen Rücken gegen das kalte Metall hinter mir, sodass sich der Türgriff des Anhängers in meine Wirbelsäule bohrt. »Wisst ihr, was total hilfreich dabei wäre? Wenn ihr mir nicht absichtlich auflauern würdet.«

»Wir wollten Isaac doch nur ein paar Jane Dough's besorgen, um ihm nach seiner Rückkehr den Tag zu versüßen. Wir waren nicht wegen dir hier.« Paige klingt fast entschuldigend. Als ob meine Freundin immer noch irgendwo da drinnen wäre, begraben unter dem toxischen Einfluss von Seth und Hannah.

»Das trifft vielleicht auf dich zu«, widerspricht Felix, dessen Selbstschutz sich wie Nebel in der warmen Sonne auflöst. »Ich habe definitiv gehofft, dass Remy heute Morgen hier ist und ihrer Mutter hilft.«

»Gott, du gibst dir noch nicht mal Mühe.« Paige unterdrückt ein Stöhnen, wirft den Kopf in den Nacken und schaut zum Himmel auf, als könne sie seinen Anblick nicht länger ertragen. »Als du mich gebeten hast, dir zu helfen, dich von Remy fernzuhalten, hätte ich wissen müssen, dass du in ihrer Nähe alle guten Vorsätze über Bord wirfst.«

So viel zum Thema Freundschaft.

Seth strafft seine Schultern, die vom jahrelangen Tauchen breit sind. »Echt mal, Alter. Auch wenn Isaac nicht mehr im Krankenhaus liegt, ist er noch lange nicht aus dem Schneider. Dieser Fluch hat praktisch seine Familie, seine Zukunft zerstört. Paige hat recht. Das könnte dir auch drohen, wenn du dich nicht zusammenreißt.«

Felix lässt den Kopf hängen, damit er niemanden anschauen muss. »Aber ich mag sie.«

»Nein, tust du nicht«, sagen Paige und ich wie aus einem Mund. Sie genervt und übertrieben seufzend. Ich ganz sachlich.

Ich will mir keine Gedanken über Felix oder seine Gefühle machen. Ich schleppe schon so genug mit mir herum.

Er weicht vor uns beiden zurück und verdreht die Augen, als hätten wir den Verstand verloren, nicht er.

Seth packt Felix an den Schultern, bevor der geradewegs in ihn hineinläuft. »Dir ist schon klar, dass du mit deinem Verhalten unsere Pläne durchkreuzt, oder?«, flüstert Seth heiser, aber laut genug, damit ich es verstehen kann.

Sie schmieden also gemeinsam Pläne, wie sie mir das

Leben zur Hölle machen können. Wahrscheinlich haben *sie* die Kussbude in meinem Garten errichtet, es sei denn, ich habe noch andere Feinde. Na, das kann ja heiter werden. Ich stoße mich vom Foodtruck ab und baue mich vor ihnen auf. Sie kapieren, dass es jetzt brenzlig wird, und rücken enger zusammen. »Dann muss ich mich wohl bei euch für den Stapel Holz für unser nächstes Lagerfeuer bedanken?«

»Scheiße. Ich dachte, die Bude steht wenigstens einen Tag, und wir verdienen womöglich sogar ein paar Dollar für Isaacs Collegefonds, wo er doch wegen dir aus dem Tauchteam geflogen ist.« Seth sieht mir in die Augen und grinst breit. »Dann müssen wir uns das nächste Mal wohl mehr Mühe geben.«

Jede Chance, die ich vielleicht hatte, die feindselige Atmosphäre nach dem Kuss zwischen Isaac und mir zu entspannen, verpufft. Am liebsten würde ich die Bretterbude wieder aufbauen, damit ich sie noch mal einreißen kann.

2. TEIL

Zucker, Honig, Eis & Tee

8

Nach dem Vorfall mit der Kussbude vor ein paar Tagen ist Maggie wild entschlossen, mich zurückzugewinnen.

Auch wenn es die Schwester, die sie so dringlich vermisst, gar nicht mehr gibt.

Sie klopft an meine Zimmertür, bleibt vorsichtshalber vor der Schwelle stehen und sagt: »Mom will, dass wir sofort einkaufen gehen. Zucker-Engpass.« Ich wimmle sie nicht gleich ab. Wenn der Zucker ausgeht, *ist* das im Hause Holloway wirklich ein Notfall.

Sie könnte ohne mich fahren. Oder mir die Schlüssel für den fünf Jahre alten Kia geben, den wir uns teilen, und mich allein losschicken. Schließlich bin ich von uns beiden diejenige, die Mom beim Backen für Wild Flour hilft. Aber ich schaffe es nur durch den Rest der Kusszeit, wenn ich einen Weg finde, mit meinem Müllhaufen von einem Leben fertigzuwerden. Und dazu gehört auch, irgendwie mit meiner Schwester auszukommen.

»Hat Mom gesagt, wofür der Zucker ist?«, frage ich, als sie rückwärts aus der Einfahrt stößt.

Maggie wirft mir einen flüchtigen Blick zu, dann konzentriert sie sich wieder auf die Straße, in die sie gerade einbiegt. »Willkommensgeschenk. Die neuen Nachbarn ziehen endlich ein. Sie dachte, es wäre nett, wenn wir ihnen etwas vorbeibringen.« Ihre allzu muntere Stimme steht im Widerspruch zu dem schuldbewussten Ausdruck in ihren Augen.

Ich drehe mich um, als stünde das, was sie vor mir verheimlicht, in schwarzer Farbe auf der blaugrünen Fassade des Hauses unserer baldigen Nachbarn geschrieben. »Was verschweigst du mir schon wieder?«

Nach der ganzen Heimlichtuerei mit Laurel hat Maggie versprochen, mich nie wieder anzulügen. Doch das hält sie nicht unbedingt davon ab, mir etwas nicht zu sagen, wenn sie glaubt, dass es mich verletzt. Aber da ich jetzt gefragt habe, muss sie mit der Sprache herausrücken.

»Sie hat eventuell erwähnt, dass die Kids in unserem Alter sind. Und da sie nichts von der Kusszeit wissen und auch nicht, was mit Isaac passiert ist, können wir den anderen zuvorkommen. Einen guten Eindruck machen, damit du …«

»Stopp. Was immer du sagen willst, lass es.«

Erzähl mir nicht, dass es beim nächsten Kuss anders sein wird.

Tu nicht so, als könnte die Holloway-Magie alles zum Besseren wenden.

Weck in mir keine Wünsche, die unerfüllbar sind.

Denn mein Herz ist so gut wie hinüber. Noch ein direkter Treffer und das war's.

Ich lehne meinen Kopf gegen die harte, sonnengewärmte Fensterscheibe. Auf der restlichen Fahrt in die Stadt begnügt sich Maggie damit, das Schweigen mit dem Radio auszufüllen. Sie bevorzugt tanzbaren Pop, ich eher düstere, stimmungsvolle Musik, bei der jeder Ton vor Emotionen trieft. Wir einigen uns auf den Lokalsender mit dem Besten aus den Neunzigern. Nach anderthalb Songs sind wir da, insofern entgeht ihr jetzt nicht wirklich eine fesselnde Unterhaltung mit mir.

Der Lebensmittelladen liegt mitten im Stadtzentrum und Maggie findet einen Parkplatz einen Häuserblock entfernt. Mom hätte zu Fuß vom Foodtruck-Platz weniger Zeit gebraucht als wir, um die Besorgung zu erledigen. Maggie ist bereits ausgestiegen und wartet auf dem Gehweg auf mich, während ich, immer noch angeschnallt, mein inneres Gleichgewicht suche, indem ich mein aktuelles Mantra wiederhole – die Worte eines Songs von Bring Me The Horizon: *Making gold out of the pain.* Mach den Schmerz zu Gold.

Nachdem ich ein paarmal tief durchgeatmet habe, schäle ich mich aus dem Auto und gehe zu Maggie. »Ich kaufe

Zucker und helfe dir beim Backen, denn ich will den neuen Nachbarn deine Backkünste nicht zumuten. Mehr aber nicht.« Dann lasse ich Maggie mit all ihren Hoffnungen vor dem Laden stehen. Ich habe meine Familie schon so sehr enttäuscht, dass es für ein ganzes Leben reicht. Dem muss ich nicht noch mehr hinzufügen, wenn ich es verhindern kann.

Ich warte nicht darauf, ob sie mir folgt, sondern steuere den Gang mit den Backzutaten an und nehme eine Tüte Zucker aus dem Regal. Danach mache ich mich auf den Weg zur Kasse. Der Gang ist leer, keine Spur von meiner Schwester.

Eine Minute später taucht sie von der anderen Seite des Ladens wieder auf und hält in jeder Faust einen kleinen Gegenstand versteckt.

»Was ist das?«

»Ein Friedensangebot.« Maggie präsentiert mir einen Lippenstift, als wäre sie eine Quizshow-Moderatorin, und balanciert den Preis sicher auf ihrer Handfläche. »A Fire Inside.«

A Fire Inside – ein Feuer im Inneren. Das ist nicht nur der ausgeschriebene Name einer meiner Lieblingsbands, sondern auch eine treffende Beschreibung dafür, wie ich mich seit dem verheerenden Kuss zwischen Isaac und mir fühle. Ich brenne, brenne, brenne von innen heraus.

Maggie dreht den Stift auf und hält die Spitze vor mein

Gesicht, damit sie besser beurteilen kann, ob die gewählte Farbe zu meiner sommersprossigen Haut passt. »Ich wusste, dass er dir steht.«

Es ist genau der rosarote Farbton, den ich mir ausgesucht hätte, wenn ich noch das Mädchen wäre, das dachte, ein perfekter Kuss könne die Welt retten. Strahlend/kräftig/unbekümmert.

Ich vermisse dieses Mädchen. Fast so sehr, wie ich Maggie vermisse.

So, wie wir hier Seite an Seite stehen, könnte man meinen, es wäre einfach, zu dem zurückzukehren, was wir einmal waren. MaggieUndRemy. So nah, dass nicht einmal ein Atemzug unsere Namen trennt. Aber ihre Lügen und meine Verbitterung sind zu groß, um die Kluft zu überwinden. Eine von uns beiden versucht es zumindest.

Aber diese eine bin nicht ich, denn anstatt das Geschenk anzunehmen, wie es eine gute Schwester tun würde, entgegne ich bloß: »Du hättest ihn nicht öffnen dürfen. Jetzt müssen wir ihn kaufen.«

Was natürlich der Grund ist, warum sie es gemacht hat. Wir sind zwar nicht mehr MaggieUndRemy, aber ich weiß noch immer, wie sie tickt. In der Vorstellung meiner Schwester ist »den Lippenstift zu kaufen« gleichbedeutend mit »ihn zu tragen«. Und ihn zu tragen, bedeutet, jemanden zu küssen. Und jemanden zu küssen, bedeutet, wieder an die Liebe zu glauben.

Doch während der Kusszeit gibt es keine Liebe. Kann es sie nicht geben. Nicht, wenn den Leuten das Glück wichtiger ist als das Holloway-Mädchen, das es ihnen schenkt.

Maggie übergeht meine Bemerkung und hält mir einen zweiten Stift hin. Ein leuchtendes Korallenrosa, das jedem Mund volle Aufmerksamkeit beschert. »Ich habe auch einen für mich gefunden. Sie müssen neu sein, denn ich habe das Regal in den letzten Wochen hundertmal durchgeschaut, und sie hatten nichts Passendes für uns. Bis heute. Ich bin mir ziemlich sicher, dass das ein Zeichen ist. Als ob sich das Universum freut, dass wir zusammen hier sind. Als ob es will, dass wir uns wieder vertragen.«

Vielleicht ist es ein Zeichen, aber eines, auf dem überall Maggie draufsteht. Sie ist ganz Charme und Charisma und hat ein »Du-kannst-mir-nicht-wirklich-böse-sein«-Lächeln aufgesetzt. Das stimmt, kann ich nicht. Ich atme lange aus und schaue beinahe schon freundlich. Um sie nicht zu ermutigen, presse ich die Faust an die Lippen, damit sich meine Mundwinkel nicht noch weiter nach oben ziehen. »Mom hat uns gar nicht losgeschickt, weil ihr der Zucker ausgegangen ist, oder?«

»Sie braucht doch immer Zucker, Rem.«

Maggie stupst die Ein-Pfund-Tüte Zucker, die ich immer noch in der Hand halte, als Beweis für ihre Unschuld an. Ihre Lippen, genau wie meine, wandern gern nach oben, wenn sie es nicht sollen. Aber im Gegensatz zu mir kämpft sie nicht dagegen an. Und die Wärme ihres Lächelns findet ihren Weg in einen Spalt in meiner Brust, wo sie sich festsetzt und sich weigert, in die Leere gesogen zu werden wie alles andere.

»Und wir haben die hier gebraucht.«

Ich nehme den Lippenstift und erwidere: »Dir ist schon klar, dass ich den nicht benutzen werde.« Nicht, wenn vielleicht jeder Typ, den ich küsse, vom Pech verfolgt wird, egal ob ich mich an die Regeln halte oder nicht. Denn jetzt ist die Magie meiner Lippen alles andere als Glück verheißend.

»Beim nächsten Kuss wird's anders sein«, meint sie.

Habe ich es doch gewusst.

»Ich bin nicht wie du. Ich küsse nicht einfach jeden, der bei drei nicht auf dem Baum sitzt.« Ich spucke die Worte wie Pfeilspitzen aus.

Maggie zuckt zusammen, und das dumme warme Gefühl von vorhin *pulst, pulst, pulst* in meiner leeren Brust. Die Worte »Es tut mir leid« liegen mir auf der Zunge. Ich halte sie zurück und schlucke sie mit einer frischen Portion Wut hinunter.

»Sei doch nicht so, Remy. Ich will dir bloß helfen.«

Wenn sie mir wirklich helfen wollte, würde sie sich verdammt noch mal zurückhalten. Aber das wird sie nicht. Dinge auf sich beruhen zu lassen, ist nicht Maggies Art.

»Das fällt dir wirklich zeitig ein«, ätze ich.

Meine Art ist es wohl auch nicht.

Maggie reicht die Lippenstifte der Kassiererin, die das Schauspiel aus einem halben Meter Entfernung stillschweigend beobachtet hat. Nun hat sie mit der nächsten Kundin etwas zu tratschen. »Ich verstehe ja, dass du Angst hast. Und dass Isaacs Unfall dich ziemlich durcheinandergebracht hat. Aber ich werde nicht zulassen, dass du deine Kusszeit oder die Suche nach der wahren Liebe aufgibst.«

Da hat sie wohl vergessen, was sie während unseres Streits gesagt hat. Ich nicht.

Ich habe auch noch ein eigenes Leben … Irgendwann musst du mal lernen, deine Suppe selbst auszulöffeln.

Auch wenn ich sie noch so furchtbar behandle, Maggie kann nicht aufhören, sich um mich zu kümmern.

Und ich kann keinen Weg finden, ihr dafür zu danken.

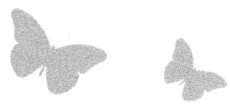

9

Selbst wenn ich wollte, dass der neue Junge von nebenan meine Meinung über die Kusszeit ändert, wäre das unmöglich. Und das nicht nur, weil es auf meiner Prioritätenliste weiter unten steht, als zu lernen, wie man Glas isst. Sobald an diesem Nachmittag der Rückwärtsgang-Signalton des Umzugswagens ertönt, trägt Maggie eine frische Schicht Lippenstift auf, ehe sie barfuß über die Wiese auf ihn zuschwebt, um Hallo zu sagen. Dabei wiegt sie ihre Hüften hin und her – auf die Weise, die alle Jungs in Sichtweite in ihren Bann zieht, sodass sie lieber ihre Seele an den Teufel verkaufen würden, als ihren Blick loszureißen.

Er ist geliefert und weiß es noch nicht einmal.

Vor Isaacs Unfall wäre ich an Maggies Seite gewesen, Hand in Hand, Schritte, Atemzüge und Lachen synchron, ohne dass wir es hätten einstudieren müssen. Meine Lippen wären ebenso angemalt gewesen wie ihre. Ein Vorbote von allem, was unsere Küsse verheißen.

Ich fummle an der Metallhülse des Lippenstifts herum,

den mir Maggie in die Schürzentasche gesteckt hat, als wir vom Einkaufen zurückkamen, und stelle in der Backküche alles für ein Blech Double-Chocolate-Whoopies bereit. Während ich den Lippenstift durch meine Finger gleiten und in den Tiefen der Tasche verschwinden lasse, atme ich seufzend aus. Der Gedanke, die Gelegenheit zu verpassen, mich den Nachbarn vorzustellen, bevor sie die Gerüchte über mich gehört haben, versetzt mir allerdings nur kurz einen Stich in die Brust. Ich halte den Kopf gesenkt, aber mit dem Blick folge ich Maggie. Sie hat ihr strahlendes, einladendes Lächeln aufgesetzt und die linke Hand zum Gruß erhoben. Unser neuer Nachbar ist wie ein typischer Musiker angezogen: schwarzes T-Shirt mit Aufdruck, schwarze Jeans, dickes Lederarmband am linken Handgelenk. Es ist, als würde mich das Universum verhöhnen und mir einen potenziellen Traumtyp vor die Nase setzen.

Die Neugier gewinnt die Oberhand und in Sekundenschnelle bin ich durch die Tür und auf halber Strecke zu ihnen. Eigentlich will ich nicht, dass ich mich zu ihm – oder irgendjemand – hingezogen fühle. Nicht, solange die Holloway-Magie noch durch meine Adern fließt. Aber ich kehre nicht um. Ich wende meinen Blick nicht von ihm und meiner Schwester ab.

Maggie stellt sich ihm in den Weg, und ihr Lächeln legt einen Gang zu, sodass es einfach nur noch unwiderstehlich ist. Und er reagiert genauso wie jeder Junge, wenn er meiner

Schwester gegenübersteht – er ist sowohl von ihrer Schönheit als auch von ihrer natürlichen Ausstrahlung überwältigt. Ein anerkennendes Lächeln huscht über sein Gesicht, während er ihre Kurven und nackte Haut mustert.

Aber anstatt den Blick auf ihr ruhen zu lassen, deutet er mit dem Kopf in meine Richtung und fragt etwas, woraufhin Maggie sich zu mir umschaut. Weiß er schon, dass ich die Holloway-Schwester bin, von der er sich lieber fernhalten sollte? Sie setzen ihr Gespräch fort, ohne mich aus den Augen zu lassen, und plötzlich will ich unbedingt wissen, worüber sie sich unterhalten.

Er stemmt die Kisten, die er trägt, hoch, damit er sie besser greifen kann, und bei dieser Bewegung rutscht sein T-Shirt nach oben und entblößt einen gebräunten Streifen straffer Bauchmuskeln. Irgendetwas sagt mir, dass er das mit Absicht gemacht hat. Dass er weiß, dass er meine Aufmerksamkeit hat, und alles tut, um sie zu behalten.

Bloß gut, dass Maggie zu weit weg ist, um meine Reaktion zu sehen. Es ist schon schlimm genug, dass sie mitgekriegt hat, dass ich nach draußen gegangen bin, um ihn unter die Lupe zu nehmen. Wenn sie denkt, ich finde ihn gut, wird sie mich auf Teufel komm raus zu einem zweiten Kuss in meiner Kusszeit überreden, damit ich vielleicht wieder zu einer Hälfte von MaggieUndRemy werde.

In dem Moment bemerke ich den Backofen-Timer. Er piept schon wer weiß wie lange. Ich eise meinen Blick von

Hot Neighbor Boy los und renne zurück in die Küche. Den Rauchschwaden nach zu urteilen, die aus der Herdtür quellen, ist die Backzeit schon so lange abgelaufen, dass alles im Ofen völlig verkohlt ist. Null Chance, dass ich ein paar Zombie-Whoopies finde, die ich von den Toten auferwecken kann, wenn ich die schwarze Schicht abkratze.

Ich reiße die Herdtür auf, und der Rauch strömt in dicken, nicht enden wollenden Schwaden heraus, an denen ich hustend und keuchend würge, als sie sich ihren Weg durch meine Luftröhre bahnen und meine Lunge attackieren. Nachdem ich den Qualm, so gut es geht, ausgehustet habe, halte ich den Atem an, ziehe das Blech heraus und richte den zwei Dutzend verkokelten Gebäckteilchen ein angemessenes Begräbnis im Mülleimer aus.

Das kommt davon, wenn man nicht aufpasst. Wenn man denkt, es kann ja nicht so schlimm sein, an einem Jungen harmloses Interesse zu zeigen.

Der metallene Arbeitstisch wackelt, als ich daraufklettere, in der Hoffnung, den Rauch zu vertreiben, bevor er den Brandmelder über mir erreicht. Eine Schraube an einem Tischbein ist locker, sodass das Metall knirscht und ächzt, wenn ich es belaste. Das Geräusch jagt Maggie immer eine Gänsehaut über den Rücken, was an Tagen, an denen sie unbedingt mit mir abhängen will, während ich arbeite, sehr praktisch ist. Zum Glück ist sie immer noch draußen bei

Hot Neighbor Boy und weiß nicht, dass ich gerade eine ganze Ladung Whoopies dem Feuergott geopfert habe.

Ich wedle mit dem Küchentuch in der Luft, aber anstatt den Rauch vom Detektor wegzulenken, scheine ich immer mehr dorthin zu leiten. Und direkt in mein Gesicht. Ich kneife die Augen zusammen, damit das Brennen nachlässt, und schwenke das Tuch in die andere Richtung. Als der Alarm aufheult, fallen mir die Ohren ab, ich schwör's. Aber bevor ich mir darüber groß den Kopf zerbrechen kann, kommt Maggie mit Hot Neighbor Boy und einem megaschönen Mädchen im Schlepptau auf die Küche zugeschossen.

So wie sie rennen, könnte man meinen, die ganze Scheißküche stünde in Flammen. Maggies Stimme zerschneidet die Luft, als sie meinen Namen schreit. Wäre ich nicht so auf ihren Klang trainiert, hätte ich sie wahrscheinlich neben dem Rauchalarm gar nicht gehört. Mein Gesicht glüht so heiß wie der Backofen bei all der ungewollten Aufmerksamkeit.

Maggies Kleid peitscht um ihre Beine, ein dunkelvioletter Wirbel, der im Luftzug tanzt. Sie schiebt sich durch die Tür, die ich dummerweise hinter mir geschlossen habe, und die stickigen Schwaden ziehen nach draußen ab.

Während ich auf die drei herabschaue und mit dem Tuch noch immer in der Luft herumfuchtle, als ob das irgendetwas bringen würde, stelle ich fest, dass Hot Neighbor Boy aus der Nähe noch anziehender ist. Er hat zwei Piercings in der Unterlippe und die schwarze Farbe einer nicht sichtbaren Tätowierung zieht sich bis knapp über sein Schlüsselbein. Auch er wendet den Blick nicht von mir ab. Mein Herz zieht sich freudig-erregt zusammen, aber ich unterdrücke diesen Impuls, bevor er sich festsetzen kann. Das Letzte, was ich gebrauchen kann, ist, mich neu zu verlieben. Egal, wie sehr sich mein Herz danach sehnt.

Das Mädchen muss seine Schwester sein. Sie haben die gleichen Augen, deren Farbe irgendwo zwischen Blau und Grau rangiert und deren Iris von einem noch dunkleren Ring umrahmt wird. Ihre Wangenknochen lassen selbst ein harmloses Lächeln verführerisch wirken. Sie sieht ihren Bruder mit hochgezogener Augenbraue an, und er erwidert die Mimik und zuckt mit den Schultern, als würden sie mindestens einmal am Tag junge Damen retten, auch wenn sie definitiv keine Hilfe brauchen.

»Geht's dir gut?« Maggie umfasst meinen Knöchel mit ihren heißen, klebrigen Fingern, um mir Halt zu geben, obwohl ich durchaus allein auf dem Tisch stehen kann.

»Ich habe den Timer nicht gehört.« Ich warte darauf, dass sie meinen Fuß freigibt, damit ich herunterklettern kann. Hot Neighbor Boy streckt seine Hand aus, um mir vom Tisch zu helfen, als sich dieser unter meinem Gewicht ein paar Zentimeter zu ihm neigt. Am klügsten wäre es, einen Kontakt um jeden Preis zu vermeiden. Ihn von Anfang an wissen zu lassen, dass ich nicht interessiert/tabu/verflucht bin.

Warum zur Hölle nehme ich dann seine Hand, schlinge meine Finger um sein Handgelenk, als wäre er eine Art wundersamer Rettungsanker, und lasse mich auf die Tischkante gleiten, bis meine Füße kurz überm Boden baumeln? Und warum zögere ich, bevor ich ihn loslasse?

»Danke.« Das Wort kommt leise, hauchend heraus, als wäre ich die Sorte Mädchen, die an Liebe auf den ersten Blick und ein fortan glückliches Leben bis in alle Ewigkeit glaubt. Ich spanne meine Kiefermuskeln an, sodass meine Lippen mich nicht verraten und ihn anlächeln können.

Er lässt seine Hand sinken, als ich meinen Griff lockere, und wir gehen alle nach draußen, raus aus dem dicken Rauch, wo wir uns in normaler Lautstärke unterhalten können. Maggie mustert mich und ihre intensiven braunen Augen weiten sich vor Verwunderung über mein Verhalten. Ich kann es ihr auch nicht erklären. Und selbst wenn ich es könnte, würde ich es nicht. Das dichte Gras kitzelt an meinen nackten Füßen, als wir näher zusammenrücken, damit wir uns über den Lärm des Brandmelders hinweg, der immer noch in der Küche schrillt, verständigen können. Letzten Sommer mähte ein Junge, der auf einen Glück bringenden Kuss von Maggie hoffte, jede Woche den Rasen. Ich glaube, Dad hat sich so daran gewöhnt, sich nicht mehr selbst darum kümmern zu müssen, dass er ihn dieses Jahr einfach so zuwuchern ließ.

Maggie sagt meinen Namen, und ich nehme an, dass sie mich unseren neuen Nachbarn vorstellt. Ihre Namen verpuffen, bevor ich sie verstehen kann. Kurz darauf geht der Brandmelder aus, aber in meinen Ohren klingelt es weiter.

»Das ist auch eine Art, meine Aufmerksamkeit zu erregen«, meint Hot Neighbor Boy. Sein Lächeln ist unbekümmert. Tödlich.

»Ach was, Tobin«, erwidert seine Schwester. »Wir wissen beide, dass der Auftritt mir galt. Ich bin einfach unwiderstehlich.«

Mein Sprechvermögen und mein auftauendes Inneres rinnen aus dem klaffenden Loch, das sein Lächeln gerade in meine Brust gerissen hat. Es dauert einen Moment, bis ich den Sinn ihrer Worte erfasse. Dann sehe ich ihn – Tobin – an und ertappe ihn dabei, wie er ihr einen genervten Blick zuwirft.

»Wir sind erst ein paar Stunden in der Stadt und schon beanspruchst du ein Mädchen für dich. Du kannst nicht alle haben, Jet.«

»Gut, *sie* kannst du haben.« Sie deutet mit dem Kopf auf mich und lässt ein Lachen erklingen, das schöner ist als Musik. Als hätten wir uns gemeinsam verschworen.

Es ist schon so lange her, dass mich jemand so behandelt hat, als würde ich dazugehören, dass ich auch lachen möchte. Aber ich verdränge das Gefühl, weil ich sie letztlich nur verletzen würde, wenn ich sie zu nahe an mich heranlasse, und erwidere stattdessen: »Ich will dich ja nicht enttäuschen, aber auf mich hat niemand Anspruch.«

»Dagegen ist nichts einzuwenden«, sagt Tobin.

»Tut mir leid. Das hat sich wahrscheinlich megadreist angehört, denn wir haben ja bisher höchstens zwei Sätze miteinander gewechselt«, entschuldigt sich seine Schwester. Sie hakt sich bei ihrem Bruder unter, als würde sie für sie beide sprechen. »Aber eigentlich sind wir ganz nett, ehrlich. Wir sind uns nur ein paarmal ins Gehege gekommen, seit ich entdeckt habe, dass ich auch auf Mädchen stehe.«

»Juliet und ich haben uns auf ein paar Regeln geeinigt, wenn wir ein Mädchen kennenlernen, damit wir uns nicht um sie streiten.«

»Aber wenn die betreffende Person andere Vorstellungen davon hat, mit wem von uns beiden sie zusammen sein will, müssen wir natürlich umdenken und einen Kompromiss finden, der alle glücklich macht. Zumindest einigermaßen. Selbst wenn es bedeutet, an gebrochenem Herzen zu sterben, wenn sie keinen von uns will.«

Sofort fühle ich mich an den Anfang des Sommers zurückversetzt, als ich dachte, ich wüsste, was – und wen – Isaac will. Und wie dann alles vor die Hunde ging.

Auf keinen Fall bringe ich mich noch einmal in so eine

Lage oder jemand anderen in Gefahr. Im ganzen Leben nicht.

Als ich von Tobin abrücken will, hält mich meine Schwester fest. Sie beugt sich vor und legt ihr Kinn auf meine Schulter. Maggies warmer Atem streicht über meinen Hals, als sie flüstert: »Gib ihnen eine Chance. Sie sind nicht Isaac.«

Da hat sie wahrscheinlich recht, aber ich habe nicht vor, es darauf ankommen zu lassen. Wenn ich Glück habe, ist meine Anziehungskraft als Holloway-Mädchen längst Geschichte. Irgendwo tief begraben mit dem Mädchen, das ich nicht mehr sein will.

Maggie fragt mich, ob ich nach dem Abendessen mit rübergehe und Tobin und Juliet beim Auspacken helfe. Als Antwort schließe ich mich in der Küche ein und backe eine Neuauflage der Whoopie Pies, die ich heute Nachmittag geschrottet habe. Für den Fall, dass Maggie mit den Zwillingen als Verstärkung zurückkommt, ziehe ich meine Schürze mit der Aufschrift *Ich hab dir gerade Hau-ab-Cakes gebacken* an. Dad hat sie mir zum Spaß gekauft. Wie sich herausstellt, trage ich sie in letzter Zeit am liebsten.

Dann drehe ich meine Emo-Playlist auf Spotify mit dem liebevollen Titel »Zucker, Honig, Eis & Tee« voll auf und verliere mich in den dunklen Texten und der noch dunkleren Schokolade.

Ich höre Laurel erst an die Tür klopfen, als ich das erste Blech Whoopies – diesmal supersaftig und megafluffig – aus dem Ofen ziehe. Als Maggie sie zum ersten Mal wie Luft behandelte, suchte Laurel bei mir Rat. Aber ich konnte bloß gemeinsam mit ihr unsere gebrochenen Herzen betrauern. Offenbar reicht das, um unsere Freundschaft am Laufen zu halten.

Obwohl ich den Verdacht habe, dass sie auch wegen Maggie so oft bei mir vorbeikommt. Auf Laurels Lippen liegen der Hauch eines Lächelns und ein schimmernder Lipgloss, der an ihr, die sich sonst nie schminkt, ebenso deplatziert wirkt wie Maggie an der Kletterwand in Dads Outdoorladen. Ich schließe auf und lasse sie in die Backküche.

Sie geht an mir vorbei zu meinem Handy, tippt auf das Display und pegelt die Lautstärke meiner Musik ein paar Dezibel herunter. »Wie ich sehe, wirkt das Maggie-Abschreckmittel.«

»Ich brauche es gar nicht, wo es doch neue Nachbarn zu erobern gibt.«

Laurel schwingt sich auf den Tisch und blickt auf das Haus der Curcios. Ihre dunklen Augen verengen sich, als könnte sie so durch die Ziegelmauern und Trockenwände hindurchblicken. »Ist sie schon länger als fünf Minuten da drüben? Wenn ja, dann sind die Leute, wer auch immer sie sind, bestimmt schon ganz vernarrt in sie.« Sie fährt sich mit dem Daumen über die Unterlippe und wischt sich die Reste des Gloss ab.

»Sie heißen Tobin und Juliet. Sie sind Zwillinge«, kläre ich sie auf. *Unwiderstehlich charmante* Zwillinge. Aber das behalte ich lieber für mich. Laurel muss sich wegen der mangelnden Aufmerksamkeit meiner Schwester nicht noch mieser fühlen.

»Und du wolltest beim fröhlichen Kennenlernen nicht dabei sein?« Laurel blickt drei Sekunden todernst, bevor sie losprustet.

»Wegen denen ist mir schon eine Ladung Whoopies verbrannt.«

»Wie haben sie das denn geschafft?«

Indem sie mich mit ihrem entwaffnenden Lächeln außer Gefecht gesetzt haben. Sie werden mir noch Ärger einbrocken, da bin ich mir sicher. Vor allem Tobin. Ich werde mich voll anstrengen müssen, damit mein Herz bei ihm nicht aus der Reihe tanzt.

»Ich war bloß durch ihren Einzug abgelenkt. Aber da Maggie die beiden jetzt in Beschlag genommen hat, habe ich wieder meine Ruhe.« In mehr als einer Hinsicht, denn solange sich Tobin auf Maggie konzentriert, gerate ich nicht in Versuchung, ihn zu küssen, geschweige denn, mich in ihn zu verlieben.

»Ich bin überrascht, dass Hannah nicht schon bei denen auf der Matte steht und sie warnt, dass sie sich von dir fernhalten sollen.« Laurel dreht sich auf dem Tisch herum und lässt ihre Füße auf den leeren Stuhl neben mir sinken.

Isaac beinahe zu verlieren, hat Hannah wachgerüttelt. Seitdem weicht sie ihm nicht von der Seite und ist fast so fanatisch wie Seth, wenn es um die Kusszeit geht. Sie erzählt allen und jedem, was ich Isaac angetan habe. In höhnischen Momenten denke ich, dass Hannahs Hingabe, nach der sich Isaac so lange gesehnt hat, eine weitere Manifestation seines Unglücks ist.

Ich öffne einen der Plastikbehälter, mit denen Mom die Backwaren zu Wild Flour transportiert, und lege die Whoopies Rand an Rand hinein. Ohne aufzuschauen, sage ich: »Was denkt sie eigentlich? Dass sich die Leute einfach die Ohren mit Bienenwachs zustopfen und mich ignorieren können, als wäre ich eine Sirene?«

»Ehrlich gesagt glaube ich, sie fühlt sich schuldig, weil sie dich nicht mit allen Mitteln davon abgehalten hat, Isaac zu küssen. Ich meine, ich weiß, es hätte keinen Unterschied gemacht, aber aus ihrer Sicht hat sie ihn im Stich gelassen.«

»Das heißt, sie hat Angst, dass ich jemand anderen verfluche, wenn sie mich nicht aufhält?« Ich pfeffere den nächsten Whoopie Pie in die Dose, sodass die Creme in der Mitte herausspritzt. Er ist nicht mehr zu retten, also klaube ich ihn wieder heraus und trete ihn in die Tonne. Das werde ich auch mit meinem Leben machen müssen, wenn es mir nicht gelingt, Isaac zu retten.

Laurel stupst mein Bein mit ihrem Fuß an. »Keinen schert es, was Hannah denkt.«

Wir wissen beide, dass das nicht stimmt.

»Vielleicht wäre es so, wenn sie nicht recht hätte.«

»Du glaubst doch nicht ernsthaft, dass es an dir liegt, dass Isaacs Hund am vierten Juli ausgebüxt ist?«

Das war vor drei Tagen. Wieso weiß ich nichts davon? »Oh, Scheiße. Haben sie ihn wiedergefunden?«

»Nicht, dass ich wüsste. Anscheinend hat der Hund Angst, wenn es knallt, und ist deshalb während des Feuerwerks durchgedreht. Aber dass du noch nicht einmal was davon weißt, beweist doch, dass du nichts dafürkannst.«

»Nein, das heißt nur, dass sie mich noch nicht dafür verantwortlich gemacht haben.« Solange Isaac verflucht ist, ist alles, was ihm direkt oder indirekt zustößt, meine Schuld.

10

Vielleicht. Das ist derzeit mein Hasswort.

Vielleicht hat Maggie recht.

Vielleicht ist beim nächsten Kuss alles anders.

Vielleicht kann ich meine Kusszeit noch retten.

Es sickert in meine Adern und verstärkt die Unruhe, die mich schon die ganze Woche plagt, bis an Schlaf nicht mehr zu denken ist.

Ich muss mir das *Vielleicht* und all seine unendlichen Möglichkeiten aus dem Kopf schlagen, bevor ich etwas tue, was ich später bereue.

Ich richte mich im Bett auf, setze mich in den Schneidersitz und lehne mich gegen das Kissen. Dann greife ich nach meinem Handy und stoße aus Versehen gegen das Buch des Glücks auf dem Nachttisch. Es landet mit einem dumpfen Schlag auf dem Boden.

Als ich es aufheben will, liegt es aufgeschlagen mit dem Eintrag meiner Oma auf den Dielen. Wahrscheinlich, um mir ins Gedächtnis zu rufen, was für eine Loserin ich bin.

Aber das Buch ist genauso nutzlos. Es steht nichts darin, was mir helfen könnte, den Fluch zu brechen. Nur fehlende Seiten und Erinnerungen daran, dass ich es voll versemmelt habe.

Ich warte auf das Klopfen an der Wand zwischen Maggies Zimmer und meinem, das mir sagt, sie weiß, dass ich wach bin, und will sich vergewissern, dass alles in Ordnung ist. Ein paar Atemzüge später ist es immer noch still.

An manchen Abenden vergisst sie, dass wir uns nicht mehr verstehen – oder vielleicht hofft sie, dass ich es vergessen habe –, und klopft. Einmal: *Bist du wach?* Zweimal: *Alles gut?* Dreimal: *Soll ich zu dir rüberkommen?* Die Reaktion auf dieses jahrzehntealte Kommunikationssystem ist sehr viel einfacher. Ist die Antwort Ja, klopfe ich, so oft ich will. Ist die Antwort Nein, rühre ich mich nicht. Obwohl, wenn ich Maggie ignoriere, führt das normalerweise dazu, dass sie innerhalb weniger Minuten nach dem ersten Klopfen zu mir ins Bett klettert.

Heute Abend gibt sie mir wohl den Freiraum, den ich immer wieder einfordere.

Auch gut. Maggie würde wahrscheinlich meine Seite aus dem Buch reißen, wenn sie dort meine akribische Liste von Isaacs Missgeschicken sieht. Ich blättere weiter und bin genervt von all dem Glück, das auf anderen Seiten geschrieben steht. So viele Geschichten von Geldregen, Geniestreichen, Zufallsbegegnungen und Durchbrüchen.

Wie die von Enzo Blythe, der ein paar Jahre, nachdem er Lizzy Holloway geküsst hatte, auf einem Flohmarkt für acht Dollar und fünfzig Cent ein Gemälde erstand, das sich als echter Picasso im Wert von über zehn Millionen erwies. Zur richtigen Zeit am richtigen Ort. Dank des Holloway-Glücks.

In der Ecke meiner Seite prangt ein Tintenklecks, den ich bei meiner letzten Beschreibung von Isaacs Elend hinterlassen habe. Ein schwarzer Fleck im Buch des Glücks. Darauf bin ich reduziert worden. Ein beschissener schwarzer Fleck, der sich nicht wegwischen lässt.

Insgeheim war mir wohl bewusst, dass ich mich heute Nacht wieder davonstehlen würde, um Isaacs Hund zu suchen, denn als ich zu Bett ging, habe ich mir nicht die Mühe gemacht, meinen Schlafanzug anzuziehen. Jede Nacht pilgere ich mit selbst gemachten Leckerlis in der Tasche los, aber bis jetzt hatte ich kein Glück. Oder besser gesagt Pech, weil der Hund wie vom Erdboden verschluckt ist. Niemand will ihn gesehen haben, trotz der Suchflyer, die ich in der ganzen Stadt aufgehängt habe.

Also werfe ich mir einen Kapuzenpullover über mein Lacuna-Coil-T-Shirt und schleiche auf Zehenspitzen zur Vordertür. Der Einzige, der mich bemerkt, ist Iggy, unser grau getigerter, knautschgesichtiger Kater. Er reißt das Maul auf und will Alarm schlagen, weil ich mich so spät noch draußen herumtreibe. Mit ein paar gut platzierten

Streicheleinheiten unter dem Kinn lenke ich ihn ab und bin aus dem Haus, bevor er aufhören kann zu schnurren.

Draußen ist die Luft stickig. Trotz der Sommerhitze ziehe ich die Kapuze meines Pullovers enger ums Gesicht, falls jemand vorbeikommt, obwohl es schon weit nach Mitternacht ist.

Während der Rest von Talus schläft, mache ich mich auf den Weg ins Zentrum und durchquere das Labyrinth von Außenvierteln, die eine geschäftige Innenstadt voller Boutiquen, Biorestaurants, Kleinbrauereien und Tante-Emma-Läden umringen, die Touristen aus dem ganzen Dreistaateneck anziehen. Ich passiere den Markt, auf dem Künstler, Hippie-Ziegenkäsehersteller, Winzer und eine ganze Reihe anderer Leute ihre Waren an Ständen verkaufen wie auf einem ganzjährigen Bauernmarkt, und laufe dann noch weiter, vorbei an einer Imkerei, die auf den Dächern dreier benachbarter Gebäude errichtet wurde, und an dem Foodtruck-Platz am Rand der Haight Plaza.

Ich umrunde den Platz mit den geschlossenen Foodtrucks, die einen beißenden Geruch von Fett und Gebratenem verströmen, und gehe zum Friedhof von Talus. Alle Parzellen sind seit hundert Jahren belegt. Es gibt niemanden mehr, der sich an die hier Bestatteten erinnert, der frische Blumen zu den Gräbern bringt oder den es schert, dass die meisten Grabsteine zu Staub zerbröckeln. Zumindest stutzt jemand einmal im Monat oder so die spärlichen

Grasbüschel, aber das war's auch schon. Die meisten Leute fahren oder gehen einfach vorbei, ohne Notiz von dem Ort zu nehmen.

Das ist das perfekte Versteck für einen verängstigten Hund. Das alte Eisentor stöhnt, als ich es aufstoße. Als wäre ich hier nicht willkommen. Ich würde mir nur zu gern meine Ohrhörer einstöpseln und Musik anmachen, aber ich muss auch das zaghafteste Bellen hören, das auf meine sanften Rufe antwortet. Ich hinterlasse eine Spur von Hundekeksen zwischen den Grabsteinen und gehe jeden Zentimeter des Friedhofs ab – ohne Erfolg.

Eine warme Brise lässt den Flyer rascheln, den ich vor ein paar Tagen am Friedhofstor aufgespießt habe, und es hört sich so täuschend echt nach einem Flüstern an, dass ich mich beinahe umgedreht hätte. Stattdessen ziehe ich mir die Kapuze weiter ins Gesicht und renne nach Hause.

Als ich über den begrünten Streifen zwischen meinem Haus und dem der neuen Nachbarn schleiche, dringt ein schriller Pfiff durch die Nachtluft. Mein Körper erstarrt zur Salzsäule, doch mein Herz rast bei der Aussicht, so spätnachts noch draußen erwischt zu werden. Meine Eltern haben mir in diesem Sommer schon viel durchgehen lassen – dass ich einen Streit mit Maggie anzettle, dass ich mich weigere, über die Gerüchte zu sprechen, die in der Stadt die Runde machen und von eifrigen Mündern zu noch eifrigeren Ohren dringen und mir vorwerfen, noch ganz andere Sachen verbockt zu haben, als Isaac zu küssen, und nicht zuletzt, dass ich so düstere und grüblerische Musik höre, dass Mom deswegen tagelang heulen könnte –, aber mich nachts draußen herumzudrücken, gehört nicht dazu.

Rasch checke ich die kleine Veranda unseres Hauses, auf der zum Glück keine angepissten Eltern warten. Dann blicke ich zu den verdunkelten Fenstern und vergewissere mich, dass ich nicht ertappt worden bin. Maggies Zimmer geht zum Vorgarten hinaus, und ich rechne eigentlich damit, dass sie mit großen Augen besorgt zu mir herunterschaut, weil ich nicht im Bett liege. Aber ihre Vorhänge sind zugezogen. Und obwohl ich erleichtert bin, macht es mich auch ein bisschen traurig, dass meine Schwester nicht bemerkt hat – nie bemerkt –, dass ich mich bei jeder Gelegenheit hinausschleiche.

Aus dem Nachbarhaus ertönt ein leises Kichern. Die Häuser in meinem Viertel sind schon älter, nicht wie die Nullachtfünfzehnbauten in den neueren Siedlungen. Aber sie stehen trotzdem so dicht beieinander, dass wir alle auf dem Präsentierteller hocken.

Das Dachfenster gegenüber von meinem ist ein Stück geöffnet, der Glanz des Mondlichts auf der Scheibe wird von dem Spalt zwischen Fensterrand und Fensterbank verschluckt. Ich nehme die Kapuze ab und laufe zurück zu dem begrünten Streifen, der mein Haus von dem der Curcios trennt. In der Woche seit ihrem Einzug war es für mich ebenso leicht, ihnen aus dem Weg zu gehen, wie für Maggie, sich sofort mit Juliet anzufreunden.

Auf dem Dach unter dem Fenster erhebt sich ein Schatten aus der Hocke und richtet sich zur schlaksigen Gestalt von Hot Neighbor Boy alias Tobin auf. Er ist wieder ganz dunkel gekleidet, und ich muss die Augen zusammenkneifen, um ihn zu erkennen. Er hält ein blau leuchtendes Handy in der Hand und deutet auf mich. »Wohin gehst du jede Nacht?«

Ich bedeute ihm, leiser zu sprechen, bevor er uns beide in Schwierigkeiten bringt. Dann erfasse ich den Sinn seiner Worte. Und mir wird klar, dass er mich in den letzten Nächten kommen und gehen gesehen haben muss. Was, wenn er heute auf mich gewartet hat, damit er wieder ein paar Worte mit mir wechseln kann? Meine Wangen brennen bei dem Gedanken, aber ich unterdrücke den Impuls, ihm die Wahrheit zu erzählen, oder etwas, das ihr nahekommt. Ich kann ihm meine nächtliche Hundesuche nicht erklären, ohne ihm zu verraten, dass ich an Isaacs Unglück schuld bin.

»An die frische Luft«, entgegne ich flüsternd.

»Ja, klar.« Er legt den Kopf in den Nacken und seufzt übertrieben. Dann richtet er seinen Blick wieder auf mich. »Weißt du, an deiner Stelle würde ich es mir zweimal überlegen, ob ich einen Typen date, der mich um diese Uhrzeit allein heimgehen lässt. Ich meine, Talus ist nicht gerade das Zentrum des Verbrechens, aber er sollte trotzdem dafür sorgen, dass du sicher nach Hause kommst.« Seine Stimme ist immer noch zu laut für meinen Geschmack.

Ich trete näher an sein Haus heran, sodass ich ihn gerade noch sehen kann, ohne mir den Hals zu verrenken. Der Gedanke, dass ich einen Freund habe, ist absurd. »Wozu brauche ich einen Freund dafür, wo du mir doch schon nachspionierst?«

»Hey, das ist nicht meine Schuld. Wenn du deine heimlichen Ausflüge nicht so legen würdest, dass sie mit meiner nächtlichen Sternenbeobachtung zusammenfallen, würde ich dich nie zu Gesicht bekommen.«

Das klingt fast so, als wüsste er, dass ich ihn meide. Aber das kann er nur wissen, wenn Maggie es ihm erzählt hat. Was sehr wahrscheinlich der Fall ist. Das erklärt auch, warum sie mich nicht davon abhält, mich aus dem Haus zu stehlen. Aber was schert es ihn, dass ich Miss Ungesellig bin? »Mit Sternenbeobachtung meinst du wohl, dass du dich auf dem Dach versteckst, damit deine Mom dich nicht bei dem erwischt, was auch immer du dort oben so treibst.«

Tobin lehnt sich über den Dachrand. Das Mondlicht taucht seinen Oberkörper in ein sanftes silbriges Licht, während er lächelt. »Das ist Auslegungssache. Ich genieße nur die Aussicht.«

Mich von heißen Typen fernzuhalten, ist ein Kinderspiel.

Das mache ich jetzt schon seit fast einem Monat. Oder sie halten sich von mir fern. Aber ein Typ, der heiß ist *und* mit mir flirtet? Gar nicht gut. Ich presse die Lippen aufeinander, damit ich sein Lächeln nicht erwidere oder ihn verbal zu weiteren Annäherungsversuchen ermutige.

»Nicht mal ein leichtes Grinsen?«, fragt er, als ich nicht reagiere.

»Nö. Sorry«, erwidere ich.

»Kannst du's nicht mal vortäuschen, damit ein Junge das Gefühl hat, er hätte eine Chance?«

»Ich hab noch nie gehört, dass ein Junge ein Mädchen gebeten hat, es vorzutäuschen.« Die Worte sind raus, bevor ich sie aufhalten kann.

Irgendetwas an ihm spricht das Mädchen tief in mir an. Das Mädchen, das flirtet, gern lacht und mit offenen Augen davon träumt, Jungs zu küssen und sich zu verlieben, als wäre es der Anfang von allem und nicht eine Krankheit, die einen von innen heraus auffrisst. Und ich weiß nicht, ob ich speziell auf ihn so reagiere oder ob es einfach nur daran liegt, dass er neu in der Stadt ist und mir nicht vorwirft, wieder dieses Mädchen sein zu wollen.

Er prustet los und stützt sich mit einer Hand am Dach ab, damit er nicht herunterfällt. Mit der anderen Hand hält er sich den Mund zu, um das Geräusch zu unterdrücken. Dabei leuchtet sein Handydisplay auf und zeigt eine Spotify-Playlist an, die zu klein ist, als dass ich einen der Songs erkennen könnte. Und dieses Mal lächle ich, denn Scheiße, es fühlt sich gut an.

»Aber im Ernst«, meint er nach einem Moment, »der Typ, mit dem du dich triffst, ist ein Arsch, wenn er dich danach nicht einmal heimbringt.«

»Vielleicht will er es und ich lehne ab.«

»Dann ist er trotzdem ein Arsch. Du verdienst etwas Besseres.«

Ich blende die Stimme in meinem Kopf aus, die mir zuraunt: »*Nein, nicht wirklich*«, denn ich möchte mich noch ein wenig länger an diesem kleinen bisschen Glück festhalten. »Sehr freundlich, wenn man bedenkt, dass du mich nicht einmal kennst.«

»Ich muss dich nicht kennen. Jeder Mensch verdient es, mit jemandem zusammen zu sein, für den er etwas Besonderes ist.«

»Sprichst du da aus Erfahrung?«

Er lässt sich zurück in den Schatten sinken. Ich denke schon, er will der Frage ausweichen, als er weiterredet: »Sagen wir mal, Beziehungen laufen besser, wenn sie auf gegenseitiger Anziehung und echter Zuneigung beruhen, anstatt darauf, dass man dadurch cool sein will.« Er lacht, als wollte er seinen Worten etwas von ihrem Gewicht nehmen, aber der Schmerz, der seine Stimme hart werden lässt, ist nicht zu überhören.

Die Liebe hat ihn auch verarscht. Eine verwandte Seele.

Ich möchte ihn nach dem Mädchen fragen, das ihn benutzt hat. Wie er darüber – wie er über sie – hinweggekommen ist. Aber es ist besser, wenn er selbstsicher und in Flirtlaune bleibt. So laufe ich nicht Gefahr, ihm zu nahezukommen. »Okay. Macht es dich glücklicher, wenn ich dir verrate, dass ich niemanden date?«

»Nicht aus dem Grund, aus dem du fragst, aber ja. Viel glücklicher. Ich meine, ich finde es schön, dass du dich nicht mit einem Vollidioten triffst, der dich nicht verdient hat. Aber jetzt, wo ich weiß, dass du Single bist, ist dieser Grund nicht so wichtig wie der andere.«

»Der da wäre?« Ich bereue die Frage, sobald ich sie ausgesprochen habe. Ich bereue dieses ganze blöde Gespräch, denn jetzt haben wir einen Draht zueinander, jetzt sind Gefühle aufgeflammt, die ich ausmerzen muss, um unser beider willen. Aber ich kann es nicht mehr rückgängig machen.

»Dass ich nicht aufhören kann, an dich zu denken, seit ich dich das erste Mal gesehen habe«, antwortet er. »Dass ich gehofft habe, du würdest mit deiner Schwester vorbeikommen, damit ich mich mit dir unterhalten kann.«

Mein Herz macht einen kleinen Sprung, es verzehrt sich nach Aufmerksamkeit. Aber ich kann dem nicht nachgeben. Nicht, wenn dadurch vielleicht noch jemand zu Schaden kommt. Also erwidere ich stattdessen: »Das ist das Letzte, worauf du hoffen solltest. Du und jeder andere Junge in der Stadt, der auf einen Kuss von mir aus ist, sollte sich das aus dem Kopf schlagen, solange er noch kann.« Ich ringe mir ein Lachen ab, doch es klingt kantig, messerscharf und explodiert in alle Richtungen, ohne sich darum zu kümmern, wen oder was es trifft.

Tobin zieht die Augenbrauen hoch und starrt mich ein paar Sekunden lang an. Sein angedeutetes, neckisches Lächeln weicht der Verwirrung und dann dem Schmerz, als er merkt, dass es mir ernst ist. Er zieht sich zurück, hält sich an der Fenstereinfassung fest und wird wieder eins mit dem Schatten. »Wow. Ich hätte nicht gedacht, dass du so von dir eingenommen bist.«

»Bin ich nicht.«

»Ach nee? Du hast mir gerade erzählt, dass natürlich alle Jungs hinter dir her sind. Oder was hast du sonst gemeint?«

Die Magie. Das Wort schrillt in meinem Kopf, aber ich lasse es nicht heraus. Nach dem wenigen, was ich heute über seine Ex erfahren habe, muss sie ganz schön schwierig gewesen sein. Ich möchte nicht, dass er denkt, ich wäre auch so, aber sicher hat er inzwischen gehört, was Holloway-Mädchen anrichten können. Und ich muss ihn so weit wie möglich von mir fernhalten, damit ich ihn nicht auch noch verfluche.

Ich vergrabe meine Hände in der Bauchtasche meines Kapuzenpullis und verschränke meine Finger, damit sie nicht zittern. »Vergiss es einfach, okay?«

Tobin schiebt das Fenster hoch. »Auf jeden Fall.« Dann verschwindet er im Inneren.

Ich bleibe noch eine Minute draußen stehen, falls er wieder nach unten schaut, aber das macht er nicht. Und ich kann niemanden für den dummen Schmerz in meiner Brust verantwortlich machen, außer mich selbst.

11

Als ob ich eine Erinnerung daran bräuchte, mich von Tobin fernzuhalten, geht die Magie Ende der Woche wieder auf Isaac los. Diesmal in Form eines Blitzes. Er schlägt in einen Baum ein, der daraufhin in das Dach von Isaacs Auto kracht, das in der Einfahrt parkte. Die Karre ist bloß noch Schrott.

Und ich habe immer noch keinen blassen Schimmer, wie ich den Fluch brechen kann.

Ich überlege, noch einmal in die Apothecary zu gehen. Das ist ein New-Age-Laden, in dem ich die Kristalle und den Salbei für meine ersten Bannbrech-Versuche gekauft habe. Ich könnte den Ladenbetreiber Gideon bitten, mir die Tarotkarten zu legen, die mir Klarheit über die Situation verschaffen, wie er meint. Aber ich glaube nicht, dass ich damit umgehen kann, wenn mir die Karten eine düstere Zukunft prophezeien. Lieber klammere ich mich an einen Funken Hoffnung, dass ich das wieder hinbiegen kann.

Seit meinem nächtlichen Zusammentreffen mit Tobin vor ein paar Tagen ist es mir ganz gut gelungen, mich nicht weiter mit meinen Mitmenschen abzugeben. Aber heute beim Backen habe ich nicht aufgepasst und das war ein Fehler. Irgendwann zwischen dem Zeitpunkt, als ich zwei Kuchenböden aus dem Ofen gezogen habe, und dem Moment, in dem ich Salzkaramell-Creme angerührt habe, schwingt die Tür der Backküche auf. Juliet und Tobin spazieren einfach herein. Kein Klopfen, kein gar nichts, als wären sie nebenan aufgewachsen und wir hätten uns nicht erst ein paarmal unterhalten.

Aber ich kann wohl von Glück reden, dass sie es bloß sind.

Tobin bleibt an der Schwelle stehen, als würde er merken, dass sie gerade in mein Heiligtum eingedrungen sind. Oder wahrscheinlich ist er nach unserem letzten Gespräch auf Abstand bedacht. Juliet hingegen hüpft förmlich durch den Raum und begutachtet mit großen Augen die Kuchenböden, die ich aufeinandergelegt und mit einer dicken Schicht Creme verbunden habe. Sie deutet mit dem Daumen in Richtung unseres Hauses und sieht mich fragend an. Ich nehme an, dass sie meine Schwester sucht.

Ich wische mir die Finger an einem Geschirrtuch ab und drehe die Musik leise. Im Raum wird es totenstill, als The Used nicht mehr aus dem Bluetooth-Lautsprecher auf dem Tisch dröhnen, den ich mit meinem Handy verbunden habe. »Maggie ist drinnen.«

»Weiß ich doch«, meint sie.

Ich will sie fragen, warum sie mich dann belästigt, aber ich verkneife mir den Kommentar. Sie versuchen wenigstens, nett zu mir zu sein. Das ist mehr, als man von meinem »Freundeskreis« behaupten kann. Ich dehne die Schultern, um die angestaute Anspannung zu lösen, und lächle Juliet an. Lächle beide an. Mein Herz schöpft kurz Hoffnung. Und ich unternehme nicht gleich wieder etwas dagegen, weil es sich so verdammt gut anfühlt, innerlich nicht tot zu sein. »Was macht ihr denn hier?«

»Deine Mutter hat uns alle zum Abendessen eingeladen. Du weißt schon, so als Willkommen-in-der-Stadt-Schräg-strich-Lernt-eure-Nachbarn-kennen-Dings. Hat Maggie dir nichts davon erzählt?«, erkundigt sich Juliet.

Hätte sie vielleicht. Wenn sie nicht zu den Menschen gehören würde, die ich gemieden habe. »Wir haben uns heute noch gar nicht so richtig gesehen.«

Tobin richtet seinen Blick direkt auf mich und in seinen Augen blitzt der Schalk auf. »Vielleicht wollte sie dir keine Möglichkeit geben, dich zu verdrücken, bevor wir hier aufkreuzen.«

Ich will ihm gerade sagen, dass er seine blöde Klappe halten soll, aber bevor ich dazu komme, versetzt Juliet ihm mit dem Handrücken einen Klaps auf die Brust. Dabei sieht sie ihn nicht einmal an, sondern trifft mit geübter Lässigkeit. Fast bin ich versucht, sie um Unterricht zu bitten, denn weil ihr Bruder mich so ansieht, als würde er innerlich notieren, welche Knöpfe zu welchen Reaktionen führen, sollte ich diese Fähigkeit wohl beherrschen, wenn wir beide die Kusszeit heil überstehen wollen.

Juliet stützt die Unterarme auf den Tisch und faltet die Hände, als wollte sie sich davon abhalten, etwas von der Schichttorte zu stibitzen, die ich mit einem Messer zu einem fast perfekten Zylinder forme. Sie beugt sich über die Mitte des Tisches, um meine Arbeit zu begutachten. »Bitte sag mir, dass das – was auch immer es ist – unser Nachtisch für heute Abend wird.«

»Es ist eine Salzkaramell-Schichttorte. Und du kannst sie haben, wenn du willst.« Ich entspanne mich ein bisschen, obwohl sie mir so auf die Pelle rückt. Sie hat es wohl nur auf die Torte und nicht auf einen Kuss von mir abgesehen.

»Das kann ich nicht annehmen. Du hast sie für einen bestimmten Anlass gebacken. Oder vielleicht für jemand Bestimmten? Du machst dir doch nicht ohne Grund so eine Mühe.«

Das Messer rutscht in meiner verschwitzten Handfläche ab. Ich lege es weg, bevor ich mich oder die Torte verstümmle. »Man sieht keine verstreuten Leichenteile im Garten, also hat sie definitiv einen Zweck erfüllt«, erwidere ich und versuche, das raue Gefühl in meiner Kehle loszuwerden.

Tobin sieht mich mit hochgezogener Augenbraue an.

»Passiv-aggressives Backen oder Vertuschung eines Massenmordes?«

Das Lächeln sollte mir nicht so schnell über die Lippen kommen. Nicht nach dem, wie meine letzte Unterhaltung mit ihm geendet hat. Und schon gar nicht, wo ich doch weiß, dass ein einziger Kuss Isaac immer noch das Leben zur Hölle macht. Aber schon ist es da und macht sich so beschissen breit, als würde ihm mein Gesicht gehören.

Ich begegne Tobins Blick aus seinen grauen Augen und sage: »Salzkaramell übertüncht die Farbe von Blut nicht. Dafür braucht man Himbeeren. Aber vielen Dank für den Hinweis, dass ich dich *nicht* um Rat zu fragen brauche, wenn ich mal eine Leiche verschwinden lassen muss.«

Er grinst mich an. Es ist, als hätte er eine geladene, entsicherte Waffe in der Hand und den Finger am Abzug. Eine falsche Bewegung und der Junge schießt mir ein Riesenloch in die Brust.

Um mich abzulenken, schnappe ich mir die Schüssel mit der Karamellcreme und rühre sie mit dem breiten Glasurmesser um. Dann gebe ich einen großen Klecks davon in die Mitte der Torte und beginne, sie im Uhrzeigersinn auf der runden Fläche zu verstreichen.

»Ihr zwei seid völlig krank.« Juliet hängt immer noch auf dem Tisch und dreht sich schwungvoll zu ihrem Bruder um. Ich fange eine Handvoll Haare auf, die auf meine Torte zusteuern. Die Strähnen schillern in hundert verschiedenen Gelb-, Gold- Weiß- und Karamelltönen und duften nach Kokosnuss. Juliet wendet sich mir wieder zu und das strahlende Lächeln ihrer vollen Lippen ist ebenso tödlich wie das ihres Bruders. Ich lasse ihr Haar in sicherer Entfernung von der Torte los und schiele zu Tobin. Er dreht das Lederarmband an seinem Handgelenk und sieht keine von uns beiden an.

»Maggie hat gesagt, du bist ein Genie in der Küche«, sagt Juliet und holt sich damit meine Aufmerksamkeit zurück.

Mir stockt der Atem, und ich wiederhole die Worte in meinem Kopf, um sicherzugehen, dass ich mich nicht verhört habe. Trotzdem frage ich: »Hat sie?«

Letzten Sommer flehte mich Maggie an, das Backen Mom zu überlassen, damit wir mehr Zeit mit den Jungs am Wasserfall verbringen können. Sie sagte, ich könne nach der Culinary School noch für den Rest meines Lebens backen. Auf die will ich nach dem Highschool-Abschluss nämlich schon, seit ich denken kann. Ich erwiderte, aufs Backen zu verzichten, wäre für mich, wie wenn sie ohne Lippenstift auskommen müsste. Danach ließ sie die Sache auf sich beruhen.

»Jep. Irgendwie habe ich den Eindruck, du bist so sehr mit Backen beschäftigt, dass du keine Zeit für etwas anderes hast. Zum Beispiel, dich mit deinen neuen Nachbarn anzufreunden. Deshalb sind wir jetzt hier.«

Typisch Maggie, dass sie das als Grund vorschiebt, warum

ich mich nicht mit ihr, Tobin oder Juliet abgebe. Anstatt sich einzugestehen, dass sie eine Heuchlerin ist, wenn es um Liebe geht, zieht sie sich mit meiner knapp bemessenen Zeit aus der Affäre. Ich nehme noch mehr Karamellcreme mit dem Messer auf und verteile sie vorsichtig an den Rändern, ohne etwas vom Teig abzubröseln. »Hört mal, ich muss mich konzentrieren, wenn ich arbeite. Damit ich nicht noch mal den Brandmelder auslöse.«

Tobins Lippen verziehen sich wieder zu einem Lächeln. Mein Herz nimmt einen neuen Anlauf.

In diesem Moment ruft draußen jemand mit einer durchdringenden, kehligen Stimme Juliets Namen. Wir drehen uns alle zu Mrs. Curcio um, die sich im Garten auf halbem Weg zwischen der Backküche und der Hintertür unseres Hauses aufgebaut hat. Sie ist eine winzige Frau – es würde mich wundern, wenn sie die anderthalb Metermarke geknackt hat –, aber wie sie so dasteht, eine Faust in die Hüfte gestützt und mit einer Miene, die teils Besorgnis, teils Verzweiflung ausdrückt, wirkt sie verdammt einschüchternd.

Juliet stößt sich vom Tisch ab und reißt die Hände hoch, als würde sie sich auf einen Kampf gefasst machen. »O Mann. Darf ich nicht mal mehr mit Mädchen reden?«

»Und riskieren, dass du in Kussweite kommst?«, erwidert Tobin mit einer ordentlichen Portion Sarkasmus. Er legt ihr einen Arm um die Schultern, zieht sie dicht an sich heran und raunt: »Nie im Leben, Jet.«

Mist. Habe ich sie auch falsch eingeschätzt?

Ich muss einen erschrockenen Blick aufgesetzt haben, denn Juliet schiebt schnell hinterher: »Keine Sorge. Ich bin nicht darauf aus, dich zu küssen. Es sei denn, du willst es, dann sollten wir auf jeden Fall miteinander sprechen – oder eben nicht sprechen, je nachdem.«

Ich schüttle den Kopf und bin mir nicht ganz sicher, ob sie das ernst meint. Tobin sieht mich stirnrunzelnd an, was mir auch nicht gerade dabei hilft, den Gesprächsfaden wiederaufzunehmen. Und aus irgendeinem Grund möchte ich mich unbedingt weiter mit den beiden unterhalten. Vielleicht nicht jetzt, aber beim Abendessen und morgen und nächste Woche und die Woche danach. Einen Moment lang gestatte ich mir die Frage, wie es wohl wäre, wieder mit jemandem befreundet zu sein.

»Könntest du mit dem Flirten wenigstens warten, bis Mom drinnen ist, damit sie nicht ausflippt? Wir müssen unser Familiendrama nicht unbedingt vor den ahnungslosen Nachbarn ausbreiten.« Tobin fasst den Arm seiner Schwester am Ellbogen und winkt damit ihrer Mutter zu.

»Sorry«, meint Juliet. Während sie durch die Glasfront beobachtet, wie Mrs. Curcio zu unserer Hintertür geht, fügt sie hinzu: »Unsere Mom ist ein ziemlicher Kontrollfreak. Man sollte meinen, sie macht sich mehr Sorgen darüber, dass Tobin sich Löcher ins Gesicht bohrt und seinen Körper mit Tätowierungen verschandelt oder, Gott bewahre, ein uneheliches Kind zeugt, aber nein. Sie hat mich dabei erwischt, wie ich ein Mädchen geküsst habe, und jetzt weiß man ja nicht, ob ich nicht jedes Mädchen flachlege, das nicht bei drei auf dem Baum sitzt.«

»Zu ihrer Verteidigung muss man sagen«, ergänzt Tobin und lässt Juliet los, »dass du mit Chelsea im Pool herumgeknutscht hast, als Moms Buchclub da war.«

»Tu nicht so, als hättest du das nicht auch gemacht, wenn du die Gelegenheit dazu gehabt hättest.«

»Aber hallo, selbst wenn ich nur ansatzweise die Gelegenheit dazu gehabt hätte.« Tobin tunkt einen Finger in die Karamellcremeschüssel und leckt ihn ab. Dabei behält er mich die ganze Zeit im Auge. »Aber darum geht's nicht.«

»Worum dann?«, frage ich, bevor er sich eine weitere Kostprobe genehmigt. Und bevor ich darüber nachdenken kann, warum sich mein Magen zusammenzieht, wenn ich ihn darüber reden höre, dass er eine andere küssen möchte.

Er klopft zweimal mit den Fingerknöcheln auf den Tisch. »Nur darum, dass unsere Mom ein bisschen Zeit braucht, um sich daran zu gewöhnen. Sie wird sich schon wieder einkriegen.«

»Sie hat es sich zur Aufgabe gemacht, mich zur Hetero zu bekehren, Tobin. Oder ist dir entfallen, weshalb wir hier sind und nicht zu Hause?« Juliets Ton schwankt zwischen Verzweiflung und mühsam beherrschter Wut, als würde ihr das geringste bisschen endgültig den Rest geben.

Dieses Gefühl kenne ich im Moment besser als jedes andere. Und ich weiß, was sie vielleicht aufmuntert. »Tja, damit wird sie in nächster Zeit wohl keinen Erfolg haben.« Ich streue grobes Meersalz auf die fertige Torte.

»Wieso?«, erkundigt sich Juliet.

»Weil alle Jungs hier schon in Remy verknallt sind«, ergänzt Tobin, obwohl ich das eigentlich gar nicht sagen wollte. Seine Lippen verziehen sich zu einem Grinsen, er verschränkt die Arme vor der Brust und spannt den Bizeps an. Eine stumme Aufforderung, ihm zu widersprechen.

Was bedeutet, dass er mich wieder für eine komplett eingebildete Tusse hält. Na toll. Nicht, dass ich es darauf anlege, ihm zu gefallen. Aber müssen sich denn alle gegen mich stellen? »Ich dachte, wir …«, beginne ich.

»Na ja«, fällt Juliet mir ins Wort. Sie schenkt mir ein aufmunterndes Lächeln, dann wendet sie sich an ihren Bruder. »Sie kann nichts dafür, dass alle sie küssen wollen. Ich meine, ein Holloway-Mädchen zu küssen, bringt Glück, also wollen die Leute natürlich etwas davon abhaben. Aber laut Maggie hält die Magie nur ein Jahr lang an. Stimmt's, Remy?«

»Stimmt«, erwidere ich, obwohl das alles für Tobin wahrscheinlich nichts Neues ist. Er lebt schon lange genug in der Stadt, sodass er die Gerüchte gehört haben muss. Oder dass ihm Isaacs Freunde haarklein geschildert haben, was die Kusszeit ist und was sie bewirken kann. »Und was hat dir meine Schwester noch so erzählt?«

»Nur das Wesentliche, denke ich. Und dass ich nicht darauf hören soll, was die Leute in der Stadt über dich sagen. Außerdem hat sie erwähnt, dass du wahrscheinlich Zeit brauchst, um mit uns warm zu werden, wir uns aber davon nicht abschrecken lassen sollen. Zu deinem Glück sind mein Bruder und ich geduldig. Wir wissen, wie es ist, wenn Gerüchte um einen kreisen, die von der Wahrheit weit entfernt sind. Deshalb glauben wir nicht, was die anderen über dich oder diesen Isaac sagen, es sei denn, du bestätigst es.« Mit einem schelmischen Lachen zerzaust Juliet Tobins Haare und tanzt aus seiner Reichweite, bevor er es ihr heimzahlen kann. »Vielleicht, Bruderherz, bist du ja derjenige, der ihr den Glauben an die Magie zurückgibt.«

Tobins Grinsen nimmt wieder sein ganzes Gesicht in Beschlag.

Wenn sie nur wüssten, was die Magie mit sich bringt und dass ich keine Ahnung habe, wie ich sie auf Kurs bringen kann, wenn sie einmal aus dem Ruder gelaufen ist, würden sie mich nicht so anstrahlen, als wäre die Kusszeit die Antwort auf alle Gebete. Aber aus irgendeinem Grund bringe ich es nicht fertig, ihnen den Kopf zurechtzurücken.

12

Wie sich herausstellt, gibt es zum Abendessen eines meiner Lieblingsgerichte. Geflügelsalat auf einem Bett aus Römersalat in selbst gemachten Tortillafladen. Nicht gerade für jeden ein Seelenfutter, aber für mich schon. Und Maggie hat es zubereitet, damit ich mich nicht über den Besuch der Curcios aufrege. Eigentlich ärgert es mich, dass sie glaubt, ich könne mich ohne ihr Zutun in Gegenwart anderer Leute nicht beherrschen. Aber die Küche duftet so köstlich nach frittiertem Teig und frisch geschnittener Ananas, dass mir das Wasser im Mund zusammenläuft und ich ihr nicht böse sein kann.

Hinter mir ertönt ein *Hey, Maggie* aus zwei Kehlen. Ich wollte eigentlich mit einstimmen, aber nun ist es zu spät.

Ich setze mich zu Dad an die Kücheninsel, wo er sich gerade einen Haufen Pekannüsse in den Rachen wirft, die Maggie noch nicht als Salattopping gehackt hat. Tobin und Juliet gesellen sich zu mir, lehnen sich gegen die Arbeitsplatte und fühlen sich in unserem Haus so pudelwohl wie auch sonst überall. Es muss toll sein, so ein Selbstbewusstsein zu haben. Sich seiner selbst und seiner Umgebung so sicher zu sein. Ich weiß nicht einmal, wie sich das anfühlt. Maggie war als extrovertierte und charismatische Holloway-Schwester schon immer beliebt. Und da ich praktisch ihr Anhängsel war, mich lieber zurückgenommen und ihren Glanz bewundert habe, war ich nur ihretwegen gern gesehen. Jetzt bin ich das dank des Kusses zwischen mir und Isaac nicht mehr.

»Na, ihr drei«, begrüßt uns Dad.

»Wir wollten gerade einen Suchtrupp losschicken«, sagt Maggie, und in ihrer Stimme liegt etwas Gereiztes. Sie rückt die Schale in ihrer Armbeuge zurecht und nimmt zwei weitere Schalen auf, um sie ins Esszimmer zu tragen. Dabei würdigt sie uns keines Blickes.

Auch wenn ich meiner Schwester immer noch absolut unversöhnlich gegenüberstehe, überkommt mich bei dem Gedanken, dass sie vielleicht sauer auf mich ist, die schiere Panik. Sie muss wissen, dass ich ihr ihre neue beste Freundin nicht abspenstig machen will: »Ich habe nur die Torte fertig gebacken«, entschuldige ich mich. Aber Maggie ist schon aus dem Zimmer.

Juliets Augen bleiben an der Tür kleben, durch die meine Schwester verschwunden ist. »Und wir haben dafür gesorgt, dass Remy gleich rüberkommt, sobald sie fertig war.«

»Nein, du hast gewartet, ob Remy die Torte vielleicht gleich anschneidet«, neckt Tobin sie.

»Dir ging es doch genauso. Einer Torte, die so gut aussieht und duftet wie diese, kann man unmöglich widerstehen. Wie drei Schichten Himmel mit Cremeüberzug.«

Dad legt mir einen Arm um die Schulter und drückt mich fest an sich. »Eine unwiderstehliche Schichttorte, hm? War dein Tag so schlimm, Kid?«

»Im Moment ist jeder Tag scheiße. Weißt du doch.« Doch das Backen – und Tobin und Juliet, die mich unbedingt als Freundin gewinnen wollen –, haben ihn zumindest erträglich gemacht. Also meine ich es ernst, als ich sage: »Aber es geht mir ganz gut, Dad.«

Maggie kommt zurück in die Küche und beteiligt sich an unserer Unterhaltung, als wäre sie nie weg gewesen. »Wir können essen, sobald unsere Mütter einen Wein ausgesucht haben.«

Die Auswahl nimmt noch einmal zehn Minuten in Anspruch. Als die beiden fertig sind, warten wir anderen schon am Esstisch auf sie. Dad und Tobin sitzen jeweils an den Enden, Maggie, Juliet und ich quetschen uns auf die eine Seite, und unsere Mütter setzen sich auf die andere. Maggie und Juliet haben mich neben Tobin platziert. Das ist ja so was von unauffällig.

Nachdem wir uns alle unseren Salat aus dem halben Dutzend Zutaten, die Maggie geschnippelt hat, selbst zusammengestellt haben, räuspert sich Tobin. »Okay, darf ich mal was fragen? Wieso bedeutet ein Kuchen, dass man einen blöden Tag hatte?«

Dad antwortet, bevor ich dazu komme: »Oh, ihre Mutter hat den Mädels von klein auf beigebracht, sich beim Backen abzureagieren. Je mehr Gefühle Remy loswerden muss, umso aufwendiger ist das Rezept. Und umso besser das Ergebnis.«

Er ist jedes Mal ganz der stolze Papa, wenn er den Leuten von meinen Backkünsten erzählt. Normalerweise würde ich dann am liebsten meinen Kopf in den Ofen stecken – ich meine, wenn die Waage auf der einen Seite »bäckt echt krasse Kuchen« und auf der anderen »stürzt Jungs ins Verderben« anzeigt, ahnt man ja gleich, was schwerer wiegt. Aber Tobin kennt nicht die ganze Scheiße, mit der ich mich herumschlage, und deshalb gewinnt das Gute vielleicht ausnahmsweise einmal die Oberhand.

Ich drücke unter dem Tisch die Daumen und bete, dass es so ist.

»Die Torten sind wirklich ziemlich eindrucksvoll«, sagt Mom.

»Was ist mit dir, Maggie?«, fragt Juliet.

Meine Schwester schüttelt den Kopf und ihr entfährt ein leises Lachen. »Während Remy ihre Emotionen in wirklich erstaunliche Kreationen umwandeln kann, endet das bei mir meistens in einem kompletten Desaster. Normalerweise bin ich eine gute Bäckerin – nicht annähernd so gut wie Mom oder Remy, aber für den Kuchenbasar reicht es. Aber wenn meine Gefühle im Spiel sind, bricht alles aus mir heraus und landet auf dem Blech. Das willst du nicht sehen.«

»Das ist kein Scherz«, bestätige ich. Nach dem letzten Missgeschick verbannte Mom sie einen Monat lang aus der Küche. Maggie durfte erst wieder hinein, als sie hoch und heilig schwor, nie wieder zu backen, wenn sie wütend ist. »Erinnerst du dich an die Brownies, die im Ofen explodiert sind?«

Dad zwinkert mir zu und ergänzt: »Und die Cupcakes, die nicht fest wurden, weil du das Mehl vergessen hast?«

Maggie grinst. »Die waren nichts im Vergleich zu dem Karamell, das in der Pfanne hart geworden ist. Die musste ich wegwerfen, weil ich es nicht mehr herausbekommen habe. Ich dachte, Mom schießt mich auf den Mond.«

»Ich habe diese Pfanne geliebt. Du hast einfach Glück, dass ich dich mehr liebe«, sagt Mom lachend.

»Ihr meint also, wir sollten dankbar sein, dass Remy diejenige ist, die heute einen harten Tag hatte?«, erkundigt sich Tobin.

»Ja«, erwidert Maggie. »Absolut.«

Juliet ergreift meine Hand, als ob sie etwas Ernstes zu sagen hätte. »Tja, wenn du jemals einen Ort brauchst, an dem du all deine Gefühlskuchen abladen kannst, steht dir unser Haus immer offen.« Sie sieht mir in die Augen und fügt hinzu: »Nicht, dass ich dir noch mehr beschissene Tage an den Hals wünsche, aber nach allem, was ich gehört habe, sind sie wohl gerade unvermeidlich. Also, nur für den Fall …«

»Keine Bange. Dieses Jahr wird viel gebacken. Du wirst nicht hungern müssen«, entgegne ich. Der einzige Lichtblick an der ganzen Sache ist, dass ich bis zu den College-Bewerbungen alle Backtechniken beherrschen werde, die ich können muss, um die Culinary Schools zu beeindrucken.

Mrs. Curcio mustert uns drei von der anderen Seite des Tisches aus. Sie stützt die Ellbogen auf die Holzplatte und deutet mit der Gabel auf Maggie und mich. »Mir ist zu Ohren gekommen, dass ihr beide bei den Jungs ziemlich beliebt seid. Hat eine von euch einen festen Freund? Vielleicht einen, dessen Freund noch single ist, für Juliet? Es fällt ihr leicht, sich mit Mädchen anzufreunden, wie ihr wisst, aber wenn es um Jungs geht …«

»Mom!«, ruft Juliet, halb warnend, halb flehend.

»Echt, Mom«, raunt Tobin, »nicht heute Abend.«

»Ich dachte nur, es wäre schön, wenn deine Schwester hier nicht anecken würde«, verteidigt Mrs. Curcio sich.

»Ach, machen Sie sich keine Sorgen. Juliet wird gut zurechtkommen«, beruhigt Mom sie. »Und ich bin sicher, die Mädchen stellen sie gern allen vor.«

Juliets Hände auf dem Tisch sind zur Faust geballt. Sie

atmet ganz bewusst, langsam und hörbar, durch die Nase ein und aus.

Maggie rückt ein Stück, bis ihr Arm den von Juliet streift. Sobald sie sich berühren, bewegt sie sich nicht mehr. »Das machen wir selbstverständlich. Und um Ihre Frage zu beantworten, Mrs. Curcio, ich habe im Moment niemand Festes, also wer weiß, wer mein Herz gewinnt.« Sie lächelt Juliet verstohlen zu, ehe sie fortfährt: »Außerdem hat Remy dieses Jahr den Jungs praktisch abgeschworen, das erweitert die Auswahl beträchtlich.« Die Worte gleiten honigsüß aus ihrem Mund, aber in ihnen schwingt eine verdeckte Schärfe mit.

Mrs. Curcio sieht mit weit aufgerissenen Augen, die den gleichen intensiven Graublauton haben wie die ihrer Kinder, zwischen mir und Juliet hin und her. Ich brauche eine Sekunde, um zu begreifen, warum sie so besorgt aussieht. Dann rufe ich mir Maggies Worte noch einmal ins Gedächtnis und erkenne, dass sich alles, was mir Juliet vor dem Essen erzählt hat, im Gesicht ihrer Mutter niederschlägt. Aber trotzdem widerspreche ich Maggie nicht. Ich bin sogar ein bisschen beeindruckt von ihrer Dreistigkeit. Ich lasse ihre Andeutung im Raum stehen, sodass sie es sich zwischen den Schüsseln mit den Resten von Geflügelsalat, Ananasstücken und gehackten Pekannüssen bequem machen kann.

»Keine Jungs, hm?«, fragt Juliet. Sie beugt sich über

mich und piekt mit dem Zeigefinger in Tobins Schulter. Er schlägt ihre Hand weg. Aber die Anspannung von eben weicht einem verschwörerischen Grinsen. »Sieht so aus, als könnte ich sie dir doch noch wegschnappen.«

Mrs. Curcio verschluckt sich an ihrem Wein. Rote Tröpfchen rinnen ihr das Kinn hinab. Ihre Serviette liegt unnütz in ihrem Schoß, während sie zu sprechen versucht und noch mehr Wein aushustet. Mom geht sofort in den Gastgeberinnen-Modus über und klopft Mrs. Curcio auf den Rücken. Ich reiche ihr meine Serviette, damit sie das abtupfen kann, was ihre Bluse noch nicht aufgesogen hat.

»Alles in Ordnung, Mom?«, fragt Tobin und nimmt Mrs. Curcio das Glas aus der zittrigen Hand, bevor der Rest des Weins sich über dem Tisch ergießt.

Sie hustet wieder, bringt aber ein krächzendes »Ja« heraus.

Juliet rückt von Maggie ab. »Tut mir leid, Mom. Ich werde meine Witze besser timen, damit du dann nicht gerade wieder trinkst.«

Mrs. Curcio bearbeitet mit der Serviette die roten Flecke auf ihrer Bluse so heftig, dass es schon wehtun muss. Danach begleitet Mom sie in die Küche, damit sie sich sauber machen kann. Dad steht auf und will helfen, aber Mom hält ihn zurück.

Mit hochgezogenen Augenbrauen, schief gelegtem Kopf und zuckenden Lippen führen Tobin und Juliet eine stumme Unterhaltung miteinander.

Maggies Blick ist immer noch auf Juliet gerichtet. In der Art, wie sie die Augen zusammenkneift, liegt ein leichter Anflug von Verärgerung. Als wollte sie nicht, dass Juliet einen falschen Eindruck von mir bekommt. »Bloß damit das klar ist, Remy verabredet sich gerade mit niemandem. Sie mag Jungs. Nur im Moment *will* sie sie nicht mögen.«

Nein, ich will sie nicht mit meiner verkorksten Magie verletzen. Das ist ein großer Unterschied. »Mein Liebesleben steht nicht zur Debatte«, werfe ich ein, bevor Tobin auf dumme Gedanken kommt.

Zu spät. Er beißt sich auf die Lippenpiercings, um sich ein Lächeln zu verkneifen.

Heilige Scheiße. Jedes Mal, wenn ich denke, ich kann ihn auf der anderen Seite der roten Linie halten, die ich gezogen habe, macht er so eine Aktion und sorgt dafür, dass ich an nichts anderes als seine blöden Lippen denke.

Verflucht. Verflucht. Verflucht. Das Wort schneidet durch meine nutzlosen Gedanken und erinnert mich daran, dass ich verflucht bin, solange Isaac verflucht ist. Es ist für alle sicherer, wenn ich auf den Rest der Kusszeit verzichte.

Juliet sagt: »Ich finde es gut, dass du mit deiner Klarstellung gewartet hast, bis meine Mom außer Hörweite ist. Nach heute Abend darf ich vielleicht nie wieder zu euch kommen, aber trotzdem danke.«

Tobin schüttelt den Kopf, ein Lächeln umspielt seine Mundwinkel. »Die Versuchung lauert überall, Schwesterherz. Sie wird dich wahrscheinlich gar nicht mehr aus dem Haus lassen.«

Dad lässt den Blick durch das Zimmer schweifen, als könnte er herausfinden, wo das Gespräch vom Weg abgekommen ist, wenn er nur aufmerksam genug danach sucht. Meine Eltern sind locker, wie eigentlich alle in Talus, und es würde ihn nicht stören, wenn Maggie mit einem Mädchen ausgeht. Nach einem Moment des Schweigens gibt er auf. Und ich bin ein bisschen enttäuscht, dass er nicht einen coolen elterlichen Ratschlag gegeben hat, damit Juliet sich besser/willkommen/normal fühlt.

»Sieht so aus, als wäre es Zeit für den Nachtisch«, meint er schließlich. »Ich schaue mal in der Küche nach, ob alles okay ist.«

Wir nicken und lächeln. Eltern haben keinen Dunst.

Als er weg ist, rückt Maggie näher an Juliet heran. Sie verzieht das Gesicht. »Ist deine Mutter echt sauer?«

»In ihrer verzerrten Realität habe ich mich zufällig zu einem Mädchen hingezogen gefühlt und nicht, weil mich die Jungs in meinem Alter nicht interessieren. Und sie denkt, unser Umzug biegt das gerade. Biegt mich gerade. Also ja, sie ist nicht begeistert. Aber irgendwann muss sie sich den Tatsachen stellen, wie wir alle.«

»Hoffst du«, erwidert Tobin.

»Scheiß drauf, was sie denkt«, rufe ich aus. Ich habe es so satt, dass die Leute glauben, sie könnten mitbestimmen, wer wen liebt. »Wenn sie dich einsperrt, kommen Maggie und ich und holen dich raus.«

Die nächsten fünf Minuten verbringen wir damit, alle möglichen Rettungsszenarien durchzuspielen, wie ein Trampolin unter ihrem Fenster aufzustellen, ein Loch in den Boden ihres Zimmers zu fräsen oder mit dem Auto durch die Fensterfront zu brettern. Juliet ist besonders angetan von den Plänen, die mit Zerstörung einhergehen. Danach denken wir uns Codewörter aus, mit denen Tobin uns mitteilen kann, dass sie unsere Hilfe braucht.

Als unsere Eltern zurückkommen, Mrs. Curcio mit Rorschach-ähnlichen Weinflecken auf ihrer Bluse, sind wir vor Lachen in Tränen aufgelöst.

Mom zählt die Dessertoptionen auf: meine Salzkaramell-Schichttorte, Erdbeeren mit Schlagsahne oder Honig-Salz-Eis. Juliet hebt die Hand wie in der Schule und bestellt sich ein Stück Torte mit einer Kugel Eis. Das essen dann alle. Außer Mrs. Curcio.

Und einen Moment lang habe ich das Gefühl, dass sich mein Glück wenden könnte. Ich darf mein Herz nur nicht vor dieser Möglichkeit verschließen.

Als ich einige Stunden später nach draußen gehe, werde ich von der Musik ergriffen, die aus Tobins offenem Fenster dringt. Die Kombination aus Gitarren und Klavier ist eindringlich, tieftraurig und vollkommen. Ich kann den Text nicht hören, aber ich stelle mir vor, dass er die Leere in meiner Brust füllen und ich mich ganz fühlen würde, zumindest für ein paar Minuten.

Ich speichere die Takte dieses unbekannten Songs innerlich ab, um sie mir später noch einmal anzuhören, wenn ich nicht mit einer Tortenschachtel in der Hand zwischen unseren Häusern stehe.

Ich sollte zur Tür gehen und klingeln. Dann treffe ich wahrscheinlich auf Juliet, statt auf Tobin, aber mein Mund hat seinen eigenen Willen. Er ruft Tobins Namen. Die Musik wird leiser, als die Lautstärke heruntergedreht wird, und ich rufe ihn noch einmal und presse dann die Lippen aufeinander, um mein Lächeln zu unterdrücken, als er aus dem Fenster schaut und mich sieht. Dass er mir Beachtung schenkt, sollte mir egal sein, aber so ist es nicht.

»Was ist das?«, fragt er.

»Der Rest der Torte. Ich habe vergessen, ihn deiner Schwester mitzugeben, als ihr gegangen seid.«

Er wirft einen prüfenden Blick über die Schulter in sein Zimmer oder in einen Raum tiefer im Haus. Dann klettert er durch das Fenster und geht an der Dachkante in die Knie, bis er festen Halt hat. Mit einem Satz springt er zu mir herunter und landet selbstredend sicher auf beiden Beinen. »Das kann dir keiner verübeln. Unser Familiendrama kann einen schon mal aus dem Konzept bringen.«

»Hat Juliet das vorhin ernst gemeint, dass deine Mutter euch ihretwegen hierher verfrachtet hat?«

»Das ist dieses Mal ihr Vorwand.«

»Dieses Mal?«

»Seit mein Dad gestorben ist, sind wir nicht länger als ein Jahr an einem Ort geblieben. Es ist, als könnte Mom sich eine Weile einreden, dass er nur mit seiner Band auf Tournee ist und nicht für immer weg. Und dann gewöhnen wir uns an das Leben ohne ihn, machen weiter, und sie dreht wieder durch. Und dann denkt sie sich irgendeinen Grund aus, warum wir umziehen müssen – weil Jet auf Mädchen steht, weil der Bruder von meinem Kumpel Tätowierer ist und mir ein Tattoo gestochen hat, obwohl ich noch minderjährig bin, oder weil ihr eine Hellseherin gesagt hat, dass Dads Geist in irgendeiner fernen Stadt auf uns wartet, in der er mal ein Konzert gespielt hat. Und dann schleppt sie uns an einen neuen Ort und alles geht wieder von vorne los.«

»Das tut mir leid. Ich wusste nicht, dass er *tot* ist. Ich dachte, er wäre …« Ich kann diesen Satz unmöglich beenden, ohne in weitere Fettnäpfchen zu treten, also lasse ich es. »Was ist mit ihm passiert?« Ich zucke zusammen, als ich merke, dass ich das tatsächlich laut ausgesprochen habe.

»Er ist an einer Überdosis gestorben, als wir vierzehn waren«, antwortet Tobin nach ein paar Sekunden. Seine Stimme klingt ruhig, verrät nicht, wie sehr ihn der Verlust seines Vaters – auf solch eine Weise – vor drei Jahren mitgenommen haben muss. »Anscheinend gehörte das bei den Grungemusikern in den Neunzigern dazu. Dad war vielleicht ein paar Jahrzehnte zu spät dran, aber wenn man schon in die Fußstapfen von anderen tritt, dann richtig.«

»Ich hätte das nicht fragen sollen. Entschuldige.«

»Nein, es liegt nicht an dir. Die meiste Zeit komme ich klar. Damit, wie und warum er gestorben ist. Und dann dreht Mom am Rad, oder ich denke an alles, was ich nicht mit ihm teilen kann, weil er nicht hier ist, und schon macht mir sein Tod wieder wahnsinnig zu schaffen.« Er klappt den Deckel der Schachtel auf, bricht mit den Fingern ein Stück Cremetorte ab, steckt es sich in den Mund und setzt damit dem unbedachten Einblick in sein Seelenleben ein Ende.

Ich habe mich so sehr auf die Probleme konzentriert, die mir die Magie eingebrockt hat, dass ich vergessen habe, dass andere mit viel mehr zu kämpfen haben als ich. Obwohl ich ihn eigentlich nicht weiter bedrängen will, rutscht mir die nächste Frage heraus: »Hast du dir vorhin deshalb einen so herzzerreißenden Song angehört?«

Tobin heftet seinen Blick auf mich, seine Augen sind in der Dunkelheit nicht zu erkennen. »Wie lange hast du hier draußen gelauscht?«

»Nur auf dem Weg von der Küchentür bis zu deinem Fenster. Bitte sag mir, dass du keiner dieser Wichtigtuer bist, die Bands nur mögen, wenn sie sonst niemand kennt.«

»Hast du vorhin nicht mitgekriegt, dass mein Dad in einer Band gespielt hat? Ich will, dass Musiker Erfolg haben und ihre Songs von so vielen Menschen wie möglich gehört werden.«

»Gut«, sage ich. Und dann beiße ich mir auf die Innenseite meiner Wange, in einem allerletzten Versuch, mich dazu zu bringen, Tobin mit Schmerz zu assoziieren. Denn wenn ich das hier weiterlaufen lasse, wird mir am Ende nur der Schmerz bleiben.

13

Tobin ist nicht der einzige Junge, um den ich mir Gedanken machen muss. Ein paar Tage später schlägt Felix sein Lager neben unserem Haus auf. Als ich die um ihn herum verstreuten Kisten und Plastikwannen erblicke, schüttle ich den Kopf. Er hat Hunderte scheinbar wahlloser Gegenstände zusammengetragen und etwas, das wie eine Art Bauplan aussieht, an die Fenster der Backküche geklebt.

»Was machst du da?«, frage ich, als ich vor ihm stehe. Ich bin froh, dass es bloß Felix ist und nicht jemand, der seinen Frust über Isaacs neuesten Schicksalsschlag an mir auslassen will.

Felix reißt den Kopf hoch, schaut mich an, und ein Grinsen huscht über sein Gesicht. Er blinzelt gegen das Sonnenlicht. »Das solltest du eigentlich noch gar nicht sehen. Tu einfach so, als hättest du mich nicht bemerkt, okay?«

»Geht nicht, denn mein Garten sieht aus, als würdest du eine Was-passiert-dann-Maschine bauen.«

»Mache ich auch. Aber du wirst es schon verstehen, wenn ich fertig bin.«

Wäre es ein anderer von Isaacs Freunden, hätte ich Angst, dass die Maschine Messer auf mich schleudert oder mir auf andere Weise zu Leibe rückt. Da es sich um Felix handelt, ist die Maschine wahrscheinlich harmlos. Aber trotzdem will ich kein Risiko eingehen. »Und warum soll ich dich fertigbauen lassen? Dafür brauchst du Stunden.«

»Weil sie für dich ist. Ich wollte dir nicht einfach ein Geschenk vor die Tür legen. Ich habe mir etwas Superausgefallenes ausgedacht, damit du merkst, dass es mir ernst ist und du vielleicht doch noch mal darüber nachdenkst, mich während der Kusszeit zu küssen.«

Warum sollte Felix mich überhaupt küssen wollen, geschweige denn sich ins Zeug legen, damit ich ihm Beachtung schenke, wo er doch weiß, dass Isaacs Pechsträhne kein Ende nimmt?

»Ich mag dich, Felix.« Er reckt eine Faust in die Luft und strahlt, als hätte er gerade den Jackpot geknackt. Schnell stelle ich klar: »Nicht so. Du bist ein netter Kerl, und ich will nicht, dass du das falsch verstehst, aber wir werden uns nicht küssen. Also kannst du das alles ruhig einpacken und nach Hause gehen. Erspar dir die Mühe und Enttäuschung.«

Er zieht ein Skateboard und einen Fahrradreifen aus einer der Plastikwannen, legt sie auf den Boden und begutachtet die Teile. Offenbar hat er nicht die Absicht, meinem Vorschlag zu folgen. »Um mich musst du dir keine Sorgen machen. Maggie hat gesagt, du musst nur jemand anderen küssen, und alles wird gut. Dann ist der Bann gebrochen.«

»Warte mal, Maggie hat dir gesagt, du sollst kommen und was, mich rumkriegen?« Was zum Teufel denkt sie sich dabei? Den Leuten zu erzählen, dass alles wieder in Butter ist, wenn ich jemand anderen küsse, ist voll verantwortungslos. Selbst wenn sie nicht glaubt, dass ich verflucht bin, muss sie doch wissen, dass ich keinen weiteren Kuss riskiere, solange ich nicht weiß, dass Isaac okay ist, egal, wie viele Jungs sich mir an den Hals werfen.

»Nicht wortwörtlich«, erwidert er.

»Aber sie hat dich gebeten, mich dazu zu bringen, dich zu küssen?«

»Jaaaa. Ich meine, nicht ausdrücklich mich. Sie hat vor ein paar Tagen auf der Haight Plaza mit ein paar von uns Jungs gesprochen, aber die meisten haben ihr nicht geglaubt. Ich dachte, ich habe ganz gute Chancen. Vor allem, wenn du das hier siehst, sobald ich fertig bin.«

Ich schnappe mir das Skateboard, obwohl ich schon gern wüsste, welche Funktion es in der Maschine hat, und werfe es zurück in den Behälter. »Ich muss deine Erfindung nicht in Aktion sehen. Auch wenn sie megaabgefahren ist. Ich kann dich nicht küssen.«

»*Kann nicht* ist etwas anderes als *will nicht*.«

»In diesem Fall trifft beides zu. Das gilt für alle, die so bescheuert sind, auf meine Schwester zu hören. Kannst du dafür sorgen, dass alle das mitbekommen? Bitte.«

Seine kupferbraunen Augen verengen sich, als er mich mustert. »Ich kapier's nicht, Remy. Willst du deine Unschuld nicht beweisen? Willst du Isaac nicht helfen? Warum willst du es denn nicht wenigstens versuchen?«

Die Sache wieder ins Lot bringen, will ich mehr als alles andere. Aber wenn ich das jetzt zugebe, wird er mir nachstellen, bis die Kusszeit vorbei ist. »Warum bist du hier und baust diese Maschine, wenn du so über mich denkst?«

»Hey, ich verurteile dich nicht«, verteidigt er sich, und als ich die Augen verdrehe, fügt er hinzu: »Echt. Ich biete mich bloß als Versuchskaninchen an, falls du irgendwas austesten willst. Vor allem, wenn dabei Zunge im Spiel ist.« Er wackelt mit den Augenbrauen, sodass ich unwillkürlich lachen muss.

Dann sagt er: »Aber ich nehme deinen Einwand zur Kenntnis.« Er kramt eine kleine Schachtel aus seiner Tasche und reicht sie mir. »Es wäre cooler gewesen, wenn du gewartet hättest, bis ich fertig bin und das hier am Ende auf dich zugeflogen wäre, aber hier.«

»Du musst mir nichts schenken«, wehre ich ab.

»Aber ich möchte es. Es ist nichts Besonderes. Ich habe es nur gesehen und an dich gedacht.«

Als ich die Schachtel öffne, kann ich mir ein Grinsen nicht verkneifen. Darin befindet sich eine Emaille-Anstecknadel in Form eines Plundergebäcks mit der Aufschrift »Bake it easy«.

»Das passt«, sage ich und hefte sie mir ans Shirt.

»Und jetzt entschuldige mich, ich muss mich wieder meinen Studien widmen.«

Felix hat nicht ganz unrecht. Ich muss mich mehr anstrengen, um ein Mittel gegen den Fluch zu finden. Nach meinen ersten gescheiterten Versuchen habe ich mich ablenken lassen. Ich brauche nur eine einzige Idee, die funktioniert. Vorzugsweise eine, bei der ich niemanden küssen muss.

Mein Blick schweift zum Haus der Curcios – zum Fenster gegenüber von meinem. Und schon wieder nimmt Tobin meine Gedanken in Beschlag. Ich muss mich konzentrieren. Ich ziehe die Vorhänge zu und gelobe Besserung. Aber auf mich allein ist kein Verlass. Eine so wichtige Angelegenheit braucht Unterstützung. Ich setze mich mit dem aufgeschlagenen Buch des Glücks auf mein Bett und sende Laurel ein SOS.

Sie antwortet postwendend: Ist deine Schwester zu Hause?

Ich: Nein, die Luft ist rein.

Keine zehn Minuten später liegt sie auf meinem Bett und stöbert in den Glücksberichten des Buchs.

»Das ist ziemlich absurd«, sagt sie und hält mit dem Finger mitten im Eintrag eines Holloway-Mädchens inne.

Ich überhöre die Spitze und frage: »Dass ich angeblich das einzige Holloway-Mädchen bin, das Unglück über jemanden gebracht hat?«

»Nein, das mit dem Glück überhaupt. Hast du ein paar von den Einträgen gelesen?«

Jeder in Talus hat schon einmal vom Holloway-Glück gehört. Aber echte Berichte über das Glück zu lesen, das meine Vorfahrinnen beschert haben, ist wahrscheinlich oberskurril. »Alle davon. Öfter, als ich zählen kann. Mit ᾽ner Knarre am Kopf könnte ich wahrscheinlich das ganze Buch Wort für Wort aufsagen.«

Sie schlägt eine beliebige Seite auf und dreht das Buch so, dass ich es nicht sehen kann. »Okay, dann sag mir, welches Glück Philip Williamson widerfahren ist.«

»Du sollst mir helfen, diese Glückspilze unter die Lupe zu nehmen, nicht mich über sie ausquetschen: Außerdem fehlt dir ja wohl die Knarre«, maule ich.

»Wir wissen beide, dass es metaphorisch gemeint war. Also, Philip.«

Ich lasse mich zurück auf das Bett fallen und lege den Arm über die Augen. »Na schön. Philip Williamson küsste Millie Holloway. Jahre später, nachdem er sechs Monate lang auf dem Meer verschollen war, kehrte er mit einer Tasche voller Goldmünzen heim. Er berichtete von einem Sturm, der ihn mit Haut und Haar verschlungen und an der Küste einer Insel ausgespien hatte. Die Überfahrt nach

Hause sicherte er sich, indem er den Ort des Schatzes verriet, den er dort entdeckt hatte. Zufrieden?«

»Nö. Das war zu einfach. Wer vergisst schon legendäre Piratenschätze? Was ist mit dem Allerweltsnamen John Smith?«

»John küsste Virginia Holloway und opferte seine letzten Ersparnisse für unfruchtbares Ackerland auf einem Berggipfel in Tennessee. Wahrscheinlich haben ihn alle deswegen ausgelacht, aber darüber steht nichts im Buch. Er baute Gewächshäuser auf dem Land und pflanzte dort eine einzelne Orchidee aus dem Haus seiner Familie in England ein. Seine kleine Gärtnerei wurde zur größten Orchideenzucht des Südens.«

Es gibt noch Hunderte solcher Geschichten. Vorausgesetzt, all diese Erzählungen darüber, wie das Glück eingetreten ist, sind wahr.

»Und alle Namen hier sind die Namen der Leute, die das Holloway-Mädchen geküsst haben, auf dessen Seite sie stehen?«, erkundigt sich Laurel. Sie hat zu Maggies Seite vorgeblättert. Zu ihrem Namen, der unter einem Dutzend anderer steht, die darauf warten, dass ihr Glück dokumentiert wird.

»Ja, schon …«

»Und wobei genau brauchst du meine Hilfe?«

Ich bin froh, dass sie das Thema gewechselt hat, nehme ihr das Buch ab und suche für den Einstieg eine weniger verfängliche Seite. »Wir überprüfen die Fakten. Wir schauen, ob einer der Personen hier etwas zugestoßen ist, bevor sich das Blatt gewendet hat. Falls ja, findet sich vielleicht auch irgendwo ein Hinweis darauf, was die Veränderung bewirkt hat.«

»Also die Nadel im sprichwörtlichen Heuhaufen?«, hakt Laurel nach.

»Eher die abgebrochene Spitze einer Nadel in einem Stapel von Nadeln.«

»Na, bei so viel Optimismus kann ja nichts mehr schiefgehen.«

Scheitern ist keine Option. »Fangen wir mit dem glücklichen Philip Williamson an. Mal sehen, warum er überhaupt Schiffbruch erlitten hat.«

14

Unsere Suche führt zu nichts. Mehr als zwanzig Namen und überall nur Friede, Freude, Eierkuchen. Gegen Ende der Woche bin ich kurz davor, das Buch des Glücks in die Tonne zu treten.

Das Buch hat jedoch mehr Glück als ich.

Es liegt sicher auf dem Nachttisch, als ich am Donnerstag eine Lieferung für Mom auf den Berg bringen muss, weil Maggie heute Morgen mit Juliet abgehauen ist und nicht ans Telefon geht.

»Oh, gut, dass du da bist«, sagt Mom. Noch bevor ich die Tür des Bäckereiwagens hinter mir geschlossen habe, lädt sie mir zwei Kuchenschachteln auf und dreht mich gleich wieder in Richtung Tür. »Stell sie bitte in den Fußraum. Mrs. Chastain reißt mir den Kopf ab, wenn das Zeug überall am Karton klebt.«

»Ich pass schon auf.«

»Danke, dass du das übernimmst. Ich weiß, dass du im Moment nicht so scharf auf Lieferaufträge bist, aber ich dachte mir, der hier gefällt dir vielleicht ganz gut.« Die Worte *im Moment* sind zum Bersten gefüllt mit Unausgesprochenem. Mom ist gnädig und setzt mich wegen der Kusszeit nicht allzu sehr unter Druck. Seit unserem ersten Gespräch über das, was mit Isaac passiert ist, lässt sie mich in Ruhe, damit ich herausfinden kann, was *ich* will. Nicht, dass ich einen blassen Schimmer hätte.

»Ich liefere gern Sachen für Wild Flour aus. Hauptsache, ich bin allein.« Außerdem bedeutet es, dass ich auf den Berg fahren kann, was immer aufregend ist.

Sie folgt mir nach draußen und streicht mir mit der Hand übers Haar, als ich an Dads Jeep stehen bleibe. Maggie hat unser Auto genommen, als sie sich verdrückt hat. »Weiß ich doch, Schatz. Aber in letzter Zeit war es nicht gerade einfach für dich. Du sollst nicht denken, dass dein Vater und ich nicht für dich da sind. Wenn du reden möchtest, haben wir immer ein offenes Ohr für dich. Wenn du lieber backen willst, sag mir einfach, welche Zutaten du brauchst, und die Küche gehört dir. Mach das, was dir guttut, okay?«

Ich nicke, weil ich es nicht übers Herz bringe, sie anzulügen.

Mom nickt zurück, und ich frage mich unwillkürlich, was sie nicht ausspricht.

Als ich auf den Berg fahre, erlebe ich einen seltsamen Glücksrausch, der mir bis in die kleinste Zehenspitze dringt.

Er ist nicht von Dauer – das ist das Glück gerade nie –, aber ich genieße ihn trotzdem. Es gibt nichts Schöneres, als um die letzte Kurve zu biegen, wo der steile Anstieg abrupt endet und sich die Stadt – umhüllt von einem Ring aus Wolkenfetzen – unter mir ausbreitet. Es ist atemberaubend. Jedes. Mal. Wieder.

Die Fahrspuren sind schmal, und an einigen Stellen muss ich auf die Gegenfahrbahn ausweichen, damit ich um die Kurve komme. Als ich das erste Mal auf dieser Straße unterwegs war, war ich mir sicher, dass ich in einer der Haarnadelkurven gegen den Berg pralle oder geradewegs den steil abfallenden Abhang hinunterrausche. Aber Maggie saß auf dem Rücksitz, schob die Hand zwischen meinem Sitz und der Fahrertür hindurch und strich mir beruhigend über die Schulter, während Dad mir Anweisungen gab. Jetzt fahre ich die Strecke instinktiv. Mit einem kurzen Blick vergewissere ich mich, dass die Gegenspur frei ist, und schon geht's los und um die Kurve und dann weiter zur nächsten. Und immer weiter bis nach oben.

In der Nähe des Gipfels, wo ein Schild die Touristen dazu auffordert, eine Fotopause zu machen und den Ausblick zu genießen, fahre ich auf den Seitenstreifen. Hier oben ist alles friedlich, vollkommen. Und ich kann die Handvoll verwelkter, mit Giftefeu umwickelter Wildblumen vergessen, die ich vor ein paar Tagen vor meiner Haustür gefunden habe – ein kleines Geschenk von einem enttäuschten Glückssucher oder von Isaacs Kumpels. Oder die anonymen Nachrichten auf meiner Mailbox, auf der bloß das wütende Rauschen und Donnern des Wasserfalls zu hören ist. Ich wende das Gesicht dem kühlen Wind zu, der durch das offene Fenster hereinweht, schließe die Augen und flüstere dem Universum ein Gebet zu, dass dieses Gefühl ewig anhalten möge.

Dann brettert ein Auto vorbei, so nah, dass mein Wagen schaukelt, und holt mich auf den Boden der Tatsachen zurück.

Der Zen-Moment ist verstrichen. Ich lenke das Auto zurück auf die Straße und trete so sehr aufs Gas, dass die Reifen quietschen. Zum Glück ist niemand in der Nähe, der mich wegen unvorsichtigen und rücksichtslosen Fahrens verwarnt. Oder der sieht, dass meine Augen feuchter sind, als mir lieb ist.

Als ich am Schotterparkplatz beim Eingang des Wanderwegs vorbeikomme und dort einen alten marineblauen Acura stehe sehe, muss ich zweimal hinschauen. Er gehört Tobin. Und auch wenn ich ihm bewusst aus dem Weg gehe, weiß ich, dass Tobins Karre die Hälfte der Zeit nicht anspringt. Dass er es den ganzen Weg den Berg hinaufgeschafft hat, ohne am Straßenrand liegen zu bleiben, grenzt also schon an ein Wunder. Allerdings wusste ich gar nicht, dass Tobin sich mit jemandem angefreundet hat, der ihm den Wasserfall zeigt. Aber da Tobin hier ist, muss es wohl so sein.

Ich verdränge den Anflug von Eifersucht, der bei dem Gedanken aufkommt, und biege in das Rondell vor dem Bed & Breakfast ein. Durch den Rückspiegel werfe ich einen letzten Blick auf sein Auto.

Das Haus, das zu einem Gasthof umfunktioniert wurde, ist ein altes Ungetüm von einem Gebäude mit Steinbögen, die sich um das Untergeschoss ziehen, auf dem ein Holzaufbau mit Fensterfronten ruht. Es ist das älteste Gebäude auf dem Berg, erbaut zu einer Zeit, als das hier ein Sommerurlaubsort für die gut Betuchten war. Früher wollte ich hier heiraten, auf der Veranda hinter dem Haus mit Blick auf die Stadt. Jetzt will ich nur noch die Kuchen loswerden, bevor mir die Romantik dieses Ortes unter die Haut geht und mich dazu verleitet, mein Herz wieder zu öffnen.

Mrs. Chastain empfängt mich an der Tür. Mit knorrigen Fingern, die ganz krumm sind von Arthritis – oder vielleicht auch von zu viel Stricken, wer weiß das schon –, langt sie nach der obersten Schachtel. Ich kann mich gerade noch rechtzeitig wegdrehen, um den Kuchen vor ihren zittrigen Händen zu retten.

»Oh, ich mache das schon«, sage ich. »Soll ich sie in die Küche bringen?«

»Wenn du darauf bestehst.« Obwohl ihr Körper aussieht, als würde er es nicht mehr lange machen, ist ihre Stimme noch immer genauso durchdringend, wie ihre Augen scharf sind. Sie schlurft hinter mir her, und das Gescharre ihrer

Sohlen wird von der Gewölbedecke und den freiliegenden Dachsparren zurückgeworfen und hört sich an, als würden Dutzende unsichtbare Mäuse emsig umherhuschen.

Zusammengewürfelte Teetassen stehen auf ebenso zusammengewürfelten Tischen im Esszimmer, das nach Zitronen-Holzpolitur und frisch geschnittenen Blumen duftet. Irgendwie ist es so gemütlich und heimelig, dass es mir ein Lächeln auf das Gesicht zaubert. Mrs. Chastain ertappt mich dabei und zieht ebenfalls die Mundwinkel nach oben. Dann schiebt sie sich an mir vorbei und öffnet die Schwingtür, die vom Esszimmer in die Küche führt. Wäre sie jemand anders, würde ich wahrscheinlich eine finstere Miene aufsetzen, nur um zu beweisen, dass ich keineswegs gute Laune habe. Aber da sie sich nicht an meinem Lächeln aufhält, spare ich mir das.

»Wie läuft die Kusszeit?«, fragt sie, nachdem ich die Schachteln auf einer der vergilbten und abgeplatzten Arbeitsplatten abgestellt habe.

Echt jetzt? Warum glaubt jede verdammte Person in dieser Stadt, dass es sie etwas angeht, wen ich küsse – oder eben nicht küsse? Ich denke kurz darüber nach, mir ein T-Shirt zu besorgen, das ich im Fernsehen gesehen habe und auf dem *Frag mich nach meinen Geschlechtskrankheiten* stand. Wenn ich das trage, werden es sich die Leute vielleicht zweimal überlegen, ob sie mich ansprechen. Aber wie ich die Leute so kenne, wahrscheinlich doch nicht. Also erwidere ich schließlich einfach: »Etwas mehr als ein Monat ist rum. Nur noch zehn vor mir.«

»Gerald, mein Junge, hat deine Mutter monatelang angeschmachtet, als sie noch jung waren. Er war schüchtern und ziemlich unsicher. Ich habe immer gehofft, sie entdeckt etwas in ihm, was den anderen entgangen ist, und gibt ihm einen dicken Schmatzer, damit er den Mumm hat, etwas wirklich Spektakuläres aus seinem Leben zu machen.«

»Und hat sie?«

»Sie hat ihn keines Blickes gewürdigt. Aber ich habe die Hoffnung noch nicht aufgegeben. Mein Enkel ist etwa in deinem Alter. Vielleicht hat er bei dir mehr Glück.«

Ihr Enkel Ed ist in meiner Klassenstufe. Er ist ein netter Kerl, der mehr Freunde hat als ich. Obwohl das derzeit wahrscheinlich nicht viel zu sagen hat. »Vielleicht«, erwidere ich. Wer bin ich denn, die Träume alter Damen zu zerstören?

Ihre Hoffnung ist so groß, dass sich tiefe Furchen in ihr Gesicht graben, als sie mich anlächelt. »Küss, wen du willst, Kindchen. Aber wenn mein Eddie einer von ihnen ist, hätte ich nichts dagegen.«

Sie kann unmöglich noch nichts von Isaacs Unfall gehört haben. Oder welche Rolle ich dabei gespielt habe. Sie ist schon so alt, dass sie die Kusszeit einiger Holloway-Mädchen miterlebt hat. Vielleicht kennt sie sogar das Puzzleteil, das mir fehlt, um den Fluch ein für alle Mal zu brechen.

»Können Sie sich daran erinnern, ob während der Kusszeit jemandem etwas Seltsames oder Schlimmes zugestoßen ist?«

»Du meinst, wie beim Fuller-Jungen, der sich vor einem Monat beim Sprung vom Wasserfall verletzt hat?«

Ich nicke.

Mrs. Chastain öffnet den Deckel der Kuchenschachtel und atmet den Kokosnussduft ein. Dann greift sie hinein, hebt den Kolibri-Kuchen am Pappboden an und bedeutet mir, ihr einen gläsernen Tortenständer hinzustellen, auf dem sie den Kuchen ablegen kann. Sobald der Kuchen sicher auf der Platte ruht, stülpt sie den Glasdeckel darüber und dreht sich wieder zu mir. Sie sieht mich an, als würde ihr erst jetzt einfallen, dass ich ihr eine Frage gestellt habe, und sagt: »Wenn mich die Erinnerung nicht trügt, kannte Gerald ein paar Jungs, die deiner Tante während ihrer Kusszeit einen Kuss abluchsen wollten.«

Das hat Tante Jenna nie erwähnt. Hat Mom sie gebeten, es mir nicht zu sagen, damit ich nicht weiter in der Vergangenheit unserer Familie herumstöbere? Ich stütze mich mit der Hand an der Arbeitsplatte ab, damit ich Mrs. Chastain nicht packe und die Wahrheit aus ihr herausschüttle. »Wirklich? Was ist mit ihnen passiert?«

»Soweit ich weiß, haben sie es nicht durchgezogen. Sie hatten zu viel Angst davor, die Regeln zu brechen. Sie haben lieber auf das Glück verzichtet, als eine Strafe zu riskieren. Du wirst wohl kaum jemanden finden, der von deiner Familie mit einem Kuss beschenkt wurde und etwas Negatives darüber zu berichten hat.«

Ich würde ihr gern sagen, dass Isaac da anderer Meinung wäre. Aber das ändert nichts an der Tatsache, dass sie nichts weiß, was mir weiterhilft. Langsam glaube ich, dass mir nichts helfen kann. »Gut möglich. Danke trotzdem.«

Ich wende mich zur Tür und gehe lieber, bevor ich ihr die gute Laune verderbe. Sie folgt mir nach draußen und tätschelt meinen Arm, als ob das Ed einen Vorteil verschaffen würde. Der arme Kerl würde sich zu Tode schämen, wenn er wüsste, dass seine Oma als Kupplerin fungiert. Ich ziehe meinen Arm weg, so höflich, wie es eben geht.

Auf dem Weg zum Jeep werde ich das Gefühl nicht los, dass sie vielleicht recht hat. Egal, wie sehr ich danach suche, ich werde nie die Antworten finden, die ich brauche.

Mrs. Chastains Hoffnung hängt mir bis zum Auto nach. Ich fasse nach dem Türgriff des Jeeps. Und zwei Sekunden, bevor ich in Sicherheit bin, ruft jemand nach mir, und ich erstarre.

Der Klang meines Namens, der nach all der Zeit heiser aus Isaacs Kehle kommt, geht mir durch und durch. Wir haben seit jener Nacht am Wasserfall nicht mehr miteinander geredet. Seine Stimme gibt mir den Rest. Was kann er bloß von mir wollen?

Isaac ruft wieder meinen Namen, lauter, mit einem Anflug von Verzweiflung. Als hätte ich ihn gemieden, und er würde alles tun, damit ich ihm ein paar Minuten meiner kostbaren Zeit opfere.

Das tut mir mehr weh, als es sollte. Aber ich bringe es nicht fertig, die Autotür zu öffnen. Schaffe es nicht, auch nur einen beschissenen Muskel zu bewegen oder einen Fluchtversuch zu unternehmen. Was Selbstschutz anbelangt, bin ich ungefähr so intelligent wie ein Vogel Strauß.

Isaac geht vom Parkplatz am Wasserfall, wo er hinter einem seiner Freunde in zweiter Reihe geparkt hat, auf mich zu und müht sich über den Schotter bis zur Einfahrt vom Bed & Breakfast. Und ich stehe immer noch wie angewurzelt da und klammere mich an den Türgriff. Was macht er hier oben in seinem Zustand? Ist er überhaupt schon so weit genesen, dass er das Haus verlassen darf? Fünf Wochen sind seit seinem Sturz vergangen, und ich kann mir nicht vorstellen, dass seine gebrochenen Rippen schon vollständig verheilt sind.

»Warte, bitte«, sagt er zwischen angestrengten Atemzügen, als er mich erreicht, und streckt die Hand nach mir aus. Seine Finger streifen die Haut knapp über meinem Handgelenk. Nur eine winzige Berührung.

Mehr braucht mein Gehirn nicht, um in Gang zu kommen. Ich entziehe mich seinem Griff und führe seine Hand zum Auto, damit er sich abstützen kann. »Was willst du, Isaac?«

Er sieht mir tief in die Augen. »Nur mit dir reden.« Zwischen den Worten ringt er nach Luft, während seine Lunge gegen den Kollaps kämpft.

Es wäre viel leichter, wenn sein Blick mir nicht nur lauter Vorwürfe entgegenschleudern würde.

»Nein, willst du nicht«, sage ich als Mahnung an mich und ihn. »Wolltest du nie.«

»Das stimmt beides nicht. Ich wusste bloß nicht, wie ich mit dir reden soll, ohne dass es peinlich wird.«

Ich bohre die Fingernägel in meine Arme und lasse den scharfen Schmerz zu, aber er verdrängt nicht das, was sich in meiner Brust aufbaut. Als ob ich nicht schon genügend Schuldgefühle mit mir herumschleppen würde. »Warum versuchst du es dann jetzt?«

»Weil ich es nicht mehr aushalte. Dass ich verletzt werde, dass mir alles, was ich liebe, weggenommen wird. Mein Dad. Hannah. Als sie gemerkt hat, dass ich vom Pech verfolgt werde, hat sie endgültig mit mir Schluss gemacht. Wahrscheinlich hattest du recht mit ihr. Jetzt will ich das einfach alles hinter mir lassen. Du bist die Einzige, die mir mein Leben zurückgeben kann. Also sag mir bitte einfach, was ich tun muss, damit du das wieder hinbiegst.«

»Isaac, bitte nicht …«

»Nein, pass auf. Ich habe meinen Freunden schon gesagt,

dass sie dich in Ruhe lassen sollen. Zumindest, soweit es mich betrifft. Ich weiß nicht, ob sie auf mich hören, aber du musst wissen, dass ich sie nicht dazu anstifte. Ich kann doch nicht für das bestraft werden, was sie dir antun.«

»*Ich* bestrafe niemanden«, sage ich. Dann reiße ich die Autotür auf und schubse ihn einen Schritt zurück, damit ich einsteigen kann. »Ich wollte nicht, dass dir das alles zustößt, und es tut mir leid. Wirklich. Aber glaub mir, wenn ich wüsste, wie ich dich erlösen kann, hätte ich es schon längst getan.«

»Es muss doch irgendetwas geben, was du tun kannst«, fleht er, und seine Stimme wird immer panischer.

Wie oft habe ich in den letzten Wochen genau dasselbe gedacht? Ihm zu sagen, dass ich es versucht habe und gescheitert bin, wird ihm sein letztes bisschen Hoffnung rauben. »Sollte man meinen.«

Er hält die Tür auf und öffnet sie weit genug, dass er seinen Kopf senken und mich anschauen kann. Das letzte Mal, als wir uns so nahe waren, habe ich mein Herz der Magie überlassen und darauf vertraut, dass sie mir dafür gibt, was ich will. Einen Moment lang frage ich mich, ob Maggie vielleicht gar nicht so unrecht damit hat, dass ich wieder jemanden küssen muss. Aber die Person, die ich küssen muss, um alles einzurenken, ist Isaac. Unser Kuss hat das Unglück ausgelöst, also findet es dadurch vielleicht auch sein Ende.

Es wäre nicht schwer, die Distanz zwischen uns zu schließen.

Aber was, wenn ein weiterer Kuss alles noch schlimmer macht? Dieses Risiko will ich noch nicht eingehen.

Als ich an der Tür ziehe, lässt Isaac sie los, und ich verriegele sie sicherheitshalber. Er drückt eine Hand an die Scheibe, und die langen geschwungenen Linien auf seinen Handflächen zeigen eine Zukunft, die ich nicht zu deuten weiß. Dann geht er weg und lässt mich allein im Auto zurück. Ich kneife die Augen zusammen und hasse den Teil von mir, der ihn bitten will, zurückzukommen.

15

Als ich bei Bold Rock Outfitters ankomme, um Dad nach der Bergtour den Jeep zurückzubringen, ist der Laden gerappelt voll. Die Touristen und auch die Einheimischen nutzen das perfekte Spätjuli-Wetter. Ich schlängle mich vorbei an den Fünfzig-Dollar-T-Shirts und Dreihundert-Dollar-Jacken, den Kajaks und den Packungen mit Trockennahrung bis zur Kletterwand in der hinteren Ecke des Raumes.

Dad sichert gerade einen Kunden, der zwei Drittel der Wand erklommen hat. »Hey, Kid«, sagt er, wendet kurz den Blick von dem Kletternden ab und wirft mir ein Lächeln zu. Meine Begegnung mit Isaac muss sich in meinem Gesicht widerspiegeln, denn er fragt: »Willst du als Nächstes hoch?«

Ich kann mich gar nicht mehr daran erinnern, wann ich das letzte Mal einen Gurt angelegt und Zeit an der Kletterwand verbracht habe. Oder sonst sportlich aktiv war. Klettern ist der Bereich meines Lebens, bei dem ich mehr Zeit mit einer Freundin als mit Maggie verbracht habe, denn

Paige liebte den Nervenkitzel beim Klettern genauso wie ich. Früher kletterten wir oft um die Wette nach oben und versuchten, uns beim Abseilen abzuklatschen. Währenddessen saß meine Schwester auf einer Decke weit unter uns und brachte sich komplizierte Zopfflechttechniken bei.

In den letzten Jahren wollte Maggie nicht mehr mitgeschleppt werden und weigerte sich, klettern, wandern und zelten zu gehen, wie wir es von klein auf gewöhnt waren. Und da wir immer alles gemeinsam unternahmen, habe ich das alles auch aufgegeben. Ich glaube, das hat Dad ziemlich traurig gemacht.

»Du hast zu tun.« Nein zu sagen, ist ein Reflex. Einer, der sich plötzlich falsch anfühlt. Vielleicht kann ich nicht mehr die Remy sein, die ich zu Beginn des Sommers war, aber sie ist nicht die einzige Version von mir, die ich zurückgelassen habe.

»Nur noch ein paar Minuten. Dann bin ich ganz für dich da«, verspricht er mir.

Wer weiß, ob ich überhaupt noch ein Fünkchen Talent habe, aber da ich gerade nichts anderes vorhabe, kann ich es auch versuchen. »Okay. Ich probier's.«

Er grinst von einem Ohr zum anderen. »Ganz meine Tochter.«

Meine Entschlossenheit reicht aus, um ein abgewetztes Paar Leihschuhe und das Kletterzeug aus dem Lager zu holen. Meine Handflächen sind feucht, als ich in den Gurt steige und die Riemen an der Taille festzurre. Was, wenn ich alles vergessen habe, was er mir beigebracht hat? Ich will nicht, dass er mich hier genauso kläglich scheitern sieht wie bei meiner Kusszeit.

Dad checkt meinen Gurt und nickt zufrieden. »Geht's dir gut, Rem?«

»Solltest du mit dieser Frage nicht warten, bis ich an der Wand bin?« Ich ringe mir ein Lachen ab, um meine Nervosität zu überspielen.

»Ich mache mir ein Bild von deinem Zustand, bevor du hochgehst, und überzeuge mich davon, dass du einen klaren Kopf hast.«

Ich blicke über seine Schulter in den vorderen Teil des Ladens und stelle fest, dass die Leute mich anglotzen. Mein Ruf, die Pechmarie unter den Holloway-Mädchen zu sein, hat ihre Erwartungshaltung verändert. Nun wollen sie nicht mehr wissen, wen ich küsse, sondern suchen nach Anzeichen des Unglücks, das mir an den Fersen klebt. »Alles okay, Dad«, erwidere ich, denn jetzt einen Rückzieher zu machen, fühlt sich an, als würde ich sie gewinnen lassen.

»Wenn es dir hilft, bringe ich ein Schild am Schaufenster an«, meint er. »Etwas in der Art: ›Wenn Sie nichts kaufen wollen, genießen Sie lieber die Aussicht draußen.‹«

»Sehr witzig.«

»Ich meine es ernst.«

Er würde lieber alle Kunden vergraulen, als zuzugeben, dass es besser ist, wenn ich gehe. So ist er nun einmal. Er will nur, dass Maggie und ich glücklich und geborgen sind. Wahrscheinlich in dieser Reihenfolge. »Alles in Butter. Wirklich. Du brauchst dir keine Sorgen zu machen.«

»Ein bisschen Dad-Insiderwissen«, sagt er und beugt sich zu mir, als wollte er es mir ins Ohr flüstern. »Ich mache mir immer Sorgen um dich.« Er zerzaust mir die Haare und blickt mich dann durchdringend an, damit ich kapiere, dass es ihm trotz des scherzhaften Tonfalls ernst ist.

»Das ist reine Zeitverschwendung, denn mir fehlt nichts.«

Vielleicht glaubt er mir das ja irgendwann – und ich mir selbst auch.

Er hält das Seil fest, als ich es ihm aus den Händen entwinden und mich anseilen will. »Das sehe ich anders, Rem.«

»Das müssen wir jetzt echt nicht ausdiskutieren.«

»Doch, müssen wir. Ich weiß, dass du immer noch unter dem leidest, was zwischen dir und Isaac passiert ist.« Er sieht mich beim Reden nicht an, als würde er sich zu diesem Gespräch verpflichtet fühlen, obwohl er, wie ich, lieber etwas anderes tun würde. »Der erste Liebeskummer ist immer am schlimmsten. Und man kommt nie ganz darüber hinweg. Aber du kannst dich nicht vor der Kusszeit verschließen oder vor der großen Liebe, die da draußen auf dich wartet, weil es beim ersten Mal nicht so gelaufen ist, wie du es dir erträumt hast.«

Aber mich erwartet nicht die große Liebe. Nicht, wenn

es mir nicht gelingt, Isaac von dem Fluch zu befreien und meinen Ruf als Holloway-Mädchen wiederherzustellen. Denn wenn ich das nicht hinbekomme, kann Mom meinen Namen auch gleich aus dem Buch des Glücks streichen und so tun, als hätte es mich nie gegeben.

»Hier geht es aber nicht um den ersten Liebeskummer.« Ich fummle an dem Schraubkarabiner an meinem Klettergurt herum und blicke bei den nächsten Worten zu Boden. »Ich habe Isaac geküsst und das hat ihn beinahe das Leben gekostet.«

Dad reibt sich den Nacken, als würde das Gesagte endlich zu ihm durchdringen. Aber anstatt es darauf beruhen zu lassen, atmet er lange aus, damit ihm nichts über die Lippen kommt, womit er mir am Ende recht gibt. Dann sagt er: »Er hat sich verletzt, weil er mit deinem Herzen und der Magie gespielt hat.«

»Dad, bitte.« Es ist nur ein Flüstern. Ein Atemzug, der in Tausende Teile zerspringt. »Ich weiß, du meinst es gut. Aber so funktioniert das nicht. Im Gegenteil. Ich finde es voll lieb von dir, dass du das klären und mir wieder auf die Beine helfen willst, aber das kannst du nicht. Niemand kann das. Und je eher ihr euch damit abfindet, desto besser. Für uns alle.«

Er legt seine schwieligen Hände beruhigend auf meine. »Okay. Lassen wir's erst mal gut sein. Aber Remy, wenn du über irgendetwas reden willst, bin ich für dich da. Und ich verspreche, dass ich dir zuhöre – ich meine, wirklich zuhöre, egal, was du mir über deine Mutter oder deine Schwester oder die Kusszeit erzählen willst. Auch wenn du denkst, dass ich es nicht hören will oder damit vielleicht nicht einverstanden bin. Ich bin unvoreingenommen.«

Mein Kampfgeist verlässt mich, ebenso wie jegliche Erwiderung, die ich Dad aus Gewohnheit an den Kopf geknallt hätte. »Danke. Ich weiß dein Angebot zu schätzen, auch wenn ich es nicht annehmen werde.«

»Falls du deine Meinung änderst, weißt du, wo du mich findest.«

Ich nicke, denn meine Kehle ist so zugeschnürt, dass ich keinen Ton herausbekomme. Dads Liebe ist bedingungslos. Ich wünschte nur, ich hätte sie verdient. Auch wenn Isaac seine Gefühle für mich nur vorgetäuscht hat, war ich so versessen darauf, ihn zu küssen, dass ich die Wahrheit ausgeblendet habe.

»Bereit für den Aufstieg?«, erkundigt er sich.

»Ich dachte schon, du fragst nie.«

Nachdem ich mich am Toprope angeseilt habe, trete ich an die Wand heran. Ich lege den Kopf in den Nacken und atme tief durch den Mund aus, während ich die Griffe mustere, die ein Labyrinth aus Farben bis hoch zur Decke bilden. Dann lege ich los. Meine ersten Bewegungen sind unbeholfen, meine Finger finden keinen Halt an den Griffen, und meine Füße zögern vor jedem Schritt. Dad ermuntert und korrigiert mich von unten. Ich klettere weiter. Höher und höher und höher. Meine Muskeln brennen, zittern und wollen mir den Dienst versagen, obwohl ich immer zuversichtlicher werde, dass ich es bis ganz nach oben schaffe. Ich streife meinen Herzschmerz ab wie eine zweite Haut, die sich auf dem Boden unter mir zu einem durchsichtigen Haufen zusammenringelt.

Und ein paar Minuten lang bin ich frei.

Ich bin so aufgedreht vom Klettern, dass ich sie fast übersehe, als ich mich auf den Heimweg mache. Hannah.

Trip Lancaster trägt sie huckepack. Während seine Hände damit beschäftigt sind, ihre Beine an seiner Taille festzuhalten, schmiegt sich Hannah an seinen Rücken und hält ihm ihr Schokoeis hin, das über die Waffel und ihre Hand rinnt. Statt vom Eis zu kosten, leckt er ihr die Tropfen von den Fingern ab. Im Gegenzug fährt sie ihm mit der Zunge über die Wange, und ihr schallendes Gelächter ist wie Stacheldraht, der sich in meine Haut bohrt.

Warum darf sie weitermachen und Trip in aller Öffentlichkeit quasi flachlegen, ohne dass jemand mit der Wimper zuckt? Durch Hannahs Adern fließt vielleicht keine Magie, aber sie hat Isaac lange vor mir verhext.

Da alle mir gerade das Leben zur Hölle machen, kann ich genauso gut auch ein bisschen Gift versprühen.

Ich vergewissere mich, dass Dad mir nicht nach draußen

gefolgt ist, und baue mich vor den beiden auf. Trip bleibt abrupt stehen, und als Hannah nach hinten rutscht, schmiert sie ihm das restliche Eis ins Gesicht. Trip und ich starren uns an, bevor wir beide losprusten. Hannah befreit sich aus seinem nun gelockerten Griff und pfeffert die Waffel auf den Gehweg.

Mission erfüllt.

»Was stimmt eigentlich nicht mit dir?«, keift sie los.

»Das könnte ich dich auch fragen. Ist dir tatsächlich erst, als Isaac aus dem Krankenhaus entlassen wurde, eingefallen, dass er nicht mehr interessant genug ist, um Gefühle für ihn zu heucheln?«

Hannah lässt meine Anschuldigung mit einem höhnischen Grinsen an sich abperlen. »Sagt das Mädchen, das ihn überhaupt erst ins Krankenhaus befördert hat.«

»Ich habe ihn nicht zu diesem Sprung überredet. Das hat er von sich aus gemacht.«

»Willst du jetzt ernsthaft Isaac die Schuld in die Schuhe schieben?« Sie blickt zu Trip, um sich zu vergewissern, dass er Zeuge des folgenden Geständnisses wird.

Ich klammere mich an das letzte bisschen Selbstbewusstsein, das ich durch das Klettern zurückgewonnen habe, und lasse die Bombe platzen. »Nein. Das ist alles deine Schuld. Du hast ihn kaputtgemacht. Jedes Mal, wenn du ihn wegen eines anderen verlassen und ihn dann angebettelt hast, dich zurückzunehmen, sobald dir langweilig wurde. Jedes Mal, wenn du gemerkt hast, dass er dich noch immer liebt und dich nie abweisen würde. Du hast ihm jahrelang wehgetan, nur nicht körperlich, deshalb hat dich niemand deswegen zur Rede gestellt. Nicht einmal Isaac. Weißt du überhaupt, warum er mich in jener Nacht geküsst hat?«

»Weil er hinter dem Glück her war«, ätzt Hannah. Sie ergreift Trips Hand und erhebt Anspruch auf ihn, als würde ich alles daransetzen, ihn ihr auszuspannen. »Wie jeder andere Typ in dieser Stadt.«

»Er war wegen *dir* auf das Glück aus. Er hat mich geküsst, damit du endlich einen Grund hast, bei ihm zu bleiben. Und das hast du nicht einmal fertiggebracht, als er dich wirklich gebraucht hat.«

»Isaac hat mit *mir* Schluss gemacht. Und als er im Krankenhaus war, habe ich versucht, für ihn da zu sein.«

»Ja, klar. Ich sehe schon, dass du seinetwegen völlig fertig bist.« Ich schiele zu Trip, der den Anstand hat, wenigstens ein bisschen schuldbewusst auszusehen.

»Was? Soll ich mit einem Typen zusammenbleiben, der keine Zukunft hat und dessen einzige Heldentat darin besteht, dass er ein Holloway-Mädchen geküsst hat und nun vom Pech verfolgt wird? Für so ein Leben würde ich mich nie entscheiden, selbst wenn ich ihn noch lieben würde.«

»Hast dir echt eine treue Seele eingefangen, Trip.«

Er schenkt mir ein ungerührtes Grinsen. Wahrscheinlich

spielt es für ihn keine Rolle, wie sie mit Isaac umgesprungen ist, solange da nichts mehr läuft zwischen den beiden.

Hannah macht einen Schritt über die Schokoeis-Pfütze und zischt: »Gib mir ruhig die Schuld, Remy. Aber wir wissen alle, dass deine Magie ihn so zugerichtet hat. Und keiner von uns kann ihm jetzt noch helfen.«

16

Hannahs Worte spuken mir den Rest des Tages im Kopf herum. Wenn ich Isaac nicht bei der erstbesten Gelegenheit geküsst hätte, wenn ich nur ein bisschen länger gewartet hätte, um sicherzugehen, dass er nichts mehr für Hannah empfindet, dann hätte ich vielleicht sein Getue durchschaut, anstatt ihm blindlings mein Herz zu schenken.

Hätte ich auch nur eines von beidem getan, wäre alles anders gekommen.

Da ich die Vergangenheit aber nicht ändern kann, darf ich nicht wählerisch sein, wenn es darum geht, Isaacs Pechsträhne zu beenden. Was bedeutet, dass ein zweiter Kuss zwischen uns nicht vom Tisch ist, auch wenn ich das nicht will.

Jetzt, wo mein Verstand nicht mehr von meinen Gefühlen für ihn benebelt ist und er nichts mehr für Hannah übrighat, könnte es funktionieren. Als Maggie und Juliet am nächsten Abend auf dem Weg zum Nightfall – einer Coverband-Konzertreihe mit freiem Eintritt, die freitags

auf der Haight Plaza stattfindet – an meinem Zimmer vorbeikommen, beschließe ich, meine neue Theorie zu testen.
Isaac steht auf die Band, die heute spielt, also treffe ich ihn
unter Garantie dort.

Die Plaza mit dem kleinen Amphitheater und den üppigen Grasflächen darum ist ein beliebter Treffpunkt für alle
Kids der Schule. Vor allem während des Schuljahres, wenn
man es vor Sonnenuntergang nicht auf den Berg und
zum Wasserfall schafft. Aber auch während der Sommerferien, wenn wir es uns nicht mit unseren Hausaufgaben
oder einem Nachmittagssnack von einem der umliegen-
den Foodtrucks auf den zwei gemauerten Sitzreihen gemütlich machen, kommen wir wegen der Bands her, die hier
jede Woche spielen. In diesem Sommer bin ich nur an den
Tagen da, an denen der Regen meine Kleidung in Sekundenschnelle durchnässt, oder so spätabends, dass die meisten schon nach Hause mussten. Aber weil sich Isaac aller
Wahrscheinlichkeit nach das Konzert anhören wird, muss
ich mit den Menschenmassen heute Abend klarkommen.

Als ich auf der Plaza ankomme, steht die Vorband
bereits in Elasthanhosen und mit billigen Perücken auf
der Bühne und spielt einen gitarrenlastigen Classic-Rock-
Song. Für einen Augenblick vergesse ich, warum ich hier
bin, und verliere mich in der Musik/Energie/Normalität.
Mein Kopf wippt im Takt und ein Lächeln stiehlt sich auf
mein Gesicht.

Es ist unmöglich, nicht für die Welt empfänglich zu sein, wenn die Musik sie mit Licht erfüllt. *Mich* mit Licht erfüllt.

Ein Song. Maximal zwei. So viele darf ich mir wenigstens gönnen. Meine Gedanken wandern zu Tobin, zu seinem Vater, der Musiker war. Hat er beim Nightfall in einer dieser No-Name-Bands gespielt? Hat seine Mutter deshalb beschlossen, nach Talus zu ziehen? Tobin ist nicht hier, also kann ich ihn nicht fragen. Nicht, dass ich das jemals tun würde. Heute Abend bin ich wegen Isaac hier. Und wenn ich Erfolg habe, ist vielleicht mehr drin, als nur an Tobin zu *denken*.

Die Sonne ist inzwischen hinter den Bergen verschwunden und taucht das Zentrum der Stadt in ein schummriges Dämmerlicht. Bis zu zwanzig Leute stehen an den Foodtrucks an. Im Bierzelt auf der anderen Seite der Plaza ist doppelt so viel Betrieb. Da die Lumina Street für den Verkehr gesperrt ist, ergießen sich die Besucher auf die Straße, tanzen und drängen sich aneinander, um sich über die Musik aus den Lautsprechern des kleinen Amphitheaters hinweg zu verständigen.

Ich erspähe Juliet am Anfang der Käsetoast-Schlange – Maggies und mein Standardessen beim Nightfall. Ihr Haar ist zu einem raffinierten Fischgrätenzopf geflochten, und ihre Lippen glänzen in einem Roséton, der ihre Haut weich, rosig und strahlend erscheinen lässt. Zweifellos Maggies Werk. Ich werde Stück für Stück ersetzt.

Und im Nu dehnt sich die Leere in meiner Brust aus und löscht das Licht, das sich seinen Weg nach innen gebahnt hatte.

Ich mache auf dem Absatz kehrt und schiebe mich durch die Wand aus verschwitzten Gliedmaßen, die sich mir entgegenstellt. Bloß weg, irgendwohin, wo ich atmen kann. Wo mich der Gedanke, dass ich meine Schwester endgültig zu weit von mir weggestoßen habe, nicht berühren kann.

Schließlich bin ich heute Abend ja nicht wegen Maggie hier. Ich bin hier, um Isaac zu küssen und den megabeschissenen Beginn meiner Kusszeit endlich abzuhaken. Ich wende mich von den beiden ab und beschwöre das herauf, was von meinem alten Ich noch übrig ist. Ich muss nur lange genug wie die alte Remy sein, um Isaac davon zu überzeugen, dass es funktionieren wird – okay, lange genug, um mich auch selbst davon zu überzeugen.

»Probleme mit Jungs?«, fragt Tobin und reißt mich damit aus meinem inneren Motivationsgespräch. Mit seinem Out-of-Bed-Look und seiner einfarbigen Kleidung fügt er sich nahtlos ins Publikum ein. Seine Daumen stecken in den Vordertaschen seiner Jeans, während er mit den Fingern im Takt der Musik auf seine Oberschenkel trommelt.

Ich setze ein entspanntes Gesicht auf, damit es nicht so aussieht, als hätte ich vor ein paar Minuten noch an ihn gedacht, und weiche seiner Frage aus. »Auf einer Skala von eins bis dahin, die Welt um mich herum in Schutt und

Asche legen zu wollen, bin ich vermutlich erst bei sechs. Es ist also noch Luft nach oben.«

Ihm entfährt ein langer, schriller Pfiff. »Boah. Ich möchte nicht dabei sein, wenn die Weltvernichtung ansteht.«

So knapp davor war ich nur bei Isaac. Seit unserem Kuss hasse ich meine Umwelt so sehr, dass sie von mir aus verschwinden kann. »Ich auch nicht«, erwidere ich und lächle, als ob mich nichts derart aus der Fassung bringen könnte.

Tobin schluckt es. Schon erstaunlich, wie leicht man eine Lüge als Wahrheit verkaufen kann, wenn man es nur darauf anlegt. Ich lasse ihn stehen, bevor er mich durchschauen kann.

Zum Glück folgt er mir nicht. Dass Tobin sich Chancen ausrechnet, ist das Letzte, was ich jetzt gebrauchen kann.

Ich entdecke Isaac neben Felix und Seth. Die beiden sind die lebende Verkörperung eines Engels und eines Teufels, die auf seinen Schultern hocken – einer, der Isaac rät, sich wenigstens anzuhören, was ich zu sagen habe, und einer, der mich am liebsten auf dem Scheiterhaufen sehen würde.

Sie sitzen auf einer der Holzbarrikaden, die die Straßen um die Haight Plaza für den Verkehr sperren, und lassen einen Plastikbecher herumgehen, höchstwahrscheinlich Cola mit Rum. Hier an der Ecke der Plaza, die am weitesten von der Bühne entfernt ist, können sie den Becher leeren, bevor sie jemand beim Trinken erwischt.

»Hey, Isaac!«, rufe ich aus zwei Metern Entfernung. Sie

drehen sich gleichzeitig um, wie ein dreiköpfiger Hund. Isaac schüttelt den Arm ab, den Seth ihm um die Schultern legt, damit er nicht aufstehen und mir entgegenkommen kann. »Können wir reden?« Ich deute die Straße hinunter, weg von seinen Freunden. Weg von allen, die sehen könnten, was ich vorhabe.

Isaac nimmt Felix den Becher ab und kippt den halben Inhalt in einem Zug hinunter, bevor er ihn zurückgibt. Dann steht er auf und klettert über die Barrikade, wobei er sich auf die Schultern seiner Freunde stützt, um nicht vornüberzufallen. »Ja. Klar.«

»Das ist jetzt nicht dein Ernst«, meint Seth.

»Sie will doch bloß reden«, entgegnet Isaac.

Schön wär's. Aber ich kann ihm vor Zeugen nicht sagen, was ich im Sinn habe. Vor allem nicht vor Zeugen, die mich lieber zu Tode steinigen würden, als meine Lippen noch einmal in die Nähe ihres Freundes zu lassen. Ich habe aufgehört zu zählen, wie oft mir Seth *»Ich hab's dir ja gesagt« und »Das wäre alles nicht passiert, wenn«* an den Kopf geworfen hat.

Felix' Blick ist gleichzeitig sehnsüchtig und enttäuscht, dass ich nicht wegen ihm hier bin. Als Seth ihm auf den Arm haut, reißt er sich zusammen. Zumindest für den Moment. »Aber komm zurück, bevor die Hauptband auftritt«, sagt Felix.

Isaac ruft ein halbherziges »Geht klar« über seine Schulter und gesellt sich zu mir.

Ich traue mich nicht zu sprechen, bis wir uns in eine Gasse zwischen zwei Gebäuden verdrückt haben und nicht mehr zu sehen sind. Das Licht der Plaza dringt nur ein paar Zentimeter hinein und der Lärm der Menschenmenge wird von den Backsteinen verschluckt. »Eigentlich will ich gar nicht reden.«

»Okay. Was dann?«

»Ich will versuchen, unser Problem zu lösen.«

Er steht so dicht bei mir, dass ich den Alkohol in seinem Atem riechen kann. »Gestern hast du noch gesagt, du wüsstest nicht, wie.«

»Weiß ich ja auch nicht. Jedenfalls nicht mit Sicherheit. Aber vielleicht wird die Magie durch einen zweiten Kuss aufgehoben.« Meine Stimme ist fest und lässt nicht erkennen, dass ich innerlich zittere.

»Und wie stehen die Chancen? Zehn Prozent? Fünfundzwanzig?«, fragt er.

»Keine Ahnung. Aber ich wäre zu einem Versuch bereit, wenn du es willst.« Was bleibt mir sonst auch anderes übrig.

Er späht um die Ecke des Gebäudes, als ob seine Freunde unser Gespräch aus fünf Metern Entfernung belauschen könnten. Als er sich wieder zu mir umdreht, sagt er: »Ähm … jetzt gleich?«

»Ich wüsste nicht, was dagegenspricht. Ich erwarte schließlich nicht, dass du mich vorher zum Essen einlädst.« Die Worte sind raus, bevor ich mir auf die Zunge beißen kann, kleine »Mir doch scheißegal«-Dolche, die das ganze Vorhaben torpedieren, bevor wir es überhaupt begonnen haben.

Isaac senkt den Kopf und weicht meinem Blick aus. Das schwache Licht fällt auf eine sichelförmige Narbe an seiner Schläfe. Falls sie neu ist, steht sie nicht auf meiner Liste im Buch des Glücks. »Und du willst das wirklich gleich durchziehen? Hier?«

»Das war der Plan. Aber wenn du nicht willst, kann ich auch gehen.« Ihn aus der Reserve zu locken, führt am ehesten zum Ziel. Entweder ich küsse ihn noch einmal, oder ich gebe auf, bevor wir es überhaupt versucht haben. Ich entscheide mich für das kleinere von zwei Übeln.

»Nein, ich will ja.« Er befeuchtet seine Lippen. Eigentlich hat er sich schon entschieden, aber wenn er Seth erzählt, dass er einfach so nachgegeben hat, kann er sich das in hundert Jahren noch anhören. Also bohrt er weiter: »Heißt das, du glaubst, es funktioniert?«

»Ich weiß nur, wenn wir nichts tun, bleibt das Pech vielleicht ewig an dir haften.« Und ich werde den Rest meines Lebens damit verbringen, der Liebe hinterherzujagen, die ich nie fangen/halten/bewahren kann. Die Sache mit Isaac hat mir zwar die Liebe während der Kusszeit madiggemacht, aber irgendwann will ich sie schon. »Ich bin bereit, alles zu probieren, damit es nicht so weit kommt. Und du?«

Er ergreift meine Hand und hält sie zwischen den Händen fest. »Gibt es da überhaupt etwas zu fragen?«

»Offensichtlich. *Du* zögerst, nicht ich.«

»Entschuldige, dass ich Vorbehalte habe. Das letzte Mal, als wir uns geküsst haben, war mein Leben danach futsch.«

Ja toll, als ob meines ein Eimer voller Regenbögen gewesen wäre. Ich entreiße ihm meine Hand und weiche einen Schritt zurück. Ich bedeute ihm, mir nicht nahe zu kommen. »Das letzte Mal haben wir uns nicht an die Regeln gehalten. Heute Abend schon.«

Er sieht mich so an wie zu Beginn des Sommers. Hoffnung und Ehrfurcht lassen Fältchen um seine Augen erscheinen und seine Mundwinkel verziehen sich zu einem zaghaften Lächeln. »Das heißt, es passiert nichts, wenn ich dich jetzt küsse?«

»Solange du schwörst, dass du weder in Hannah noch in eine andere verliebt bist.«

»Ich bin hundertprozentig fertig mit Hannah. Das schwöre ich. Ich habe vielleicht ziemlich auf dem Schlauch gestanden, was sie betrifft. Aber ich habe endlich kapiert, dass sie sich nie ändern wird, und so lange in sie verliebt zu sein, war irgendwie auch schon ein Fluch. Also, in dieser Hinsicht ist alles safe.«

Dieses Mal glaube ich ihm. Wenn ich mich irre, wird vermutlich alles noch schlimmer. Aber ich muss es riskieren, um endlich wieder frei zu sein. Also rücke ich näher an ihn heran, bevor mich der Mut verlässt. Es sind nur ein paar Zentimeter, aber sie reichen, um auch die letzten Hemmungen zu überwinden. Er hebt den Kopf, seine Lippen sind gerade so weit geöffnet, dass Atem und Geheimnisse hindurchschlüpfen können. Ich lege meine Hand an seine Wange. Der Kuss ist wie ein Lied ohne Text. Starker Beat, anständige Komposition, aber es fehlt eine wichtige Zutat, damit ich ihn bis in meine Seele spüre. Da ist kein Kribbeln, kein Strom, der über meine Haut tanzt.

Und ich weiß ganz sicher, dass an diesem Kuss nichts Magisches ist.

17

In der Woche, nachdem ich Isaac geküsst habe, ist es in der Gerüchteküche unheimlich still geworden. Kein neues Unglück. Und keine neuen Schikanen von seinen Freunden. Aber sosehr ich auch glauben möchte, dass der Kuss dieses Mal seinen Zweck erfüllt hat, kann ich die auf ihn folgende, anhaltende Niedergeschlagenheit nicht abschütteln.

Die Gefühle, die ich für Isaac hatte und die den Zauber unseres ersten Kusses ausgemacht haben, sind längst verflogen. Und mit ihnen, schätze ich, jede Chance, die unser zweiter Kuss hatte, den Fluch aufzuheben.

Es gibt aber immer noch eine Handvoll Jungs, die dem Holloway-Glück hinterherjagen. Die E-Mail, die ich heute Morgen in meinem Posteingang vorfinde und die einen Link zu einer privaten Playlist in SoundCloud enthält, ist Beweis genug, dass mindestens einer von ihnen immer noch auf einen Kuss aus ist. Ich habe keine Möglichkeit, herauszufinden, wer sie geschickt hat. Da die Playlist von diesem anonymen Verehrer als privat gekennzeichnet wurde, kann man sie nicht suchen, nicht zurückverfolgen und auch sonst nichts tun. Die E-Mail-Adresse des Absenders ist ebenso unbrauchbar: RemysMusikerziehung@gmail.com.

Ganz zu schweigen davon, dass sie auch superanmaßend ist. Als ob es an meinem Musikgeschmack etwas auszusetzen gäbe.

Es lässt sich schwer sagen, wohin der Link mich führen wird. Es könnte Musik sein. Liebeslieder oder irgendein anderer sentimentaler Kitsch, der mich zu einem See aus Teenagerhormonen rühren soll. Wahrscheinlich aber sind es Hass-Nachrichten von Seth oder einem seiner Kumpels, weil ich sie auf jeder meiner Apps blockiert habe.

Mein Daumen schwebt noch immer zwischen dem Link und dem Papierkorbsymbol, als Dad durch die Küchentür hereinspaziert. Ich sperre das Display meines Handys und lege es sicherheitshalber umgedreht auf die Arbeitsplatte.

»Hey, Kid.« Er ist noch außer Atem vom morgendlichen Joggen, sein Gesicht von der Anstrengung gerötet. Er füllt einen Becher mit Wasser und leert ihn in zwei großen Zügen. Als er mich wieder ansieht, runzelt er die Stirn. »Ich kenne diesen Gesichtsausdruck. Gegen welche Versuchung kämpfst du gerade an?«

»Das anonyme Geschenk zu öffnen, das ich heute Morgen erhalten habe.« Wenn ich ihm sage, dass es sich dabei möglicherweise um eine Playlist handelt, die extra für mich zusammengestellt wurde, bombardiert er mich mit Fragen, wie es in meiner Kusszeit läuft und wie ich mit all dem zurechtkomme, und dafür ist es noch zu früh. So in vierzig oder fünfzig Jahren, wenn die Erinnerung an diesen Albtraum verblasst ist, will ich vielleicht darüber reden.

»Bist du nicht mal ein bisschen neugierig, was dieser namenlose Junge auf Lager hat?«

Das ist der einzige Grund, warum ich die Nachricht noch nicht gelöscht habe. Aber zu Dad sage ich: »Nö.«

Er gluckst, beugt sich vor und drückt mir ein Küsschen auf den Kopf. »Immer schön anti. Ganz meine Tochter.«

Ich wedle ihn und seinen Schweißgeruch weg. »Igitt. Geh duschen.«

»Ich hab dich auch lieb.«

Ich warte, bis die Dusche im Obergeschoss angeht, bevor ich schwach werde. Wenn ich mir die Songs anhöre, kann ich vielleicht erraten, wer sie mir geschickt hat, und demjenigen persönlich eine Abfuhr erteilen.

Der erste Song bewegt sich an der Grenze zwischen Pop und Punk. Ein treibender Bass, ein paar raffinierte Gitarrenriffs und ein Sänger, der sich darüber beklagt, dass ein Mädchen so ganz nebenbei Herzen bricht. Unterm Strich ein cooler Song. Laurel – im Herzen ein Emo – wäre davon wahrscheinlich begeistert. Aber der zweite Song? Er ist so mega, dass ich eine Gänsehaut bekomme. Er ist düster und melodisch, der Text schwelgt in Trauer und Verlust. Ich spiele die ersten fünfzehn Sekunden der nächsten Tracks an.

Einer ist ein Cover eines Songs von Bring Me The Horizon, ein anderer ein Song von Breaking Benjamin. Das bringt mich zu dem Schluss, dass die Musik – wenn nicht sogar der Typ, der sie für mich zusammengetragen hat – meine Zeit durchaus wert ist.

Ich verbringe den ganzen Nachmittag in der Backküche und verliebe mich in die Playlist. Jedes Mal, wenn sie wieder beim zweiten Song anlangt, höre ich ihn mir mehrere Male hintereinander an und lasse den Text und die honigsanfte Stimme des Sängers jede Faser meines Körpers einnehmen, bis nur noch dieser Song in mir übrig ist.

Schließlich verkrieche ich mich in meinem Zimmer, damit Maggie und Juliet mich nicht in ihre Abendplanung einbeziehen. Ich werfe einen Blick aus dem Fenster, um mich zu vergewissern, dass die lauter werdenden Stimmen nicht zu Seth und seinem Gefolge gehören, die draußen ihr Unwesen treiben. Aber es sind bloß Maggie und Juliet – und Tobin. Was es fast noch schlimmer macht. Wenn es jemand wäre, der hier nichts zu suchen hat, könnte ich ihn mit ein oder zwei gezielten Beleidigungen in die Flucht schlagen – und vielleicht mit einem Teigroller, wenn Worte nicht ausreichen. Aber so ein Glück habe ich nicht. Sie haben es sich auf den Stühlen hinter dem Haus der Curcios bequem gemacht und sitzen im Kreis um eine kleine Feuerstelle aus Steinen, aus der dicke orangefarbene Flammen züngeln. Leichter Holzrauch dringt durch das geschlossene Fenster in mein Zimmer.

Dunkelheit umhüllt die drei, aber durch den flackernden Feuerschein sind ihre Gesichter gut zu erkennen. Leuchtende, aufgeregte Augen. Lippen, von denen sich das Lächeln nicht wegmeißeln lässt. Sie sind fünfzehn Meter von mir entfernt, aber es könnten genauso gut hundert Kilometer sein.

Ich stecke meine Ohrhörer ein und drehe die Lautstärke meiner Playlist wieder auf. Der zweite Song ist »All Who Remain« von Beware of Darkness. Aber die Version, die ich habe, ist ein Remake. Ein Bandname ist nicht angegeben. Der Sänger muss alle Songs auf der Playlist gecovert haben, denn die Stimme ist bei jedem Song die gleiche. Fünfzehn der zwanzig Songs habe ich bei Google gefunden. Je länger ich zuhöre, umso weniger interessiert mich, wie die Originalversionen klingen. Ich will nur noch diese Stimme hören. Nach den ersten paar Akkorden verdrängt der Bass die Sogwirkung des Gelächters aus dem Garten.

Jeder Song ist eine Geschichte. Ein kleines Stück von dem unbekannten Jungen, der mir die Playlist geschickt hat. Wer auch immer er ist, er ist genauso voller Kummer wie ich. Und mehr braucht es nicht, damit ich mich nicht mehr so allein fühle.

Nach der halben Playlist vibriert das Handy neben mir. Ich kenne die Nummer nicht und lasse das Telefon mit dem Display nach unten auf meinen Bauch fallen, ohne die Nachricht zu lesen. Ein paar Sekunden später summt es wieder.

Als ich schließlich nachsehe, habe ich zweimal dieselbe Nachricht: Kommst du raus?

Unbekannte Nummer. Mit der Aufforderung, einen Raum hinter einer sicher verschlossenen Tür zu verlassen. Ich habe genügend Horrorfilme gesehen, um zu wissen, wie so etwas endet. Ich ziehe meine Ohrhörer heraus, um nicht kalt erwischt zu werden, und tippe: Ich find's gut hier drinnen.

Die Antwort kommt postwendend: Hier draußen ist es auch schön.

Dann die nächste: Du musst auch nicht mit uns reden, wenn du nicht willst.

Und noch eine: Du kannst einfach nur rauskommen und dich zu uns setzen, damit ich nicht den ganzen Abend fünftes Rad bei unseren Schwestern spielen muss.

Das Lachen der Mädchen schallt gegen mein Fenster und bettelt förmlich darum, hereingelassen zu werden. Unten muss es so laut sein, dass Tobin die Ohren abfallen. Ich stütze mich auf die Ellbogen und schiebe mich auf mein Kissen, damit ich aus dem Fenster spähen kann. Ich bin überrascht, wie gut es tut, Maggie wieder lachen zu hören.

Ich schreibe zurück: Du könntest reingehen.

Würde ich ja. Aber ich wurde mit deinen berühmten S'mores-Whoopies bestochen, damit ich Feuer mache. Pause. Neue Nachricht. Ich kann erst gehen, wenn Maggie mir meine Belohnung gibt.

Das musst du mit ihr besprechen. Diesmal lege ich das Handy gar nicht erst weg. Tobin ist eindeutig in Plauderlaune.

Er antwortet: Ich fahre zweigleisig.

Dann ein paar Sekunden später: Also, kommst du jetzt?

Hartnäckig, der Junge. Ich antworte ihm nicht sofort, meine Finger schweben über dem dunklen Handy-Display. Ich würde mich gern über ihn ärgern, weil er mich bedrängt, weil er mich daran hindert, heute Abend alle abblitzen zu lassen, aber ein Lächeln schleicht sich auf mein Gesicht. Zum Glück kann er es nicht sehen.

Nach einem weiteren Moment werde ich schwach. Du gibst ja doch keine Ruhe, bis ich rauskomme, oder?

Doch, wenn du das wirklich willst.

Will ich nicht. Obwohl ich es sollte. Aber die Anziehungskraft, die Tobin auf mich ausübt, ist zu stark.

Ich stöpsle die Ohrhörer aus dem Telefon und lege sie unter mein Kopfkissen, damit ich sie nachts wiederfinde. Musik zu hören, ist mein Mittel der Wahl gegen Schlaflosigkeit. Ich ziehe einen Kapuzenpullover aus dem Schrank und überprüfe meine Haare im Spiegel über der Kommode. Dann bringe ich sie wieder durcheinander, denn süß auszusehen für einen Jungen, steht nicht auf meiner To-do-Liste.

Ich mache mir nicht die Mühe, Schuhe anzuziehen, und so klebt mir draußen das frisch gemähte Gras zwischen unseren Häusern an den Füßen. Die Feuerstelle besteht aus drei übereinander liegenden Reihen von flachen Flusssteinen und hat einen Durchmesser von etwa sechzig Zentimetern. Rauch steigt kräuselnd aus den Flammen in den dunklen Nachthimmel auf, winzige Ascheflöckchen schweben herab und setzen sich auf Haar/Kleidung/Haut ab, als ich näher komme.

Tobin dreht sich nicht um, sagt nur: »Ich wusste, dass du dir das nicht entgehen lassen willst.«

Ich lasse mich auf den Stuhl neben ihm fallen, der Leinenstoff unter mir gibt ein wenig nach. »Ich war mir nicht sicher, ob ich mich darauf verlassen kann, dass du mich nicht weiter zutextest.«

Juliet beugt sich vor. »Ach, komm schon, können diese Augen lügen?« Sie gibt ihrem Bruder ein superplumpes Daumen-hoch-Zeichen. Er legt den Kopf in den Nacken und lacht.

»Wir wollten uns gerade was zu naschen besorgen«, ergänzt Maggie, als ob ich mich drinnen verschanzt hätte, weil es hier nichts zu essen gibt.

»Hab ich schon gehört«, antworte ich.

Wir plündern die Backküche. Maggie, Juliet und Tobin stürzen sich direkt auf meinen neuen Vorrat an Whoopie Pies und füllen sich jeweils eine Papiertüte mit den Sorten ab, die sie gut finden. Tobin nimmt sich von allem gleich zweimal. Als wir zurück zum Feuer laufen, umklammert er seine Tüte mit beiden Händen, damit die Beute nicht oben herausfällt.

»Ich kann im Dunkeln gar nicht erkennen, was es ist«, sagt er. Er zieht ein Gebäckstück heraus und reicht es mir.

»Denkst du, ich kann das?«, erwidere ich. Aber eine kleine Duftwolke verrät mir, dass es Schokokuchen mit Kokosfüllung ist.

»Ich wollte bloß mit dir teilen. Ich habe extraviel besorgt, falls du auch was willst, wenn du siehst, wie wir reinhauen.«

»Weißt du, was bei dieser Party noch fehlt?«, fragt Juliet. Sie stupst das Bein ihres Bruders mit dem Fuß an. Selbst in den Schatten, die um das Feuer tanzen, erkenne ich, dass ihre Zehennägel in demselben Rosaton lackiert sind wie die von Maggie. »Musik.«

»Willst du mir damit sagen, dass ich die kabellosen Boxen holen soll?«, erkundigt sich Tobin. Aber anstatt aufzustehen, macht er es sich auf seinem Stuhl gemütlich. Der Anflug eines Lächelns huscht über sein Gesicht, als sich unsere Blicke kreuzen. Vielleicht bilde ich mir das aber auch nur ein, denn eine Sekunde später deutet er mit dem Kopf herausfordernd auf Juliet.

Juliet rutscht auf die Stuhlkante vor und sieht ihm in die Augen. »Nein, wir brauchen *Live*-Musik. Ich weiß, es ist ein totales Klischee, aber zu einem Lagerfeuer gehört eine Gitarre. Holst du deine?«

»Stimmt. Das ist ein Klischee«, meint er. »Und nö.«

»Also spielst du doch Gitarre«, sage ich, ohne nachzudenken. Mein Interesse ist unübersehbar.

Er dreht sich wieder zu mir um, streckt die eine Hand in meine Richtung und presst mit der anderen die Kuchentüte an seine Brust. »Boah, Vorsicht, Remy. Das hört sich fast so an, als würdest du an mich denken, wenn ich nicht da bin.«

Ich schüttle den Kopf, als ob es dann weniger wahr wäre. Als ob ich die Anziehungskraft, die mein Blut in Wallung versetzt, mit einer kleinen Lüge abschwächen könnte. »Ich zerstöre deine Illusion ja nur ungern so schnell, aber du siehst einfach aus wie jemand, der Gitarre spielt. Die Haare, die Klamotten, die Lippenpiercings. Schreit nach *Gitarrist.*«

Was ich nicht sage, ist, dass es verdammt gut aussieht.

Wirklich. Verdammt. Gut.

Um mich abzulenken, kneife ich mich in die Innenseite des Ellbogens und lasse den stechenden Schmerz seine Wirkung entfalten. Was auch immer an dummen Gefühlen an die Oberfläche kommen wollte, taucht auf Nimmerwiedersehen ab.

Tobin trommelt mit der Hand auf das Metallbein seines Stuhls. »Tja, ich spiele auch Bass, Schlagzeug und Klavier.«

Hundert Fragen schießen mir durch den Kopf – welche Musik er mag, wie lange er die Instrumente schon spielt und ob er die Bands kennt, auf die ich stehe. Doch dann fällt mir ein, was er mir über seinen Vater erzählt hat. Dass er Musiker war, bevor er starb. Und ich frage mich, ob sich Tobin durch die Musik seinem Vater nahe fühlt, jetzt, wo er nicht mehr da ist. Anstatt ihn zu fragen und traurige Erinnerungen ans Licht zu holen, sage ich scherzhaft: »Unser persönlicher Brendon Urie.«

Auf der anderen Seite des Feuers tauschen Maggie und Juliet ein vielsagendes Lächeln aus.

Tobin schüttelt den Kopf. »Ich bevorzuge Trent Reznor, wenn du schon mit Vergleichen um dich wirfst.«

Juliet beugt sich vor und leckt sich Zuckerguss von den Fingern. »Eigentlich ist Tobin ein musikalisches Genie. Alles, was er in die Hand nimmt, beherrscht er innerhalb von fünf Sekunden. Dad hat ihn immer aufgenommen, wenn er sein Lieblingsinstrument des Monats spielte, und die Videos dann an seine Musikerfreunde geschickt, damit sie sie an ihre Agenten oder Plattenfirmen weiterleiten. Und wenn er auf Tournee war, hat er mehr Zeit damit verbracht, die Leute wegen Tobin als wegen seiner eigenen Band zu bequatschen.«

»Er war sich sicher, dass ich ganz groß rauskomme, im Gegensatz zu ihm.« Tobins Schultern verkrampfen sich, während er sich das letzte Stückchen von einem Whoopie in den Mund steckt. »Ohne die Drogen, Frau und Kinder wäre es ihm vielleicht auch gelungen.«

»Das ist nicht fair, Tobin«, wirft Juliet ein. Ihre Stimme ist rau wie der Rauch des Feuers.

»Aber es stimmt doch. Er hat sich für dieses Leben entschieden und wir müssen mit den Folgen klarkommen.«

Maggie redet leise auf Juliet ein. Sie versucht, die Situation zu entspannen, während ich ein anderes Thema anschneide. Diese Rollen haben wir immer eingenommen, wenn unsere Freundinnen sich gezofft haben. Damals, als wir noch welche hatten. Aber es steckt so tief in uns, dass wir unwillkürlich in dieses Muster verfallen.

»Und?«, frage ich Tobin in dem halbherzigen Versuch, die beiden vom Streiten abzuhalten. »Bist du so gut, wie deine Schwester behauptet?«

»Ich habe eine Band in Richmond. Wir haben ein paar Bandwettbewerbe gewonnen und durften in einem Club in der Stadt als Vorband für ein paar ziemlich bekannte Acts auftreten. Na ja, wir waren die Vorband der Vorband, also haben uns bei jeder Show nur eine Handvoll Leute gesehen. Aber trotzdem waren wir dabei, uns einen Namen zu machen.«

»Musstest du die Band verlassen, als ihr hierhergezogen seid?«

»Offiziell nein. Ich schreibe immer noch ein paar der Songs mit meinem besten Freund Bas – Sebastian. Aber wenn meine Mom mir auch nur noch einen Gig verbietet, schmeißen sie mich bestimmt raus.«

»Ist ja schon ein Wunder, dass sie dir überhaupt erlaubt hat aufzutreten.«

»Sie hat das eigentlich gar nicht richtig mitgeschnitten. Ich meine, sie hat gewusst, dass ich in einer Band bin, aber sie hat gedacht, dass wir nur so für uns in Bas' Garage spielen. Aber ich habe mich mal verplappert, und als sie mich dann ausgequetscht hat, konnte ich sie nicht anlügen.«

»Hm«, mache ich. Wenn ich immer noch die Art von Mädchen wäre, die eine Liste der Eigenschaften aufstellt, die sie sich bei einem Typen wünscht, stünde *Ehrlichkeit* ganz oben. *Musiker* gäbe Extrapunkte. Aber so bin ich nicht mehr, und ich darf mich von unserem Gespräch auch nicht so beeindrucken lassen, dass ich meine Meinung ändere. »Die meisten Leute würden das Blaue vom Himmel erzählen, um zu bekommen, was sie wollen.«

»Ich bin nicht wie die meisten.«

»Nein, bist du nicht.« Und je mehr Zeit ich mit ihm verbringe, desto klarer wird mir, dass er durch den Tod seines Vaters und die Überfürsorglichkeit seiner Mutter nicht abgestumpft und verbittert ist, sondern sich seinen Sinn für Humor bewahrt hat, mehr Charme hat, als ein Junge in seinem Alter braucht, und gerade so viel Zynismus, dass man merkt, das alles hat ihm mehr zugesetzt, als er zugeben möchte.

Meine Gedanken müssen sich auf meinem Gesicht abzeichnen, denn als ich Tobin wieder ansehe, ist er nur einen Hauch entfernt. Seine Wange, warm vom Feuer, streift meine, als er den Abstand zwischen uns schließen will. Ich weiche so heftig zurück, dass mein Stuhl fast umkippt, und hebe die Hände, um einen zweiten Versuch abzuwehren.

»Scheiße, Tobin!«, rufe ich, und mein Herz hämmert in meiner Brust. Fast hätte er alles ruiniert. »Was soll denn das? Mach doch nicht so 'nen Scheiß.«

»Sorry. Ich dachte nur … weiß auch nicht.« Die Worte schweben zwischen uns, so unsicher habe ich Tobin noch nie erlebt. Er wendet den Blick nicht von mir ab, die rote Glut des Feuers spiegelt sich in seinen Augen.

»Du darfst mich im Moment nicht küssen. Hast du denn nicht mitgekriegt, was wir dir über die Kusszeit erzählt haben? Was die anderen in der Stadt sagen?«

Maggies und Juliets leise Unterhaltung verstummt. Für ein paar Sekunden hört man nur das Knistern der brennenden Scheite im Feuer.

Tobin lehnt sich in seinem Stuhl zurück, aber er ist mir immer noch sehr nahe – zu nahe –, als ob er hofft, dass er mich umstimmen kann. »Ich hab dir doch gesagt, dass wir uns einen Dreck um solches Gerede scheren.«

»Und *ich* bitte dich, *mir* zu glauben. Wenn du mich küsst, handelst du dir nur Scherereien ein.« Das muss Tobin endlich kapieren, bevor er noch einmal versucht, mich zu küssen, denn ich werde nicht riskieren, dass auch ihm etwas zustößt. Bis ich konkrete Beweise dafür habe, dass der zweite Kuss zwischen Isaac und mir funktioniert hat, muss ich davon ausgehen, dass wir beide noch immer verflucht sind.

»Wow«, sagt er staunend. »Deine Freundinnen haben in deinem Kopf ganz schön was durcheinandergebracht. Du weißt schon, dass sie bloß neidisch sind, oder? Du und Maggie, ihr habt Macht, und das ist für manche nur schwer zu ertragen.«

»Auch wenn Magie durch meine Adern fließt, habe ich keine Kontrolle über sie. Das macht mich nicht mächtig, sondern gefährlich. Und sie sind nicht meine Freundinnen. Maggie und ich haben keine Freundinnen mehr.« Ich umfasse die warme Metalllehne des Stuhls und rücke ein paar Zentimeter von ihm ab.

»Hey, sprich für dich selbst«, mischt sich Juliet ein. »Ich bin Maggies Freundin. Und ich wäre auch deine, wenn du mich lassen würdest.«

»Klar doch, solange du mich nicht küssen willst.«

Maggie wirft mir ein Stück Whoopie Pie an den Kopf. Es fällt zu Boden und sofort kommt aus der Dunkelheit Iggy angejagt und stürzt sich darauf. Er haut ein paarmal mit der Pfote darauf, dann klemmt er es sich zwischen die Zähne und trägt es wie eine Trophäe weg. Als ich Maggies Blick über die Feuerstelle hinweg erhasche, schaut sie verkniffen – geschlossener Mund, die Lippen so schmal, dass ihr Lippenstift kaum sichtbar ist. Sie schüttelt fast unmerklich den Kopf. »Rem, sei nicht so eine Zicke.«

Da habe ich wohl einen Nerv getroffen. Ich lächle sie an. Nicht das höhnische Grinsen, das ich mittlerweile perfektioniert habe, sondern ein echtes, grundehrliches Lächeln, denn so angepisst ich auch bin, ein Teil von mir will immer noch, dass sie glücklich ist. Wenigstens eine von uns hat das verdient.

»Schon okay, Maggie. Ich weiß, dass sie es nicht ernst meint«, beschwichtigt Juliet sie. »Zumindest nicht völlig.« Sie legt ihre Hand auf den Arm meiner Schwester und ihr fröhliches Lachen bringt Maggies gute Laune zurück.

»Und was ist mit mir?«, will Tobin wissen.

Ich wende mich ihm zu und versuche, mir keine Regung anmerken zu lassen. »Wie – was ist mit dir?«

»Gilt für mich derselbe Deal wie für meine Schwester?«

»Das würde nichts bringen, du hast ihn ja schon gebrochen.«

Er steht auf, ohne mich anzusehen, und stellt die Tüte mit den Kuchenresten an den Rand der Feuerstelle. »Du solltest mich nicht dafür bestrafen, dass ich irgendwelche Regeln verletzt habe, die wir noch gar nicht vereinbart hatten.« Dann dreht er sich um und geht. Und ich bleibe zurück und wünschte nur eine Sekunde lang, ich wäre eine andere. Eine, die nicht gekniffen hätte.

»Da ist was dran«, befindet Juliet, als sich die Hintertür hinter ihm schließt.

Ich schlucke meine Enttäuschung hinunter. Regeln gibt es aus gutem Grund. Und dass ich mich über sie hinweggesetzt habe, zumindest, was die Kusszeit angeht, hat mich überhaupt erst in diesen Schlamassel gebracht. Es ist besser, allen den Rücken zuzukehren. Dankend abzulehnen und damit abzuschließen. Mit der Holloway-Tradition. Mit ihm. Nur so kann ich dafür sorgen, dass keiner von uns beiden am Ende verletzt wird.

18

Als ich aufwache, denke ich an Tobin. Das Bild von ihm, wie er sich zu mir herabbeugt, um mich zu küssen, nimmt mich in Beschlag, bevor ich mich dagegen wehren kann. Gestern Abend war er mit Sicherheit bloß geblendet, die Magie der Kusszeit hat ihn in meine Arme getrieben, als wäre ich die Antwort auf all seine Gebete. Ich schließe die Augen und lasse die Szene noch einmal Revue passieren. Anstatt zu kneifen und mich wie eine Irre aufzuführen, komme ich ihm entgegen. Doch unsere Lippen berühren sich nicht, nicht einmal in diesem nicht jugendfreien Traum, denn Tobins hohe Wangenknochen und Lippenpiercings verwandeln sich auf einmal in Isaacs schlankes Gesicht und überhebliches Grinsen, und ich zucke zusammen und reiße die Augen so hastig auf, dass die plötzliche Helligkeit beide Jungs aus meinen Gedanken verdrängt.

Küssen macht alles kaputt.

Ich bringe die Stimme in meinem Kopf zum Schweigen, die mir zuraunt: *Niemanden während der Kusszeit zu küssen, macht möglicherweise auch alles kaputt.* Eine Zukunft ohne Liebe ist leichter zu ertragen, als in Kauf zu nehmen, dass noch jemand zu Schaden kommt.

Ich schlage die Bettdecke beiseite und stapfe ins Bad, um eine lange, heiße Dusche zu nehmen und die Erinnerungen von meiner Haut abzuspülen.

Als ich die Treppe herunterkomme, wartet Maggie in der Küche auf mich. Sie ist noch immer im Schlafanzug, ihr kurzes Haar steht in alle Richtungen ab. Ich weiß nicht, wann sie letzte Nacht nach Hause gekommen ist, aber ich bezweifle, dass sie viel geschlafen hat. Sie mustert mich über den Rand ihrer Tasse hinweg und sagt: »Du hättest Tobin gestern Abend küssen sollen. Er mag dich wirklich, weißt du.«

Ich sehe sie an, als ob sie den Verstand verloren hätte. »Wir wissen beide, dass das nicht geht.« Aber je öfter ich in Tobins Nähe bin, desto schwerer fällt es mir, mir einzureden, dass ich ihn nicht küssen will.

»Nur weil es bei Isaac so aus dem Ruder gelaufen ist, heißt das nicht, dass die Magie bei anderen nicht wirkt, solange du dich an die Regeln hältst.«

Wenn es jemand anders als Tobin wäre, würde ich es *vielleicht* wagen. Und das ist ein großes Vielleicht. Aber es handelt sich nun einmal um Tobin, und ich spüre, wie die Magie in mir uns wie Magneten zueinander zieht, genauso wie bei Isaac. Und deshalb ist es megawichtig, dass ich einen großen Bogen um ihn mache. Er hat den Ärger nicht verdient, den er sich durch mich einbrockt. Meine Schwester dabei um Unterstützung zu bitten, ist allerdings sinnlos.

»Na schön«, entgegne ich. »Dann mag er mich halt. Aber ich belasse es trotzdem dabei.«

Maggie seufzt und ihr Kampfgeist erlischt. »Warum denn nur, Remy? Wenn du Tobin küsst, renkt sich vielleicht alles wieder ein. Ganz zu schweigen davon, dass es dich womöglich echt glücklich macht.« Ihre Stimme nimmt einen flehenden Tonfall an, der gut zu ihrem Dackelblick passt.

Und einen Augenblick lang lasse ich mich davon mehr beeindrucken, als mir lieb ist, schlage ich mein Urteilsvermögen in den Wind, weil ich wirklich, wirklich daran glauben will. Dann kehre ich auf den Boden der Tatsachen zurück und begrabe die aufkeimende Hoffnung. Ich weiß nicht, ob der zweite Kuss zwischen Isaac und mir irgendetwas bewirkt hat. Und ich wüsste nicht, warum es etwas bringen sollte, jemand anderen zu küssen. »Solange wir nicht an den Anfang des Sommers zurückkehren und alles anders machen können, ist nichts mehr wie früher. Für uns beide nicht. Und auch, wenn ich noch so viele küsse – Tobin oder ein Dutzend anderer Jungs –, wird sich daran nichts ändern. Nur weil es dir nicht gefällt, was ich mit meiner Kusszeit mache, kannst du dich hier noch lange nicht dazwischendrängeln und die Sache selbst in die Hand nehmen. Du hattest deine Kusszeit. Du durftest küssen, wen du wolltest, ohne dass ich mich eingemischt habe. Dasselbe steht mir auch zu, ob es dir nun passt oder nicht.«

»Mach ich doch gar nicht.«

»Doch«, schreie ich fast. »Das machst du immer. Du denkst, du weißt, was das Beste für mich ist, und dann bedrängst du mich und manipulierst mich, bis ich nach deiner Pfeife tanze. Das machst du schon so lange, dass wir es gar nicht anders kennen. Es ist quasi die Grundlage unserer Beziehung. Aber das hört jetzt auf. *Du* hörst jetzt auf. Du sagst den Jungs nicht mehr, dass sie mich küssen sollen, um zu beweisen, dass mir nicht das Pech an den Fersen klebt. Du benutzt mein Leben nicht mehr als zweite Chance, das zu bekommen, was du willst. Lebe dein eigenes Leben und halte dich aus meinem raus.«

»Dann willst du lieber den Rest deiner Tage allein sein? Denn das könnte passieren, wenn du dich weiter weigerst, während deiner Kusszeit Glück zu bringen.«

»Allein sein, ist besser, als die Scherben der Leben aufzufegen, die ich kaputtgemacht habe.« Und es ist todsicher besser, als mein Herz freiwillig auf den Opferaltar zu legen. Ich weiß, wie das endet, und kann in Zukunft gern darauf verzichten. Selbst bei Tobin. »Dir macht es vielleicht nichts aus, dass du einen Haufen Elend hinterlässt, wenn du wieder einmal eine Beziehung beendest. Aber ich habe es leider nicht so gut, denn statt gebrochener Herzen hinterlasse ich gebrochene *Menschen*. Laurel wird darüber hinwegkommen, dass du sie abserviert hast. Isaac ist meinetwegen echt fürs Leben gezeichnet.«

Maggie setzt ihren Becher ab, ohne ihn aus der Hand zu geben. »Gott, komm mal klar, Remy. Du bist nicht der einzige Mensch in der Geschichte mit einer gescheiterten Beziehung. Ja, bei dir war Magie im Spiel, aber für andere ist es genauso schmerzhaft. Dein eigentliches Problem ist nicht, dass Isaac deinetwegen verletzt wurde. Du hast einfach nur eine Scheißangst, es noch mal zu versuchen. Irgendwann wirst du es bereuen. Aber das hast du dir dann selber zuzuschreiben«, keift sie.

»Mag sein«, erwidere ich. »Aber im Moment ist das die einzige Entscheidung, mit der ich leben kann.«

Ich weiß nicht, wie ich die letzten sechs Wochen überstanden hätte, wenn Laurel nicht hin und wieder nach mir geschaut hätte. Sie erdrückt mich nicht mit ihrer Freundschaft, sondern gibt mir zu verstehen, dass sie da ist, wenn ich nicht allein sein will.

Und heute will ich nicht allein sein.

Ich treffe mich mit ihr auf der Haight Plaza, teile mir mit ihr eine Portion Pommes mit Schinkenspeck, Parmesan und Trüffelöl von einem der Foodtrucks und vertreibe die Gedanken an Tobin aus meinem Kopf. Wir liegen miteinander zugewandtem Gesicht auf einem der Picknicktische, haben die Pommes zwischen uns gestellt, und unsere Füße ruhen auf gegenüberliegenden Sitzbänken.

»Du hast sämtliche Details ausgelassen«, nörgelt sie, als ich ihr vom gestrigen Abend berichte.

»Mehr gibt es nicht zu erzählen. Er hat versucht, mich zu küssen. Ich habe ihn nicht gelassen. Ende der Geschichte.«

»Oh, ich glaube, da gibt es noch viel mehr zu erzählen. Aber Tobin ist nicht der Zwilling, über den ich mehr erfahren möchte.«

»Du interessierst dich für Juliet?« Nicht, dass ich es ihr verdenken könnte. Juliet ist Maggie ähnlich – so charismatisch, dass alle anderen im Vergleich dazu langweilig wirken –, daher passt sie genau in Laurels Beuteschema.

Sie hebt eine Hand und begutachtet ihren abblätternden metallisch-blauen Nagellack. »Nicht wirklich. Ich habe bloß gehört, dass sie mit Maggie abhängt. Paige hat dafür gesorgt, dass ich es erfahre. Damit mein Herz nicht von einer Holloway zertrampelt wird, wie sie behauptet. Aber du weißt ja, wie sie ist.«

»Natürlich geht es ihr nur darum. So eine nette Freundin, die Gute.« Früher war sie auch nett. Aber je mehr Zeit sie mit Hannah verbringt, desto weniger ähnelt sie der Freundin, die ich einst gekannt habe.

Laurel lacht und irgendwie tut sie mir ein bisschen leid. Sie mag Maggie wirklich. Und ich bin der Grund, warum sich meine Schwester so schnell von diesen Gefühlen abgewendet hat.

»Es wäre schön gewesen«, fährt sie fort, »wenn ich es von einer echten Freundin erfahren hätte. Von dir, zum Beispiel.«

Meine Brust zieht sich bei ihren Worten zusammen. Sie war für mich da, als es sonst niemand war. Auch wenn ich gehofft hatte, dass sie inzwischen über meine Schwester hinweg ist, hätte ich ihr das mit Juliet nicht verschweigen dürfen. »Da ist was dran. Ich sage es dir nicht gern, aber Paige hat recht. Maggie und Juliet kleben so ziemlich die ganze Zeit zusammen.«

»Vielleicht will sie dich nur eifersüchtig machen. Du weißt schon, sich eine neue beste Freundin suchen, weil sie hofft, du merkst es und willst, dass alles wieder so wird wie früher.« Als ich die Hoffnung in ihrer Stimme höre, schlucke ich meine Antwort hinunter. Maggie hat Laurel schon das Herz gebrochen. Ich möchte nicht noch mehr Schaden anrichten.

Also erwidere ich stattdessen: »Kann schon sein.«

Laurel wendet mir den Kopf zu, ihre Lippen sind leicht geöffnet, als wäre sie unschlüssig, ob sie noch etwas sagen soll. Nach einer Minute fragt sie: »Nach allem, was du über Juliet weißt, glaubst du, ich habe noch eine Chance? Ist es falsch, mich weiter ins Zeug zu legen, obwohl Maggie klargemacht hat, dass das mit uns nichts wird?«

»Weiß ich nicht. Echt nicht. Vielleicht hat Maggie wirklich etwas für dich empfunden, vielleicht stand sie unter dem Einfluss der Magie, und es war nur ein Kuss. Ein Kuss von einem Holloway-Mädchen während ihrer Kusszeit.«

»Du redest echt nicht um den heißen Brei herum, oder?«

»Wenn ich sie nett verpacke, ist die Wahrheit trotzdem scheiße«, erwidere ich.

Laurel zuckt mit den Schultern. »Mag sein. Aber vielleicht leichter zu ertragen.«

19

Auch wenn Maggie nicht damit einverstanden ist, dass ich mich von Tobin – und allen anderen – fernhalte, solange Isaac noch vom Pech verfolgt wird, respektiert sie meine Entscheidung. Das kann ich von Tobin und Juliet nicht behaupten. Und weil sie zu zweit sind, können sie ihre Angriffe koordinieren. Doppelt so viel Munition, doppelt so effektiv.

Tobin scheint darüber hinweg zu sein, dass ich ihn nicht küssen wollte. Schon am nächsten Tag ist er wieder darauf aus, sich mit mir anzufreunden. Seine verletzten Gefühle hat er entweder vergessen oder verdrängt.

Morgens schickt er mir immer eine Nachricht und fragt entweder, ob ich etwas mit ihm unternehmen möchte, oder ob ich ein paar »ramponierte« Whoopies habe, die er abstauben kann. Von der Einseitigkeit unserer Unterhaltung lässt er sich nicht abschrecken. Juliet ruft regelmäßig an und erkundigt sich, ob ich einen der abgelegeneren Wasserfälle besuchen möchte. Manchmal will sie allein mit mir losziehen, meistens hängen Maggie und Tobin mit drin. »Schutz in der Menge«, nennt sie es. Und ich muss lachen. Aber trotzdem habe ich keine Lust. Beide tauchen jeden Tag nach dem Abendessen auf, wo sie mich entweder in der Backküche aufstöbern oder einfach in unser Haus spazieren, meinen Eltern auf dem Weg nach oben in mein Zimmer zuwinken, wo sie sich nicht mal richtig die Mühe machen, anzuklopfen, bevor sie die Tür aufreißen und mich fragen, ob ich die letzten Ferientage noch mit ihnen ausnutzen will. Maggie begleitet sie jedes Mal. Ich schließe die Tür hinter ihnen ab und zwinge mich dann, nicht aus dem Fenster zu schauen, während sie ohne mich davonschlendern.

So geht das jetzt schon eine Woche, und daher bin ich nicht überrascht, als Tobin und Juliet bei Bold Rock Outfitters antanzen, wo ich für einen Tag aushelfe, weil einer von Dads Angestellten sich krankgemeldet hat – und weil ich eine billige Arbeitskraft bin. Maggie ist nicht dabei, aber ein Blick auf die Aufmachung der Zwillinge genügt, um zu wissen, warum sie dieses Mal gekniffen hat. Juliet trägt ein mehrlagiges Tanktop, eine pinkfarbene Leggings und Laufschuhe. Tobin hat das herausgekramt, was er für Sportkleidung hält: ein Baumwollshirt und kakifarbene Cargo-Shorts. Und beide schlendern mit einem verschmitzten Lächeln in den hinteren Teil des Ladens, wo ich an der Kletterwand stehe.

»Wisst ihr, wenn ihr in diesem Outfit hier aufkreuzt,

obwohl ich gesagt habe, dass ich keinen Bock auf Mittagessen habe, kann ich euch unmöglich aus dem Weg gehen«, begrüße ich sie.

Tobin grinst. »Dann gibst du es also zu?«

»Dass ich euch aus dem Weg gehe? Ich dachte, das wäre offensichtlich.«

Juliet angelt sich ihren Zopf und streicht sich mit dem stoppeligen Ende über die Wange. »Und ich dachte, wir wollten Freunde sein.«

»Das habe ich nie gesagt«, erwidere ich.

Tobin verschränkt die Finger im Nacken und schaut mir in die Augen. »Ach, komm schon. So furchtbar sind wir nun auch wieder nicht.«

»Das geht nicht gegen euch. Ich will einfach im Moment mit niemandem befreundet sein. Fragt in zehn Monaten oder so noch mal, wenn Gras über die Sache gewachsen ist. Vielleicht ändere ich dann meine Meinung.« Zu dieser Ansicht scheint auch Laurel gekommen zu sein, denn seit ich ihr von Maggie und Juliet erzählt habe, herrscht mir gegenüber Funkstille. Auf meine Nachrichten antwortet sie erst Stunden später. Ich versuche, das nicht persönlich zu nehmen, aber da sie die Einzige war, die den Kontakt zu mir nicht abgebrochen hat, frage ich mich, ob es dabei um mich oder um Maggie ging.

»Das ist bescheuert. Das weißt du schon, oder?«, fragt Juliet. Sie reißt die Hände hoch und versetzt ihrem Zopf dabei einen solchen Schwung, dass er ihrem Bruder fast ins Gesicht klatscht. Er nutzt das als Vorwand, näher an mich heranzurücken. »Du kannst dir doch von einem einzigen Typen nicht alles vermasseln lassen.«

Ich bleibe hart und lasse nicht erkennen, dass ihre Taktik möglicherweise zum Erfolg führt. »Du klingst schon genauso wie meine Schwester.«

»Das könnte daran liegen, dass sie recht hat.«

Tobin neigt seinen Kopf zu Juliet und raunt ihr hörbar zu: »Vielleicht können wir Remy eher für uns einnehmen, wenn wir sie nicht ständig daran erinnern würden, warum sie einen Bogen um uns macht.«

»Guter Einwand«, stimmt Juliet ihm zu und wendet sich mir mit einem strahlenden Lächeln zu, das sämtliche Spuren von Frust von ihrem Gesicht auslöscht. »Gut, kommen wir gleich zum Grund unseres Besuchs. Wir wollen klettern lernen.« Sie sieht Tobin mit einem eisernen Blick an, der keinen Widerspruch duldet.

»Uns anpassen und so«, sagt er. »Wir dachten, du kannst es uns vielleicht beibringen.«

»Mein Dad gibt Kletterkurse«, erwidere ich und spiele nicht mit, auch wenn es verlockend ist. Wenn sie es tatsächlich lernen wollen, ist er die erste Anlaufstelle, nicht ich. »Nächste Woche vor Schulbeginn leitet er ein Camp. Vielleicht ergattert ihr noch zwei Plätze, wenn es euch wirklich ernst ist.«

Juliet lächelt noch immer und würdigt die Kletterwand kaum eines Blickes. »Du kannst uns doch nicht hängen lassen? Fünf Dollar in die Wortspielkasse. Gib uns zumindest eine Einführung, damit wir wissen, ob sich der Kurs überhaupt lohnt.«

Zweifelnd ziehe ich eine Augenbraue hoch. »Du weißt schon, dass Maggie nicht klettert«, erwidere ich, als wäre das von Bedeutung.

Sie hebt die Hand, als wollte sie mich davon abhalten, ihr noch mehr unbequeme Wahrheiten zu erzählen. »Ach, ich weiß. Als ich erwähnt habe, dass ich es mal ausprobieren möchte, ist sie voll zusammengezuckt und hat mich aufgeklärt, dass meine Finger wund werden und der Gurt mir die Schenkel aufscheuert. Aber so schlimm kann es ja nicht sein, wenn es so viele Leute machen. Oder?«

Ich gebe nach. »Na ja, eine Trainingseinheit wird dir nicht schaden. Nach ein paar mehr bekommst du wahrscheinlich schon Schwielen, weil deine Hände und Füße diese Anstrengung nicht gewöhnt sind. Aber wenn du die Technik lernst und sie richtig anwendest, passiert dir nichts.«

»Und es macht wirklich Spaß?«, will sie wissen.

»*Mir* macht es Spaß«, antworte ich. Seit dem Abend mit Dad bin ich noch ein paarmal hoch. Meine Technik ist beschissen, aber vieles kommt zurück. Dann ergänze ich: »Aber ich kenne euch nicht gut genug, um euch die Entscheidung abzunehmen.«

Tobin legt seiner Schwester den Arm um die Schulter und zieht sie zu sich heran, sodass ihre Gesichter Wange an Wange ruhen, als sie mich ansehen. »Das müssen wir ändern, oder, Jet?«

»So sieht's aus«, bestätigt sie.

Ich zucke mit den Achseln. Sie haben sich entschieden. Nichts, was ich sage, wird sie jetzt noch davon abhalten. Je eher wir anfangen, desto eher kann ich sie hochschicken, bevor hier noch jemand Wurzeln schlägt. »Okay, los geht's. Toprope oder Bouldern?«

»Bitte, was?«, fragt Tobin.

Juliet bleibt der Mund offen stehen und sie hält sich die Hand davor. »Ich glaube, sie hat uns ein eindeutig zweideutiges Angebot gemacht.«

Ich schließe die Augen und schüttle bloß noch den Kopf. Es hat keinen Sinn, sich dagegen zu wehren. Man muss die beiden einfach mögen. »Ihr macht euch da einen Jux draus, oder?«

»Gut möglich«, sagt Tobin.

»Nein«, widerspricht Juliet. Sie richtet sich auf und faltet die Hände vor der Brust, als würde sie beten. »Wir sind artig. Versprochen.«

Tobin zieht eine Schulter hoch, ein flüchtiges Lächeln umspielt seine Lippen. Weiter will er sich nicht aus dem Fenster lehnen. »Aber wahrscheinlich musst du bei null anfangen, weil wir bei null stehen.«

»Okay, kein Problem«, sage ich. »Also wollt ihr Toprope-Klettern? Da seid ihr oben an einem Seil befestigt und könnt die Wand höher klettern. Oder wollt ihr mit Bouldern anfangen? Das ist ohne Seil und näher am Boden, zumindest beim ersten Versuch.«

»Mit Seil, auf jeden Fall.« Juliet reckt den Hals und schaut an der Wand hoch. »Ich will bis ganz nach oben.« Das war klar.

»Das schaffst du beim ersten Mal wahrscheinlich nicht. Sorry.« Da muss ich sie enttäuschen.

»Bist du dir da sicher?«, erkundigt sich Tobin und zieht Juliet am Zopf. Sie bewegt ihren Kopf aus seiner Reichweite. »Meine Schwester ist stur wie eine Bergziege.«

Ich verdränge den Stich, den mir die Eifersucht versetzt, weil die beiden so ein gutes Verhältnis zueinander haben. Je mehr Zeit ich mit ihnen verbringe, desto mehr vermisse ich die Art, wie Maggie und ich früher miteinander umgegangen sind. Und ich frage mich unwillkürlich, wo wir beide jetzt stehen würden, wenn ich meine Wut nach Isaacs Unfall nicht an ihr ausgelassen hätte. Aber selbst, wenn wir noch MaggieUndRemy wären, würde Maggie jetzt hier nicht klettern gehen, also schiebe ich den Gedanken an sie beiseite und konzentriere mich auf die vor mir liegende Aufgabe.

»Das hat nichts mit Willenskraft zu tun«, entgegne ich. »Sondern damit, wie lange deine Muskeln mitmachen. Deine Beine werden megabeansprucht. Deine Arme auch, aber nicht so sehr. Beim ersten Aufstieg geht es darum, ein Gefühl für die Wand und die Griffe zu bekommen und darauf zu vertrauen, dass dich derjenige, der dich sichert – in diesem Fall ich –, vor einem Sturz bewahrt. Das eigentliche Klettern ist nur das Sahnehäubchen.«

»Schokoglasur wäre mir lieber«, wendet Juliet ein. »Schokoglasur ist besser als Sahne.«

»Dann halt Schokoglasur.«

»Oh, apropos Schokoglasur«, wirft Tobin ein. »Wenn es einer von uns an die Spitze schafft, bekommen wir dann Whoopies zur Belohnung?«

Warum die Jungs in dieser Stadt so verrückt nach diesen Teilchen sind, übersteigt meinen Verstand. Aber solange er nur Gebäck und kein Date will, beschwere ich mich nicht. »Ich lege sogar noch was drauf. Wenn du dir und mir nicht wehtust, kriegst du so viele, wie du willst.«

Er schenkt mir ein breites Grinsen. »Bin dabei.«

»Dann komm mit.«

Normalerweise würde ich allein ins Lager gehen und die Ausrüstung für die Kunden holen. Aber ich bin mir nicht sicher, ob die beiden hier draußen in meiner Abwesenheit nicht wieder etwas aushecken. Zach, Dads Stellvertreter, blickt mich verwundert an, als die beiden ihn grüßen, dann wendet er sich wieder dem zu, was mein Dad ihm aufgetragen hat, während ich die Zwillinge mit Klettergurten und Leihschuhen ausstatte. Juliet will unbedingt ein halbes

Dutzend Schnellverschlüsse an die Schlaufen ihres Gurts hängen, damit es »echt« wirkt. Tobin murrt, dass sie beide einfach lächerlich aussähen. Ich versuche, nicht darauf zu achten, wie sich der Gurt trotz der weiten Cargo-Shorts an seinen Hintern schmiegt.

Ich scheitere kläglich.

Zurück an der Wand gehe ich die Grundlagen des Sicherns durch, auch wenn keiner der beiden das heute machen wird. Dann beschreibe ich die verschiedenen Griffe und Tritte an der Wand und zeige ihnen, wie sie sich mit den Fingern festhalten und wo sie ihre Füße hinstellen müssen, damit sie ihr Gleichgewicht und Halt finden. Tobins Blick wird bei all den Fachbegriffen ganz leer, während er in den ungewohnten Schuhen herumwackelt, als wollte er lieber direkt auf die Wand losgelassen werden, um es selbst herauszufinden. Auch Juliet scheint Ameisen im Hintern zu haben, da sie mit dem Daumen den Karabinerhaken bearbeitet, der an ihrem Oberschenkel hängt. Auf und zu und auf und zu. Das ist der Punkt im Training, an dem Dad mit diesem coolen Move auftrumpfen würde, bei dem er an einem Überhang nur mit den Fingern an einem Jug hängt, wie einer der Klettergriffe in der Fachsprache heißt, und dabei die Beine in entgegengesetzte Richtungen anwinkelt. Aber ich bin völlig aus der Übung – ganz zu schweigen von meiner miesen Kondition –, also kann ich bestenfalls ein paar Meter die Wand hochkraxeln, als wäre es nichts.

»Wer geht zuerst hoch?«, will ich wissen, als ich wieder auf dem Boden stehe. Beide beäugen die Wand, als wäre sie ein Feind, den es zu bezwingen gilt.

Tobin sieht zu seiner Schwester und will ihr den Vortritt lassen.

»Geh du ruhig«, sagt Juliet.

»Damit ich mich zuerst zum Affen machen kann? Schönen Dank auch, Jet.«

»Nein, damit ich Zeit habe, Remy wegen dir zu bequatschen. Beweg deinen Hintern.« Sie knufft ihm gegen die Schulter und er taumelt einen Schritt auf mich zu.

Ich nehme das freie Ende des Sicherungsseils in die Hand und drohe ihnen abwechselnd damit. »Nee. Dieses Freundschaftsding funktioniert nur, wenn ihr euch beide an die Regeln haltet. Kein Bequatschen. Kein Flirten.« Ich blicke zu Tobin und erwische ihn dabei, wie er feixt. Im Nu ist er wieder ernst.

Juliet lässt sich ein paar Meter entfernt auf die Bank sinken und verschränkt die Arme im Nacken, damit sie uns beobachten kann.

»Sieht aus, als wärst du an der Reihe«, sage ich zu Tobin. »Komm her, ich seil dich an.«

»Ich dachte, wir flirten nicht«, kontert Tobin.

»Ach, halt doch die Klappe.« Ich muss mich abwenden, damit er mein Lächeln nicht sieht.

Sobald er angeseilt ist und wir Seil/Knoten/Karabiner

gecheckt haben, stelle ich mich an die Seite und gebe ihm mit der Bremshand ein Zeichen, dass er loslegen kann, wenn er bereit ist.

Tobin geht an die Wand heran, strafft die Schultern und stützt sich mit den Zehen auf einem Tritt in Bodennähe ab. Er greift nach oben, umschließt mit seiner Handfläche einen Jug und hält dann inne. »Wie sagt man, wenn man … loslegt?«

»Du meinst losklettert?«

»Richtig, losklettert.« Er spricht in einem Tonfall, der normalerweise für den Zahnarztbesuch reserviert ist, oder wenn man seine Großmutter zum Schönheitssalon chauffiert.

»Steig hoch«, sage ich und verkneife mir das Lachen.

Er wirft mir über die Schultern ein Lächeln zu, das einen fast um den Verstand bringt, und stellt dann seinen anderen Fuß auf einen höheren Tritt. »Wie war das noch mal mit flirten?« Dann konzentriert er sich wieder auf die Wand, und ich schalte mein Gehirn zurück in den Sicherheitsmodus und verbanne alle Gedanken daran, wie wohlgeformt seine Waden von hinten aussehen. Ehrlich.

Seine Bewegungen sind langsam und bedächtig, als erfordere es seine volle Konzentration, den besten Weg nach oben zu suchen. Er schafft etwa ein Drittel der Wand, bevor er eine längere Pause einlegen muss. Ich verlagere mein Gewicht auf den linken Fuß und fasse das Bremsseil fester, um ihn zu halten. Er stemmt sich mit den Füßen an der Wand ab, hängt sich ins Seil und entspannt seine Arme. Seine Beine müssen förmlich um Entlastung betteln, aber er gibt nicht auf.

Juliet erhebt sich von der Bank und steht in einer einzigen fließenden Bewegung neben mir. Sie hebt den Kopf und schaut zu ihrem Bruder hoch. Nachdem sie sich vergewissert hat, dass er außer Hörweite ist, sagt sie leise: »Ich habe gehört, meine Mom hat sich bei dir nach Maggie und mir erkundigt? Das hat sie zwischen der Frage, was ich heute vorhabe, und dem ›Vorschlag‹, ich soll den Tag doch mal mit jemand anderem als deiner Schwester verbringen, so durchblicken lassen. Ich will dich ja nicht in Verlegenheit bringen, aber ich muss wissen, was du ihr erzählt hast. Denn sie hat es wirklich drauf, meine Freundinnen dazu zu bringen, mich zu verpetzen.«

Normalerweise würde ich darüber lachen, wenn ich nicht wüsste, dass sie es ernst meint. Seit dem Willkommensessen hat mich Mrs. Curcio ein halbes Dutzend Mal darüber ausgequetscht, was Juliet und Maggie den lieben langen Tag so treiben. Durch ihre spitzfindige Fragerei ist mir klar geworden, warum Juliet den Großteil ihres Lebens vor ihrer Mutter geheim hält. »Ich habe nur gesagt, dass sie dir die Stadt zeigt und dir hilft, dich einzugewöhnen. Das klingt außerdem so, als solltest du dir in Zukunft bessere Freundinnen suchen.«

Sie zuckt mit den Schultern und ihr Lächeln nimmt wieder ihr ganzes Gesicht ein. Es ist umwerfend/strahlend/ansteckend. Kein Wunder, dass Maggie so gern mit ihr zusammen ist. »Die habe ich, glaube ich, schon gefunden.« Sie sagt es so aufrichtig, dass ich ihr Lächeln erwidere und den Gedanken zulasse, dass ich mich wieder mit jemandem anfreunden könnte. »Danke, dass du mich nicht verraten hast.«

»Es geht niemanden etwas an, was andere tun oder lassen, auch wenn viele das hier denken.« Tobin hat seinen Aufstieg fortgesetzt, und ich gebe dreißig Zentimeter Seil aus, bevor ich Juliet einen flüchtigen Blick zuwerfe.

»Die normale Antwort wäre einfach ›gern geschehen‹«, sagt sie.

Diesmal muss ich wirklich lachen und das schwarze Loch in meiner Brust schrumpft noch ein bisschen mehr. »Scheiße. Ich wollte nicht den Eindruck erwecken, dass ich normal bin. Daran muss ich wohl noch arbeiten.«

»O Mann. Ich verstehe total, warum sich Tobin in dich verknallt hat. Süß und sarkastisch. Mein Bruder ist so was von geliefert.« Juliet sieht nach, wie weit er gekommen ist, und quittiert seine Technik mit einem anerkennenden Nicken. »Aber zurück zu meiner Lobeshymne. Ich schulde dir zumindest einen Kaffee als Dankeschön.«

»Du weißt schon, was du dir für einen Ruf einhandelst, wenn du dich in aller Öffentlichkeit mit mir blicken lässt, oder?«, frage ich.

»Entschuldige mal. Habe ich den Eindruck erweckt, dass mich so etwas juckt?«

Jep – nun ist es offiziell. Juliet als Freundin zu gewinnen, ist vielleicht das einzig Gute, was mir die Kusszeit bisher beschert hat. Aber es ist mehr, als ich erwarten kann, und so grinse ich Juliet an und schöpfe neuen Mut. »Absolut nicht. Ich dachte nur, ich sollte dich lieber warnen.«

20

Mein Vormittag mit Tobin und Juliet bei Bold Rock vor zwei Tagen hat mir so gutgetan, dass ich mehr will. Mein normales Leben zurück. Mein altes Ich zurück.

Als ich gerade einen Sonderauftrag für Wild Flour einpacke, eine Torte zum Sommerabschied, höre ich draußen vor der Backküche Stimmen. Die Nachmittagssonne spiegelt sich auf der Fensterscheibe. Ich weiß, dass man bei diesem gleißenden Licht unmöglich erkennen kann, ob jemand in der Backküche ist. Also könnte ich einfach bleiben, wo ich bin, und mich ruhig verhalten. Dann würden die anderen vorbeigehen und mich nicht überreden wollen, bei dem mitzumachen, was auch immer sie für heute geplant haben.

Die alte Remy hätte sich nicht hier drinnen verschanzt, sondern wäre mit einem Lächeln zu ihnen gelaufen, das mit der Sonne um die Wette strahlt.

Ich gehe zur Tür, bevor ich es mir anders überlegen kann. Maggie und Tobin sitzen auf den Stühlen an der leeren Feuerstelle, keine Juliet weit und breit. Sie bemerken nicht, wie sich die Tür öffnet. Als ich Maggies Stimme höre, bleibe ich an der Schwelle stehen.

»Du magst meine Schwester, stimmt's?«, fragt sie.

Tobin stößt einen Laut aus, der halb Stöhnen, halb Lachen ist. »Bin ich so leicht zu durchschauen?«

»Das ist doch super. Remy kann die Kusszeit nicht länger links liegen lassen und allen weismachen, ihre Magie bringe Unheil. Sie muss darüber hinwegkommen. Weitermachen. Sie hat schon mehr als anderthalb Monate verplempert. Je eher sie einen anderen küsst, desto besser.«

So viel zum Thema raushalten. Ich hätte wissen müssen, dass sie das nicht tut.

»Ich glaube, Remy will niemanden küssen. Und wie du an dem Abend gesehen hast, als wir alle zusammen abgehangen haben, definitiv nicht mich«, sagt er. Durch die Enttäuschung in seiner Stimme bekomme ich Gewissensbisse. »Warum fällst du ihr in den Rücken?«

»Remy *möchte* jemanden küssen. Sich in jemanden verlieben, der sie auch liebt. Sie hat einfach nur Angst. Und sie lässt sich von dem Gerede über sie und Isaac beeinflussen. Aber du, Tobin, kannst ihr helfen. Bring sie dazu, dich zu küssen. Mach ihr klar, dass nicht jeder Typ da draußen ihr Feind ist.« Maggie umklammert seine Handgelenke und sieht ihm tief in die Augen, damit er merkt, wie ernst es ihr ist.

»Ich arbeite daran.« Sein Lächeln strotzt vor Zuversicht.

Ich ziehe mich hinter die Tür zurück und lasse sie gerade so weit offen, dass ich unbemerkt weiter lauschen kann.

»Dann mach mal ein bisschen hin. Ihr Curcios könnt verdammt charmant sein. Zeig, was du draufhast. Glaub mir, sie wird dir nicht widerstehen können. Du bist wie Dope für meine Schwester.«

Tobin erstarrt und weicht vor Maggie zurück. Von dem Lächeln, das eben noch seine Lippen umspielt hat, keine Spur mehr. »Ich bin also eine Droge, von der deine Schwester abhängig werden soll?«

Ob Maggie weiß, wie Tobins und Juliets Vater gestorben ist? Und dass sie genau das Falsche gesagt hat, wenn sie Tobin auf ihre Seite ziehen wollte?

»Nein, so habe ich es nicht gemeint. Du bist ein sehr gut aussehender Junge und genau der Typ, auf den meine Schwester steht. Und falls dir das nicht reicht, winkt dir durch einen Kuss ja auch das Holloway-Glück.«

»Das Glück ist auf keinen Fall zu verachten«, sagt er, und der Ärger von vorhin ist angesichts der Aussicht auf eine glückliche Zukunft verflogen.

Jetzt ist es heraus. Der eigentliche Grund, warum er mich unbedingt herumkriegen will. Ich halte mich am Türgriff fest, damit ich nicht hinausstürme und die beiden zusammenstauche.

»Heißt das, du bist dabei?«, erkundigt sich Maggie.

»War ich eh schon. Remy Holloway zu küssen, ist

eigentlich das Einzige, was diesen Sommer auf meiner Liste steht.«

»Du weißt schon, dass der Sommer fast vorbei ist?«

Ich höre nicht mehr, was sie sonst noch sagen. Ich schließe die Küchentür und damit auch die beiden aus meinem Leben aus.

Ich wusste, dass Tobin zu gut ist, um wahr zu sein. Maggie hat nicht übertrieben, was seinen Charme betrifft. Er hat mich in seinen Bann gezogen, obwohl ich mich dagegen gewehrt habe, nur damit ich herausfinde, dass meine Zweifel an seinen freundschaftlichen Absichten berechtigt waren.

Maggie ist fast noch schlimmer. Hinter meinem Rücken bequatscht sie Typen, dass sie mich küssen sollen. Erst Felix, jetzt Tobin. Wer weiß, wen sonst noch. Alles nur, weil sie nicht glauben will, dass der Kuss zwischen Isaac und mir uns beiden Unglück gebracht hat.

Die fehlenden Seiten im Buch des Glücks sind nicht bloß ein Versehen. Nie im Leben. Und Maggie, Tobin und alle, die immer noch so blöd sind, in dieser Kusszeit einen Kuss von mir zu wollen, kann ich mir nur vom Hals schaffen, wenn ich beweisen kann, dass ich recht habe.

Tante Jenna hat mir erzählt, dass im Buch des Glücks alles steht, was ich brauche, um den Fluch zu brechen. Unschwer zu erkennen sind Namen und wichtige Ereignisse im

Leben derjenigen, deren Glück sich eingestellt hat. Doch jemanden zu finden, der sich vielleicht noch daran entsinnen kann, wie sich die Holloway-Magie gegen jemanden gewendet hat, ist nahezu unmöglich. Eine Geschichte folgt der anderen, in der die Magie tut, was sie soll. Kein einziges Anzeichen davon, dass es vor mir und Isaac schon einmal in die Hose gegangen ist.

Die meisten, die die Kusszeit in jüngerer Zeit miterlebt haben, sind aus Talus weggezogen, damit das Glück mehr Möglichkeiten hat, sich zu manifestieren. Und die Leute vor den 1930ern sind entweder tot oder zu alt, um sich an etwas Brauchbares zu erinnern.

Die fehlenden Seiten im Buch des Glücks – die unbekannten Holloway-Mädchen, über deren Kusszeit und deren Folgen man nichts weiß – könnten der Schlüssel sein, um Isaacs Pechsträhne zu beenden.

Ich schleppe das Buch des Glücks zum Friedhof von Talus, um die Namen darin mit den Grabsteinen abzugleichen. Ich brauche nur einen Namen, der mich auf die richtige Fährte bringt. Einen, der belegt, dass ich nicht das einzige Holloway-Mädchen bin, das die falsche Person geküsst und Unglück statt Glück gebracht hat.

Nur, weil jemand beschlossen hat, dass man diese Schicksale nicht für die Nachwelt erhalten muss, heißt das nicht, dass es keine Hinweise mehr darauf gibt. Sie haben Spuren hinterlassen – in der Welt und im Buch. Ich muss nur offenlegen, was sich tatsächlich unter der Oberfläche der verbleibenden Seiten verbirgt.

Es ist ein letzter, verzweifelter Versuch.

Alles, was ich bis jetzt unternommen habe, ist gescheitert.

Ich muss einfach so lange suchen, bis ich etwas entdeckt habe, das mir weiterhilft.

Auf dem gesamten Friedhof spüre ich nur drei Namen auf, die mit Einträgen im Buch des Glücks übereinstimmen. Aber weder auf den Grabsteinen noch bei meinen Google-Recherchen stoße ich auf etwas, das von dem glücklichen Leben abweicht, das der Kuss eines Holloway-Mädchens verheißt.

Gerade als ich das Buch des Glücks wieder in meine Tasche stopfen und gehen will, bemerke ich eine Frau, die mit ihrem Handy ein paar Fotos von einem Grabstein macht. Dann legt sie ein Blatt Papier auf den abgewetzten Stein und reibt mit einem Kohlestift in gleichmäßigen Strichen darüber. Die Namen auf den Gräbern sind so gut wie verschwunden. Genau wie die Namen auf den herausgerissenen Seiten im Buch des Glücks. Aber das, was durch den Abrieb zum Vorschein kommt, bringt mich auf eine Idee.

Sobald ich daheim bin, nehme ich mir die erste fehlende Seite vor und lege an dieser Stelle ein leeres Blatt Papier ein, in der Hoffnung, so einen Abdruck der Originalseite sichtbar machen zu können. Das Blatt halte ich oben mit den Fingern fest und drücke mit Daumen und Handballen das Buch flach. Der Einband knirscht unter meinem Druck, aber bricht nicht. Dann werde ich wie im Film zur Superspürnase und reibe mit einem Bleistift über das Papier, damit sich das abzeichnet, was darunter womöglich verborgen liegt. In den meisten Fällen drückt sich nur das durch, was auf der intakten Seite darunter geschrieben steht. Aber unter den bekannten Wörtern ist ein neues:

Falsch

Ich schraffiere weiter bis ganz nach unten. Es erscheinen keine weiteren Wörter. Die nächsten beiden Seiten liefern ähnliche Ergebnisse: *verletzt* und *gebrochen* und *küssen*.

Das ist zwar nicht gerade hilfreich, aber es stützt zumindest meine Theorie darüber, warum die Seiten entfernt wurden.

Etwas Schlimmes muss passiert sein.

Auf der vierten Seite werde ich jedoch fündig. Ein Name.

Chastain

Ich hatte schon fast aufgegeben, eine Lösung für Isaacs Unglück zu finden. Meine Hoffnung war so gut wie erloschen. Dieser Name aber ist ein neuer Funke, der in mir entfacht wird. Vielleicht, nur vielleicht, liegt die Aufhebung des Fluchs nun in Reichweite.

21

Ich kann nicht mit leeren Händen beim Lookout Bed & Breakfast aufkreuzen. Nicht, wenn ich Mrs. Chastain dazu bringen will, mir zu erzählen, was sie möglicherweise über den Namen im Buch des Glücks weiß. Also verbringe ich den Vormittag damit, Zitronentee-Kekse aus Moms Familienrezept-Fundus zu backen. Sie waren auf dem Weihnachtsplätzchen-Basar in der Grundschule immer als Erstes weg. Keiner kann ihnen widerstehen.

Der Doppelknüller aus saurer Zitrone und Zucker in den zart schmelzenden Keksen mit einer halbzentimeterdicken Glasur macht süchtig. Wenn man einen gegessen hat, will man mindestens drei weitere. Und das jedes Mal wieder. Und da Mom das Rezept nur Familienmitgliedern verrät, ist ein ganzes Blech abzustauben, das höchste der Gefühle, auf das die Leute in der Stadt hoffen können.

Ich packe die Kekse in eine der Schachteln von Wild Flour, sodass die Stapel hellgelber Kringel durch die durchsichtige Folie im Deckel sichtbar sind. Für eine Bestechung macht das ziemlich was her. Hoffen wir, dass Mrs. Chastain irgendetwas Hilfreiches über den Namen weiß, den ich gefunden habe.

Da sie mich nicht erwartet, bringe ich zehn Minuten damit zu, auf dem Gelände des Bed & Breakfast umherzuirren, bevor ich sie in dem kleinen Gemüsegarten neben dem Haus erspähe. Unkraut überwuchert die eingezäunte Fläche. Oder vielleicht sind es Kräuter, die zu mickrig zum Pflücken sind. Ich rufe nach Mrs. Chastain, damit sie nicht erschrickt und den Hang hinabkullert. Das würde zu meinem Glück passen. Ihr Kopf schnellt herum und die breite Krempe ihres braunen Huts schlappt ihr über die Augen. Sie streckt einen Arm aus, um sich auszubalancieren, erhebt sich von den Knien und mustert mich nachdenklich.

»Habe ich eine Bestellung vergessen?«, fragt sie.

»Nein, Mrs. Chastain.« Ich laufe zu ihr, während sie sich bückt, um einen Korb mit Tomaten hochzuheben. »Ich hatte gehofft, Sie hätten ein paar Minuten Zeit, um sich mit mir zu unterhalten. Ich habe Ihnen ein paar Zitronenkekse mitgebracht.«

»Ach, das ist aber lieb.« Sie bietet mir die Tomaten im Austausch gegen die Kekse an. Bestechung angenommen. Gut. »Ich könnte sowieso eine Pause gebrauchen. Ich mache mich frisch und dann trinken wir einen Tee zu den Keksen. Was hältst du davon?«

»Klingt gut. Danke.«

Mrs. Chastain führt mich durch den Nebeneingang ins Haus. Die Küche ist dunkel und ruhig. Der Koch fürs Abendessen beginnt erst am frühen Nachmittag mit den Vorbereitungen, sodass Mrs. Chastain den größten Teil des Tages die Küche für sich hat. Sie stellt die Keksschachtel auf die Arbeitsplatte und bedeutet mir, dasselbe mit dem Korb zu machen. Dann schrubbt sie sich in der Spüle den Schmutz von den Händen.

Die Fragen brennen mir unter den Nägeln, sodass ich gern auf die üblichen Nettigkeiten verzichtet hätte. Aber ich halte mich zurück. Es steht zu viel auf dem Spiel, als dass ich es mir verscherzen könnte, weil ich mich nicht benehmen kann. Und so muss ich mich wohl gedulden.

Zuerst wäscht sie sich die Hände, dann richtet sie die Kekse an und schließlich ist es Zeit für den Tee. Mrs. Chastain benutzt einen elektrischen Wasserkocher, was sicher für einige Gäste die urige Atmosphäre des Bed & Breakfast zerstört, die sich eine kleine alte Dame vorstellen, die mit einem antiquierten Metallteekessel hantiert, der gemächlich auf dem Herd blubbert. Als das Wasser fertig und der Tee aufgegossen ist, trage ich die Kanne zu einem der Zweiertische im Esszimmer, auf den Mrs. Chastain Tassen und Keksteller drapiert hat.

Ich warte, bis sie sich den zweiten Keks nimmt, bevor ich ihr den Grund für meinen Besuch verrate. »Ich bin in Zusammenhang mit einer Kusszeit auf den Namen Chastain gestoßen. Das muss so zu der Zeit gewesen sein, als meine Oma noch jung war. Und als ich letztes Mal hier war, haben Sie erwähnt, Sie hatten gehofft, dass meine Mom Ihren Sohn küsst und ihm Glück bringt. Also dachte ich, Sie wissen vielleicht, ob jemand anders aus Ihrer Familie von einer Holloway geküsst wurde? Jemand von den Chastains?« Es ist unwahrscheinlich, dass sie die schmutzigen Details aus dem Leben ihrer Schwiegerfamilie kennt, aber das ist alles, was ich habe.

Sie pustet auf ihren Tee, während Dampf aus der Tasse aufsteigt. »Ich fürchte nicht. Der ältere Bruder meines Johnnys, Beau, war bereits verheiratet, als deine Großmutter und deine Großtante ihre Kusszeit begingen.«

»Und Sie haben nie …?«

»Gott bewahre. Ich wusste schon mit neun, dass ich Johnny heiraten will. Obwohl er etwas länger für diese Erkenntnis gebraucht hat, hat er die Holloway-Schwestern nie eines Blickes gewürdigt. Nicht ein einziges Mal.«

Ich klammere mich an die hölzernen Klauen, die in das Ende der Armlehnen meines Stuhls geschnitzt sind, und erkundige mich: »Und Sie haben nichts von irgendwelchen Cousins, Cousinen, Onkeln oder Tanten gehört, die jemanden aus meiner Familie geküsst haben und dann vom Pech getroffen wurden?«

»Nichts dergleichen, Kindchen.« Mrs. Chastain stellt die Tasse zurück auf die Untertasse. Das leichte Zittern in ihrer

Hand lässt das Porzellan scheppern. Sie legt die Finger auf den Henkel, um das Geräusch zu dämpfen, und fügt hinzu: »Aber wenn ich so darüber nachdenke, verbrachte Johnnys Cousine Lilly einen Sommer bei seiner Familie, als sie noch jung waren. Ich hatte gehofft, sie würde sich mit mir anfreunden, weil ich nur ein paar Jahre älter war als sie. Doch sie hing die ganze Zeit Ada und Edith Holloway an den Fersen, als wären sie ein Weltwunder.«

»Ist ihr in diesem Sommer etwas zugestoßen?«

»Lilly wurde von einer Biene gestochen, wenn ich mich recht entsinne. Es stellte sich heraus, dass sie allergisch ist, was keiner bis dahin gewusst hatte. Sie war ein paar Tage im Krankenhaus und dann holte ihr Vater sie nach Hause. Danach kam sie nie wieder zu Besuch.«

»Ist sie …?« Wie fragt man, ob jemand gestorben ist oder nicht, wenn der Fluch deiner Familie vielleicht der Grund dafür war? »Ging es ihr danach wieder gut? Oder ist ihr noch mehr passiert?«

»Eine Weile hatte sie ganz schön zu kämpfen, aber danach ging es bergauf. Jetzt, wo mein Johnny nicht mehr da ist, höre ich nicht mehr viel von ihr, aber sie schickt jedes Jahr zu Weihnachten eine Karte. Obwohl sie fast gestorben wäre, erinnert sie sich gern an Talus und ihre Zeit hier. Das schreibt sie auf jeder Karte, selbst nach all den Jahren.«

Nicht gerade die Reaktion, die ich von jemandem erwartet hätte, der von einem Fluch getroffen wurde. Aber es ist ein Anfang. Es gibt jedenfalls nur einen Weg, herauszubekommen, ob Lilly Chastains Name in dem Buch stand und warum die Seite entfernt wurde.

»Würden Sie mir ihre Kontaktdaten geben? Ich habe ein paar Fragen an sie über meine Oma und Tante Edith. Und es ist wahrscheinlich besser, wenn ich sie ihr direkt stelle, als wenn ich Sie bemühen muss.«

»Natürlich. Ich habe sie in meiner Wohnung. Gib mir ein paar Minuten und ich suche sie für dich.« Mrs. Chastain schiebt ihren Stuhl zurück, erhebt sich und schlurft durch das Esszimmer in den Teil des Haupthauses, in dem sie lebt.

Während sie weg ist, picke ich an meinem Keks herum, bis nur noch ein Häufchen Krümel mit Zuckerguss übrig bleibt. Reine Verschwendung. Aber so aufgewühlt, wie mein Magen gerade ist, kommt mir wahrscheinlich mehr als nur der brühend heiße Tee wieder hoch. Ich muss es nicht unbedingt darauf anlegen.

Als Mrs. Chastain zurückkommt, nehme ich ein Blatt Papier mit dem Briefkopf vom Lookout Bed & Breakfast entgegen, auf dem in säuberlicher Schreibschrift die Adresse und die Telefonnummer vermerkt sind. Jetzt muss ich nur noch eine völlig Fremde fragen, ob es ihr Unglück gebracht hat, meine Großmutter oder Großtante zu küssen.

Und beten, dass sie mir darauf eine Antwort gibt.

Ich zügle meine Neugier, bis ich sicher den Berg hinuntergefahren bin, bevor ich Lillys Nummer wähle. Ich kann nicht riskieren, dass sie etwas sagt, was mich im wahrsten Sinne des Wortes über die Klippe schubst.

Ich finde einen Parkplatz in einer Straße in der Nähe der Haight Plaza, atme tief durch und wähle die Nummer, die mir Mrs. Chastain gegeben hat. Es klingelt und klingelt und klingelt. Keine Voicemail. Kein Old-School-Anrufbeantworter, wie ihn meine Großeltern hatten. Nur endloses Klingeln.

Wenn Lilly keine »moderne Errungenschaft« wie Voicemail hat, hat sie wohl auch keine Anruferkennung. Ich rufe noch fünf weitere Male an mit demselben enttäuschenden Ergebnis. Irgendwann muss sie ja mal rangehen, oder? Ich werde so lange anrufen, bis sie es tut. Bis dahin brauche ich Beistand.

Ich schicke Laurel eine Nachricht und frage, ob sie sich mit mir bei den Foodtrucks treffen will, und im Gegensatz zu Lilly bekomme ich fast postwendend eine Antwort.

Kann heute nicht. Muss arbeiten.

Na ja, das ist keine richtige Antwort – und definitiv nicht die erhoffte –, aber es ist besser als Schweigen.

Nach der Arbeit? Ich backe.

Verlockend. Muss morgen früh raus. Vielleicht am Wochenende?

Früh? Laurel schält sich im Sommer frühestens am Mittag aus dem Bett. Das bringt die Arbeit im Kino mit sich, weil die letzte Vorstellung erst nach Mitternacht zu Ende ist. Danach muss sie noch aufräumen, nach Hause fahren und vor dem Schlafengehen erst mal runterkommen. Eine Nachricht um zwei Uhr morgens ist bei Laurel daher Standard.

Bevor ich zurückschreiben kann, um sie zu fragen, was sie zu dieser unchristlichen Zeit auf die Straße treibt, entdecke ich sie auf der anderen Seite des Foodtruck-Platzes mit dem Rucksack über einem Shirt, das rein gar nichts mit ihrer Arbeit zu tun hat. Ich werfe mein Handy auf den Beifahrersitz. Wenn ich nicht nachhake, kann sie sich nicht weiter in Lügen verstricken.

22

Am nächsten Morgen muss ich auf dem Weg aus dem Haus einer kopflosen Maus auf der Türschwelle ausweichen. Da um das, was von ihrem Hals übrig ist, kein Geschenkband gebunden ist, muss ich annehmen, dass sie ein Liebesbeweis von Iggy ist und nicht von einem von Isaacs Freunden. Oder noch schlimmer, von einem der unbelehrbaren Jungs, die noch immer auf das Holloway-Glück aus sind. Allerdings ist der Kater nirgendwo zu sehen, weshalb ich mir da nicht sicher sein kann. Mit Ausnahme der Emaille-Anstecknadel von Felix sind die Geschenke, die die Jungs aus der Stadt diesen Sommer für mich hinterlassen haben, deutlich weniger romantisch als die für Maggie im letzten Jahr. Wie die halb leere Flasche Parfüm, die wie ein stickiger Blumenladen gerochen hat. Oder der Junge, der sich meinen Namen und ein schiefes Herz auf den Hinterkopf einrasiert hat.

Eine tote Maus ist also nicht abwegig. *Ich Glückspilz.*

Die ersten Töne einer traurigen Melodie erklingen auf

einer Akustikgitarre. Ich blicke zu Tobins offenem Fenster hinüber, als ich einen der Songs auf meiner Playlist erkenne. Der Text entfaltet sich in meinem Kopf, und ich würde gern wissen, ob Tobin dasselbe empfindet. Ob wir dieselbe Anziehungskraft verspüren.

Nach unserem Beinahe-Kuss an der Feuerstelle habe ich mich gefragt, ob die Playlist von Tobin stammt. Aber das müsste er mir nicht verschweigen. Er hat ja bereits klargemacht, dass er mich küssen will, also bringt es nichts, wenn er mir etwas schenkt, für das ich mich nicht einmal bedanken kann.

Ich wende mich ab und schiebe den schlaffen Mäusekörper mit der Spitze meines Schuhs über die Kante der Schwelle. Er plumpst in das Gewirr aus Efeu, der über das Blumenbeet vorm Haus kriecht. Ein schwarz-roter Blutfleck bleibt auf der Fußmatte zurück. Ich überlege, ob ich nach oben gehe und das Parfüm hole, um den Verwesungsgestank zu übertünchen. Aber dann riecht es vor der Eingangstür wahrscheinlich noch ekliger.

Die blöde Maus geht mir nicht aus dem Sinn, als ich zu Bold Rock fahre. Dort springe ich noch einen Tag ein, weil Dad das Klettercamp leitet. Es gelingt mir beinahe, mir einzureden, dass es bloß der Kater war. Ich meine, wenn einer der Jungs die Maus dort hingelegt hätte, hätte er einen Zettel dazugetan oder wäre dagebleiben, um meine Reaktion zu beobachten. Er hätte sich dafür feiern lassen. Nicht von mir, sondern von seinen Freunden. Um zu beweisen, dass ihm die Aussicht auf Glück am Arsch vorbeigeht.

Jede Nacht habe ich gebetet, dass sich wie von Zauberhand ein Weg auftun möge, den Fluch zu brechen.

Aber das Universum genießt es zu sehr, mich leiden zu lassen, als dass es dem einfach so ein Ende setzt.

Scheiß auf dich, Universum.

Scheiß auf dich, Remy, erwidert das Universum. Aber das Universum sagt es sehr viel eleganter. Nämlich dadurch, dass Dad meinen Tag kaputtmacht, sobald ich den Laden betrete.

»Schnapp dir eine Ausrüstung, Kid. Du hilfst mir heute Morgen beim Unterricht.« Er legt einen muskulösen Arm um meine Schultern und dreht mich in Richtung Lager, wo wir die Leihausrüstung aufbewahren.

Nö. Das kann er knicken.

Ich versuche, mich aus seinem Griff zu befreien, und setze ein neckisches Lächeln auf, als ich seinem Blick begegne. »Helfen heißt, den Jeep beladen und dann hier die Stellung halten, während du weg bist, stimmt's?«

Er schüttelt ungerührt den Kopf. »Du kommst mit mir mit. Unterstützt mich beim Sichern. Ermutigst die Kids beim Klettern und gibst ihnen Tipps zur Technik. Es ist ein Anfängerkurs und die meisten sind in deinem Alter. Ich denke, einige können von deiner Anwesenheit profitieren.«

Er muss den Verstand verloren haben. Anders kann ich es mir nicht erklären.

»Genau aus diesem Grund bleibe ich lieber hier. Und halte mich von anderen fern. Davon profitieren sie mehr.« Möglichkeiten der Begegnung einzuschränken, ist eine Sache: Ich kann die Flirtversuche während der Kusszeit abwehren und die Jungs in ihre Schranken weisen, bevor etwas Schlimmes passiert. Aber wenn sie an meinem Seil hängen, wird das viel schwieriger. Die andere Sache ist, dass sich der Fluch nicht aufhalten lässt, nur weil sie sich fünf-zehn Meter über mir an eine Felswand klammern. Fällt das nicht schon unter Gefährdungshaftung?

Aber mein Dad scheint die Probleme, die meine Anwe-senheit möglicherweise mit sich bringt, nicht auf dem Schirm zu haben. Er sieht mich stirnrunzelnd an. »Das ist keine Bitte.«

»Echt jetzt, Dad, das ist wirklich keine gute Idee. Nimm Zach mit. Ich kann den Laden ein paar Stunden lang allein führen. Bitte?«

Er hebt mein Kinn, sodass ich ihm in die Augen sehen muss, was ich bisher tunlichst vermieden habe. »Du kannst dich nicht ewig vor deinen Freunden verstecken, Remy.«

Süß, dass er denkt, ich hätte noch Freunde. Völlig irre, aber süß. In dieser Hinsicht ist Maggie genauso wie er. Beide können Dinge, die sie nicht wahrhaben wollen, kom-plett ausblenden, als würden sie verschwinden, wenn man sie nur lange genug ignoriert. Aber wenn das wirklich funktionieren würde, hätte sich schon die halbe Stadt in Luft aufgelöst, weil ich ihr so gar keine Beachtung schenke.

»Falls du es noch nicht bemerkt hast, ich bin in letzter Zeit eher eine Außenseiterin.« Ich zucke mit den Schultern. Lächle. Tue so, als würde mich das nicht innerlich auffressen. »Und überhaupt. Ich verstecke mich nicht. Die einzigen Leute, die mich in ihrer Nähe haben wollen, sind du und Mom, und das hauptsächlich, damit ihr mich im Auge behalten könnt.« Obwohl mir da auch Tobin und Juliet einfallen, die sich unbedingt mit mir anfreunden wollen.

»Du wirst nie über das wegkommen, was geschehen ist, wenn du dir weiterhin von anderen die Schuld dafür in die Schuhe schieben lässt. Also muss ich dich dazu zwingen, dich den Tatsachen zu stellen.« Dad wartet die Antwort nicht ab.

Und selbst wenn, wüsste ich nicht, wie ich ihn umstimmen könnte.

Während der Fahrt auf den Berg reden wir nicht miteinander. Dad tut wieder so, als wäre nichts, und ich habe die Hand am Türgriff, bereit, mich aus diesem Albtraum zu verdrücken. Abgesehen davon, dass ich angeschnallt bin. Und ganz zu schweigen davon, dass Dad, wenn ich wirklich springe, wahrscheinlich ausflippt und den Jeep herumreißt, damit ich nicht herausfalle, sodass wir beide den

Hang hinunterstürzen. Also umklammere ich den Griff, lege den Daumen auf die Entriegelung des Gurtschlosses und spiele in Gedanken einen ausgeklügelten Fluchtplan durch. In dem Szenario überleben wir beide meinen Sprung aus einem fahrenden Auto, und ich entkomme in den Wald, wo ich den Rest der Kusszeit damit zubringe, in Baumwipfeln zu schlafen und mit Vögeln sprechen zu lernen.

Okay, vielleicht habe ich es auch nicht so mit der Realität.

Wir haben die Fensterscheiben heruntergelassen, und das Stoffverdeck des Wranglers flattert gegen den Metallrahmen und den Überrollbügel, während der Wind hineinfährt. Mom jammert immer, dass wir kein praktisches Familienfahrzeug hätten. Aber ein Auto, in das wir alle vier problemlos hineinpassen, würde nur einen Blick auf die steinige Schotterpiste werfen, die zum Firelight Point führt, und dann stehen bleiben, bevor die Reifen überhaupt den Asphalt verlassen haben.

Es ist nicht einmal wirklich eine Schotterpiste. Eher ein extrabreiter Wanderweg, den manche mit dem Auto befahren. Und wenn man einmal darauf einbiegt, muss man durch. Auf der einen Seite ist die Bergwand, auf der anderen die Schlucht. Es gibt keine Möglichkeit zum Wenden, falls man es sich anders überlegt.

Wir kriechen über kleine Felsbrocken, die aus dem rotbraunen Matsch ragen, durchqueren spritzend Schlammpfützen und zentimetertiefe Rinnsale, die die Straße überspülen. Die Stoßdämpfer des Jeeps bringen gar nichts, sodass wir auf den Sitzen hin und her geschleudert werden. Dad stimmt ein schiefes *Aaaaaaaah* an, seine Stimme vibriert und prallt von den Felswänden ab. Er lässt die Straße kurz aus den Augen, lächelt mich an und ich falle in das *Aaaaaaaah* ein. Zufrieden konzentriert sich Dad wieder auf das, was auf der anderen Seite der Windschutzscheibe liegt. Wir singen, bis uns die Puste ausgeht. Zuerst meine, dann Dads. Wir lachen beide gleichzeitig los und die unbehagliche Stille der letzten zwanzig Minuten ist wie weggeblasen.

»Es gibt keinen Grund, nervös zu sein. Du wirst deine Sache heute gut machen. Es ist genau wie Fahrradfahren.« Er grinst mich an, als er auf dem Schotterparkplatz zum Stehen kommt.

»Klar. Bloß ohne Räder und Boden«, entgegne ich. Dieses Unterfangen kann auf tausend verschiedene Arten scheitern, doch ich muss darauf vertrauen, dass Dad weiß, was er tut. Er würde niemanden absichtlich in Gefahr bringen. Schon gar nicht mich.

Vom Gipfel des Berges bietet sich ein Blick auf die üppigen Baumkronen und den tiefblauen Himmel. Eine sechzig Zentimeter hohe Steinmauer ist alles, was den Parkplatz von dem steilen Abhang trennt, der zum Klettergebiet dreißig Meter tiefer führt.

Ein halbes Dutzend anderer Geländewagen und Trucks

sind bereits da. Dem Anschein nach sind alle, die sich auf dem unbefestigten Parkplatz tummeln, männlich. Allesamt erstklassige Kandidaten für einen Kuss von mir während meiner Kusszeit.

Scheiße, das kann doch nicht wahr sein.

Dad hat mich nicht ernsthaft hierhergeschleppt, weil der Jungsanteil im Vergleich zu mir so hoch ist. Es muss eine andere Erklärung geben.

»Bitte sag mir, dass ich nicht wegen der Kusszeit hier bin.« Ich umfasse den Gurt und will ihn mit einem Ruck lösen. Er blockiert. Dad sieht mit sorgenvoller Miene zu mir herüber. Ich lasse den Gurt los und versuche es noch einmal, aber langsamer. Mit einer erzwungenen Ruhe, die ich nicht wirklich verspüre.

»Sorry, Kid, aber du hast dein Leben zu lange von dem bestimmen lassen, was mit Isaac passiert ist. Die Schule beginnt nächste Woche. Ich möchte, dass du einen Weg findest, die Sache hinter dir zu lassen, und da du das nicht von allein tust, musste ich dir einen väterlichen Schubs geben.«

»Das ist kein Schubs. Das ist ein Überfall.« Meine Stimme zittert.

»Nenn es, wie du willst. Das ändert nichts an meiner Meinung.« Und damit lässt mich Dad auf dem Beifahrersitz zurück, denn er weiß ja, dass ich irgendwann aussteigen muss.

Wenn ich das nächste Mal eine kopflose Maus vor meiner Haustür finde, lege ich mich wieder ins Bett.

Weil das jetzt keine Option mehr ist, reiße ich die Tür des Jeeps auf und laufe zu Dad, der hinten am Anhänger steht. Er wirft mir die Schlüssel zu, damit ich die schwere Tür öffnen kann. Ich benutze sie als Schutzschild und sortiere dahinter die Gurte und Seile, während Dad einen schrillen Pfiff ausstößt, der das Geschnatter auf dem Parkplatz übertönt. Zu meiner Überraschung entdecke ich Juliet und Laurel unter den Kletterwilligen. Sie recken den Hals, um einen Blick auf mich hinter der Anhängertür zu erhaschen. Das ist eine interessante Wendung der Ereignisse. Hat Laurel mich wie Luft behandelt, weil sie in Juliet verliebt ist und Angst hat, dass ich ihr die Tour ebenso vermassele wie bei Maggie?

Ich erkenne auch einige der anderen, darunter Ed, den Enkel von Mrs. Chastain aus dem Bed & Breakfast, und Gideon, der in der Apothecary arbeitet und mir Anfang des Sommers die Kristalle verkauft hat. Die anderen sind mir nicht namentlich bekannt. Dad begrüßt alle reihum und ordnet den Gesichtern die Namen auf der Anmeldeliste zu. Er sorgt für maximale Heiterkeit, als er Juliets Namen so sagt, als würden sie sich schon seit Langem kennen und hätten sich ewig nicht gesehen.

Ich luge hinter der Anhängertür hervor. Alle Umstehenden wissen, dass ich heute mit Dad am Start bin. Ein paar der Jungs lächeln und ihre Augen glänzen vor Verlangen. Ed zeigt trotz der Hoffnungen seiner Großmutter kein Interesse an mir. Und es tut mir fast schon leid, dass Mrs. Chastain wieder einmal von der Kusszeit enttäuscht werden wird.

Ich atme tief durch und versuche, den nervösen Klumpen in meinem Magen kleinzukriegen.

Es könnte schlimmer sein. Ich könnte bei einem Kurs aushelfen müssen, an dem nicht meine zwei einzigen Freundinnen teilnehmen.

Juliet rückt ihre Sonnenbrille zurecht, während sie und Laurel auf mich zugehen. Ihr Haar löst sich bereits aus dem Zopf, den meine Schwester ihr wahrscheinlich beim Frühstück geflochten hat, und sie schiebt die Strähnen zurück an ihren Platz. Laurel hat ihre übliche Jeans und das schlabbrige T-Shirt gegen eine schwarze Sporthose und ein eng anliegendes Tanktop getauscht. Ihre leichenhafte Blässe könnte definitiv ein wenig Sonne gebrauchen. Aber sie ist nicht wegen ihrer Liebe zur Natur in diesem Kurs, sondern um ihre Konkurrenz bei Maggie auszuchecken.

Oder vielleicht haben die beiden Maggie links liegen lassen und sind jetzt stattdessen ein Paar. Obwohl ich nicht glaube, dass Juliet meine Schwester einfach so aufgibt.

Juliet löst sich von Laurel, als die stehen bleibt, um sich mit ein paar von den Jungs zu unterhalten. Ich versuche, es nicht persönlich zu nehmen, dass mir Laurel offensichtlich nicht nur am Telefon die kalte Schulter zeigt. »Bitte erschlag mich nicht, weil ich deinen Vater gebeten habe, dich heute mitzunehmen«, fleht Juliet.

Also haben sie sich gegen mich verschworen. Das ergibt natürlich viel mehr Sinn, als dass Dad von sich aus beschlossen hat, mich den Wölfen zum Fraß vorzuwerfen. »Was machst du überhaupt hier?«, frage ich kaum hörbar. »Und was will Laurel bei dir?«

»Lustige Geschichte. Mom hat sich darüber aufgeregt, wie viel Zeit Maggie und ich miteinander verbringen. Da habe ich ihr erzählt, ich würde bei diesem Kurs mitmachen. Du weißt schon, einer, der voller Jungs ist, die wilde Jungssachen machen. Eigentlich war das nur als Ausrede gemeint, damit sie mich in Ruhe lässt und Maggie und ich uns unbehelligt treffen können. Ich hätte nicht gedacht, dass meine Mom sich bei deinem Vater erkundigt, ob das stimmt. Aber hat sie. Und hier bin ich nun. Eigentlich finde ich das auch gut so. Es war nur nicht Teil des Plans.«

»Was ist mit Laurel?«, bohre ich weiter.

»Sie hat mitbekommen, wie ich Maggie überreden wollte, beim Kurs mitzumachen, und hat sich dann selbst eingeladen. Ich hätte eigentlich gedacht, dass sie abspringt, als Maggie gesagt hat, wir sollen uns ohne sie vergnügen.«

»Sie hofft, dass Maggie mehr als nur eine Freundin in ihr sieht.«

Juliet schielt über ihre Schulter, um sich zu vergewissern, dass Laurel noch außer Hörweite ist. »Nein, sie hofft,

dass Maggie sie küsst. Und dann nicht mehr damit aufhört.«

»Und das stört dich nicht?«, will ich wissen.

»Ich kann es ihr nicht verübeln, dass sie sich zu deiner
Schwester hingezogen fühlt. Aber wenn sie hier oben bei
mir ist, lebt sie nicht irgendwo mit Maggie ihre Gefühle
aus.«

»Da ist was dran.« Ich sollte dankbar sein, dass Isaacs
Freunde nicht hier sind und sich über meine Anwesenheit
aufregen. Und dass Tobin seine Schwester nicht begleitet
hat. Sehr schlau von ihm, Abstand zu halten. Trotzdem
kann ich nicht umhin zu fragen: »Tobin konntest du wohl
nicht für den Kurs begeistern?«

»Oh, er hat einen Teilzeitjob in dem Secondhand-Musikladen neben Bold Rock angenommen. Komisch, dass du
ihn noch nie dort gesehen hast.«

»Ich habe nicht nach ihm Ausschau gehalten«, erwidere
ich. Oder besser gesagt, ich habe den persönlichen Kontakt
zu ihm absichtlich auf ein Minimum beschränkt, damit
ich ihn nicht noch sympathischer finde als ohnehin schon.

»Dann solltest du vielleicht mal damit anfangen.«

»Und du solltest dich vielleicht mal um deinen eigenen
Kram kümmern«, sage ich lachend und schubse sie sanft
zurück zu den anderen.

Dad pfeift wieder und winkt die Nachzügler herbei. Ich
ignoriere sie geflissentlich und stelle mich neben ihn.

266

»Okay, Leute. Wer ist bereit?«, fragt Dad.

Die Gruppe ruft ein gemeinschaftliches »Juhuu!«.

Dad schickt alle den Pfad hinunter zum Fuß der Felswand, an der sie klettern sollen, während er und ich überprüfen, ob die Bohrhaken, die bereits im Felsen sind, noch festsitzen. Normalerweise würde er die anderen Kids dabei zuschauen lassen, damit sie etwas lernen, aber anscheinend sehe ich so nervös aus, dass er einen Moment mit mir allein sein will.

Er drückt meine Schulter und schenkt mir ein unverhohlen mitleidiges Lächeln. Wenigstens bekommt es außer mir keiner mit. »Du schaffst das schon«, ermuntert er mich.

Er gibt mir eine Chance, es zu beweisen. Ihm. Und mir. Gott, ich hoffe bloß, ich enttäusche keinen von uns beiden.

23

Dad klettert zuerst nach oben, um das Toprope mit einer Schlinge und einem Karabiner am Bohrhaken zu befestigen. Dann bin ich an der Reihe und demonstriere einen Klettergang, damit die anderen wissen, wie es geht. Ich atme tief durch und richte den Blick nach vorn. Nachdem ich meine Hände mit Magnesium aus meiner Hüfttasche bestäubt habe, mache ich meinen ersten Schritt. Ich bin zittrig und langsam, aber Dad tut so, als wäre meine Nervosität Teil der Lektion.

»Es geht hier nicht um Schnelligkeit. Seht ihr, wie sich Remy Zeit lässt und nach den richtigen Griffen und Tritten sucht? So müsst ihr es auch machen, wenn ihr dran seid. Und denkt daran, wenn ihr abrutscht, nehmt euch eine Minute, um euch zu sammeln, bevor ihr weiter aufsteigt. Remy und ich sichern euch, sodass ihr nicht abstürzen könnt.« Er pfeift mir zu, und ich setze mich in den Gurt, sodass Dad nun mein Gewicht durch das Seil hält. »Wie wär's, wenn du dich mal fallen lässt, Kid?«

»Klar doch.« Ich setze meinen Fuß wieder auf den kleinen Vorsprung, ziehe den anderen Fuß nach und hole Luft. Dann stoße ich mich von der Wand ab und lasse Arme und Beine in der Luft baumeln. Dad stoppt meinen Fall augenblicklich. Ich lege den Kopf in den Nacken und grinse den Himmel an. Es ist wie ein Rausch, das Seil – und meine Ängste – mit einem Mal loszulassen. Er gibt mir zehn Sekunden, bevor er wieder pfeift, und ich suche mir einen Felsvorsprung, der meinem rechten Fuß gerade genug Halt gibt, um den Aufstieg fortzusetzen.

Nach dieser Übung klettern alle einzeln. Ich bin fürs Sichern zuständig und konzentriere mich daher auf die Person, die gerade klettert, und nicht auf die Leute, die unten neben mir stehen. Juliet und Laurel wollen mich in ein Gespräch verwickeln, aber weil ich nur einsilbig antworte, geben sie es nach ein paar Minuten auf und überlassen mich meiner Aufgabe. Beim Kletterwechsel fluche ich ein paarmal und löse die Verspannungen, die sich in meinem Nacken gebildet haben, weil ich so lange am Stück nach oben schauen muss. Als ich mich gesammelt habe, schiebt sich Gideon in mein Sichtfeld. Er rückt noch ein bisschen näher an mich heran und gibt vor, ebenfalls nach oben zu sehen.

Wahrscheinlich findet er es megaschlau, so zu tun, als wollte er einen besseren Blick auf den Fortschritt des Kletternden erhaschen, während mein Dad vom Boden aus auf mögliche Griffe und Tritte hinweist.

Ich merke, dass er sich auf feindliches Gebiet vorgewagt hat, als einer der anderen Jungs sagt: »Er hat einen Scheiß aus dem gelernt, was sie Isaac angetan hat.«

Ich mache mir nicht die Mühe, nachzusehen, wer gesprochen hat oder ob Gideon noch neben mir steht.

»Ey, selbst Maggie hat's geschnallt«, fügt ein anderer hinzu. »Ist dir aufgefallen, dass sie seitdem auch niemanden mehr geküsst hat?«

Der Erste stößt ein dröhnendes, schepperndes Lachen aus. »Tja, würdest du herumknutschen, wenn deine Schwester beim letzten Kuss einen Typen verflucht hat? Ich meine, was ist, wenn der Fluch auch auf Maggie abgefärbt hat? Das beschäftigt sie bestimmt.«

So entstehen Gerüchte. Und es spielt keine Rolle, dass weder die Magie noch das Glück so ticken. Wenn ich jetzt nicht dagegen vorgehe, wird es zu Schulbeginn nächste Woche als Tatsache die Runde machen. »Ich muss dich mal unterbrechen, weil du anscheinend nicht weißt, wie die Sache funktioniert. Maggies Kusszeit ist vorbei. Wenn sie niemanden küsst, dann, weil sie nicht will, nicht, weil sie auch verflucht wurde.«

»Stimmt das, Remy? Dass Maggie niemanden küsst?«, fragt Laurel, aber bevor ich mir überlegen kann, was ich darauf erwidere – nicht, dass ich die richtige Antwort kennen würde –, mischt sich Juliet ein.

»Hör nicht auf sie. Sie haben ja keine Ahnung.«

Laurels Blick kreuzt meinen, bevor sie sich abwendet und knallrot wird. »Also hat Maggie *doch* jemanden geküsst?«

Meine Hände schmerzen, weil ich das Sicherungsseil so fest umklammere, aber ich kann nicht loslassen, bis Ed, der über mir an der Wand hängt, seinen Abstieg beendet hat. Ich gebe Seil aus und konzentriere mich voll und ganz auf ihn. Dad und Ed sind die Einzigen, die sich nicht an der Unterhaltung beteiligen, und das auch bloß, weil Dad damit beschäftigt ist, Ed Anweisungen zu geben, und Ed damit beschäftigt ist, sie zu befolgen.

»Nein, hat sie nicht«, erwidert Juliet. »Aber das kann sich ändern.«

Gideon steht nur noch einen halben Meter von mir entfernt. Ich kann ihn nicht länger ignorieren. Er scharrt mit den Schuhen im Dreck und wirbelt Staub auf. »Maggie meint, du musst nur einen anderen küssen. Dass du nicht wirklich verflucht bist und der nächste Kuss das beweisen wird. Warum versuchst du's nicht?« Er spricht leise, um keine Aufmerksamkeit auf sich und sein Vorhaben zu lenken.

Ohne nachzudenken, drehe ich mich zu ihm um und lockere dabei meinen Griff am Seil. Ed stößt einen schrillen Schrei aus, als er zu schnell fällt. Dad stürzt auf mich zu, aber ich bekomme das Seil wieder unter Kontrolle und lasse Ed den Rest der Strecke langsam ab. Er lacht erleichtert und aus tiefstem Herzen, und Dad reibt sich mit der

Handfläche über die Brust, als hätte ich ihm gerade eins mit dem Elektroschocker verpasst. Sobald Eds Füße den Boden berühren, lasse ich das Seil fallen und gehe auf Gideon los. »Weil ich niemanden küssen *will*.«

»Nicht mal, wenn es den anderen das Maul stopft?«

Ich lasse den letzten Kuss zwischen Isaac und mir Revue passieren und spüre jedem Funken Magie nach, der mir in jenem Moment vielleicht entgangen ist. Aber falls sich sein Schicksal gewandelt hat, dann liegt es nicht an mir. Und falls der Fluch noch immer an ihm haftet, dann bin auch ich nicht frei davon. »Das bringt so nichts.«

»Hast du es denn probiert? Denn wenn du seit Isaac niemanden mehr geküsst hast, woher weißt du dann, dass es so ist?«

Ich öffne den Mund, aber es kommt keine Antwort heraus. Ich kann mir nicht sicher sein, ob Maggies Theorie richtig ist, solange ich sie nicht getestet habe. Und lieber küsse ich wahllos jemanden wie Gideon, als dass ich riskiere, Tobin zu küssen. Bevor ich es mir anders überlegen kann, beuge ich mich zu ihm und drücke meine Lippen auf seine.

»Okay, Leute«, unterbricht Dad, und ich mache einen Schritt zurück. Er sieht sich um, um durchzugehen, wer schon dran war. Das einzige Anzeichen dafür, dass er die Anspannung bemerkt, ist, dass sein Blick ein paar Sekunden länger an mir haften bleibt als an den anderen. »Wer ist der Nächste?«

Gideons Hand schießt nach oben, und er schiebt sich an mir vorbei, jetzt, wo er bekommen hat, was er will. »Ich mach's. Ich habe plötzlich das Gefühl, das Glück gepachtet zu haben.«

Das kann er nicht machen. Nicht, ohne hundertprozentig zu wissen, dass ich ihn nicht auch gerade verflucht habe. Aber als ich mich zu ihm drehe, nimmt er Ed das Seil ab und bindet es an seinem Gurt fest, als hätte er keinen Zweifel, dass der Kuss bei ihm gewirkt hat.

»Was machst du denn da?«, frage ich.

Jemand antwortet hüstelnd: »Ein Mädchen beeindrucken.«

Ihnen muss entgangen sein, dass ich ihn geküsst habe. Meine Schultern spannen sich an, auch wenn ich nichts darauf erwidere. Ich beschwöre Gideon: »Du kannst da nicht hoch. Ich bin mir ziemlich sicher, dass Klettern etwas ist, bei dem du verletzt werden kannst. Und das will ich nicht auch noch auf dem Gewissen haben.«

Gideon bleibt der Mund offen stehen, und er krallt seine Hand in das Shirt über seinem Bauch, als hätte ich ihm einen unerwarteten Schlag versetzt. »Tja ... dann musst du eben dafür sorgen, dass ich mir nicht das Genick breche.«

Dad klopft Gideon auf die Schulter, als wären sie alte Kumpels. »Keine Bange. Du und Remy, ihr müsst euch nur gegenseitig vertrauen.«

Mit dem Vertrauen habe ich gerade so meine Probleme,

aber ich nicke nur und bereite das Sicherungsgerät an meinem Gurt vor. Ich möchte Gideon so kurz vor dem Aufstieg keinen Grund geben, an sich zu zweifeln. Und da sich auch die anderen keine Sorgen zu machen scheinen, lasse ich den Dingen ihren Lauf. Ich habe keine Lust, ihnen einen weiteren Punkt auf der »Gründe, Remy zu hassen«-Liste zu liefern. Ich blende ihr Getuschel aus und atme tief ein, um meinen Kopf freizubekommen.

Nachdem sich Dad vergewissert hat, dass Gideons Gurt sicher ist und die von ihm geknüpften Knoten halten, überprüfen beide das Seil nach Dads strengen Kletterregeln. Niemand steigt auf, bevor er die Ausrüstung nicht selbst inspiziert hat. Beide nicken mir zu, um mir zu signalisieren, dass alles in Ordnung ist. Dann tritt Gideon an die Felswand und atmet hörbar aus, bevor er zu klettern beginnt. Er ist geschickter, als ich erwartet hatte. Bevor Dad überhaupt auf einen Griff hinweisen kann, hat Gideon schon seine Finger darauf.

Vielleicht hatte Maggie recht und das Pech beschränkt sich auf Isaac. Vielleicht wurden in dem Augenblick, als ich Gideon geküsst habe, meine Holloway-Magie und mein Glauben an die Kusszeit wiederhergestellt.

Zum ersten Mal seit Monaten erlaube ich mir den Gedanken, dass alles wieder gut wird.

»Super gemacht, Gideon!«, rufe ich und falle damit in den Chor der Anfeuerungsrufe um mich herum ein.

In dem Moment hält Gideon inne. Und anstatt sich in den Gurt zu setzen, damit er sein Gewicht trägt, lehnt Gideon sich gegen den Felsen. Von unten sieht es so aus, als würde er nach Luft ringen. Dad ruft ihm etwas zu und Gideon gibt uns ein Daumen-hoch-Zeichen. Doch dann lässt er den Arm sinken und schüttelt ihn, als ob er einen Krampf hätte. Nach weiteren zwanzig Sekunden langt er nach einem Griff über ihm, stützt sich dabei nur auf den Zehen seines linken Fußes ab und bekommt den Vorsprung mit den Fingern gerade so zu fassen, bevor sein rechter Fuß von der drei Zentimeter breiten Kante abrutscht und sein Bein wegsackt. Ich reiße meine Bremshand nach unten, damit das Seil nicht durchhängt, aber der Ausrutscher raubt ihm das Selbstvertrauen. Er krallt die Finger in das Gestein und sucht nach Halt, während er in der Luft strampelt und gegen den Felsen tritt, sodass Dreck nach unten rieselt.

»Häng dich ins Seil!«, ruft Dad. »Dir passiert nichts. Versprochen.« Er geht ein paar Schritte zur Seite, wo Gideon ihn sehen kann, wenn er nach unten schaut. Dann fragt er mich gerade so laut, dass nur ich es hören kann: »Alles klar, Kid?«

Dad mag behaupten, er glaube nicht an den Fluch, aber in diesem Moment sehe ich, wie die Wahrheit ihm Falten ins Gesicht zeichnet.

»Mir geht's gut.« Obwohl das Sicherungsgerät die meiste Arbeit leistet, umklammere ich das Seil fester, um meinem

Hirn vorzugaukeln, dass ich alles unter Kontrolle habe. Dass Gideon nicht wie Isaac zu Schaden kommt, solange ich alles tue, damit er in Sicherheit ist.

»Sag ihm, dass alles gut wird. Auf dich hört er, Remy.«

Auf mich zu hören, war das, was Gideon überhaupt erst aus dem Konzept gebracht hat. Aber auf Dad reagiert er nicht. »Ich halte dich, Gideon. Mach einfach, was mein Dad sagt, und dir geschieht nichts.«

Gideon sieht zu mir herab und beruhigt sich so weit, dass er seine Füße gegen die Felswand stützt und sich in den Gurt setzt. Er ist schwerelos/furchtlos/unbesiegbar, während er in der Luft schwebt.

Ein weiterer Schauer aus Erde und Gestein rieselt auf uns herab, während etwas Metallisches gegen den Felsen klirrt. »Dad, hast du das gehört?«

»Das sind nur die Karabiner an seinem Gurt, wenn er sich bewegt. Kein Grund zur Sorge.« Aber die Muskeln in Dads Gesicht sind ganz angespannt, als er lächelt.

Trotzdem hat er wahrscheinlich recht. Er verdient damit seinen Lebensunterhalt und daher sollte ich ihm vorbehaltlos glauben. Und das werde ich auch. Sobald Gideon wieder mit beiden Beinen fest auf der Erde steht. »Gideon, das war's für dich. Komm runter. Sofort«, fordere ich ihn auf.

Gideon rückt von der Wand ab und dreht sich so weit, dass er mich sehen kann. »Alles gut. Gib mir eine Minute, dann kann ich weitermachen.«

»Nö. Sorry. *Du* hast gesagt, ich soll dafür sorgen, dass du dir nicht das Genick brichst. Und das tue ich jetzt. Also beweg dich.«

»Okay. Wie du willst.«

Meine Hände schwitzen, als ich Seil ausgebe, damit er ein bisschen Spielraum hat. Gideon schubst sich von der Wand weg und seilt sich ein paar Meter ab. Sobald seine Füße den Felsen berühren, stößt er sich wieder und wieder ab. Als er etwa viereinhalb Meter vom Boden entfernt ist, löst sich irgendwo über ihm noch mehr Gestein.

Dann wird das Seil in meiner Hand schlaff.

Und Gideon fällt.

Er rudert wild mit den Armen und dreht sich dadurch gerade so weit, dass er mit der linken Körperhälfte auf den Boden knallt, nicht mit dem Kopf. Die Ankerschlinge und Haken, die aus dem Felsen gerissen wurden, landen neben ihm im Dreck.

Nicht schon *wieder*. Ich bin wie erstarrt, während ich das nutzlose Seil weiter umklammere.

»Gideon?« Sein Name schnürt mir die Kehle zu. *Geht es dir gut?* und *Es tut mir so leid* bringe ich nicht mehr heraus.

Dad eilt zu ihm, während die anderen sich links neben mich drängen und mir die Sicht auf Gideon versperren. Ihr Getuschel ist so laut, dass ich Bruchstücke davon aufschnappe. *Verletzt.* Und *verflucht.* Und *gefährlich.*

Gideon stöhnt und alle verstummen.

Ich lasse das Seil los und das Blut schießt in meine plötzlich befreiten Finger. Doch meine Kehle bleibt zugeschnürt. Das ist wohl auch egal, denn ich kann ohnehin nichts zu meiner Verteidigung vorbringen.

»Kommt schon, Leute. Geht mal ein bisschen beiseite«, sagt Dad.

Die Gruppe zerstreut sich, sammelt die Ausrüstung und ihre Habseligkeiten ein. Ich trete näher heran. Ich muss mich selbst davon überzeugen, dass es Gideon gut geht. Er liegt jetzt mit zusammengekniffenen Augen auf dem Rücken und presst den linken Arm an die Brust, die sich bei jedem Atemzug mühsam hebt.

Ohne Zuschauer untersucht Dad Gideons Handgelenk, das höchstwahrscheinlich gebrochen ist, und testet zur Sicherheit auch Schultern und Nacken, die scheinbar in Ordnung sind. Ich rufe mir die Momente vor Gideons Sturz noch einmal ins Gedächtnis und versuche, mich daran zu erinnern, ob ich das Seil zu locker gelassen habe oder ob es zu straff war und seine Bewegungen eingeschränkt oder Ankerschlinge und Haken aus dem Felsen gerissen hat. Vielleicht wäre Gideon gar nicht erst hochgeklettert, wenn er mir nicht hätte beweisen wollen, dass er es schafft.

Wie ich es auch drehe und wende, es ist meine Schuld.

Mein Kuss hat definitiv nichts Gutes bewirkt.

24

Nach diesem Desaster von einem Kletterkurs setzt mich Dad zu Hause ab und fährt direkt zum Arzt, um mit Gideons Mutter zu sprechen. Schadensbegrenzung. Mea culpa. Was auch immer nötig ist, um sie von einer Klage abzuhalten, weil ihr Sohn meinetwegen verunglückt ist.

Ich schließe mich in meinem Zimmer ein, stöpsle mir die Ohrhörer ein und höre meinen Lieblingssong von AFI in Dauerschleife, so laut, dass er alles außer meine Gedanken übertönt. Wenn ich wüsste, wie ich mein blödes Gehirn zum Schweigen bringen könnte, würde ich auch das tun. Aber wenigstens kann ich mich durch den Text auf etwas anderes konzentrieren. Er erinnert mich daran, dass ich mein Herz dem Falschen anvertraut habe und es durch seine Kaltherzigkeit in Stücke gerissen wurde.

Ich stelle mir vor, wie mir das Lied auch das winzigste bisschen Hoffnung auf ein Happy End austreibt. Wenn das geschafft ist, ist nichts mehr in mir übrig, was so etwas wie Liebe entfachen könnte.

Dann bin ich immun gegen jeden.

»Gegen jeden«, flüstere ich und denke an Tobin, als ob die Worte, wenn ich sie laut ausspreche, haften bleiben und mich den Teil von mir vergessen lassen, der ihn küssen möchte.

Es hätte ihn treffen können. Hätte ich Maggies Drängen früher nachgegeben und Tobin geküsst, wäre er jetzt derjenige, der verletzt worden wäre. Der finsterste Winkel meines Herzens ist dankbar, dass es stattdessen Gideon erwischt hat.

Kein Wunder, dass ich verflucht bin, so düster und gefühllos, wie mein Herz ist.

Meine Eltern klopfen fünfmal an meine Tür, aber ich reagiere nicht. Sie haben den Anstand, meine Privatsphäre zu respektieren, und gehen, nachdem ich mich eine Minute lang nicht gerührt habe.

Maggie ist da anders.

Nachdem ich, abgeschottet durch meine Ohrhörer, so getan habe, als hätte ich mich schlafen gelegt, verschafft sie sich Einlass, indem sie mein Schloss mit einem Wattestäbchen knackt.

Aus dem Flur fällt Licht herein, doch ich öffne die Augen nicht. Auch das hält sie nicht auf. Sie geht zum Bett und reißt mir die Ohrhörer heraus, sodass sich die Musik in das dunkle Zimmer ergießt.

»Gideon wird schon wieder.« Maggie zieht die Decke zurück und legt sich neben mich, nicht an ihren üblichen Platz an der Wand, sondern am Bettrand. Ich habe nicht die Kraft, mit ihr zu streiten, also rücke ich ein Stück und räume uns beiden so viel Platz ein, wie mein Bett zulässt. »Nur eine Gehirnerschütterung und ein gebrochenes Handgelenk. Ein paar Prellungen durch den Aufprall. Er muss sich ein paar Tage schonen, aber danach ist er wieder okay.«

»Was ist an einem Sturz aus über drei Metern Höhe ›okay‹?« Wie damals, nach Isaacs Sprung vom Wasserfall, atme ich mühsam ein und aus und bekomme trotzdem kaum Luft.

»Es hätte viel schlimmer kommen können. Er hatte Glück, Remy. Du musst dich nicht unnötig quälen.« Maggie lächelt in der Dunkelheit und schiebt eine Hand zwischen Wange und Kissen, damit ihr Lippenstift nicht auf den Bezug abfärbt. Ihr Haar riecht nach Geißblatt und frischem Bergwasser.

Niemand weiß, wie es wirklich ist, so weit über dem Boden zu hängen, nur an einem Seil und ein paar Karabinern, die einen vor dem Absturz bewahren, bis man es selbst einmal probiert hat. Bei mir hält die Nervosität höchstens einen Atemzug an. Dann nimmt mich das Ganze zu sehr gefangen, und ich suche nach einer Spalte, die so groß ist, dass meine Fingerspitzen an ihr Halt finden, oder nach einem Felsvorsprung, auf dem ich mich weiter nach oben schieben kann. Andere werden von Panik überrollt, bevor sie überhaupt einen Schritt machen können.

Ich vertreibe das Bild von Gideon, wie er mit angsterfüllten Augen am Seil baumelt. »Ich hätte nicht dabei sein sollen. Nicht bei dieser Gruppe. Nicht, solange meine Magie außer Rand und Band ist. Und ich hätte nicht zulassen dürfen, dass mir dein Gerede den Kopf verdreht und mir weismacht, dass es beim nächsten Kuss anders läuft. Ich habe das Schicksal herausgefordert und die Quittung bekommen.«

»Na ja, so ist das nun mal, wenn man immer nur vom Schlimmsten ausgeht.«

Meine Schwester, ganz und gar Optimistin. Selbst wenn alles dagegenspricht. Es gab eine Zeit, in der ich genauso war und immer einen Grund zum Lachen fand, auch wenn mir zum Heulen zumute war. Manchmal fehlt mir das direkt. Die Fähigkeit, einfach so glücklich zu sein.

Aber weil ich nicht mehr weiß, wie das geht, sage ich: »Soll ich den ganzen Scheiß, der seit Beginn meiner Kusszeit passiert ist, einfach so vergessen?«

»Nein. Aber wir begehen die Kusszeit nicht zum Spaß. Es geht darum, Glück zu verbreiten und dabei selbst etwas davon abzubekommen.«

»Das war vielleicht bei dir so. Ich will die Kusszeit bloß noch mit so wenig Kollateralschäden wie möglich überstehen. Kannst du das bitte mal akzeptieren, Mags?«

Sie antwortet nicht. Aber durch das Fenster fällt so viel Licht auf ihre Augen, dass ich erkennen kann, dass sie mich beobachtet. Überlegt, ob sie nachgeben oder mich weiter unter Druck setzen soll. Ich schaue zuerst weg.

Maggie greift nach meinem Haar, das vom Kissen herabhängt. Sie fährt mit den Fingern hindurch und entwirrt die Stellen, die vom stundenlangen Liegen verfilzt sind. Sie teilt es in drei Strähnen und beginnt, einen einfachen Zopf zu flechten. Einen, den sie im Schlaf kann. Die raffinierten Frisuren erfordern Zeit und Aufmerksamkeit, was ich ihr beides nicht mehr gönne. Aber ich halte still und lasse mich von den vertrauten Bewegungen trösten.

»Kann ich dich noch etwas fragen?«, bittet sie.

Ich drehe mich auf den Rücken und knuffe sie mit dem Ellbogen in die Rippen, um mir ein wenig Freiraum zu verschaffen. Der Zopf kitzelt mich am Hals, während er sich löst.

Maggie rutscht an den Rand der Matratze, aber bleibt auf der Seite mit angezogenen Beinen liegen und blickt mich aus der Dunkelheit unverwandt an. Was auch immer sie gleich sagen wird, ruft ihrer Meinung nach eine Reaktion hervor, die sie sich nicht entgehen lassen will, auch wenn das Licht aus ist. Ich starre an die Decke, als ob die Antwort, nach der ich suche, dort oben geschrieben stünde und ich sie bloß noch ablesen müsste. Da Isaac ein wandelnder Unglücksrabe ist und jeder, wirklich *jeder*, mich hasst, ist meine Schuld das Einzige, was ich fest im Griff habe.

»Warum benimmst du dich so, als läge alles, was Isaac zustößt, an dir? Er war ja nicht ganz unbeteiligt an der Sache.« Maggie fixiert mich, und ihr Gesicht ist so angespannt, als wollte sie die Geheimnisse sehen, die ich in meinem Kopf verberge. Aber so leicht bin ich nicht zu knacken.

Wahrscheinlich ist ihr nie in den Sinn gekommen, dass mir klar war, dass ich gegen die Regeln verstoße, als ich Isaac geküsst habe. Dass es mir in jenem Moment egal war.

Doch anstatt ihr das zu beichten, frage ich sie: »Erinnerst du dich an die Gutenachtgeschichten, die Mom uns über die Holloway-Mädchen erzählt hat? Dass sie genauso von ihren Gefühlen überwältigt wurden wie die Jungs, die hinter ihnen her waren?«

»Ja, sie meinte, sie hätten ›Sterne in den Augen und Liebe auf den Lippen‹ gehabt. Das fand ich immer so süß.«

»Ich glaube, so ist es mir mit Isaac gegangen. Ich war versessen darauf, ihn zu küssen. Und deshalb habe ich mir eingeredet, dass es ihm mehr bedeutet, als es wirklich der Fall war.«

»Aber trotzdem hat er dich geküsst. Er hat es dich glauben lassen. Das war nicht die Magie, das war Isaac.«

»Und jetzt bezahlt er dafür.« Ich lege mich auf die Seite und drücke meinen Rücken an die Wand. Die kühle Gipskartonwand lässt mich durch mein Tanktop hindurch frösteln. »Auf meiner Seite im Buch des Glücks steht alles, was ich ihm eingebrockt habe.«

»Du dokumentierst Isaacs Pech? Warum?«, erkundigt sich Maggie.

»Damit künftige Generationen wissen, dass sich das Glück gegen sie wenden kann. Und da die Seiten der Holloway-Mädchen herausgerissen wurden, die anderen mit ihrer Magie Unheil gebracht haben, muss ich dafür sorgen, dass ein Eintrag als Warnung bleibt.«

Maggie schiebt sich näher heran. Ihr Seufzer streift warm meine Wange. »Es war doch nur ein Kuss, Rem. Er definiert dich nicht als Holloway.«

Die Kusszeit hat sich in eine »Wie ich es mache, ist es verkehrt«-Situation verwandelt. Es gibt keine guten Optionen, solange der Fluch auf Isaac ruht. Und ich bin bei der Suche nach einer Lösung immer noch keinen Schritt weiter. All meine Anrufe bei Lilly sind unbeantwortet geblieben. Die Bürde, die auf mir lastet, droht mich zu erdrücken. »Gerade du solltest wissen, dass ein Kuss einen verändern kann.«

»Was soll das jetzt wieder heißen?«

»Dass du seit Laurel niemanden mehr geküsst hast.« Jetzt bin ich an der Reihe mit Gedankenlesen. Früher war das kinderleicht, jetzt habe ich null Ahnung. »Ein paar Jungs in Dads Kurs heute haben gesagt, dass du Angst hast, dass ich deine Magie beeinträchtigt habe und du von dem Fluch womöglich auch betroffen bist. Ist das der Grund?«

»Nein. Warum hörst du dir dieses blöde Gerede überhaupt an?« Sie schneidet das letzte Wort ab und zerreißt die Silbe in Fetzen, die auf mich herabregnen wie glühende Asche.

Ich fahre mir mit den Händen über die Arme und versuche, ihre Wut abzustreifen. Aber sie hat sich auf mir bereits eingebrannt wie winzig kleine Wunden, die verdächtig nach Herzen aussehen. »Wenn du Juliet küssen willst, mach einfach.« Meine Stimme ist kaum noch ein Flüstern. Wenn ich bei ihren Gefühlen für Juliet – oder dem, was sie möglicherweise für Laurel empfand – danebenliege, kann sie meine Worte ja einfach überhören. Mit unserem Gespräch fortfahren, als hätte ich nichts gesagt. Und dann lasse ich es dabei bewenden. Aber sie übergeht meinen Einwand nicht und beweist damit, dass ich recht habe.

»Tu nicht so, als wüsstest du, was in meinem Kopf vor sich geht. Oder in meinem Herzen.« Sie wendet mir den Rücken zu und rollt sich zusammen.

Obwohl sie sauer auf mich ist, geht sie nicht. Ich drehe mich auch auf die andere Seite, und eine Sekunde lang liegen wir Rücken an Rücken, bevor wir uns voneinander wegbewegen.

25

Als ich aufwache, ist Maggie weg. Ich lege meine Hand an die Wand und bin versucht zu klopfen. Den ersten Schritt zur Versöhnung zu machen. Ich bin so ehrlich, mir einzugestehen, dass Maggie der Grund ist, warum ich letzte Nacht zum ersten Mal seit Beginn der Kusszeit geschlafen habe wie ein Baby. Sie hätte nicht nach mir sehen müssen. Sie hätte definitiv nicht bleiben müssen. Besonders nicht, nachdem ich ihre Freundschaft mit Juliet in unseren Streit hineingezogen habe.

Aber ich weiß nicht, wie ich ihr sagen soll, dass es mir leidtut. Oder wie ich sie um Verzeihung dafür bitten soll, wie ich sie behandelt habe. Ich bin mir noch nicht einmal sicher, ob ich ihr schon ganz verziehen habe, also lasse ich die Hand zurück unter die Decke gleiten und strecke meine Finger auf dem weichen Baumwolllaken aus. Ich drehe mich um und blende die Wand und alles andere aus, was jetzt zwischen ihrem und meinem Leben steht.

Mein Plan, im Bett zu bleiben, bis ich sterbe, wird durchkreuzt, noch bevor er überhaupt seinen Anfang nimmt. Dads Jeep röhrt in der Einfahrt. Eigentlich müsste er schon lange weg sein. Wenn er noch mal nach Hause gefahren ist, dann, weil er sein Portemonnaie/Handy/Unterhemd vergessen hat. Aber da er derjenige ist, den wir fragen, wenn wir etwas suchen – und er in neun von zehn Fällen weiß, wo es ist –, ist er wohl wegen mir hier. In Talus macht alles schnell die Runde. Wahrscheinlich haben ihn irgendwelche Eltern vorm Laden abgepasst mit einem nicht ganz so freundlichen *Hey, könnten Sie Ihre Teufelsbrut von unseren Kindern fernhalten, damit sie sie nicht auch noch fast um die Ecke bringt?*

Ich lasse Dad nicht warten.

Als ich unten ankomme, ist er noch nicht im Haus, weil er von Iggy aufgehalten wurde, der sich auf der Betontreppe vorm Seiteneingang auf dem Rücken wälzt, während Dad ihn am Bauch krault. Als ich mich ihnen nähere, sehen beide zu mir auf. Iggy streckt sich, um nach meinen Zehen zu schlagen, und seine Krallen verfangen sich an den Riemen meiner Flipflops. Dad hält mir die Hand hin, damit ich ihm aus der Hocke aufhelfe. Er ist erst Mitte vierzig, aber seine Gelenke knacken, als hätte er seine Beine seit Ewigkeiten nicht mehr benutzt. Das kommt wohl vom jahrelangen Klettern.

»Hey, Kid. Heute Morgen hat es einen Vorfall bei Wild Flour gegeben. Deine Mutter möchte, dass du so schnell wie möglich hinfährst und ihr hilfst.«

Ich hatte eine Art Predigt erwartet, dass ich die Füße stillhalten soll, bis Gras über die Sache gewachsen ist, und so dauert es ein paar Sekunden, bis seine Worte in mein Bewusstsein dringen. Als sie dort ankommen, zerstreut sich die zart aufkeimende Erleichterung schneller in alle Winde als Kinder beim Versteckspielen. »Wobei helfen? Was ist denn passiert? Geht es Mom gut?«

»Deiner Mutter geht es gut. Dem Airstream auch.« Dad drückt meine Schulter, dann legt er seine Hand in meinen Nacken und lässt den Daumen besorgt auf meiner Haut kreisen, obwohl er mir versichert hat, dass alles in Ordnung ist. »Jemand hat randaliert, bevor sie den Stand heute Morgen geöffnet hat. Als sie angerufen hat, bin ich vorbeigefahren, und es ist alles halb so wild. Es wurde nichts kaputtgemacht oder gestohlen. Ich versuche auch, deine Schwester zu erreichen, aber sie und Juliet haben sich heute Morgen wieder vor Sonnenaufgang aus dem Staub gemacht, und sie geht nicht an ihr Handy.«

Ich wusste, dass sich die Jungs nach Gideons gestrigem Sturz rächen würden. Den Laden meiner Mom anzugreifen, ist aber selbst für ihre Maßstäbe erbärmlich. Das lasse ich ihnen nicht durchgehen. »Was *genau* haben sie getan?«

»Einfach eine Riesensauerei angerichtet.«

Ich winde mich aus seinem Griff. Seine Finger hinterlassen einen Schweißfilm auf meinem Nacken. »Ruf Maggie nicht an. Sie haben es nicht ihretwegen getan. Deshalb muss sie auch nicht beim Aufräumen helfen.«

»Wir wissen nicht, warum sie es getan haben«, sagt Dad. Seine Stimme ist so fest, dass es fast so klingt, als schenke er seinen Worten Glauben. Aber das Zucken in seiner rechten Wange verrät ihn.

Außerdem wissen wir beide, dass ich der einzige Grund bin, warum jemand seine Wut an meinen Eltern auslässt.

»Doch«, entgegne ich. »Isaacs Freunde werden alles tun, damit ich niemanden mehr ins Unglück stürzen kann, nachdem auch Gideon durch meinen Kuss verletzt wurde. Wahrscheinlich fanden sie ihre anderen Versuche nicht deutlich genug.«

»Welche anderen Versuche?«

Ich zucke zusammen. »Nichts, Dad. Sie erinnern mich nur gern daran, was mein Kuss Isaac angetan hat, das ist alles.«

»Das war nicht deine Schuld, Remy. Genauso wenig wie das Chaos in der Bäckerei. Ich bitte dich bloß, beim Aufräumen zu helfen, weil deine Mutter ziemlich aufgelöst ist. Und je mehr Leute mit anpacken, desto schneller ist es erledigt. Das ist nicht als Bestrafung gedacht.«

»Ruf Mom an und sag ihr, dass ich auf dem Weg bin.« Ich laufe zurück ins Haus und hole meine Tasche. Auf dem Weg nach draußen bleibe ich kurz stehen, um ihm ein Küsschen auf die Wange zu drücken. Länger halte ich mich nicht auf, denn sonst merkt er vielleicht, dass ich die Dinge anders sehe.

Der Gestank schlägt mir als Erstes entgegen – faule Eier, verbrannter Zucker, pappsüße, klebrige Schokolade. Ich folge einer Spur mehlweißer Fußstapfen die Straße entlang bis zum Parkplatz, wo sie plötzlich aufhören. Bei der Menge an Beweisen, die hier zurückgelassen wurden, müssten Tatortermittler nicht einmal ihre Ausrüstung mitbringen und Schuhabdrücke nehmen. Und wir wissen ja auch alle, wer dahintersteckt. Dazu brauchen wir keine Polizei. Obwohl ich sicher bin, dass es die Polizei schon zu Gesicht bekommen hat. Ich wette, das trifft auf neunzig Prozent der Stadtbevölkerung zu. Die Schweinerei ist unmöglich zu übersehen.

Eierschalen knirschen unter meinen Schuhen, als ich mich vor den Airstream stelle und mit dem Finger über die dicke Dreckschicht an der Außenseite streiche. Die Fenster sind mit einer Mischung aus rohen Eiern, Mehl und Zucker verklebt, der schon halb karamellisiert gewesen sein musste, bevor er in Jackson-Pollock-Manier über die darunterliegende Schicht gesprenkelt wurde. Es sieht so aus, als hätten sie außerdem versucht, mit Schokoladensirup eine Botschaft zu hinterlassen, aber der Sirup ist wohl stattdessen an der Scheibe heruntergelaufen, sodass die Worte nicht mehr lesbar sind.

Bis auf eines – *Isaac*. Das ist scheinbar mit den Fingern auf das Fenster gemalt worden, nachdem der erste Schreibversuch fehlgeschlagen ist.

Ein brauner Schleimfluss ergießt sich über die Ladentheke, tropft vom Metall ab und sammelt sich auf dem Schotter. Dutzende von Ameisen umringen ihn. Einige, die ihm zu nahegekommen sind, treiben leblos auf der Oberfläche als Warnung, die ihre Artgenossen jedoch in den Wind schlagen, während sie dem Zuckerbüfett zu Leibe rücken.

Ich frage mich, wie viele Typen ich noch zu Fall bringen muss, bevor die anderen kapieren, dass sie mich gefälligst in Ruhe lassen sollen. Denn nach dem Scheiß hier habe ich nicht übel Lust, ihnen absichtlich die Knochen zu brechen.

»Ein kleiner, zwei kleine, drei kleine Idioten«, brummle ich. Dann gehe ich um den Trailer herum und mache eine Bestandsaufnahme des restlichen Schadens. Jeder Zentimeter, den sie im Stehen und durch Springen erreichen konnten, ist mit diesem Mist beschmiert. Der Anhänger ist an einem normalen Tag schon schwer zu reinigen. Wir müssen ihn in unsere Einfahrt schleppen, wo wir einen Wasseranschluss sowie mehrere Leitern, Schläuche und langstielige Bürsten haben. Außerdem benötigen wir mindestens vier Leute. Diese Zuckerpampe? Dafür werde ich den halben Tag brauchen.

Aber lieber ich als Mom. Damit muss sie sich nicht herumschlagen. Ich wische meine Sohlen an einem Grasbüschel vor der Treppe ab, damit ich den Schmutz nicht hineintrage, und stoße die Tür auf.

Hier drinnen können kaum zwei Personen nebeneinander arbeiten, aber da kein Tageslicht durch die Fenster dringt, fühlt es sich noch enger an. Mom steht an der kleinen Spüle im hinteren Teil des Wagens und füllt den Plastikscheuereimer mit dampfend heißem Wasser. Ihre dunklen Locken haben sich aus dem Gummiband gelöst, das sie eigentlich vom Gesicht fernhalten soll, und stehen ihr wirr vom Kopf ab.

Als Mom aufblickt, sind ihre Augen gerötet. Sie setzt ein zu einem Drittel gezwungenes, zu zwei Dritteln mitleidiges Lächeln auf. »Geht's dir gut?«, begrüßt sie mich.

Wenigstens tut sie nicht so, als wäre es nicht meine Schuld. Damit wir uns nicht falsch verstehen, es ist schön, einen Dad zu haben, der hundertpro zu einem hält, aber ich mache mir nichts vor. Das hier ist zweifelsohne die Rache für Gideons Unfall. Nicht, dass die Jungs mit ihm befreundet wären. Aber weil er von einer Holloway verflucht wurde, fühlen sie sich wohl dazu berufen. »Ich könnte dich das Gleiche fragen.«

»Ich antworte, wenn du antwortest.«

»Ich bin echt sauer.« Eigentlich megaangepisst, aber das an meiner Mom auszulassen, ist nicht die klügste Idee, wo sie bereits so angefressen ist.

Mom dreht den Wasserhahn mit dem Handballen ab.

»Ich gehe bei ›sauer‹ mit und erhöhe um ein schlechtes Gewissen.« Sie hebt den Eimer aus der Spüle und stellt ihn zwischen uns auf den Boden. »Ich weiß, dass es in letzter Zeit schwer für dich war. Aber ich hatte gehofft, dass du einen Jungen findest, der dich den ganzen Kummer mit Isaac vergessen lässt, und die anderen Jungs dann keinen Grund mehr haben, dir alles in die Schuhe zu schieben. Aber ich hätte dich nicht so unter Druck setzen dürfen. Ich hätte alles tun sollen, um dir über das Geschehene hinwegzuhelfen, statt zu glauben, dass es sich von selbst erledigt.«

Ich möchte ihr aus tiefstem Herzen zustimmen. Sie die Verantwortung übernehmen lassen, damit der Strudel an Schuldgefühlen in mir vielleicht – und wenn auch nur eine Minute lang – aufhört, alles Gute um mich in sich hineinzuziehen. Aber Mom kann nichts dafür.

»Du hättest nichts tun können.«

»Das glaube ich nicht.«

»Schon okay. Mir glaubt in letzter Zeit eh niemand. Ich habe mich daran gewöhnt.«

Mom kommt um den Eimer herum und nimmt mich in die Arme. Ihr Haar riecht nach Vanille/Kuchen/Zuhause. Das allein genügt schon fast, damit die Risse in mir aufbrechen und ich in eine Million Teile zerspringe, die sich auf dem Boden verteilen und nie wieder zusammenfügen lassen.

Ich entziehe mich ihrer Umarmung, bevor es zu spät ist.

»Wenn du woanders hinwillst, bis die Kusszeit vorbei ist ...«, beginnt sie.

»Wenn ich weggehe, ändert das an Isaacs Unglück auch nichts. Im Moment bin ich mir nicht einmal sicher, ob daran überhaupt etwas zu ändern ist«, erwidere ich.

»Das weiß ich doch, Schatz. Und das tut mir leid. Aber vielleicht fühlst du dich besser, wenn du aus deinem gewohnten Umfeld mal rauskommst. Du könntest bei Tante Jenna wohnen, oder wir beide hängen den Trailer an den Jeep an und suchen uns irgendwo eine ruhige Stadt, in der dich die Ereignisse hier nicht mehr belasten.«

Um allen hier zu beweisen, dass sie recht haben? Dass sogar meine Eltern denken, ich sei gefährlich und müsse von anderen ferngehalten werden? Keine Chance. »Danke, das ist nett von dir, Mom. Aber ich gehe nirgendwohin.« Davon abgesehen, hier weiß ich wenigstens, mit wem ich es zu tun habe. Die ständige Erinnerung daran, wie schnell alles den Bach runtergehen kann, wird mich davon abhalten, den gleichen Fehler noch mal zu machen.

»Bist du sicher?«, erkundigt sie sich. »Wir könnten schon morgen früh aufbrechen. Ich möchte nur, dass du in Sicherheit bist. Wenn du dich hier nicht sicher fühlst, fahren wir, wohin du willst.«

»Ich sagte doch, ich bin sauer. Aber ich habe keine Angst vor denen. Ich komme damit klar, wenn du damit klarkommst.«

Sie nimmt mein Gesicht in ihre Hände, sodass das Wasser von ihren Fingern über meine Wangen rinnt. Sie blickt mir so lange in die Augen, bis es unbehaglich wird, und wischt schließlich die verirrten Tropfen mit einem Seufzer weg. »Okay.«

Ich würde mir nur zu gern über die nasskalten Stellen reiben, die sie hinterlassen hat. Aber Mom macht das alles so schon zu schaffen. Ich lächle sie an, als ob jetzt alles wieder gut wäre. Obwohl ich die Stunden zähle, bis ich mir die Typen vornehmen kann, die das hier angerichtet haben. »Gibt es draußen zufällig einen Wasseranschluss, damit wir das leichter abwaschen können?«

»Nein. Dein Vater hat auch noch mal nachgeschaut, als er hier war. Aber ich habe diesen Eimer und ein paar Schwämme dabei. Solange der Zucker nicht direkt auf der Fensterscheibe oder dem Metall ausgehärtet ist, sollte er sich ziemlich leicht wegwischen lassen.«

Nachdem ich eine Sprühflasche mit Seife und noch mehr heißem Wasser gefüllt habe, schleppe ich sie, den von Mom gefüllten Wassereimer, einen Tritthocker und zwei frische Schwämme aus der Packung zur Vorderfront des Trailers. Als ich dort ankomme, begutachtet Tobin gerade den Schaden. Von einer Gürtelschlaufe seiner schwarzen Jeans baumelt eine Mülltüte, und er schlägt eine Rolle Küchenkrepp gegen seine Handfläche, während er die Fenster mit finsterer Miene mustert.

Die Schmetterlinge in meinem Bauch sind noch immer da und ich werde von Tobin angezogen wie die blöden Ameisen von ihrem Zuckertod. Aber durch die anderen Gefühle, die in meiner Brust toben, kann ich mich zumindest beherrschen. Meistens. Der Wunsch, ihm so nahe zu sein, dass ich ihn berühren kann, treibt mir die Schamesröte ins Gesicht.

»Was machst du da?«, erkundige ich mich. Der volle Eimer scheint beim Stehen doppelt so schwer zu wiegen. Ich stelle ihn auf den Boden und strecke meine geschwollenen roten Finger.

Tobin legt den Kopf schief und mustert zur Abwechslung mich. Seine hellen Augen funkeln belustigt, als ob es sonnenklar wäre, warum er hier ist, und ich ein bisschen begriffsstutzig. »Ich lege mir einen Schlachtplan zurecht.«

»Woher weißt du überhaupt davon?«

»Möglicherweise bin ich deinem Vater begegnet, nachdem ich zufällig euer Gespräch mitbekommen habe. Ich dachte mir, wenn es so schlimm ist, wie es sich anhört, könntest du etwas Hilfe gebrauchen.« Er reißt eine Handvoll Krepptücher ab und wischt im Bogen über ein Fenster. Es ist mehr Austausch als Putzen, denn ein Teil der Pampe bleibt am Krepp kleben, und einige Kreppfetzen reißen ab und bleiben an dem gehärteten Zucker hängen.

Ich weiß nicht, ob ich dankbar sein soll, dass er nicht hinter dem Anschlag steckt, oder ob ich mich darüber ärgern soll, dass er mir nachspioniert hat. Ja, ich weiß, dass die Aussicht auf Glück die Jungs zu Dummheiten verleitet, wenn es um die Holloway-Mädchen geht. Aber dass ich neuerdings keinerlei Privatsphäre mehr habe, nervt voll. »Hast du es dir zur Gewohnheit gemacht, in meinem Garten auf der Lauer zu liegen?«

»*Gewohnheit* würde eine Absicht unterstellen. Mein Fenster war offen und eure Stimmen sind gut hörbar. Ich bin kein Stalker.«

»Sagen alle Stalker.«

Er legt die Hand auf die Brust und wirft mir einen gekränkten Blick mit klimpernden Wimpern und Schmollmund zu. Dann hört er ebenso schnell wieder mit diesem Theater auf. »Hey, ich hab's kapiert. Du hast die ›Ich schaff das allein‹-Einstellung perfektioniert, damit dir ja keiner zu nahekommt. Aber das zieht bei mir nicht. Also können wir uns das Geplänkel hier sparen und du lässt dir einfach von mir helfen?«

Ich habe schon zu viel Zeit mit Tobin verbracht. Ich muss dem ein Ende setzen, bevor jemand von uns eine zu starke Bindung aufbaut. Und mit jemand meine ich vor allem mich. »Wenn ich glauben würde, dass du aus eigenem Antrieb hier bist, wäre es okay. Aber weil es nicht so ist, gehst du jetzt bitte.«

»Da muss ich dich leider enttäuschen.« Tobin lässt das mit dem Küchenkrepp sein, nimmt mir den ziegelsteingroßen Schwamm aus der Hand und tunkt ihn ins Wasser. Er macht sich nicht die Mühe, ihn auszuwringen, bevor er ihn an die Seite des Anhängers schmettert. Das Metall vibriert mit einem tiefen Brummton. Dort, wo der Schwamm aufgetroffen ist, spritzen dicke Wassertropfen und Mehlbrocken weg. »Ich weiß, du denkst, ich bin nur wegen der Kusszeit oder so hier. Aber das ist nicht der Grund, warum ich dich mag.«

»Warum dann?«, erkundige ich mich und wische mir die umherfliegenden Klumpen von Haar und Shirt.

Er geht in die Hocke, um den Schwamm auszuwaschen, und schaut über die Schulter hinweg zu mir auf. Er setzt ein schiefes Grinsen auf und die silbernen Ringe ziehen an seinen rosa Lippen. »Tja, erstens hast du einen krass schwarzen, fast schon kranken Humor.«

Ich kann nicht umhin, mich geschmeichelt zu fühlen. Die Liebeserklärungen, die uns die meisten Jungs während der Kusszeit machen, sind ziemlich abgegriffen. Wir sind immer süß oder sexy oder klug. Da finde ich »krass« und »krank« auf jeden Fall besser.

»Das ist erst in letzter Zeit so«, erwidere ich und drehe mich um, um die Seifenlösung auf das Fenster zu sprühen. Und um ein wenig Abstand zwischen uns zu schaffen.

»Wie auch immer, es ist ziemlich cool.« Es liegt ein Anflug von Sehnsucht in seiner Stimme, aber ansonsten klingt er wie Tobin. Selbstbewusst. Beherrscht. Als wären es seine eigenen Worte und nicht die, die ihm die Kusszeit in den Mund legt. Tobins Schuhe schrammen über den Schotter, als er sich erhebt. Dann steht er neben mir, das Wasser tropft vom Schwamm auf meine Zehen, und ich zwinge mich, den Blick auf das Stück Fenster gerichtet zu lassen, das ich unter der schmierigen Pampe freigelegt habe. »Und zweitens, wenn ich dir ein Lächeln entlocken kann, ist es so, als hätte ich im Lotto gewonnen oder entdeckt, dass Hobbits wirklich existieren. Du weißt schon, etwas, das so unwahrscheinlich ist, dass du nicht wirklich damit rechnest, aber trotzdem darauf hoffst. Weil dir klar ist, dass dich dieses überwältigende Gefühl, falls es doch passiert, den Rest deines Lebens nicht mehr loslassen wird.«

Hat er mich gerade mit einem Hobbit verglichen? »Bisschen dick aufgetragen, oder?«, frage ich, damit er nicht merkt, dass ich kurz vorm Einknicken bin.

»Bisschen. Aber es hat funktioniert.«

Ich beiße mir auf die Lippe, damit mein Lächeln nicht noch breiter wird. Fünf Minuten mit Tobin und meine Konzentration ist dahin. Wie soll ich mein Herz im Zaum halten, wenn er so süß/entschlossen/unberechenbar ist? Wenn ich nicht aufpasse, macht er alles kaputt. Oder ich ihn.

Ich denke kurz darüber nach, zu Mom zu gehen und ihr Fluchtangebot anzunehmen. Ohne Packen. Ohne Abschied. Einfach ins Auto zu steigen und zu fahren, bis es mir sicher genug erscheint anzuhalten. Wir könnten über alle Berge sein, bevor es überhaupt jemand bemerkt.

Aber dann schaue ich auf das Fenster, auf Isaacs Namen, und weiß, dass ich nirgendwohin gehen werde.

Die behagliche kleine Blase, die Tobin um uns herum geschaffen hat, zerplatzt. Ich zertrample die Gefühle, die in mir aufkommen wollen, bis sie nur noch Feinstaub sind. Einmal tief Luft holen und sie sind vom Winde verweht.

»Du musst das hier nicht machen, weißt du«, sage ich. Ich weiß nicht einmal genau, ob ich damit meine, mir beim Putzen zu helfen oder mit mir zu flirten. »Du hast bestimmt etwas Besseres zu tun. Zum Beispiel schlafen oder mit Maggie und Juliet mitgehen, wohin auch immer sie heute Morgen abgehauen sind, oder dich von dem Psychomädchen fernhalten, das Jungs offenbar zum Spaß verletzt.«

Tobin schüttelt den Kopf. Ich warte darauf, dass er den Schwamm in den Eimer schmeißt und das Weite sucht, endlich die Nase voll hat von mir. Aber stattdessen wringt er ihn aus und macht sich wieder an den Abschnitt, den er gerade reinigt.

Nach einem kurzen Augenblick sieht er zu mir herüber und sagt: »Da hast du wohl eine andere Definition von *Spaß* als ich.«

Ich kann nichts erwidern, ohne dass es so klingt, als wollte ich die Schuld auf den Rest der Stadt abwälzen. Ich versuche nicht einmal, mich zu verteidigen. Wenn jemand

dafür verantwortlich ist, dass mein Ruf in Flammen aufgeht, dann ich. Andere mögen das Feuer geschürt haben,
aber das Streichholz angezündet habe ich.

Tobin fährt fort: »Ich weiß nicht, was wirklich zwischen
dir und Isaac vorgefallen ist. Das wisst wohl nur ihr beide.«
Er sagt es sanft, als würde er sich einem in die Enge getrie-
benen Bärenjungen nähern – solange er ruhig bleibt und
das Tier nicht zu sehr bedrängt, kommt er heil heraus. »Ich
glaube kein Wort von dem, was die Leute hier so reden. Du
würdest niemals absichtlich jemanden verletzen.«

Vielleicht nicht absichtlich, aber ich wusste, dass
ich jemanden, der bereits verliebt ist, nicht küssen darf,
und habe es trotzdem getan. Tobins Glaube an mich ist
unerschütterlich. Als wäre er in einem Felsen verankert und
würde mein Gewicht aushalten, wenn ich nur loslasse und
ihm vertraue. Tobin vertraue. Es ist so verlockend. »Was
macht dich da so sicher?«

Tobin deutet mit dem Schwamm auf den oberen Rand
des Fensters. »Du hast seinen Namen noch nicht angerührt.
Als würdest du ihn dort lassen, um dich zu bestrafen.«

Ich senke den Blick zu Boden. Drei weitere Ameisen treiben nun in der Schokoladenpfütze.

»Und dein Gesicht gerade beweist, dass ich recht habe«,
sagt er und lenkt meine Aufmerksamkeit wieder auf sich.

Tobin ist nicht anders als die Ameisen. Er ist so sehr
auf sein Ziel fixiert, dass er die überall aufgestellten Warn-

schilder ignoriert. »Okay, selbst wenn du recht hast. Du solltest trotzdem meine Nähe meiden. Zumindest während der Kusszeit. Wenn sie vorbei ist, die Magie mich verlässt und wir beide sicher sind, dass wir das wollen, kann sich das ändern. Aber im Moment solltest du echt auf das hören, was alle über mich sagen, und einen großen Bogen um mich machen.«

»Ich mag dich, Remy. Die Magie und das Glück sind mir egal. Ich weiß, du denkst, das ist alles, was dich ausmacht, aber ...«

»Nein, es gibt kein ›aber‹. Unsere Freundschaft funktioniert nur, wenn du es dabei belässt. Mir nicht sagst, dass du mich magst. Nicht versuchst, mehr daraus zu machen.«

Mich nicht dazu bringst, mehr daraus machen zu *wollen*.

»Du sagst, wir wären befreundet. Aber ich kann mich nicht erinnern, was du dazu beigetragen hättest.«

Das Einzige, was ich kann – Abstand halten. »Ich habe dich nicht geküsst.«

Er schüttelt den Kopf und lacht in sich hinein. »Remy, mich nicht zu küssen, ist jetzt echt kein überzeugendes Argument. Nur, falls du dich gefragt hast.«

»Ich will dir nicht wehtun, Tobin. Ich will niemandem wehtun. Aber offensichtlich mache ich genau das. Die Kusszeit bringt mich dazu.« Zuerst Isaac. Dann Gideon. Ich werde dieser Liste keinen weiteren Namen hinzufügen. Vor allem nicht Tobins.

Ihn glauben zu lassen, dass ich davon wirklich überzeugt bin, ist die einzige Möglichkeit, ihn zum Rückzug zu bewegen. Denn je näher er mir kommt, desto schwieriger ist es, mir einzureden, dass er mir nichts bedeutet. Und dass er mir etwas bedeutet – oder ich mich in ihn verliebe –, ist das Letzte, was ich im Moment will.

26

Als wir fertig sind, frage ich Mom, ob ich ihr Auto haben kann. Sie denkt, dass ich nicht nach Hause laufen will, nachdem ich Stunden in der Sonne gebrütet habe. Ich lasse sie in diesem Glauben. Wüsste sie, dass ich zum Wasserfall fahren und herausfinden will, wer zum Teufel den Trailer so zugerichtet hat, würde sie mich davon abhalten.

Mom schenkt Tobin eine Tüte mit Whoopie Pies als Dank für seine Hilfe. Er sagt: »Ich bringe Remy nach Hause.« Und dann reißt er mir praktisch den Autoschlüssel aus der Hand und gibt ihn ihr zurück.

Sicherlich ist es nur ihm zu verdanken, dass wir schon fertig sind mit Saubermachen. Aber das heißt nicht, dass ich nicht automatisch in den Zickenmodus schalte, wenn er sich zu weit vorwagt. »Du hast schon genug geholfen.«

Tobin legt seine Handfläche in meine und verschränkt unsere Finger. »Komm einfach mit.«

Ich warte, bis wir außer Hörweite von Mom sind, und frage: »Was soll das denn?«

Er reagiert nicht sofort, sondern stapft einfach weiter über den Stellplatz zu seinem Auto und zieht mich, noch immer Händchen haltend, hinter sich her. Ich schließe nicht zu ihm auf. Er darf nicht wissen, dass ich seine Aufmerksamkeit genieße. Dass ich mehr ich selbst bin, wenn er in der Nähe ist.

»Tobin«, protestiere ich und ziehe meine Hand weg, als wir sein Auto erreichen.

»Ich lasse dich nicht fahren, wenn du aussiehst, als würdest du gleich jemanden umbringen.«

»Ja, aber wenn du fährst, machst du dich mitschuldig.«

»Dann ist es halt so.« Tobin öffnet mir die Beifahrertür, legt seinen Arm auf das Dach und wartet, dass ich mich bewege. »Aber wer würde mir denn sonst ständig einen Dämpfer verpassen, wenn du aus Versehen den Hang hinabrauschst und dir dabei das Genick brichst, weil du nicht klar denken kannst?«

Ich muss unwillkürlich lachen und lasse mich auf den Beifahrersitz nieder, als säße ich immer dort. Und ich kann nicht verhindern, dass mir herausrutscht, was ich denke. »Du weißt schon, dass mit dir etwas nicht stimmt, oder?«, frage ich, als er einsteigt.

»Wieso?«

»Warum bist du so nett zu mir, wo ich dich die meiste Zeit eigentlich nur anzicke? Das ergibt keinen Sinn.«

»Du nennst es ›anzicken‹, ich nenne es erfrischend ehrlich.«

»Ich meine es ernst, Tobin. Du bist zu gut für mich.«

Als er den Motor anlässt, setzt dröhnend Musik ein. Er dreht die Lautstärke herunter, sodass der örtliche Hard-Rock-Sender nur noch ein leises Gitarrenrauschen ist, legt den Gang ein und reiht sich in das monotone Surren des Verkehrs ein. Gerade als ich denke, dass er meinen Einwand unbeantwortet lässt, sagt er: »Okay. Wie wäre es dann, wenn ich dir die Chance gebe, dir meine Freundlichkeit zu verdienen?«

»Wie?«

»Wir könnten Freunde sein. Und zwar nicht nur, weil ich mich darum bemühe.«

Oberflächlich betrachtet, wirkt seine Bitte harmlos. Aber ich glaube nicht, dass ihm bewusst ist, wie viel er mir da abverlangt. Dass ihm näherzukommen, das Letzte ist, was ich mir leisten kann. »Was Freundschaft betrifft, bin ich etwas eingerostet.«

»Tja, da hast du Glück, denn zufällig sitzen wir zusammen im Auto, wo dich nichts davon abhält, an mir zu üben.« Tobin wirft einen Blick in meine Richtung und der Anflug eines Lächelns lässt seine Gesichtszüge weich werden.

»Und was genau bedeutet ›üben‹?«

»Reden. Uns besser kennenlernen. Wir können uns

gegenseitig absurde Fragen stellen, wie zum Beispiel: Würdest du lieber ein Jahr lang zu jeder Mahlzeit Pizza oder nie wieder Schokolade essen? Ich würde mich für Pizza entscheiden, falls du's wissen willst.«

»Gut, denn das ist die einzig logische Antwort.«

»Okay, Klugscheißerin. Hier ist eine Frage für dich. Würdest du lieber jedes beliebige Rezept der Welt backen können, aber alles wird immer nur okay, oder nur eines, das aber jedes Mal perfekt gelingt?«

Das ist natürlich keine allgemeine Frage. Es ist eine, die speziell auf mich zugeschnitten ist. Eine, die ihm dabei hilft, mich besser zu verstehen. Ich kann mich nicht um die Antwort drücken. Nicht, wenn ich versuche, ihm die Art von Freundschaft entgegenzubringen wie er mir. Trotzdem zögere ich. Ich gebe ihm in einer gar nicht so schlechten Parodie von Juliet einen Klaps auf die Schulter und erwidere. »Das ist einfach nur fies.«

»Absolut. Aber ich möchte trotzdem eine Antwort.«

»Na schön. Ein Rezept perfekt. Keiner will bei einer Konditorin kaufen, die bloß okay ist. Was ist mit dir?«

»Mir wäre es auch lieber, wenn dir ein Rezept perfekt gelingt.« Er grinst mich an, als wäre das eine angemessene Erwiderung, und fährt fort: »Jetzt bist du dran.«

Ich lasse seine Bemerkung an mir abperlen und tue so, als hätte sein Charme keine Wirkung auf mich. Obwohl ich mir ziemlich sicher bin, dass er es besser weiß. »Okay.«

Ich denke einen Augenblick lang nach und suche nach etwas, das sowohl persönlich als auch scheinbar beiläufig ist. »Wärst du lieber gezwungen, jedes Mal zu tanzen, wenn du Musik hörst, oder bei jedem Lied mitzusingen?«

Tobin legt einen kleinen Shimmy auf dem Fahrersitz hin. Eine total süße Einlage, die mich zum Lachen bringen soll. Was sie auch schafft. Bis das Auto nach rechts auf die Fahrbahnschwelle gerät, die uns warnt, dass wir in nur fünfzig Zentimetern von der Straße abkommen. Er reißt das Lenkrad herum und meint: »Sorry. Singen, auf jeden Fall. Das mache ich sowieso immer. Sogar zu den Songs in meinem Kopf, die sonst niemand hören kann.«

Natürlich singt er. Wenn er ein so begabter Musiker ist, wie Juliet sagt, dann ist seine Stimme sicher auch fantastisch. Wahrscheinlich ist es gut, dass ich nicht mehr als ein paar Gitarrentakte von ihm durch das offene Fenster gehört habe. Sonst wäre es absolut unmöglich, mich seiner wachsenden Anziehungskraft zu entziehen.

»Du bist Leadsänger in deiner Band, oder?«, will ich wissen.

»So ist es.«

»Gibst du mir ein Gratis-Autokonzert?« Die Frage blubbert einfach so aus mir heraus, als wäre meinem Gehirn egal, dass mein Herz über dem Abgrund baumelt. Ein kräftiger Schubs und ab geht's. Dann verliebt es sich so sehr in Tobin, dass es sich vielleicht nie wieder davon erholt.

Er schüttelt den Kopf. »Dafür musst du dich schon ein bisschen mehr anstrengen. Aber deine Fragen sind lustig. Stell mir noch eine.«

Tobin hat im Moment mehr Verstand als ich. Und ich gebe ihm nicht die Gelegenheit, seine Meinung zu ändern. »Na schön. Um beim Thema Musik zu bleiben: Würdest du lieber für den Rest deines Lebens nur noch Songs deiner Lieblingsband hören oder jede andere Musik, aber nie wieder deine Lieblingsband?«

»Wer ist jetzt fies?«

»Es ist eine unmögliche Frage, oder?«

»Absolut. Aber ich habe eine Hintertür. Ich entscheide mich für jede andere Musik, denn eine dieser Bands könnte ja meine neue Lieblingsband werden, und dann rutscht die alte wieder in die Playlist.«

Seine Antwort tritt etwas in meiner Brust los, und die Dunkelheit, die ich mir vom Leib gehalten habe, kriecht wieder in mich hinein. Ich war die Hintertür für Isaac. Ein Mittel für ihn, etwas vom Holloway-Glück abzubekommen, aber sich seine Optionen offenzuhalten. Ich möchte glauben, dass Tobin mich niemals so benutzen würde, aber das bedeutet nicht, dass er mich nicht trotzdem verletzen kann. »Das ist keine Hintertür, sondern du nimmst eine Band als Lückenfüller für die andere. Ich würde meiner Lieblingsband treu bleiben. Nächste Frage von dir.«

Er wendet den Blick kurz von der Straße ab und sieht mich an, und ich schätze, ihm wird klar, dass ich es ernst meine. »Jaaaa ... weiter geht's. Würdest du lieber eine kleine Entscheidung rückgängig machen, die du jeden Tag triffst, oder in der Zeit zurückgehen und eine einzige wichtige Entscheidung ändern?«

Das ist doch keine Frage. Wenn ich in der Zeit zurückreisen könnte und Isaac nicht küssen würde, würde das alles ändern. Ich wäre wieder ich, hätte eine glänzende Zukunft vor mir. Ich müsste Tobin nicht auf Abstand halten. Ich könnte mich in ihn verlieben, als wäre es die einfachste Sache der Welt.

Aber dieses Mädchen ist Vergangenheit. Und das wird mich niemand je vergessen lassen.

»In Anbetracht der Tatsache, dass du deinen Morgen damit zugebracht hast, mir bei der Beseitigung der Sauerei zu helfen, die mir mein größter Fehler eingebrockt hat, kannst du dir die Frage selbst beantworten.« Ich klemme die Hände zwischen Beine und Sitz und bohre meine Fingernägel in die weiche Haut meiner Kniekehlen.

»Scheiße, Remy. Ich habe nicht nachgedacht.« Tobins Hand zuckt am Lenkrad, als wollte er mich trösten, aber er behält beide Hände fest am Leder, während er in die erste große Kurve einbiegt, die den Berg hinaufführt.

»Schon gut«, wiegle ich ab. Doch auf der restlichen Fahrt stellt keiner von uns mehr Fragen. Und ich kann mich des Gefühls nicht erwehren, dass unsere zaghaften Freund-schaftsbande bereits wieder aufdröseln.

Als wir den Schotterparkplatz am Eingang des Wanderwegs zum Wasserfall erreichen, ist alles belegt. Ich sage Tobin, er solle sich hinter Seths Bronco stellen. Wenn wir ihn zupar-ken, kann er nicht fortfahren, bevor ich ihm meine Mei-nung gegeigt habe.

Doch Tobins Finger verharren auf dem Zündschlüs-sel und er lässt den Motor laufen. »Willst du das wirklich durchziehen?«

Statt einer Antwort lange ich hinüber und stelle den Motor ab. Ich bringe das jetzt zu Ende.

Mir schnürt sich der Hals zu, als wir aussteigen und den Wanderweg hinunterlaufen. Es ist fast zwei Monate her, dass ich durch diesen Wald gegangen bin. Wenigstens war-tet dieses Mal am Ende des Wegs niemand auf ein Lächeln/ einen Kuss/ein Glücksversprechen.

Dicke Efeu-Ranken winden sich um die Baumstämme und kleiden sie in dunkles Grün. Eichhörnchen unterhal-ten sich schnatternd auf den Ästen darüber. Als wir vorbei-kommen, verstummen sie jedoch. Der Geruch von feuch-tem Laub und Gestrüpp ist so intensiv, dass ich ihn bei jedem Atemzug schmecken kann. Ich schließe kurz die Augen und sauge ihn in mich auf. Mein Körper möchte sich in der vertrauten Umgebung entspannen und fast gelingt mir das auch. Aber alles ist jetzt anders – ich bin jetzt anders.

Während des Abstiegs rutsche ich zweimal aus. Tobins Hände finden meine Hüften und bewahren mich vor dem Sturz. Doch mein Fußgelenk pocht, weil ich umgeknickt bin. Ich halte an, massiere es und prüfe, ob es verstaucht ist. Als wir weitergehen, verlangsamt Tobin das Tempo. Leider habe ich dadurch mehr Zeit zum Grübeln – über die Verwüstung des Airstreams, über Isaac und darüber, dass kein Einziger von ihnen das Holloway-Glück verdient hat. Als wir unten ankommen, tun mir die Hände weh, weil ich sie so fest zusammengeballt habe.

Ich höre sie, noch bevor wir aus dem Wald heraustreten. Ihr Lachen und ihre Schreie und die tragbare Stereoanlage, die Mainstream-Pop spielt. Es sind weniger als ein Dutzend, aber ihre Stimmen werden durch den Widerhall von den Felsen verstärkt. Die meisten von ihnen kühlen sich im Wasser ab. Ein paar Mädchen jedoch sonnen sich auf Yogamatten, die auf den größeren Steinen ruhen, die den Wasserfall säumen.

Die Feuerstelle am Ufer, ein Ring aus Steinen und rostigen Suppendosen, riecht noch immer nach dem Rauch des Feuers, das sie am Abend zuvor angezündet haben müssen. Verkohlte Stöcke und Marshmallowreste bedecken den Boden darum herum.

»Hey, ihr Arschlöcher«, rufe ich. So wie die Worte aus

meiner Kehle kommen und sich mit dem Rauschen des Wassers vermischen, klingt es fast wie ein Lied. Die Härte meiner Stimme wird weichgespült wie die Steine am Fuß des Wasserfalls.

Alle Jungs drehen sich zu mir um. Trotz der Hitze springt heute niemand vom Wasserfall. Hat das seit Isaacs Unfall überhaupt wieder jemand gewagt? Ich stapfe durch den schmatzenden Schlamm und über die Kiesel, die zum Rand des Wassers führen, bis ich kurz vor der Mündung des Felsbeckens stehe. Ich blicke jeden von ihnen reihum an.

»Wenn ihr noch einmal auf meine Eltern oder ihre Läden losgeht, könnt ihr was erleben.« Meine Stimme ist ein tiefes, gleichmäßiges Knurren. Aber ich weiß, dass mich alle verstehen, sogar die, die zu weit weg sind, um meine Worte zu hören.

»Soll das eine Drohung sein?«, erkundigt sich Seth. Er steht hüfttief im Wasser, das schwarze Haar, das ihm sonst in sein spitzes Gesicht fällt, liegt an seinem Kopf an, und die Arme neben dem Körper sind angespannt.

»Darauf kannst du einen lassen.« Ich balle meine Hände zur Faust und widerstehe der Versuchung, einen der glitschigen Steine zu meinen Füßen aufzuheben und ihm an den Kopf zu schleudern. Wahrscheinlich würden sie das auch auf den Fluch und nicht auf ihre eigene Blödheit schieben.

»Oh, seht mal. Remy ist auf hundertachtzig. Nehmt euch

lieber in Acht«, ruft ein anderer. Die Jungs lachen, zu laut und zu schnell. Hinter ihrem Geprahle ist eindeutig ihre Nervosität zu erkennen und ich lächle sie bloß an. Wenn ich sie richtig in die Mangel nehme, knicken sie vielleicht ein.

»Remy, lass uns einfach gehen«, bittet Tobin neben mir. Er legt seine Hand in meine, als könnte er mich genauso leicht zum Gehen überreden, wie er mich überzeugt hat, mich von ihm herfahren zu lassen. »Du wirst sie nicht dazu bringen, sich bei dir zu entschuldigen.«

Ich trete näher an das Wasser heran und löse unsere Finger voneinander. »Ich bin nicht wegen einer Entschuldigung hier.«

»Weißt du«, beginnt Seth und platscht im Wasser ein paar Schritte auf mich zu, um mir zu zeigen, dass er nicht zurückweicht. »Diese Drohung hätte viel mehr Gewicht, wenn einer von uns die Absicht hätte, dich zu küssen. Aber da wir klug genug sind, uns tunlichst von dir fernzuhalten, hast du da wohl Pech gehabt.«

Auch wenn Seth vielleicht nichts mit mir zu tun haben will, kämpfen ein paar seiner Freunde gegen ihr Lächeln an, als würden sie zu einem Kuss nicht Nein sagen. Trotz allem, was gestern mit Gideon passiert ist.

Schweiß rinnt mir die Wirbelsäule hinunter und sammelt sich am Verschluss meines BHs. Ich unterdrücke den Wunsch, ihn mit dem Shirt abzuwischen. Jedes Anzeichen von Schwäche ist momentan unangebracht.

»Glaub mir, Seth, ich will euch ebenso wenig küssen wie ihr mich. Und nur deshalb habt ihr eure Gefühle für mich noch unter Kontrolle. Denn die Magie der Kusszeit ist mit meinen Gefühlen verbunden. Wenn ich es also darauf anlege, würdet ihr euch überschlagen, um mein Herz zu erobern. Und im Vergleich zu dem, wozu ich euch dann zwingen könnte, wäre das, was mit Isaac passiert ist, ein Scheißspaziergang.«

Das ist nicht einmal im Entferntesten wahr, aber wenn sie zu schmutzigen Tricks greifen, kann ich das auch. Und ich wäre vielleicht sogar versucht, meine Drohung wahr zu machen, wenn ich mir sicher wäre, dass meine Küsse ihnen wirklich nichts anhaben können.

Hinter mir knirschen und rutschen Steine, als würde Tobin ein paar Meter Abstand zwischen uns bringen. Ich schiebe mein Bedauern weg, bevor es sich voll entfalten kann.

»Hast du Isaac mutwillig verletzt?«, fragt Paige. Sie zieht die Augenbrauen über den Rändern ihrer Sonnenbrille zusammen, während sie mich mit ihrem Blick fixiert.

Im Gegensatz zu Seth und den anderen sollte Paige mich besser kennen. Es macht mich völlig fertig, dass das offenbar nicht der Fall ist. »Natürlich nicht! Glaubst du echt, dass ich ihm das mit Absicht angetan habe? Dass ich ihm immer und immer wieder wehtue, nur so zum Spaß? Ich bin vielleicht herzlos, aber nicht grausam, Paige«, sage ich, und meine Stimme ist so schrill, dass sie die Luft durchschneidet. Selbst wenn ich gewusst hätte, dass Isaac nur auf das Glück aus war, als wir uns geküsst haben, hätte ich ihm nie etwas zuleide getan. Und ich will definitiv auch sonst niemanden verletzen, aber ich muss ihnen klarmachen, dass sie zu weit gehen, wenn sie meine Familie belästigen.

»Ja, klar. Und das sollen wir dir jetzt glauben«, sagt Felix, während er ein paar Meter von mir entfernt aus dem Wasser steigt.

Ich lasse mich nicht davon ablenken, dass Felix nun doch noch dem Wir-hassen-Remy-Fanclub beigetreten ist. Was er oder die anderen über mich denken, spielt keine Rolle. »Ist mir egal, was ihr glaubt. Ihr könnt über mich denken und sagen, was ihr wollt. Aber lasst meine Familie da raus.«

Felix schnappt sich ein Handtuch, das über einem der Baumstämme am Ufer hängt, wirft es sich über den Kopf und rubbelt sich kräftig die Haare ab. Unter dem grün-gelb gestreiften Stoff formt er mit den Lippen ein »Sorry« und schenkt mir heimlich ein Lächeln.

Ich wüsste nur zu gern, ob ihm leidtut, dass er den Bäckereiwagen meiner Mom verwüstet hat, oder dass er mich behandelt hat, wie seine Freunde es von ihm erwarten, obwohl er in Wirklichkeit anderer Meinung ist.

»Bist du dir denn sicher, dass sie es waren?« Paiges resignierter Tonfall lässt ihre Stimme zittern. Sie weiß, dass die Jungs das ausgefressen haben, auch wenn sie sie verteidigt. Aber das bedeutet zumindest, dass sie nicht daran beteiligt war.

»Hundertpro.«

»Das kannst du nicht beweisen«, frohlockt Seth.

Ein paar der anderen Jungs nicken zustimmend und werfen *Ja* und *Da hat er recht* ein.

»Originelle Verteidigung, echt. Hast du das von *Law and Order* geklaut?«, spotte ich.

Felix, der dem Rest der Gruppe den Rücken zugewandt hat, verschluckt sich beim Lachen. »Aber an dem, was Seth sagt, ist was dran«, verkündet er so laut, dass es alle hören können.

»Wenn du willst, dass wir aufhören, Remy, könntest du uns einfach küssen«, schlägt ein anderer vor, und seine Worte haben nichts Schmeichelndes oder Romantisches an sich. Er breitet die Arme aus, um seine Freunde einzuschließen. »Küss uns und gib uns eine Chance auf das Glück.«

Mein Herzschlag beschleunigt sich. *Das* hat also einige von ihnen gegen mich aufgebracht? Sie bestrafen mich nicht, weil Isaac durch meinen Kuss verunglückt ist, sondern weil ich *niemanden sonst* geküsst habe, obwohl Maggie ihnen erzählt hat, dass ich das tun sollte.

Meine Überraschung darüber währt gerade mal zwei Sekunden. Sie sind verzweifelt. Aber sie können sich nicht an einem Tag so aufführen, als hätten sie Angst, dass ich sie

318

verfluche, und dann am nächsten Tag erwarten, dass ich sie küsse. »Das könnt ihr euch abschminken.«

»Wieso?«

»Weil ich nicht will«, entgegne ich.

Weil sie es nicht verdienen, so ungeschoren davonzukommen.

Weil ich es auch nicht verdiene.

»Und selbst, wenn ich es wollte«, fahre ich fort, »warum sollte ich einen von euch küssen, nachdem ihr den ganzen Sommer jedem, der es hören wollte, weisgemacht habt, dass ich Isaac verflucht habe? Ihr könnt nicht beides haben. Entweder bringt es Unglück, mich zu küssen, oder eben nicht. Entscheidet euch mal.« Ich tue so, als ob ich jede Option in meinen Händen abwäge und spreize dann die Finger weit auseinander, sodass sie auf dem Boden zerschmettern.

»Ach, hör doch auf, Remy. Wenn Isaacs Pech nicht direkt auf euren Kuss zurückzuführen ist, worauf dann?« Seth fährt mit dem Arm über die Wasseroberfläche, sodass eine Fontäne spritzend ans Ufer klatscht. Sie verfehlt mich nur um ein paar Zentimeter. »Er kann nicht mehr tauchen. Nicht so wie früher. Seine Lunge hat zu viel abbekommen oder so. Er kann die Luft nicht mehr lang genug anhalten. Tauchen war sein Leben. Und du hast es ihm genommen.«

»Er wollte mich küssen.« Ich klappe den Mund zu, bevor mir der Rest herausrutscht. Dass Isaac genauso viel Schuld hat wie ich. Für sie wird es nur wie eine Ausrede klingen. Manchmal frage ich mich, ob es tatsächlich nur eine ist.

»Er hätte es nicht gewollt, wenn er gewusst hätte, was ihm dann blüht«, verteidigt ihn Seth.

»Komm mal wieder runter, Alter. Wir wissen doch alle, wie sich Isaac zu Beginn des Sommers aufgeführt hat.« Felix hebt sein Shirt auf, das er über einen großen Stein gelegt hat, und zuckt mit den Schultern. »Wochenlang hat er nur davon gesprochen, dass er etwas vom Holloway-Glück abhaben will. Niemanden hat es überrascht, dass er Hannah abserviert hat, um eine Chance bei Remy zu haben. Nichts konnte ihn aufhalten. Ich sage nicht, dass er sein Unglück verdient hat, aber das Glück wahrscheinlich auch nicht.«

Seth und ein paar andere protestieren und nennen Felix einen Verräter, einen Lügner. Sie werfen ihm noch eine ganze Reihe anderer Wörter an den Kopf, doch er bleibt bei seiner Meinung.

»Und was jetzt, Felix? Meinst du, sie sollte einfach alle hier reihum küssen und sehen, ob es uns besser ergeht als Isaac? Gideon hat das gestern versucht und sich im nächsten Augenblick sein Scheißhandgelenk gebrochen«, argumentiert Seth.

Felix wirft Paige ein entschuldigendes Lächeln zu, das Grübchen auf seinen Wangen erscheinen lässt. Dann bahnt er sich einen Weg über Steine und Erde und kommt auf mich zu. »Ich meine doch bloß, dass es bei jemand anderem vielleicht klappen würde. Bei jemandem, der Remy *mag*.«

Echte Gefühle für ein Holloway-Mädchen zu haben, ist keine Voraussetzung dafür, dass die Magie funktioniert. Manche Menschen fühlen sich zu uns hingezogen und verlieben sich wirklich in uns. Andere lassen sich zu einem Kuss hinreißen, weil ihr Wunsch nach künftigem Glück sie übermannt. Aber viele geben auch nur vor, an uns interessiert zu sein, in der Hoffnung, dass wir sie dann küssen.

»Und dann würdet ihr mich in Ruhe lassen? Wenn ich einen von euch küsse, der mich wirklich mag, und dem dann nichts Schlimmes passiert?«, will ich wissen.

Tobin stellt sich vor mich und versperrt Felix den Weg. »Du musst niemanden küssen, nur um etwas zu beweisen«, redet er auf mich ein. »Schon gar nicht Typen, die das bloß gegen dich verwenden.«

Ein Mehlfleck verunziert das Hosenbein seiner schwarzen Jeans. Ich konzentriere mich darauf und überlege, ob er eher nach Südamerika oder Afrika aussieht, weil das besser ist, als in Tobins Gesicht zu schauen. Denn ich weiß, dass mich dort Enttäuschung erwartet. Hier stehe ich und biete den Jungs an, sie zu küssen, obwohl ich null für sie empfinde, während Tobin sich mit Freundschaft begnügt, weil er nicht mehr von mir haben kann. Ich habe ihn nicht verdient. »Ich finde das auch nicht so toll, aber wenn sie dann Ruhe geben, ist es doch eine Überlegung wert.«

»Daraus wird nichts«, widerspricht Seth. Seine Gesichtszüge werden so hart, als würden die Knochen darunter ver-
steinern. Als er fortfährt, ist seine Stimme so eiskalt wie
Polarluft. »Vergiss die paar Typen wie Felix, die in deiner
Nähe ihr dämliches Hirn ausschalten. Wir geben erst auf,
wenn du versprichst, während der Kusszeit niemanden
mehr zu küssen. Sorg dafür, dass kein anderer deinetwegen zu Schaden kommt, und du hörst keinen Mucks mehr
von uns.«

Er wird nie zugeben, dass Isaac seinen Teil dazu beigetragen hat. Er wird sich nie für all das entschuldigen, was er
mir diesen Sommer gesagt und angetan hat. Aber er wird
aufhören, mir das Leben zur Hölle zu machen. Alles, was
ich tun muss, ist, weiterhin meine Magie – und mein Herz –
zu verleugnen.

Oder auf wundersame Weise einen Weg finden, Isaacs
Pechsträhne zu beenden. Mehr ist für mich nicht drin.

»Sind das die einzigen Bedingungen?«, erkundige ich
mich.

»Jep, ich mache es dir leicht.«

»Heißt das, du bist einverstanden?« Felix legt die Hand
auf sein verwundetes Herz und stöhnt. »Du brichst mir das
Herz, Remy.«

Tobin gibt ein Geräusch von sich, das irgendwo zwischen einem Grollen und einem Seufzen liegt. Er wirft
einen Blick zurück zum Eingang des Wegs und wippt mit

dem Bein, als würde er uns nur zu gern schleunigst von hier wegbringen. »Du musst das nicht machen.«

Mein Herz unternimmt einen kläglichen Versuch, wieder zu schlagen, aber es ist nicht stark genug, es von allein zu tun. Solange ich mich auf Seth konzentriere, wird es den nötigen Impuls dazu auch garantiert nicht bekommen. Ich kann diesen Deal nicht ablehnen. Nicht einmal Tobin zuliebe. »Doch, muss ich.«

Ich wende mich an Seth und die anderen, die noch im Wasser sind, und sage: »Ich verspreche, dass in dieser Kusszeit niemand mehr durch meinen Kuss verunglückt.« Wenn das bedeutet, dass ich für den Rest der Kusszeit niemanden mehr küssen darf, dann sei es so. Aber wenn ich die Sache mit Isaac – und meine Magie – ins Reine bringen kann, eröffnet mir meine Wortwahl ein Schlupfloch. »Ich würde ja gern sagen, dass es ein Vergnügen ist, mit euch Geschäfte zu machen, aber …« Das Ende des Satzes geht in einem bitteren Lachen unter.

»Erinnerst du dich an unser Gespräch über eine ausgewogene Freundschaft auf dem Weg hierher?«, fragt Tobin und schiebt die Hände in die Taschen. Seinen zusammengekniffenen Lippen und dem angespannten Kiefer nach zu urteilen, ist er nicht bloß frustriert, sondern stinksauer. Denn diese Abmachung hat zur Folge, dass er in der Friendzone feststeckt und keine Chance auf einen Kuss hat, der meine Gefühle für ihn vielleicht nur noch verstärkt. »Das hier fühlt sich irgendwie wie das Gegenteil davon an.«

»Meine Zustimmung hat nichts mit uns zu tun.« Kaum sind die Worte heraus, merke ich, dass es sich anhört, als ob ich uns als ein *Wir* wahrnehme. Ein *Uns*. Hastig schiebe ich hinterher. »Mit unserer Freundschaft. Das ist eine Holloway-Sache, nicht eine Remy-Sache.«

Felix legt die Stirn in Falten und schaut zwischen Tobin und mir hin und her. »Ist das nicht dasselbe?«

Dass er den Unterschied nicht begreift, ist genau der Grund, warum ich ihn nicht küssen kann, ohne es zu bereuen. Tobin hingegen muss verstehen, dass ich in seiner Gegenwart eine andere bin als bei den meisten Menschen, denn er sieht mich an, als hätte ich sein Herz gerade in den Schredder gesteckt.

Ich würde ihm gern sagen, dass es mir leidtut. Dass er mich dazu bringt, wieder an die Liebe zu glauben, auch wenn jede Faser in meinem Körper gegen diesen Gedanken rebelliert. Doch ich darf ihn die Grenzen der Freundschaft nicht überschreiten lassen, bis die Magie der Kusszeit mich verlassen hat. Bis ich wieder ich selbst bin.

27

Am nächsten Morgen ist mein Kopf so voll mit all dem, was ich will und nicht haben kann, dass ich nicht mehr klar denken kann. Ich muss ihn freikriegen. Ausnehmen. Ausbluten lassen von den überschüssigen Gefühlen für Tobin, bevor ich etwas tue, was ich später bereue.

Ich verlasse das Haus, ehe Maggie mir wegen meiner Abmachung mit Seth wieder die Hölle heißmacht, und lande auf dem Friedhof. Hier wird mich hundertprozentig niemand stören.

Ich schließe die Augen. Drehe die Lautstärke meines Handys auf, damit mein Herz nicht auf meine Gedanken einreden kann.

Ein paar Lieder später fällt ein Schatten auf mich und ich reiße erschrocken die Augen auf. Für den Bruchteil einer Sekunde hoffe ich, dass Isaacs Hund beschlossen hat, wieder aufzutauchen. So viel Glück habe ich aber nicht. Stattdessen hockt Juliet neben mir in der Frühmorgensonne und stützt sich mit einer Hand auf einen Grabstein, damit sie nicht das Gleichgewicht verliert. Sie zieht einen meiner Ohrhörer raus, und der Starset-Song von meiner anonymen Playlist dudelt durch die Luft, bevor ich auf Pause drücken kann. Die Unfähigkeit des Sängers, etwas zu fühlen, spiegelt meine eigene Gemütslage wider.

Die hochgezogene Augenbraue, mit der Juliet mich bedenkt, spricht Bände, ebenso wie die Art und Weise, wie sie den Mund mitleidig nach unten verzieht.

Ich gehe nicht darauf ein. »Solltest du nicht da sein, wohin auch immer meine Schwester und du euch heute heimlich verdrücken wolltet?«

»Planänderung.« Sie gibt mir den von ihren Fingern baumelnden Ohrhörer zurück. »Ich bin durchaus in der Lage, mit euch beiden befreundet zu sein, auch wenn ihr zwei nichts mehr miteinander zu tun haben wollt. Und da du so aussiehst, als könntest du gerade eine Freundin gebrauchen, gehen wir jetzt einen Kaffee trinken und zeigen allen, dass du dich nicht so leicht einschüchtern lässt.«

»Sie haben mich nicht eingeschüchtert.«

»Sagt das Mädchen, das allein auf dem Friedhof hockt.«

Okay. Punkt für sie. Außerdem kann ich meine Freundinnen noch immer an einer Hand abzählen und da bleiben noch ein paar Finger übrig. »Und wenn schon. Würde es dir nicht genauso gehen, wenn du jedem Schmerzen zufügst, der dir zu nahekommt?«

»Mir hast du keine Schmerzen zugefügt. Tobin auch nicht.«

Es ist, als wollte sie das Universum gegen die beiden aufbringen. Ohne die Hilfe von Lilly Chastain haftet mir förmlich das Pech an den Fersen. »Nein, noch nicht. Und das soll auch so bleiben. Also muss ich deine Annäherungsversuche abwehren. Hier ist für dich Endstation.«

»Jetzt bist du einfach nur kindisch.«

»Ach ja?«

»Ja. Und wenn du nicht mitkommst, sage ich Tobin, dass du ihn sehr wohl küssen möchtest, und dann werden wir ja sehen, wie lange du ihm widerstehen kannst.« Damit hat sie mich wohl erwischt.

»Willst du wirklich eine Freundschaft, die auf Erpressung beruht?«, frage ich.

»Wenn das der einzige Weg ist, Remy.« Sie zieht mich auf die Beine, hakt sich bei mir unter, führt mich um die bröckelnden Grabsteine herum und achtet darauf, nicht auf die Gräber zu treten.

Auf dem Weg zum Pour House reden wir nicht viel. Das ist auch nicht nötig, soweit ich das beurteilen kann. Aber sobald wir uns mit unseren Iced Mochas an einen Tisch gesetzt haben, hält Juliet sich nicht länger zurück.

»Du musst dich nicht vor aller Welt verstecken. Das weißt du schon, oder?«

»Ich verstecke mich doch gar nicht.« Ich deute auf den rappelvollen Raum.

»Ich meine, dass du deine Schwester und mich jederzeit begleiten kannst. Gewöhnlich meiden wir öffentliche Orte, sodass du am Leben teilhaben kannst, ohne dich mit dem Mist herumzuschlagen, mit dem du dich nicht auseinandersetzen willst. Das eine tun, ohne das andere zu lassen.«

»Und was erwartet mich, wenn ich fünftes Rad spiele?«

»Tja, manchmal fahren wir auf den Berg und suchen uns ein ruhiges Plätzchen im Wald, wo sonst niemand ist. Und manchmal schleichen wir uns auf das Dach der städtischen Imkerei, legen uns auf den Rücken, lauschen dem Summen der Bienen und sehen ihnen zu, wie sie hin und her schwirren. Manchmal fahren wir einfach drauflos, ohne ein bestimmtes Ziel. Fenster runter, Radio an.«

»Und all das nur, um unter dem Radar von deiner Mutter zu fliegen?«

»Du hattest ja schon das Vergnügen, mit meiner Mom zu plaudern. Kannst du dir vorstellen, wie sie ausrastet, wenn ich vor aller Augen mit Maggie abhänge?« Juliet hebt ihren Löffel und tut so, als würde sie sich das Herz aus der Brust kratzen. »Außerdem fällt das Reden leichter, wenn niemand anders dabei ist.«

»Reden?« Ich habe gesehen, wie Maggie und Juliet sich gegenseitig anschmachten. Wenn sie bloß reden, wäre ich überrascht.

Sie nimmt ein Päckchen Zucker aus dem Behälter in der Mitte des Tisches, wirft es nach mir und trifft mich am Oberkörper. Es fällt mir in den Ausschnitt, und ich muss es dort herausholen, während Juliet zehnmal lauter lacht, als angemessen wäre. Als ich aufblicke, sagt sie: »Ja, reden. Über das, was wir lieben, und das, was wir hassen. Was wir mit unserem Leben anfangen wollen. Über dich. Bei vielem, was sie erzählt, geht es um dich. Maggie vermisst dich echt, weißt du das?«

»Maggie vermisst, wie einfach es früher war.« Ich zerdrücke die kleine Zuckertüte zwischen Zeigefinger und Daumen. Die Körnchen reiben durch das Papier auf meiner Haut.

»Kannst du ihr das verübeln? Du warst ihre beste Freundin – *bist* ihre beste Freundin. Aber ihr wechselt ja kaum noch ein Wort miteinander. Sie muss so einsam sein.«

»Zum Glück hat sie ja jetzt dich. Problem gelöst.«

Juliet setzt ihren Iced Mocca ab, ohne ihn angerührt zu haben. Sie lässt den Strohhalm am Innenrand des Glases kreisen und rührt den Kaffee unter, der aus den schmelzenden Kaffee-Eiswürfeln sickert. Als sie aufblickt, schenkt sie mir ein trauriges Lächeln. »So toll ich auch bin, ich bin ein schlechter Ersatz für dich. Sie sagt, du weißt, wie du rübergreifen und das Lenkrad festhalten musst, wenn sie beim Fahren niesen muss. Und du weißt, welche Songs ein No-Go im Auto sind. Und du kennst die Namen all ihrer

Lippenstifte. Wenn sie dich fragt, welcher am besten zu dem Kleid passt, das sie am nächsten Tag tragen will, musst du dir nicht erst alle Farben zeigen lassen wie ich. Wenn ich sage, dass sie dich vermisst, dann meine ich, dass sie dich vermisst. Und zwar sehr.«

Ich schüttle den Kopf. Das ist eindeutig an den Haaren herbeigezogen. »Das kannst du alles lernen. Dafür braucht sie *mich* nicht.«

»Na schön.« Juliet schnaubt und lässt sich genervt auf ihren Stuhl zurücksinken. »Wie wäre es damit, dass du anscheinend der einzige Mensch auf der Welt bist, der sie so sehr zum Lachen bringt, dass sie Schluckauf bekommt und nicht mehr aufhören kann?«

Das stimmt. Maggie hat schon immer gern und oft gelacht. Aber manchmal, wenn sie und ich herumalbern, verkrampft sich dabei ihr Zwerchfell. Dann muss ich auch lachen und sie kann erst recht nicht mehr aufhören. Teufelskreis und so.

»Wenn sie einmal anfängt«, bestätige ich, »dauert es ungefähr zwanzig Minuten, weil keine von uns lange genug aufhören kann, damit sie ihre Atmung wieder in den Griff bekommt.«

Juliet langt nach ihren Haaren und dreht sie zu einem hohen Messy Bun. Dann lächelt sie triumphierend. »Du vermisst sie auch.« Das ist keine Frage.

»Tu ich nicht«, widerspreche ich.

»Du tust was nicht?«

Ich knete das Zuckerpäckchen so sehr, dass die Kristalle aus zwei oder drei Löchern, die ich gerade in das Papier gerissen habe, auf den Tisch krümeln. »Du solltest dich da nicht einmischen, Juliet. Die Beziehung zu meiner Schwester ist nichts, was du wieder einrenken kannst.« Ich wische den verschütteten Zucker vom Tisch und verdränge, wie gern ich das Verhältnis zu meiner Schwester nach diesem Gespräch wieder in Ordnung bringen würde.

»Ich muss es wenigstens versuchen«, erwidert sie.

»Warum ist es so wichtig für dich, dass Maggie und ich uns wieder verstehen?«

Juliet legt ihre Hand auf meine. Ihre schlanken Finger sind kühl vom Kondenswasser an ihrem Glas. »Weil sie mir etwas bedeutet, Remy. Und wenn ich weiß, was sie glücklich macht, möchte ich es ihr geben. Versteh mich nicht falsch, ich wäre gern der Grund dafür, dass sie glücklich ist. Aber bis ihr euch wieder versöhnt habt, ist ein Teil ihres Herzens gebrochen. Oder hat zumindest einen Riss bekommen. Und wenn sie Glück empfindet, rieselt es an dieser Stelle wieder heraus.«

»Dann besorgst du ihr wohl lieber Klebeband.«

»Du hast auf alles eine schnippische Antwort, oder?«

»Darin bin ich heutzutage richtig gut.« Ich grinse, um die Spannung ein wenig herauszunehmen. Juliet gibt sich Mühe. Da kann ich ihr wenigstens ein bisschen entgegenkommen. »Ich weiß, du meinst es gut. Und ja, manchmal denke ich, wenn ich Maggie verzeihe, wird alles besser. Aber es ist zu viel passiert, als dass alles wieder so werden kann wie früher.«

Juliet rutscht auf die Stuhlkante, stützt die Ellbogen auf den Tisch und beugt sich vor. »Was hat sie denn verbrochen, dass du ihr verzeihen musst?«

Sie hat mich übel hintergangen, als sie mich wegen Laurel angelogen hat. Als ob sie mir in Herzensdingen nicht trauen könnte. Und vielleicht war ihr Misstrauen berechtigt, denn was Liebe betrifft, habe ich eindeutig null Ahnung. Ich war auf der Suche nach echten Gefühlen und bin auf ganzer Linie gescheitert. Maggie hingegen hat sich immer mit Haut und Haar in etwas hineingestürzt und ihr Herz auf einem Silbertablett mit einem kleinen Zettel präsentiert, auf dem stand: *Wenn ich dir gehöre, dann ganz.* Und wer dieses Geschenk angenommen hat, hat auch akzeptiert, dass Maggie bestimmt, wann es vorbei ist. Kein Meinungsumschwung. Keine zweite Chance. Keine Gewissensbisse.

Wenn sie mir vertraut hätte – sowohl, was ihre Geheimnisse angeht, als auch damit, wie ich mit meiner Kusszeit umgehe, nachdem mit Isaac alles vor die Hunde gegangen ist –, wäre jetzt vielleicht alles anders.

»Sie ist zu jemandem geworden, auf den ich mich nicht mehr verlassen kann. Jemand, den ich nicht kenne. Und darüber zu reden, ändert nichts daran.« Und macht auch nicht Isaacs Pech ungeschehen oder meine Schuldgefühle, weil ich die Regeln der Kusszeit missachtet habe.

»Falsch.« Juliet legt ihre Hand auf meinen Unterarm und umfasst mein Handgelenk mit ihren Fingern. »Mit Geheimnissen kenne ich mich ziemlich gut aus. Je länger man sie für sich behält, weil man Angst davor hat, was andere über einen denken, desto mehr fressen sie einen innerlich auf. Aber wenn man sie dann endlich mal jemandem erzählt, verlieren die Geheimnisse ihren Schrecken und sind bloß noch Worte.«

Ach, wenn das nur wahr wäre. Aber manche Geheimnisse richten einfach bloß noch mehr Schaden an, wenn man sie preisgibt. »Worte sind alles andere als harmlos.«

»Ich habe nicht gesagt, dass sie nicht verletzend sein können. Manche Worte, die wirklich wichtigen, können einen am Boden zerstören. Aber glaub mir, Worte tun nicht so weh wie Schuld und Einsamkeit.«

So verlockend es auch klingen mag, den Rucksack der Gefühle, den ich mit mir herumschleppe, kurz jemand anderem aufzubürden, so muss ich ihn am Ende doch selbst wieder tragen, denn vor meinen Sorgen kann man nicht einfach so davonlaufen. Ich befreie meinen Arm aus ihrem Griff und sage: »Ein bisschen Küchenpsychologie löst meine Probleme nicht.«

»Bei dieser Einstellung bestimmt nicht.«

»Können wir bitte einfach über etwas anderes reden? Am besten etwas Erfreuliches.«

Juliet tippt sich mit dem Finger auf ihre Lippen, während sie nachdenkt. Nach einem Moment meint sie: »Fändest du es seltsam, wenn wir vier etwas miteinander anfangen? Natürlich nicht alle vier, sondern ich und Maggie und du und Tobin?« Sie richtet den Blick auf den Tisch, aber auf ihr Gesicht stiehlt sich ein hoffnungsvolles Lächeln.

»Seltsam? Auf jeden Fall. Wird es passieren? Nein.«

Ihr Lächeln erstirbt. »Glaubst du nicht, dass ich für Maggie mehr sein könnte als nur eine Freundin?«

Das Leben meiner Schwester ist so erfüllt, seit Juliet nebenan eingezogen ist, dass ich mich kaum an eine Zeit erinnern kann, in der ich sie glücklicher erlebt habe. »Juliet, ich glaube, du könntest für Maggie die Eine sein. Ich weiß nur nicht, ob sie das zugeben wird. Sie war noch nie der Typ für eine feste Beziehung. Aber andererseits stehen sie und ich uns auch nicht mehr besonders nahe. Vielleicht hat sich das schon vor Wochen geändert, ohne dass ich es mitbekommen habe. Ich denke, du musst dir wirklich keine Sorgen darüber machen, was meine Schwester für dich empfindet.«

»Echt?« Ihre Stimme klingt wieder hoffnungsfroh.

Einen Augenblick lang lasse ich mich von ihrer Freude anstecken und lache. »Echt.«

»Okay, wo das mit mir jetzt geklärt ist. Empfindest du wirklich gar nichts für meinen Bruder?«

Es würde das Leben so viel einfacher machen. Aber das ist mir nicht vergönnt. Ich habe so viele Gefühle für Tobin, dass ich sie mir mit beiden Händen in die Tasche stopfen muss, weil mein Körper sie nicht mehr aufnehmen kann.

Meine Hoffnung, den Fluch aufheben zu können, ist kaum mehr als ein Fünkchen. Ich habe Lilly Chastain noch immer nicht erreicht. Falls mir das nicht gelingt, habe ich keine Ahnung, wie ich Isaacs und mein Schicksal sonst ändern kann.

Und jegliche Zukunft mit Tobin hat sich erledigt, bevor sie überhaupt eine Chance hatte.

Als ich nichts sage, beendet Juliet das Schweigen. »Wenn du ihm schon das Herz brichst, kannst du mich dann wenigstens vorwarnen? In seiner Verliebtheit wird er es wohl nicht kommen sehen. Aber wenn ich Bescheid weiß, kann ich das Schlimmste vielleicht verhindern.«

»Besser, sein Herz wird gebrochen als sein Bein, seine Rippen oder sein Genick.« Als sie wieder nach meinem Arm greift und ihn drückt, füge ich hinzu: »Sieh mich nicht so an.«

Juliet zieht herausfordernd eine Augenbraue hoch. Sie lässt mich nicht los. »Was?«, fragt sie. »Du machst dir nur was vor, wenn du glaubst, du würdest *ihn* damit schützen und nicht dich selbst.«

»Was ist denn so falsch daran, dass ich mich auch schützen will?«

»Dass du jemand links liegen lässt, der dich glücklich machen würde. Ich meine, die Kusszeit soll dich doch zu deiner wahren Liebe führen, oder? Vielleicht ist das der Schlüssel zur Lösung deiner Probleme. Lass dich wieder auf die Liebe ein. Und hör mit dem Scheißweglaufen auf. Das bringt ja wohl gar nichts.«

Ob es etwas bringt oder nicht, mir bleibt nichts anderes übrig. Ich habe Seth versprochen, dass ich niemanden mehr küsse. Bis jetzt hat er seinen Teil der Abmachung eingehalten. Ich darf ihm keinen Grund geben, den Waffenstillstand zu beenden. Ich schaue Juliet in die Augen und bitte sie stumm um Verständnis. »Es gibt einen Unterschied zwischen sicheren Abstand halten und links liegen lassen.«

»Sicheren Abstand für wen? Tobin oder dich?«

»Beide«, entgegne ich. »Wenn die Kusszeit vorbei ist und die Magie mich verlässt, geht von mir keine Gefahr mehr aus.« Und vielleicht weiß ich bis dahin, ob unsere Gefühle füreinander echt sind, denn vorher kann ich mich nicht darauf verlassen, dass er nicht mit meinem Herzen spielt wie Isaac.

Seit ich Lilly Chastains Nummer habe, rufe ich sie mindestens einmal täglich an. Sie geht nie ran. Aber ich versuche es trotzdem. Irgendwann muss sie ja mal abnehmen, oder? Wenn sie tot wäre, wäre die Nummer deaktiviert. Wahrscheinlich hat sie entweder genügend Beiträge darüber gesehen, wie ältere Menschen von Betrügern abgezockt werden und nimmt keine Anrufe von unbekannten Nummern entgegen, oder ihr Sozialleben ist wesentlich besser als meines. Nicht, dass dazu viel gehören würde.

Als heute tatsächlich jemand abhebt, lasse ich vor Schreck fast das Handy fallen.

»Oh, hallo. Ich würde gern mit Lilly Chastain sprechen«, stottere ich.

»Ich bin ihre Tochter Delilah. Kann ich dir irgendwie helfen?«

»Ja. Ich wollte mich mit ihr über meine Großmutter unterhalten. Sie waren befreundet, als sie jung waren.« Das ist nicht völlig gelogen. Wenn es stimmt, was Mrs. Chastain sagt, standen sich Oma und Lilly einen Sommer lang sehr nahe.

»Es tut mir leid, das wird nicht möglich sein. Meine Mutter ist nicht in der Verfassung, mit dir oder anderen Fremden zu reden.«

Ich balle meine Hände zur Faust, um das Zittern zu unterdrücken. *Auf Lilly lastet noch immer ein Fluch.* Der Gedanke hämmert in meinem Kopf so wild wie mein Herzschlag. War das, was der Kuss von Oma oder ihrer Schwester Lilly angetan hat, so stark, dass es sie das ganze Leben lang verfolgt hat? Ich hoffe mal für Isaac und mich, dass es nicht so ist.

»Geht es … geht es ihr gut?« Im Gegensatz zu meinen Händen kann ich das Zittern in meiner Stimme nicht verbergen.

»Sie hat Demenz. Wir gehen damit um, so gut es geht. Aber sie kommt schnell durcheinander und vergisst manchmal, wo sie ist oder wer die Leute sind. Wenn es dann auch noch Fremde sind, stresst sie das unglaublich.«

»Ich will die Sache nicht noch schlimmer machen, aber ich muss *wirklich* mit ihr reden«, flehe ich. »Wissen Sie, ob sie sich an Ereignisse aus ihrer Jugend erinnert? Erinnert sie sich an Menschen? Wenn ich nur ein paar Minuten mit ihr sprechen könnte oder wenn Sie ihr ein paar Fragen stellen könnten, wäre ich Ihnen sehr dankbar.«

»Ihr Gedächtnis ist unberechenbar. An einem Tag kann sie mir genau aufzählen, was sie an ihrem ersten Schultag zum Frühstück gegessen hat, und an anderen Tagen weiß sie nicht einmal mehr, was sie eine Stunde zuvor gegessen hat. Ich schlage dir deine Bitte nur ungern ab, aber ich halte es für keine gute Idee, ihre Aufmerksamkeit auf Ereignisse zu lenken, die so lange zurückliegen. Wo sie doch manchmal denkt, ich wäre *ihre* Mutter.«

»Das verstehe ich, ehrlich. Aber ich glaube, sie weiß etwas über meine Großmutter, über meine Familie, das jemandem tatsächlich das Leben retten kann. Alles, was sie mir erzählen kann, ist vielleicht hilfreich. Könnten Sie sie wenigstens nach meiner Großmutter, Ada Holloway, fragen und herausfinden, ob sie sich an sie und den Sommer erinnert, den sie zusammen in Talus in North Carolina verbracht haben? Ich würde Sie nicht darum bitten, wenn es nicht wirklich wichtig wäre.«

Sie seufzt am Telefon, als wüsste sie, dass sie mich nicht so schnell wieder loswird. »Meine Mutter hat schon mal von Talus gesprochen. Ich glaube, sie hat dort einen Sommer bei einer Familie verbracht, als sie noch jung war. Sie erzählt manchmal von diesem Sommer, wenn sie verwirrt ist. Aber nichts von dem, was sie sagt, ergibt einen Sinn.«

»Und was erzählt sie da so?« Die Holloway-Magie würde jemandem, der nichts von ihrer Existenz weiß, absurd erscheinen. Aber vielleicht sind Lillys Erinnerungen daran noch nicht verblasst.

»Das weiß ich beim besten Willen nicht mehr. Ich weiß nur noch, dass ich dachte, ihre Fantasie würde mit ihr durchgehen. Selbst wenn ich sie über diese Zeit befragen würde, bin ich mir nicht sicher, ob es dir etwas bringt.«

Es kann auf jeden Fall nicht schaden. Aber mit Delilah komme ich nicht weiter. Ich muss einen Weg finden, direkt mit Lilly zu sprechen. Ich atme tief durch, um den Drang zu unterdrücken, Delilah von der Holloway-Magie zu erzählen und von dem, was meiner Meinung nach mit ihrer Mutter passiert ist. Sie würde mich für genauso verwirrt halten und mich nie und nimmer in die Nähe ihrer Mutter lassen. »Wenn sie einen guten Tag hat, an dem Sie gegen eine Unterhaltung nichts einzuwenden hätten, würden Sie mich dann anrufen?«

»Warten wir mal ab, wie es ihr geht, okay? Ich schaue jeden Tag zumindest für ein paar Minuten bei ihr vorbei. An guten Tagen versuche ich, ihr so viel Freiraum zu geben, wie sie möchte. Falls sie irgendetwas über Talus sagt, versuche ich, mir einen Reim darauf zu machen, und melde mich bei dir.«

Nachdem ich ihr meine Telefonnummer gegeben habe, sage ich: »Vielen lieben Dank.«

Auch wenn ich noch nicht alle Antworten habe, bin ich heute schon schlauer als gestern und weiß zum Beispiel, dass Lilly an guten Tagen sich selbst überlassen ist.

Falls es ein Mittel gibt, den Holloway-Fluch zu brechen, ist Lilly Chastain der Schlüssel dazu. Ihre Tochter mag nicht glauben, dass Lilly in der Lage ist, mit mir zu reden. Aber ich kann hier auch nicht einfach bloß Däumchen drehen und das, was ich gerade erfahren habe, wieder vergessen.

Das Bedürfnis, mich jemandem mitzuteilen, durchzuckt mich wie ein Stromschlag. Ich bin ein funkensprühendes Energiebündel, das die ganze Welt erleuchten will.

Ich beschließe, mich mit einer Person zu begnügen:

Laurel. Sie ist die Einzige, die mir meine Theorie über die fehlenden Seiten im Buch des Glücks abgekauft hat. Die Einzige, die mir bei der Suche nach anderen Pechvögeln geholfen hat. Sie verdient es zu erfahren, dass ihr Vertrauen in mich gerechtfertigt war. Auch wenn sie mich in letzter Zeit meidet. Da Laurel nicht auf meine Nachrichten antwortet, werde ich sie nach ihrer Arbeit im Kino abpassen und es ihr persönlich sagen.

Ich laufe die Treppe hinunter und hinaus in die Finsternis. Die Spätsommerblumen, die in den Kästen unter den Vorderfenstern blühen, verströmen einen honigsüßen Duft, als ich vorbeigehe. Iggy hat seinen Posten verlassen und ich schaffe es unbemerkt in den Schutz der unbeleuchteten Straße.

Auf Autopilot lege ich den Weg ins Stadtzentrum zurück. Ich meide die Hauptstraßen und nehme stattdessen kleinere Straßen oder Abkürzungen durch die Gärten der Nachbarn oder durch dichte Waldstücke, in die nur das Mondlicht vordringt. Gelegentlich stört ein Geräusch die schlafende Stadt – ein Ausatmen hier, ein Stoffraschein dort.

»Du kannst dich ruhig zeigen«, rufe ich, mehr um mir selbst zu beweisen, dass mein Verstand mir nur einen Streich spielt, als dass ich glaube, dass mich jemand tatsächlich verfolgt. Als ich über meine Schulter zurückblicke, sehe ich nur Dunkelheit. Meine Mundwinkel ziehen sich triumphierend nach oben.

Doch auf einmal löst sich ein paar Meter vor mir ein Schatten von einem Baum.

Mein verkümmertes Herz erholt sich auf wundersame Weise, und als sich der Schatten zu Tobin manifestiert, löst jeder verzweifelte Schlag eine Welle des Schmerzes aus.

»Das treibst du also, wenn du dich nachts rausschleichst«, sagt er.

Ich verscheuche die anhaltende Panik und damit die Lebenskraft, die sie meinem Herzen verleiht. Wenn es um Tobin geht, kann ich beides nicht gebrauchen. Ich laufe an ihm vorüber, ohne auch nur kurz stehen zu bleiben, und erwidere: »Nein, das bildest du dir bloß ein. In Wahrheit brenne ich die Stadt nieder, ein Haus nach dem anderen, aber ich gaukle deinem Hirn vor, ich würde etwas so Banales wie einen Mitternachtsspaziergang machen. Schön zu wissen, dass der Trick geklappt hat.«

»Sehr witzig.«

»Heute wieder Observierungsdienst?«, erkundige ich mich. »Bist du mir schon einmal gefolgt?« Isaacs Hund ist noch immer nicht heimgekehrt und ich habe die Suche nach ihm fast schon aufgegeben. Doch wenn es mit Lilly so läuft, wie ich hoffe, taucht er vielleicht von selbst wieder auf als Beweis, dass der Fluch gebrochen ist.

Tobin legt den Kopf schief und auf sein Gesicht schleicht sich in Zeitlupe ein Lächeln. »Jemand muss dich davon abhalten, diesen Ort in ein Inferno zu verwandeln.«

Wenn ich darauf antworte, wird er auch etwas entgegnen. Und dann sind wir knietief in ein Gespräch verwickelt, was gegen meine »Bloß-Freunde«-Regel verstößt. Wir setzen den Weg schweigend fort.

Nach etwa fünf Minuten bleibe ich an einer Backsteinmauer stehen, auf die ein Bild vom Firelight Falls gesprüht ist. Der Schein der Straßenlaterne in drei Metern Entfernung reicht gerade aus, um die tiefen Rot- und Orangetöne der Sonnenstrahlen zu erkennen, die auf das Wasser treffen – das Phänomen, das dem Wasserfall seinen Namen gibt. Noch einen halben Block weiter, und ich bin am Kino, in dem Laurel arbeitet. Und was auch immer das mit Tobin ist, endet dort.

»Was hast du wirklich gedacht, was ich mache?« Es ist eine Frage. Es ist ein Risiko. Die Worte rutschen mir einfach so heraus, leise und unsicher, bevor ich sie mir verkneifen kann, denn ich glaube, ich muss das wissen. So viel zu meinem Vorsatz, mich nicht mit ihm zu unterhalten.

»Weiß nicht. Ich dachte, du würdest vielleicht Zucker in Benzintanks kippen oder andere Streiche spielen, um dich an allen zu rächen, auf die du so sauer bist.« Tobin lehnt sich an die Mauer und trommelt mit den Fingern seiner rechten Hand einen Rhythmus auf die Backsteine.

»Alle reden über mich, als wäre ich der leibhaftige Teufel, aber das bin ich nicht. Ich will ihnen nicht wehtun. Und meistens gelingt mir das auch.« Mir entfährt ein halbherziges Lachen. »Aber selbst dann sind Wunsch und Wirklichkeit zwei Paar Schuhe.«

»Und was machst du dann?«

»Heute Abend treffe ich mich mit Laurel, wenn sie mit der Arbeit fertig ist.«

»Und an den anderen Abenden?«

Ich schaue ihm direkt in die Augen und hoffe, dass er die Botschaft kapiert. »Jungs die Liste für diesen Sommer vermasseln, indem ich mich weigere, sie zu küssen.«

»Maggie hat dir davon erzählt?«

»Nein. Aber falls du denkst, du bist der einzige Typ, den sie dazu bringen will, mich zu küssen, bist du nicht so schlau, wie du aussiehst.«

»Du findest also, dass ich schlau aussehe? Das ist doch schon was«, sagt er.

Ich schüttle den Kopf und steige nicht darauf ein. Alles, was ich an ihm mag, lässt mich zu leicht vergessen, worauf er aus ist. »Du siehst aus wie jeder andere Typ in der Stadt, der denkt, dass er sich einen Holloway-Kuss erschmeicheln kann.«

»Das Glück ist mir egal, das weißt du.«

»Das sagst du, wenn du mir gegenüberstehst, aber ich habe Maggie und dich gehört. Das Glück spielt immer eine Rolle, ob du es nun glaubst oder nicht.«

Tobin beißt sich auf die Lippe und überlegt. »Ich meine, ja, es schwingt schon mit. Und egal, was du über mein Aussehen denkst, ich bin nicht so dumm, es abzulehnen, wenn du mir eine Chance gibst.«

»Tja, dann ist es wohl dein Pech, dass ich dir keine Chance gebe.«

3. TEIL

Ein zarter
Glücksschimmer

28

Es ist eine dreieinhalbstündige Fahrt zu Lilly Chastains Haus. Selbst wenn ich Maggie überreden könnte, mir das Auto für den Tag zu überlassen, würde sie wissen wollen, wofür ich es brauche. Und wie Maggie nun einmal ist, würde sie darauf bestehen, mich zu begleiten. Die Atmosphäre zwischen uns ist noch immer angespannt, auch wenn ich ihr gegenüber nicht mehr so frostig bin. Außerdem will ich sie bei dem Gespräch nicht dabeihaben.

Wenn Lilly etwas darüber weiß, dass die Kusszeit auch böse enden kann, wird sie ihre Geschichte eher einer Holloway erzählen, die sich damit herumschlagen muss, als einer, bei der alles glattlief.

Obwohl ich Tobin neulich abends abserviert habe, ist er der Erste, der mir einfällt. Wenn er doch bloß eine gute Wahl wäre. Ich frage stattdessen Laurel, aber ihre Mutter lässt sie nicht so weit fahren, ohne dass ein Erwachsener im Auto sitzt. Wenn es Tobin also ernst meint mit unserer Freundschaft, wird er hoffentlich darüber hinwegsehen, dass ich ihn nicht küssen will, und mitkommen, denn allein fahren will ich nicht.

Als ich den Secondhand-Musikladen, in dem er arbeitet, betrete, läuft ein Lied, das ich zwar erkenne, aber nicht genau zuordnen kann. Tobin summt mit, während er die Vinylsammlung in den maßgefertigten Holzregalen neu ordnet. Jedes der zwölf quadratischen Fächer ist leer und die Platten stapeln sich um ihn herum auf dem Boden.

»Hat jemand die alphabetische Sortierung durcheinandergebracht?«, frage ich.

Er schaut auf, kaut nachdenklich auf den Lippenpiercings und grinst dann. Als wäre ich genau die Person, von der er sich gern bei der Arbeit stören lässt. Mein Herz reagiert postwendend und schaltet bei dem Gedanken auf Hochtouren. Und fast drehe ich mich um und gehe, ohne ihn um Hilfe zu bitten. Eine so lange Autofahrt ist vielleicht mehr, als mein Herz verkraftet.

Meinen Teil der Abmachung mit Seth kann ich nur einhalten, wenn meine Beziehung zu Tobin nicht über eine Freundschaft hinausgeht.

»Sag mir bitte, dass du nicht so eine bist«, sagt er stöhnend. »Musik kann man nur auf zwei Arten ordnen. Danach, wie gut du die Band oder das Album findest, so mache ich es bei mir zu Hause, oder nach Genre, das funktioniert für Kunden besser.«

Ich tue so, als wäre ich entsetzt. »Aber dann müssen sich die Leute ja durch die ganze Kategorie wühlen, um zu wissen, was ihr habt.« Offenbar kapiert mein Mundwerk die Grenze zwischen Freundschaft und Flirten nicht.

»Jep. Und möglicherweise stolpern sie dabei über etwas Unerwartetes.« Er deutet auf sich zwischen all den Platten. »Siehst du? Mein Wahnsinn hat Methode.«

»O ja. Den Wahnsinn erkenne ich ganz eindeutig.«

»Bist du hergekommen, um entgegen deiner Absichten mit mir zu flirten, oder war sonst noch was?«

»Was machst du morgen?« Es ist der letzte Tag der Sommerferien, und wenn ich es da nicht zu Lilly schaffe, muss es bis zum nächsten Wochenende warten.

»Bis zwei arbeiten.« Tobin nimmt ein paar Alben von einem Stapel und legt sie in das erste Regalfach. Dann richtet er seine volle Aufmerksamkeit auf mich. Er lächelt mich an und ein dünner Eyeliner-Strich lässt seine grauen Augen schillern. »Warum? Bittest du mich um ein Date?«

Nee, ein Date ist definitiv nicht drin. »Wenn du dir darunter vorstellst, dass du mich nach Raleigh kutschierst, damit ich eine ältere Dame treffe, die früher meine Oma kannte, dann ja.«

»Das klingt eher nach einem Chauffeur.«

Ich trommle mit den Fingern auf den Plattenstapel neben mir und widerspreche: »Ich sehe es eher als Freundschaftsdienst.«

»Und ich bin der Freund, den du dir ausgesucht hast? Muss mein Glückstag sein. Auch ohne Holloway-Kuss.«

Ich verdrehe die Augen angesichts seiner Wortwahl. Wenn Lilly Chastain die Antworten hat, die ich brauche, muss ich mir möglicherweise bald keine Sorgen mehr machen, dass das, was ich Isaac angetan habe, auch anderen zustößt. Und vielleicht – da ist dieses Scheißwort wieder –, vielleicht muss ich mich nicht mehr an den Deal mit Seth halten, wenn es Isaac wieder gut geht.

Nein, so darf ich nicht denken.

»Holloway-Küsse sind der Grund, warum Moms Bäckerei verwüstet wurde. Also betrachte unsere Kuss-Abstinenz als Zeichen der Verbundenheit.«

»Ach, und Isaac? Den hast du wohl geküsst, weil du ihn *nicht* magst?«

Ich würde gern lachend etwas wie *Sehe ich aus wie ein Mädchen, das über Bettgeschichten plaudert?* erwidern. Aber mein Mund hat seinen eigenen Willen. »Nein. Die Sache mit Isaac ist kompliziert. Zu Beginn des Sommers mochte ich ihn sehr, aber jetzt empfinde ich nichts mehr für ihn.«

»Hast du noch etwas für ihn empfunden, als du ihn vor ein paar Wochen zum zweiten Mal geküsst hast?«

Offenbar hat sich das rumgesprochen. Meine Wangen werden warm. »Das war so eine Art Experiment.«

Tobin hat sich wieder den Platten zugewandt und wählt ein paar aus, die seinem Ordnungssystem entsprechen. Er blickt mich nicht an, als er mir antwortet: »Du sprichst in Rätseln.«

»Du brauchst nur zu wissen, dass zwischen Isaac und mir nichts läuft. Und auch nie wirklich gelaufen ist.« Das muss er mir glauben. Unbedingt. Irgendwie hat es Tobin geschafft, meine Defensive einzig und allein mit seinem Lächeln auszuspielen. Ich sehe es jedes Mal vor mir, wenn ich die Augen schließe, als hätte ich mein ganzes Leben mit Tobin verbracht und wäre ihm nicht erst vor etwas mehr als einem Monat begegnet. Und obwohl ich ihn kaum kenne, werde ich in seiner Nähe ganz hibbelig.

Es ist voll absurd, wie ich auf ihn reagiere.

Tobin nimmt meine Hand und hält sie gegen das Licht, um die Tintenflecke auf meinen Fingern zu begutachten. Sie sind ein Überbleibsel von Isaacs letztem Missgeschick, das ich im Buch des Glücks festgehalten habe – ein gebrochener Arm, weil er auf den frisch gewienerten Dielen im Pour House ausgerutscht ist. Tobins Daumen zeichnet ein Muster auf meine Handfläche und ich bekomme eine Gänsehaut. »Alles okay?«, fragt er.

»Mir geht's gut. Das ist bloß Permanentmarker.«

Sein Blick sagt, er weiß ganz genau, dass ich weiß, dass er damit nicht die Tintenflecke gemeint hat, aber er belässt es dabei. »Lass mich raten, du hast Kuchenbasar-Schilder gemalt, um die Jungs in euren Garten zu locken?«

»Ich glaube, in dem Lied waren es Milchshakes. Und

wenn, hätte ich eher ›*Rasen betreten verboten*‹-Schilder gemacht.«

»Willst du damit herausfinden, wer am einfallsreichsten, toughsten, entschlossensten oder ›setze ein beliebiges Adjektiv ein‹ ist?«

Genau. Denn Typen, die ihren Hals riskieren, um meine Aufmerksamkeit zu erregen, sind genau das, was ich im Moment gebrauchen kann. »Das klingt zwar unterhaltsam, aber nein. Wenn ich wirklich glauben würde, dass Schilder die Leute abschrecken, wäre mein Garten damit zugepflastert.« Aber solange sich Seth und seine Freunde an ihren Teil der Abmachung halten, muss ich mir um sie keine Sorgen mehr machen. Bleibt also nur noch Tobin, den ich in Schach halten muss. »Du würdest dich an solche Verbote halten, oder?«

Tobin schüttelt in gespieltem Ernst den Kopf und seine Haare fallen ihm über die Augen. »Ach, komm. Wir wissen doch beide, dass die Schilder nicht für mich gelten. Oder für Juliet, in Maggies Fall.«

Er hält noch immer meine Hand fest. Er weiß, dass er mich hat.

Und er muss sich noch nicht einmal anstrengen.

Fühlt sich so Liebe an? Ein unwiderstehliches Verlangen, in jemandes Nähe zu sein? Dessen Lächeln zu sehen und zu wissen, dass es nur für dich gedacht ist?

»Ganz im Gegenteil«, erwidere ich. »Sie würden vor

allem für dich gelten.« Ich ziehe meine Hand zurück und blättere in dem Stapel Schallplatten neben mir, ohne eine von ihnen wirklich wahrzunehmen. Obwohl wir uns nicht mehr berühren, spüre ich Tobins Haut auf meiner, ein Gefühl, das bleibt, als hätte er seine Fingerabdrücke direkt auf meiner Seele hinterlassen.

Tobin feixt von einem Ohr zum anderen, und ich weiß, ich habe genau das Falsche gesagt, um mein Desinteresse zu bekunden. »Wie dem auch sei«, sagt er, »zurück zu dem Freundschaftsdienst. Warum besuchst du eine alte Frau, die deine Oma vor fünfzig Jahren oder so gekannt hat?«

»Meine Familie dokumentiert seit Generationen das Glück, das wir anderen gebracht haben. Ich habe Lillys Namen in dem Buch gefunden. Na ja, eigentlich steht er nicht mehr im Buch, was heißt, dass jemand die Seite entfernt hat. Und da mir niemand in meiner Familie verrät, warum bestimmte Teile unserer Familienchronik gestrichen worden sind, hoffe ich, dass sie es mir erzählen kann.«

»Du glaubst, sie steht nicht mehr im Buch, weil auf ihr ein Fluch lastet wie auf Isaac?«

Es ist total fies, sich zu wünschen, dass der Fluch auch andere getroffen hat, aber was soll ich denn machen. Lilly ist meine einzige Spur. »Möglicherweise. Ich habe gestern Abend mit ihrer Tochter gesprochen, die nichts von der Kusszeit oder dem Holloway-Glück weiß. Sie hat gesagt,

Lilly sei dement, also werde ich erst Genaueres erfahren, wenn ich persönlich mit ihr gesprochen habe.«

»Und du willst, dass ich mitkomme, weil …?«, erkundigt sich Tobin.

»Oh, ich dachte, das ist offensichtlich.« Jetzt bin ich an der Reihe, ihn anzugrinsen. »Du hast ein Auto.«

Er legt eine Hand auf seine Brust und ahmt mit den Fingern den Herzschlag nach. »Autsch. Das hat gesessen.«

»Falls es dir hilft, wahrscheinlich bist du auch die einzige Person, die ich, abgesehen von deiner Schwester und Laurel, so lange in meiner Nähe ertrage. Aber Juliet ist bereits freundinnentechnisch verplant. Ganz zu schweigen davon, dass sie meiner Schwester brühwarm erzählen würde, was wir vorhaben. Und dann würde Maggie daraus ein Riesending machen und darauf habe ich null Bock.«

Tobin zieht sein Handy aus der Gesäßtasche und tippt nur den Buchstaben *R* als Erinnerung in seinen Kalender. »Ich tue mal so, als hätte ich nicht gehört, dass ich der Ersatzfreund für die Ersatzfreundin bin. Wir treffen uns morgen Nachmittag um drei zwischen unseren Häusern. Und bring was zu knabbern mit.«

Ich kämpfe gegen das Lächeln an, das sich auf meinem Gesicht breitmachen will. Er ist noch immer bereit, mir zu helfen, auch wenn ich ihn ständig abblitzen lasse. Vielleicht ist doch noch nicht alles verloren. »Zwischen unseren Häusern?«

»Ich meine damit den Garten, in dem ich, wie du behauptest, nicht erwünscht bin. Wir werden ja sehen, wer von uns beiden recht hat.«

29

Die Musik im Auto dröhnt so laut, dass ich Tobin praktisch anschreien muss, damit er die richtige Autobahn nimmt. Er hat eine Playlist für die Fahrt zusammengestellt – alles Songs, die ich seiner Überzeugung nach nicht nur mögen, sondern lieben werde – und singt dazu. Seine Stimme ist weich und so melodisch, dass ich eine Gänsehaut bekomme.

Irgendwie kommt sie mir bekannt vor.

Als wüsste ich bereits, wie sie bei bestimmten Songs leiser wird und bei anderen ein bisschen rau. Ich sehe Tobin an und es fällt mir wie Schuppen von den Augen. Tobins musikalisches Talent, die Tatsache, dass er bei jedem Lied, das er hört, lieber mitsingt als tanzt, die anonyme Online-Playlist, die ich rauf und runter höre. Die ist von ihm. Die singt er.

Er sollte nie wieder sprechen, denke ich. *Bloß noch singen.*

Stattdessen dreht Tobin die Lautstärke herunter, und eine kurze Schrecksekunde lang fürchte ich, dass ich es laut gesagt habe. Aber er wirft mir lediglich einen Seitenblick zu und greift am Lenkrad um. »Jetzt, wo wir offiziell unterwegs sind, muss ich dir etwas beichten.«

Jetzt kommt's. Er weiß, dass ich ihn mit der Playlist durchschaut habe, und jetzt wird er mich fragen, was ich von seiner Musik halte. Und ich kann ihm nicht vormachen, dass sie bloß gut wäre. Sie ist fantastisch. Perfekt. Und dann muss ich auch zugeben, dass das nicht bloß auf seine Musik zutrifft. Ich drehe mich auf dem Sitz, lehne mich mit dem Rücken gegen die Tür und ziehe ein Bein hoch, sodass ich fast schon darauf sitze. »Lass mich raten, du willst aus der Sache ein Date machen?«

»Nö. Aber falls dir danach ist – ich bin für alles offen.« Er wartet einen Moment, und als ich nicht reagiere, fährt er fort: »Ich wollte dir sagen, dass ich Jet davon erzählt habe. Von Lilly, und was du dir von ihr erhoffst.«

»Was zum Teufel, Tobin?«, schimpfe ich und vergesse augenblicklich seine musikalischen Annäherungsversuche. »Was hast du dir bloß dabei gedacht? Du weißt doch, dass sie Maggie alles weitertratscht!«

»Jemand muss wissen, wo wir sind. Nur für den Fall. Sie hat geschworen, niemandem ein Sterbenswörtchen zu verraten, nicht einmal deiner Schwester. Und solange wir zur Bettzeit zu Hause sind, wird niemand davon erfahren.«

»Falls wir bis dahin nicht zu Hause sind, dann, weil ich dich abgemurkst und deine Leiche entsorgt habe und auf der Flucht bin.«

Sein Mund zuckt, als ob er sich ein Lächeln verkneifen müsste. »Morddrohungen sind in dieser Situation etwas unangebracht, findest du nicht?«

»Nicht, wenn du unseren ganzen Plan aufs Spiel setzt. Ich weiß schon, dass du und Juliet so ein Megazwillingsding am Laufen habt, und unter anderen Umständen fände ich das wahrscheinlich voll süß. Aber Maggie und ich stehen uns nicht so nah. Nicht mehr.«

»Aber es war mal so?«

Ich muss mich kurz sammeln, bevor ich mit der Wahrheit herausrücke. »Ja. Wir waren uns so nah, dass wir praktisch zu einer Person wurden. Du hättest mich gar nicht wahrgenommen, wenn du uns letztes Jahr begegnet wärst.« Die Kluft zwischen Maggie und mir ist an manchen Tagen wie eine physische Präsenz, die sich immer weiter ausdehnt und uns noch weiter auseinandertreibt. Wenn ich mir das eingestehe, so wie jetzt, wird sie scheinbar noch stärker. Sie übt so einen Druck auf mich aus, dass ich die Arme um mich schlingen muss, damit ich nicht auseinanderbreche.

»Du wärst mir mit Sicherheit auch damals schon aufgefallen.« Er wendet seinen Blick kurz von der Straße ab und sieht mich an. »Es muss schwer für dich sein, dich nicht mehr mit Maggie zu verstehen.«

Fast schon unerträglich, jetzt, wo sie ihre Gefühle für Juliet voll und ganz zulässt – oder zumindest nahe dran ist. Aber es ist zu viel passiert, als dass wir einfach dort anknüpfen könnten, wo wir aufgehört haben. Ich lasse die Arme sinken und setze mich wieder gerade hin. Tobin kann sich seinen Dackelblick und sein Mitleid sparen. Ich brauche beides nicht. Schon gar nicht heute, wo ich so kurz davor bin, alles hinter mir zu lassen.

»Mal so, mal so«, sage ich leichthin. Die Freundschaft mit Laurel hat mir geholfen, aber seit sie sich zurückgezogen hat, wird mir klar, was für eine große emotionale Stütze sie gewesen ist.

»Ich kann mir nichts vorstellen, was so schlimm wäre, dass es Jet und mich auseinanderbringt.«

»Sie müsste dir nur zeigen, dass du dich in ihr getäuscht hast«, sage ich. Aber vielleicht bin ich ja diejenige, die vorgegeben hat, eine andere zu sein. Ich schüttle den Gedanken ab, will ihn nicht auseinandernehmen und die Wahrheit ans Licht bringen, die sich vielleicht in ihm verbirgt.

Tobin durchbricht das nun folgende Schweigen nicht und trommelt bloß mit den Fingern auf das Lenkrad. Als ich nicht weiterspreche, fragt er schließlich doch: »Mehr verrätst du mir nicht?«

»Du lässt dir ja auch alles aus der Nase ziehen.«

»Was willst du denn wissen?«

Irgendwas. Alles. Ich beiße mir auf die Lippe, bevor ich genau das ausspreche. Aber dann frage ich ihn doch etwas, das mich seit unserer ersten Begegnung beschäftigt: »Was steht auf deiner Tätowierung?«

Tobin zieht den Kragen herunter, damit ich es besser sehen kann. »Nicht jeder, der wandert, ist verloren.«

»Ich wusste nach deinem Hobbit-Vergleich, dass du ein Tolkien-Nerd bist.«

»Nicht ganz. Mein Dad hat das immer gesagt. Als eine Art Erinnerung daran, seinen eigenen Weg im Leben zu gehen, auch wenn andere das nicht verstehen können.«

Etwas in mir erwacht zum Leben. Vielleicht bin ich ja gar nicht verloren. Vielleicht weiß ich nur noch nicht, wonach ich suche. Ich ignoriere die Stimme, die mir zuraunt, dass das, was ich suche, genau hier ist und darauf wartet, dass ich es erkenne. »Und dein Weg ist die Musik? Wie bei deinem Vater?«

»Nicht genau so wie bei ihm, hoffe ich. Aber ja, Musik ist mein Ding.«

»Die Playlist, die du mir geschickt hast, ist das deine Band?« Die Frage rutscht mir heraus, bevor ich darüber nachdenken oder sie mir verkneifen kann. Irgendetwas an Tobin lässt meine Selbstbeherrschung dahinschmelzen. Und ich weiß gar nicht, ob mich das stört oder nicht.

Tobin stellt die Lüftung der Klimaanlage so ein, dass sie ihm direkt ins Gesicht bläst. »Nein, das ist alles von mir. Ich habe jedes Instrument und den Gesang separat aufgenommen und dann am Computer gemischt. Es klingt nicht so gut, wie wenn ich es im Studio gemacht hätte, aber es erfüllt seinen Zweck.«

»Nachdem ich gehört habe, was du draufhast – auch wenn ich nicht wusste, dass du es bist –, musst du dir mit ziemlicher Sicherheit keine Gedanken machen, dass jemand denken könnte, du wärst auf dem falschen Weg.«

»Meine Mom ist überhaupt nicht davon begeistert. Sie hat Angst, dass ich mich darin verliere wie mein Dad.« In seiner Stimme schwingt eine Mischung aus Schmerz und Trotz mit. »Was sie nicht versteht, ist, dass ich *nur wegen* der Musik noch nicht durchgedreht bin.«

Ich muss mir auf die Zunge beißen, damit ich Tobin nicht erzähle, dass seine Musik auch mich vorm Durchdrehen bewahrt hat. »Postest du deshalb deine Songs anonym? Damit sie nicht dahinterkommt?«

»Nein. Das war wegen dir. Ich habe einen YouTube-Kanal und so etwas wie ein professionelles Portfolio auf SoundCloud, beides unter meinem Namen. Hätte ich sie aber benutzt, hättest du gesehen, dass die Songs von mir sind und nicht einmal auf Play gedrückt. Ich wollte aber unbedingt, dass du sie dir anhörst. Ich wollte dich zuerst für mich gewinnen, damit ich dich danach, wenn du die Wahrheit herausgefunden hast, vielleicht überzeugen kann, dass ich eine Chance verdient habe.«

Das tut weh, denn nach allem, was Tobin für mich getan hat, schulde ich *ihm* die Wahrheit. Das ist das Mindeste, was ich tun kann. »Dass ich nichts mit dir anfangen will, hat nichts damit zu tun, was du für ein Mensch bist. Was das Gegenteil von schlecht ist, nur damit du's weißt.«

»Vorsicht. Wenn du so etwas sagst, glaube ich am Ende noch, dass du mich wirklich magst.«

»Du kannst dich ruhig darüber lustig machen. Aber nicht viele Leute hätten ihren letzten Sommerferientag geopfert, um mich bei einem möglicherweise sinnlosen Unterfangen zu begleiten. Das bedeutet mir sehr viel.«

»Aber ich stehe trotzdem noch auf der Nicht-Küssen-Liste, oder?«

Das dumme Mädchen in mir wird ganz aufgeregt bei dem Gedanken, seine Lippen auf meinen zu spüren. Ich suche eine Ewigkeit nach einer Entgegnung, die nicht *Nein* oder *Nicht mehr* oder *Worauf wartest du?* heißt.

»Fährst du mich deshalb?« Meine Stimme ist so leise, dass ich nicht einmal sicher bin, ob er mich über die Musik und das Motorengeräusch hinweg hören kann. Denn wenn seine Antwort »Ja« lautet, will ich sie nicht wissen.

Tobin greift nach meiner Hand und drückt sie. »Ich mache das, weil du mich darum gebeten hast. Das ist alles. Sonst nichts.«

Er sagt es so aufrichtig, dass ich ihm einfach glauben muss. Ich lächle und fasse wieder Mut.

Nachdem ein paar Stunden vergangen sind, wir eine Kaffeepause eingelegt und uns mehrmals verfahren haben, weil unser Navi keinen Plan hat, hält Tobin vor einem gemauerten Ranchstil-Haus mit klassischen weißen Fensterläden, die etwas schräg hängen, und Buchsbäumen, die halb über die Fenster gewuchert sind. Der Garten ist mit Dutzenden von braunen Stellen übersät, an denen das Gras verdorrt ist, als ob ein Nachbarshund hier seit Jahren sein Revier markiert. Es ist nicht das Haus eines Menschen, der von einer Holloway geküsst wurde und sein Glück gefunden hat, so viel ist klar. In der Einfahrt steht ein alter Mercedes, aber im Haus brennt kein Licht.

Ich klingle. Es ist so still, dass ich hören kann, dass die Klingel drinnen keinen Mucks von sich gibt.

Doch die Sturmtür quietscht, als ich sie öffne, um an die Haustür zu klopfen. Kein Wunder, dass Lilly sich nicht die Mühe gemacht hat, die Klingel zu reparieren. Die Sturmtür kündet Besuch laut genug an. Ich stelle mich auf die Zehenspitzen und spähe durch das Halbrundfenster. Ein kleiner, dunkler Flur führt zu einem größeren, noch dunkleren Raum hinten im Haus. Falls Lilly da ist, hockt sie da drinnen im Stockfinsteren. Oder möglicherweise tot im Hinterzimmer.

Ich hämmere noch einmal mit aller Kraft gegen das Holz, als ob sie mich dann besser hören würde.

Tobin stellt sich neben mich. »Vielleicht hat sie vergessen, dass du kommen wolltest? Oder sie hat den Tag verwechselt?«

»Wenn sie keine telepathischen Kräfte hat, ist das unmöglich.«

»Warte mal. Du meinst, wir sind den ganzen Weg hierhergefahren, und sie weiß gar nichts von deinem Besuch?«

»Sie ist nie rangegangen, wenn ich angerufen habe. Und ich konnte nicht riskieren, dass ihre Tochter ein Treffen ablehnt.«

»Und da dachtest du, wenn du sie einfach so überfällst, ist sie vielleicht eher bereit, dir zu helfen?« Tobin sagt es mit einem Lachen, als ob er meinen Mangel an sozialer Kompetenz supersüß fände. »Sie ist eine alte Dame, die möglicherweise von jemandem aus deiner Familie verflucht wurde. Meinst du nicht, da wäre eine kleine Vorwarnung nett gewesen?«

»Ist doch egal, sie ist eh nicht zu Hause.« Ich werfe ihm einen bösen Blick zu, damit er sich sein Scheißgrinsen aus dem Gesicht wischt. Aber es bringt nichts.

Er dreht sich so, dass er sich mit dem Rücken ans Haus lehnen kann, und überkreuzt die Füße. »Und jetzt?«

»Warten wir.«

»Wie lange?«

Ich schaue auf meinem Handy nach, wie spät es ist. Wir müssen in der nächsten Stunde oder so los, um zur Bettzeit zu Hause zu sein. »Bis sie zurückkommt.«

»Auch wenn ich deinen Einsatz bewundernswert finde, haben wir keinen blassen Schimmer, wann das sein wird.

Wir könnten noch einen Kaffee trinken und vielleicht etwas essen und dann zurückkommen, um ihr weiter aufzulauern.«

»Wie kannst du schon wieder Hunger haben? Du hast vor etwa einer Stunde erst drei Whoopies verputzt.« Er hat sie quasi inhaliert, einen nach dem anderen, und sich dazwischen nur kurz eine Pause zum Atmen genommen. Ich schüttle den Kopf und klopfe an die Hauswand, um ihn daran zu erinnern, dass wir aus einem wichtigen Grund hier sind. »Und außerdem können wir nicht einfach so weggehen. Was, wenn sie heimkommt und wir sie verpassen?«

»Nee, da hast du recht. Es ist bestimmt besser, auf ihrer Veranda herumzulungern, bis die Nachbarn die Cops rufen. Natürlich wird es viel schwieriger werden, unseren Eltern zu erklären, dass wir verhaftet wurden, als zu begründen, warum wir überhaupt hier sind.«

»Ich hatte ja schon das Vergnügen mit deiner Mutter. Sie wird dich so oder so eigenhändig einsperren, wenn sie herausfindet, dass du einen halben Bundesstaat weiter mit einem Mädchen unterwegs bist, an dessen Lippen möglicherweise ein Fluch haftet. Wahrscheinlich denkt sie, eingelocht zu werden, ist das Klügste, was du heute getan hast.«

»Aber du bist nicht verflucht und du hast mich nicht geküsst ...« Den Rest des Satzes überlässt er meiner Fantasie.

Ich spotte: »Verstehst du das unter Freundschaftsdienst?

Wo du mir doch vorher noch versichert hast, dass du das nicht wegen eines Kusses machst?«

Tobin zuckt mit den Schultern. »Ich möchte der nächste Junge sein, den du küsst, aber nicht, weil ich auf das Glück aus bin. Ich habe dich gern, Remy. Und ich glaube, du hast mich auch gern.« Er fährt mit der Zunge über die Ringe in seiner Unterlippe.

Ich habe heute unglaublich viel Zeit damit zugebracht, diese Ringe anzustarren. Mich zu fragen, wie es sich anfühlt, mit der Zunge darüber zu streichen. Er bemerkt meinen Blick und beugt sich zu mir vor. Seine Augen sind auf meine gerichtet und bitten mich, ihm zu sagen, dass er sich nicht irrt. Ihm zu vertrauen. Meinen Gefühlen für ihn zu trauen.

Und das will ich auch.

Ich möchte die Mauer zwischen uns einreißen. Die Angst/Zweifel/Kluft verbannen. Ich bewege mich nicht. Jeder Atemzug in meiner Lunge brennt, weil ich angestrengt gegen die Versuchung ankämpfe, den Abstand zwischen uns zu schließen. So stehen wir dicht beieinander, eine Handbreit getrennt, und in mir wächst der Wunsch nachzugeben, bis ich nicht mehr weiß, warum ich mich eigentlich wehre. Alles, woran ich denken kann, ist, ihn zu küssen.

Ich strecke die Hand aus und lasse die Finger über seine Wange und bis zu seinem Kinn wandern. Er flüstert meinen Namen, als wäre ich das Einzige, was er je wollte.

Ich wende mich ruckartig von Tobin ab, bevor ich etwas tue, was ich nicht mehr rückgängig machen kann. Wie schön seine Worte auch klingen, ich darf mich davon nicht einwickeln lassen. »Das war eine blöde Idee. Warum kapierst du nicht, dass es dir schaden könnte, wenn du in meiner Nähe bist und mich küsst? Sosehr du mich auch magst, das ist es nicht wert. *Ich* bin es nicht wert. Vertrau mir.« Jedes Mal, wenn ich mit ihm allein bin, vergesse ich, dass ich ihn von meinem Herzen fernhalten muss. Aber damit ist jetzt Schluss.

Er fährt sich mit den Händen durch das Haar und verschränkt die Finger am Hinterkopf. Enttäuschung legt sich über ihn wie eine zweite Haut. »Warum kannst du nicht einfach zugeben, dass du auch etwas für mich empfindest? Wenn wir zusammen sind, vergisst du, dass du eigentlich sauer auf die Welt bist, und genießt es, wieder ein Teil von ihr zu sein. Und trotz all deiner Einwände und Gewissheit, dass du mich verletzen wirst, glaube ich nicht, dass du das ernsthaft denkst. Sonst würdest du nicht ständig Zeit mit mir verbringen.«

Da hat er natürlich recht. Dass ich ihn gebeten habe, mich zu begleiten, war ein Vorwand, um bei ihm zu sein. Und ich habe ihn tatsächlich gern. Unter anderen Umständen würde ich ihm das auch sagen, aber mir sind die Hände gebunden, bis die Kusszeit vorbei ist. Oder bis ich einen Weg gefunden habe, den Fluch zu brechen.

»Auf mein Herz ist kein Verlass. Bei Isaac habe ich darauf gehört, und du weißt ja, wie das ausgegangen ist. Ich lasse nicht zu, dass dasselbe auch mit dir passiert.« Oder mit mir. Nicht noch einmal. Ich balle die Hände zur Faust, damit ich sie nicht wieder nach ihm ausstrecke. »Warum holst du nicht einen Kaffee und ich bleibe hier?«

»Ich lasse dich nicht allein. Die Cops, schon vergessen?«

»Ich komme schon klar. Ich brauche nur ein paar Minuten für mich, okay? Und wenn du zurückkommst und Lilly noch nicht da ist, fahren wir heim.«

Tobin zieht den Schlüsselbund aus der Hosentasche und dreht den Ring, sodass die Schlüssel aneinanderklappern. »Wenn ich das mache, behandelst du mich dann bitte nicht mehr wie ein rohes Ei und verhältst dich wieder so wie auf der Herfahrt? Denn das ist die Remy, der ich gern einen Gefallen tue.«

Tobin kann nicht wissen, dass er der Grund für meinen Wandel ist. Dass seine Stimme, seine Berührung mich all den anderen Scheiß in meinem Leben vergessen lassen und ich einfach nur ich bin – oder so nah dran, wie es derzeit möglich ist. Wenn er es wüsste, würde er alle Hebel in Gang setzen, um mein altes Ich dauerhaft wieder zum Vorschein zu bringen.

Ich lasse mich auf die oberste Stufe der Veranda sinken und verschaffe uns beiden etwas Luft zum Atmen. »Diese Remy wartet hier auf dich.«

Ich bete, dass meiner Stimme die Lüge nicht anzumerken ist.

»Okay, na dann …« Er trottet durch den Garten davon, aber auf halbem Weg dreht er sich um, zieht ein kleines Notizbuch mit Spiralbindung aus seiner Gesäßtasche und reicht es mir. »Schreib ihr einen Zettel, damit sie weiß, dass du hier warst. Ich bin bald wieder da. Ruf mich an, wenn etwas ist. Und wenn die Cops auftauchen, renn weg.«

Ich habe wahrscheinlich höchstens fünfzehn Minuten, um meine Gefühle wieder in den Griff zu bekommen. Was habe ich mir bloß dabei gedacht, Tobin beinahe zu küssen? Ich hätte alles kaputtgemacht.

Mit zitternden Händen öffne ich sein Notizbuch und suche nach einem unbeschriebenen Blatt, auf dem ich Lilly eine Nachricht hinterlassen kann. Eigentlich will ich Tobins Notizen gar nicht lesen, aber die Worte *Glück* und *Magie* und *überzeugen* springen mir auf einer Seite entgegen. Dort steht eine ganze Liste von Wörtern unter dem Buchstaben *R*. *R* für Remy. So, wie er die heutige Verabredung in seinem Telefon gespeichert hat.

Er kann mir hundertmal versichern, dass er nicht wegen des Glücks an mir interessiert ist, doch das ist gelogen. Selbst wenn er nicht will, dass es eine Rolle spielt, dass ich ein Holloway-Mädchen bin, ist es trotzdem von Bedeutung. Diese Liste beweist es.

Und ich hasse mich dafür, dass ich enttäuscht bin, weil er genauso ist wie all die anderen Typen.

Als Tobin mit zwei Kaffees zum Mitnehmen zurückkommt, habe ich Lilly einen Zettel geschrieben, auf dem meine Adresse und Telefonnummer stehen. Ich stecke ihn zwischen die beiden Türen, wo sie ihn nicht übersehen kann, setze ein Lächeln für Tobin auf und tue so, als wäre ich das Mädchen, das er sich wünscht.

Das geht augenblicklich nach hinten los. Sein Lächeln ist wie eine Zündschnur. Damit könnte er die ganze Welt in Brand stecken. Und er würde bereitwillig darin verbrennen, denke ich, wenn er glaubt, dass mich das glücklich macht.

Als wir ins Auto steigen, rückt er dicht an mich heran und flüstert: »Du liegst falsch, weißt du. Dir nahe zu sein, ist einfach das beste Gefühl der Welt.« Seine Lippen streifen mein Ohr und das glatte Metall seiner Lippenpiercings jagt mir einen Schauer über den Rücken.

Ich halte den Atem an, sitze so still wie möglich, damit ich mich nicht so weit drehe, dass sich unsere Lippen endlich berühren. Ich sollte ihn nicht noch immer küssen wollen. Nicht, nachdem ich in seinem Notizbuch entdeckt habe, was er wirklich denkt. Also warum kann ich mich dann nicht von ihm wegbewegen? Warum kann ich ihm nicht erzählen, was ich gesehen habe, und ihn mir aus dem Kopf schlagen wie alle anderen Jungs? »Ich kann das nicht, Tobin.«

So leicht lässt er mich allerdings nicht davonkommen. Er streicht mit den Fingern, die vom jahrelangen Gitarrenspiel schwielig sind, über meinen Arm und den Streifen entblößter Haut, dort, wo der Sicherheitsgurt den Stoff meines Shirts hochgeschoben hat. Sein leises Lachen sendet einen warmen Lufthauch über meine Haut. »Ist schon okay. Im Gegensatz zu den Typen am Wasserfall rede ich dir keine Schuldgefühle ein, damit du mich küsst.« Tobin zieht sich zurück, sodass sein Mund in sicherer Entfernung von meinem ist.

Ich sehe ihm lange genug in die Augen, um zu erkennen, dass es ihm ernst ist. Und das macht mir mehr Angst als alles, was Seth und seine Freunde mir antun könnten.

30

Die ganze Heimfahrt über denke ich an jedes Gespräch, das ich mit Tobin geführt habe. Denke an jedes Mal, wenn ich ihm geglaubt habe, so wie Isaac. An jedes Mal, wenn ich mir gewünscht habe, seine Worte wären wahr.

Er kann nichts dafür. Es liegt an der Kusszeit und der Macht, die sie über uns beide hat. Wir hatten nie eine Chance. Und ich muss dafür sorgen, dass keiner von uns beiden sich weiterhin falsche Hoffnungen macht.

Als Tobin in seine Einfahrt einbiegt, bin ich dankbar, dass es draußen dunkel ist, sodass ich nicht sehen kann, wie er mich anlächelt, und es mir doch noch mal anders überlege. »Sorry, dass ich heute deine Zeit verschwendet habe.«

»Ich würde es nicht als Verschwendung bezeichnen.« Seine Stimme ist sanft, spielerisch.

»Wir können so nicht weitermachen, Tobin.«

»Wovon redest du?«

»Ich weiß, ich habe dich heute um Hilfe gebeten, aber das war ein Fehler. Das hier«, ich deute zwischen uns, »führt zu nichts. Kann es nicht. Und so zu tun, als ob es nicht so wäre, tut uns am Ende nur beiden weh.«

Tobin stellt den Motor ab, macht aber keine Anstalten, aus dem Auto zu steigen. »Remy, das weißt du doch gar nicht.«

»Doch, das weiß ich. Ich habe das in dieser Kusszeit schon einmal erlebt und das passiert mir kein zweites Mal.« Ich drücke die Tür auf und lasse ihn – und diese Unterhaltung – hinter mir. Ich habe den Streifen, der unsere Häuser trennt, schon fast überquert, als er mich einholt.

»Isaac war ein Idiot, wenn er nicht erkannt hat, was er an dir hat. Was immer er dir angetan hat, dass du so viel Angst davor hast, wieder jemanden in deine Nähe zu lassen, ich werde dich nicht so behandeln.«

Ich gehe in die Backküche, damit meine Eltern uns nicht belauschen können. Tobin folgt mir. Ich schließe die Tür hinter uns und knipse das Licht an. Jep, die Dunkelheit im Auto war definitiv besser, denn jetzt kann ich seinen Blick sehen, der mir laut entgegenschreit, dass ich einen Fehler mache.

»Es liegt nicht an Isaac. Es liegt an mir.« Ich sehe ihm nicht in die Augen, als ich das sage, denn er schafft es, dass ich mich ihm öffne, auch wenn ich es um jeden Preis verhindern möchte. Und ich darf ihm die Tür zu meinem Inneren nicht aufmachen. Nicht einmal einen Spaltbreit. Sonst reißt er mich auf wie einen Granatapfel mit saftigen Kernen, die reif für die Ernte sind. Und ich kann und will ihm nicht sagen, wie sehr ich mir wünsche, dass seine Worte wahr sind. »Mit mir stimmt etwas nicht. Diese Magie in mir, sie ist voll verkorkst. Ich weiß, du denkst, du magst mich, aber du kennst mein wahres Ich nicht. Was du fühlst, ist nicht echt, weil das Mädchen, für das du es fühlst, nicht echt ist. Du musst mir da vertrauen.«

»Vertrauen beruht auf Gegenseitigkeit. Du kannst nicht von mir verlangen, dass ich dir abnehme, dass ich mir das alles nur einbilde, wenn du mir nicht einmal die Chance gibst, dir das Gegenteil zu beweisen.«

Ich nehme einen Filzstift aus einem Einmachglas auf der Arbeitsplatte und ziehe den Deckel mit den Zähnen ab. Ich drücke die weiche Spitze auf den ersten Knöchel meiner rechten Hand und schreibe ein dickes K-I-S-S über vier Finger. Dann füge ich K-I–L–L auf der linken Hand hinzu. Wir brauchen wohl beide eine beständige Erinnerung daran, dass ich nicht frei über mein Herz verfüge. Dass die Magie meine Zukunft im Würgegriff hat, solange der Fluch auf Isaac lastet.

Ich halte die Fäuste vor sein Gesicht, die Knöchel nach außen gerichtet, damit er die Wörter lesen kann.

Er tippt nacheinander auf jeden Knöchel. »Ist das das Spiel, bei dem man sich drei Typen aussucht und entscheidet, welchen man küssen, welchen man töten und welchen man heiraten will? Und wenn ja, bedeutet das, dass *heiraten* bereits vergeben ist, sodass für mich nur die anderen Optionen übrig bleiben? Oder bin ich *heiraten*?«

»Das ist nicht lustig.«

»Was dann? Denn du verbringst so viel Zeit damit, mir zu erklären, warum wir bloß befreundet sein können, dass du nicht mal merkst, dass wir füreinander geschaffen sind.«

Mein Herz kämpft wieder um sein Leben. Um ein Leben mit Tobin. Ich weiche ein paar Schritte zurück, um eine Distanz zwischen uns aufzubauen. Aber solange ich nicht sicher weiß, dass die Magie nicht hinter seinen Gefühlen steckt und dass ihm nichts widerfährt, wenn ich ihn küsse, kann ich meinem Herzen nicht geben, was es will. »Ich bin nicht gut für dich. Zumindest nicht im Moment.« Nicht, bis ich wieder ich bin. Wer auch immer das jetzt ist.

»Das sollte ich vielleicht selbst beurteilen.«

»Die Leute sind erstaunlich schlecht darin, so etwas selbst zu beurteilen.«

Tobin deutet auf meine Hände, die zu Fäusten geballt an meiner Seite baumeln. »Ist dir jemals in den Sinn gekommen, dass das vielleicht auch auf *dich* zutrifft?«

Ich löse meine Finger und schiebe die Hände in die Gesäßtaschen. »Glaub mir, das ist die einzige Entscheidung, bei der ich mir sicher bin. Ich kann jetzt nichts mit dir anfangen. Nicht, bevor ich von der Holloway-Magie befreit bin und sie uns nichts mehr anhaben kann. Wenn das Glück nicht mehr involviert ist und wir uns beide sicher sind, dass wir zusammen sein wollen.«

»Ich *bin* mir sicher. Aber wenn du mich nicht küssen willst oder nicht dasselbe empfindest wie ich, dann sag es doch einfach geradeheraus. Schieb es nicht auf die Magie oder was auch immer, denn das ist scheißverletzend.«

Ich muss es tun, um uns zu schützen. »Und genau das hier ist der Grund, warum ich keine Beziehung will. Mit dir. Mit niemandem. Du tust immer so verliebt und fürsorglich. Aber sobald ich dir sage, dass ich dich nicht küssen will oder dass ich warten will, bis ich mir sicher bin, dass deine Gefühle echt sind und du mich nicht nur wegen des Glücks willst, drehst du am Rad.«

»Führen wir überhaupt dieselbe Unterhaltung?« Tobin verschränkt die Hände im Nacken und atmet hörbar durch seine geöffneten Lippen aus. »Ich versuche, dir zu sagen, dass ich dich gern hab. Und mit dir zusammen sein, und ja, dich auch irgendwann küssen möchte. Meine Gefühle haben nichts damit zu tun, dass ich mir etwas von dir erhoffe, außer dass du mich auch gern hast.«

»Und das soll ich dir jetzt einfach so glauben?« Ich habe während der Kusszeit schon einmal auf mein Herz gehört und teuer dafür bezahlt. Das bringe ich nicht noch einmal über mich.

Nicht einmal für Tobin.

»Remy, wenn du denkst, dass ich dich so ausnutzen

würde wie dieser Typ, dann verleugnest du die Gefühle, die wir füreinander haben. Und dann weiß ich echt nicht, was ich hier überhaupt noch suche.«

»Ich habe gesehen, was du über mich geschrieben hast. In deinem Notizbuch. Dass du mich überzeugen willst, dich zu küssen und dir Glück zu schenken. Also erzähl mir nicht, dass es deine Gefühle für mich nicht beeinflusst. Du willst es vielleicht nicht, aber es ist so.«

»Nicht so, wie du es dir ausmalst. Es ist ein Teil von dir, also schwingt es natürlich mit. Aber es ist nicht der Grund, *warum* ich dich gern hab. Das mit uns könnte wahre Liebe sein, und du wirfst es weg, ohne ihr eine Chance zu geben.«

»Es ist keine wahre Liebe«, entgegne ich. »Das geht während der Kusszeit gar nicht.«

Nach allem, was ich getan habe, verdiene ich die wahre Liebe nicht. Deshalb frisst die Holloway-Magie alles auf, was gut ist in meinem Leben. Sie weiß, dass ich wertlos bin. Doch diese Erkenntnis kann nicht verhindern, dass die Leere in meiner Brust mich ganz zu verschlingen droht, als Tobin mir den Rücken zukehrt und mich stehen lässt.

Ich sitze schon seit über einer Stunde, seit Tobin gegangen ist, auf der Treppe zur Backküche. Auch Maggie und Juliet haben sich irgendwann heute Abend davongeschlichen, während Tobin und ich unterwegs waren, und sind noch nicht zurück. Ich hoffe bloß, dass ihre Nacht besser verläuft als meine.

Ich rede mir ein, dass es mich nichts angeht. Dass es Maggies Sache ist und nichts mit mir zu tun hat. Aber im hintersten Winkel meines Kopfes höre ich Juliet sagen, dass das Herz meiner Schwester ohne mich nicht ganz ist. Also muss ich mich wohl mit ihr aussöhnen.

Und vielleicht vermisse ich meine Schwester ja auch einfach.

Einige Minuten später laufen die beiden durch den Garten hinter dem Haus der Curcios, wo der Lichtstrahl der Straßenlaterne sie nicht wirklich erreichen kann. Zuerst sind sie nicht mehr als ein Schatten. Ein Flüstern in der Dunkelheit. Sie haben sich an den Ellbogen untergehakt und bewegen sich im Tandem, ihre Schritte werden kürzer und langsamer, je näher sie dem Streifen zwischen unseren Häusern kommen. Je näher sie dem Moment kommen, in dem sich ihre Wege trennen und sie eine Weile ohne einander auskommen müssen.

An diesem Scheidepunkt bleiben sie stehen und umarmen einander. Keine Lippen, die sich berühren, nur Arme und Herzen, die sich umschlingen.

Ich schaue weg und räume ihnen einen Moment zu spät die Privatsphäre ein, in der sie sich wähnen.

Es hat schon fast etwas Ehrfürchtiges, wenn man sieht, wie sich jemand, den man liebt, verliebt. Alles andere verblasst im Vergleich zu ihren Herzen, die so unglaublich hell lodern. Es lässt einen beinahe – *beinahe* – vergessen, dass sie dich schon mal verletzt haben. Und wenn man sich dann doch daran erinnert, tut es irgendwie nicht mehr ganz so weh wie vorher.

Maggie bleibt im Garten, bis Juliet durch die Hintertür ins Haus geschlüpft ist.

»Hast du sie schon geküsst?«, erkundige ich mich. *Weißt du, dass du in sie verliebt bist?*

Maggie fährt zusammen, als sie meine Stimme aus der Dunkelheit hört. Die Sicherheitsleuchte, die Dad über der Tür zur Backküche angebracht hat, springt an und taucht den Garten hinter dem Haus in ein grelles Licht. Maggie reißt die Hände hoch, entweder, um ihre Augen abzuschirmen, oder um sie an ihre Brust zu drücken und ihr rasendes Herz zu beruhigen, so genau weiß ich das nicht. »Was?«, fragt sie mit zittriger Stimme.

»Juliet. Habt ihr euch schon geküsst?«

Maggie geht aus dem Licht und nach ein paar Sekunden erlischt es. Nur das leise Rascheln ihrer Schuhe auf dem Gras verrät, dass sie noch in der Nähe ist. Ich folge ihr nicht. Wir sind noch nicht so weit. Zurück an dem Punkt, an dem wir uns unsere Geheimnisse anvertraut und uns darauf verlassen haben, dass sie gut aufgehoben sind. Aber wir können wieder dorthin gelangen. Ich glaube/hoffe/will, dass wir das können.

»Sie wäre eine gute Wahl. Ich meine, falls du darüber nachdenkst.«

»Und warum?«, will Maggie wissen. »Weil du denkst, dass du nichts mit Tobin anfangen kannst, wenn Juliet und ich zusammen sind?« Juliet muss sie in unseren Kaffeeklatsch eingeweiht haben. Es ist zu dunkel, um Maggies Gesichtsausdruck zu erkennen, aber dem harschen Klang ihrer Stimme nach zu urteilen, schaut sie mich nicht gerade freundlich an.

»Nein«, widerspreche ich. »Weil sie klug ist, voller Energie und Leben und megahübsch. Ach ja, und nicht zu vergessen, sie steht ganz offensichtlich auf dich. Das heißt, die Chancen sind gut, dass ihr euch ineinander verliebt. Und das habt ihr beide verdient. Ich meine, glücklich zu sein.«

Es ist so still, dass ich Maggies geflüsterte Antwort hören kann. »Du auch«, sagt sie im Gehen.

Ich gestatte mir noch einen letzten Blick auf das dunkle Fenster von Tobins Zimmer, bevor ich aufstehe und ihr ins Haus folge.

31

Als mein Wecker am Mittwochmorgen klingelt, damit ich mich für den ersten Schultag fertig mache, falle ich in meiner Eile fast aus dem Bett. Nachdem ich den größten Teil der Nacht damit verbracht habe, mir den Streit mit Tobin – und dass ich vielleicht den größten Fehler meines Lebens gemacht habe – noch einmal durch den Kopf gehen zu lassen, ist alles, was die Gedanken daran für ein paar Stunden vertreibt, ab jetzt meine offizielle neue Lieblingsbeschäftigung.

Aber was bekomme ich dafür, dass ich ein bisschen Hoffnung schöpfe?

Einen dicken, fetten Schlag ins Gesicht vom Universum in Form eines neuen Song-Links in meinem Posteingang.

Tobin hat ihn wieder von der anonymen E-Mail-Adresse geschickt, aber dieses Mal führt mich der SoundCloud-Link zu seinem Profil. Der neueste Song, den er hochgeladen hat, heißt »Lucky Girl«. Ich weiß sofort, dass er für mich ist.

Tobin hat einen Song für mich geschrieben.

Nichts mit Ausnahme des Weltuntergangs könnte mich davon abhalten, ihn mir anzuhören. Und selbst dann würde ich es wahrscheinlich riskieren.

Ich drücke auf Play und schon der erste Ton jagt mir eine Gänsehaut über den Rücken. Dann trifft mich Tobins Stimme, und ich versuche krampfhaft, nicht die Fassung zu verlieren, während er singt:

Du nennst es Glück, aber ich nenne es Schicksal
Dass die Magie mich zu dir geführt hat, war kein Zufall
Ich will dich nur von meiner Liebe überzeugen
Doch du stößt mich weg, willst deine Gefühle verleugnen

Mein Herz zerbricht in Scherben, als mir klar wird, dass die Worte in seinem Notizbuch Ideen für einen Songtext waren. Und jetzt bekomme ich das, was ich die ganze Zeit von ihm eingefordert habe: Raum/Zeit/Desinteresse. Ich lasse nicht zu, dass die Holloway-Magie mir das auch noch kaputtmacht. Auch wenn ich noch nicht mit Tobin zusammen sein kann, muss ich ihn wissen lassen, dass ich es will. Dass ich *ihn* will.

Bevor ich dazu komme, bei den Curcios zu klopfen, reißt Juliet die Haustür auf. »Du hast gesagt, du würdest mich vorwarnen.«

»Äh ... was?«, frage ich.

»Tobin. Du solltest mich vorwarnen, bevor du ihm das Herz brichst.« Sie kommt heraus und zieht die Tür mit einem Knall hinter sich zu. Sie lässt mich nicht ins Haus, als hätte ich dort nichts verloren.

Ich gehe einen Schritt zurück, damit sie auf der kleinen Veranda Platz hat, und verliere das Gleichgewicht, als meine Ferse von der Treppenstufe abrutscht. Sie erwischt meinen Arm und zieht mich hoch. »Es tut mir leid.«

Aber sie macht einen auf Bärenmutter, verschränkt die Arme vor der Brust und gibt ein kleines, gereiztes Knurren von sich. »Ich weiß, dass es dir leidtut. Aber du kannst nicht an einem Tag meinen Bruder abservieren und am nächsten Tag rüberkommen und seine Aufmerksamkeit wollen.«

Aus den Tiefen des Hauses der Curcios ertönt Musik, der Royal-Blood-Song auf meiner Playlist von Tobin, der von einer wütenden Gitarre und Herzschmerz getrieben wird.

»Mache ich doch gar nicht«, verteidige ich mich. Aber das tue ich, auch wenn das nicht meine Absicht ist. Ich lockere den Griff um mein Handy, und mein Puls hämmert, als das Blut wieder in meine Finger zurückfließt. »Und ich habe ihn nicht abserviert. Ich habe ihn nur gebeten zu warten, bis die Kusszeit vorbei ist, damit meine Magie ihm nichts anhaben kann. Ich dachte, ich könnte unseren Gefühlen nicht vertrauen. Ich dachte, die Magie funkt da auch dazwischen, also habe ich ihn von mir weggestoßen, bevor es so weit kommt. Aber ich wollte nicht, dass er sich gleich ganz von mir zurückzieht.«

Sie kneift ihre Augen zusammen und mustert mich, bis das Schweigen zwischen uns schon fast unangenehm ist. »Dann hoffe ich, dass du einen Plan hast, wie du das wieder hinbiegst.«

Was das betrifft, bin ich eine absolute Niete. Aber ich habe nicht aufgehört, nach einer Lösung für Isaacs Probleme zu suchen, und ich werde auch bei Tobin nicht klein beigeben. »Im Moment besteht mein Plan darin, zu euch zu kommen und ihn zu fragen, warum er mir nichts von dem Song erzählt hat, den er für mich geschrieben hat, als ich ihm vorgeworfen habe, dass er nur hinter dem Glück her ist. Tja, und weiter bin ich noch nicht.«

»Du hast wirklich null Ahnung von Beziehungen, das weißt du, oder?«, fragt Juliet. Aber sie schenkt mir ein kleines Lächeln und hakt sich bei mir unter.

»Ich bin in letzter Zeit etwas aus der Übung.«

»Das merkt man. Sonst wüsstest du, dass mein Bruder einer von den Guten ist. Und du würdest nicht einmal im Traum daran zweifeln. Nicht eine Sekunde lang.«

Gezweifelt habe ich an ihm oft. Ich habe mit aller Macht versucht, ihn nicht an mich heranzulassen. Und trotzdem hat Tobin irgendwie einen Weg zu mir und in mein verkorkstes Herz gefunden. »Was ist, wenn er mir nicht verzeiht?« Ich merke gar nicht, wie sehr ich mir wünsche, dass er das tut, bis ich es ausgesprochen habe. Ich *wünsche* es mir nicht nur, ich *brauche* es.

»Du hast immer noch die Magie auf deiner Seite. Er ist vielleicht sauer, aber bis die Kusszeit vorbei ist, bist du klar im Vorteil.«

Yeah. Ich Glückspilz. Wo mich doch die Magie davon abhält, meinen Gefühlen für ihn nachzugeben.

Solange Isaac verflucht ist, bin ich es auch. Zumindest im übertragenen Sinn. Und ich muss Tobin hinhalten, egal, wie sehr es mir wehtut.

Ich löse meinen Arm aus ihrem und lache gezwungen. »Das klingt nicht wirklich fair.«

»Nichts an der Kusszeit ist fair.« Auch wenn ihre Stimme nicht so scharf und bissig klingt wie bei den anderen, die mir so etwas vorwerfen, treffen mich ihre Worte mehr. »Außer für die paar Leute, die am Ende ihr Glück finden. Für die ist es ziemlich fair. Alle anderen stehen irgendwie dumm da.«

»Ist mir bewusst«, erwidere ich.

Juliet zögert und schaut über meine Schulter hinweg zu unserem Haus. »Weiß Maggie, was du für ihn empfindest?«

»Nur, wenn sie jetzt auch noch Gedanken lesen kann. Wieso?«

»Ach nichts.«

Ihr *Nichts* hört sich an wie mein standardmäßiges *Mir geht's gut.* Ein Hilferuf, der als höfliches Abwimmeln getarnt ist. Und Freundinnen – echte Freundinnen jedenfalls – haben dich so gern, dass sie es nicht darauf beruhen lassen. »Nein, was ist?«, frage ich.

Sie kaut einen Moment auf ihrer Lippe, bevor sie antwortet: »Wusstest du, dass die Jungs aus dem Kletterkurs recht hatten mit Maggie? Sie will gerade niemanden mehr küssen.«

Ich schüttle den Kopf. Maggie ist vielleicht vorsichtiger geworden, nachdem ich sie wegen ihrer achtlosen Art zusammengefaltet habe, aber der Liebe abschwören würde sie nie. »Das klingt nicht nach Maggie. Sie verliebt sich einfach viel zu gern.«

»Dich hat sie auch gern, Remy. Wenn es dir nicht gut geht, geht es ihr auch nicht gut.«

»Sie kann sich doch meinetwegen nicht weigern, dich zu küssen!«

»Weigern? Gott, ich hoffe nicht«, sagt Juliet, und ihre Stimme zittert in gespieltem Entsetzen. »Aber mich bitten zu warten, bis du zur Vernunft kommst. Das schon.«

Das ist einfach … Ich weiß nicht. Dumm? Lächerlich? Aufschlussreich? Voll ironisch, denn anstatt Tobin in diesem Sommer zu küssen, wie Maggie und Juliet es sich wohl vorgestellt haben, habe ich ihn immer weiter weggeschubst. Der Preis für die Schwester des Jahres geht an mich. »Ich darf während der Kusszeit niemanden mehr küssen. Ich habe eine Abmachung getroffen. Maggie hätte ihr Leben nicht wegen mir auf Eis legen müssen.«

»Es geht nicht nur ums Küssen. Das ist dir schon klar, oder? Ihr müsst auch das klären, was zwischen euch vorgefallen ist. Vielleicht wird es nie mehr so, wie es früher war. Ihr habt euch beide verändert. Voneinander entfernt. Aber ihr solltet euch die Chance geben, herauszufinden, wie ihr jetzt zueinander steht. Wer weiß, vielleicht ist es jetzt sogar besser.«

Ich blicke zu Tobins Fenster auf und scharre mit dem Fuß auf dem Boden. Es ist nicht sicher, ob ich mich mit Tobin versöhnen kann, aber zumindest kann ich Maggie zu ihrem Happy End verhelfen.

Maggie sitzt im Schneidersitz auf ihrem Bett und tippt eine Nachricht auf ihrem Handy. Ich bleibe unschlüssig an der Tür stehen. Es ist so lange her, dass ich diese Schwelle überschritten habe. Und ich weiß nicht, ob Juliet recht damit hat, dass Maggie und ich noch einmal von vorn anfangen können. Aber wenn ich es nicht versuche, wird sich nichts ändern.

Entschlossen betrete ich den Raum, während meine Nerven wie ein Feuerwerk in meinem Bauch explodieren, und sage: »Du brauchst nicht mehr zu warten.«

»Warten womit?«, erkundigt sich Maggie.

»Juliet zu küssen.« Ich quetsche mich an den Rand ihres Bettes und sie lässt ihr Handy zwischen uns fallen und widmet mir ihre volle Aufmerksamkeit. »Sie hat gesagt, dass du wartest, bis es mir wieder gut geht, aber das ist einfach nur albern, Mags. Du willst sie doch küssen, also lass dich nicht davon abhalten.« Nicht von mir.

Sie zieht die Knie an die Brust und macht mir mehr Platz. Es ist eine Einladung zu einem ernsthaften Gespräch. »Es liegt nicht nur daran.«

»Woran denn noch?«

»Was du bei unserem Streit zu mir gesagt hast, hat mich wirklich verletzt und …«

Ich unterbreche sie, bevor wir uns wieder in die Haare kriegen. »Ich weiß. Und es tut mir leid. Ich war verängstigt und wütend auf mich selbst, weil das mit Isaac passiert ist. Und ich habe es an dir ausgelassen.«

»Nein, du hattest ja recht. Ich glaube, es hat so wehgetan, das von dir zu hören, weil es die Wahrheit war und ich das wusste, auch wenn ich es nicht zugeben wollte.«

»Hat der Kuss mit Laurel dir etwas bedeutet?« Das ist eigentlich nicht das, was ich fragen will, aber ich weiß nicht, wie ich die andere Frage stellen soll. Und ich weiß nicht, ob sie schon eine Antwort darauf hat.

»Ich mochte sie, Remy. So, wie ich auch alle Jungs mochte, die ich geküsst habe. Aber sie mehr als die meisten.« Das Geständnis ist nur ein Flüstern. Doch ich höre das Lächeln dahinter. »Zuerst habe ich es ausgeblendet, weil ich schon immer auf Jungs stand. Meine Hormone sind wegen der Kusszeit auf Hochtouren gelaufen, und das hat vielleicht dazu geführt, dass ich etwas in Laurel gesehen habe, was nicht da war. Aber dann, eines Tages, als wir alle zusammen abgehangen haben, konnte ich nicht aufhören, ihr heimliche Blicke zuzuwerfen, und habe immer wieder Gründe gefunden, in ihrer Nähe zu sein. Und dann habe ich mich nicht mehr gefragt, warum das so ist, sondern, *was wäre, wenn*?«

»Aber wenn du sie so sehr mochtest, warum hast du dich dann von dem, was ich gesagt habe, davon abhalten lassen, mit ihr zusammen zu sein?«

»Vor allem, weil ich Angst hatte. Weil sie ein Mädchen ist. Weil ich nicht wusste, zu wem mich das macht. Ich war mir immer sehr sicher, wer ich bin, und wegen Laurel habe ich das zum ersten Mal hinterfragt. Es war einfacher, mir einzureden, dass die Magie meinem Herzen bloß einen Streich spielt, als mich der Tatsache zu stellen, dass ich mich vielleicht gar nicht kenne. Und dann ist das mit dir und Isaac passiert, und ich habe mir gesagt, es ist besser, wenn ich meine Gefühle ignoriere. Dass sie vorübergehen, wie sonst auch.«

»Hättest du mir das nicht früher sagen können, anstatt mich in dem Glauben zu lassen, du hättest dich von mir und allem, was wir über die Liebe gelernt haben, abgewendet?«

»Ich wünschte, ich hätte es gekonnt. Es war schlimm für mich, dass du dich deshalb von mir abgeschottet hast.

Aber ich konnte es mir ja nicht einmal selbst eingestehen, Rem.«

»Was ist mit Laurel? Hast du wirklich etwas für sie empfunden?«

»Es tut mir leid, dass ich sie verletzt habe. Und dass ich unsere Freundschaft ruiniert habe. Aber, nein, ich glaube nicht. Sie verdient es, mit jemandem zusammen zu sein, der sie wirklich liebt, und das bin nicht ich.«

Laurel hat das tatsächlich verdient. Und Maggie auch.

»Weil es Juliet jetzt gibt?«, will ich wissen.

Auf Maggies Gesicht macht sich ein Lächeln breit. Es ist süßer als alle Kuchen, die ich je gebacken habe, zusammen. »Ja. Jetzt gibt es Juliet. Ich will sie unbedingt küssen, und ich habe keine Ahnung, was das bedeutet.«

»Warum muss es etwas anderes bedeuten, als dass du dich verliebt hast?«

So, wie Maggie immer noch strahlt, erübrigt sich die Antwort.

Und mehr denn je wünsche ich mir so etwas auch für mich.

32

Tobin scheint sich von mir abgeschaut zu haben, wie man Leuten aus dem Weg geht. In den paar Unterrichtsfächern, die wir gemeinsam haben, taucht er knapp vorm Klingeln auf, und sobald die Stunde endet, ist er auch schon wieder weg. Während des Unterrichts meidet er jeden Blick in meine Richtung, sodass ich ihm nicht einmal kurz in die Augen sehen und herausfinden kann, wie wütend er eigentlich auf mich ist.

In der Mittagspause sitzt er nicht bei Juliet und Maggie, die Händchen halten und von einem Ohr zum anderen strahlen. Und als ich versuche, ihn nach der letzten Stunde abzupassen, bevor er zu seinem Job im Musikladen fährt, ignoriert er, dass ich auf dem Parkplatz nach ihm rufe. Wenigstens bei der Arbeit wird Tobin mir nicht ausweichen können. Vielleicht bringe ich ihn nicht dazu, mit mir zu reden, aber hoffentlich dazu, sich meine Entschuldigung anzuhören.

Aber bevor ich dort hinfahren kann, schickt mir Dad eine Nachricht und bittet mich, bei Bold Rock vorbeizukommen. Er sagt, er solle mir etwas ausrichten. Was soll das jetzt wieder heißen?

»Hey, Kid«, begrüßt mich Dad, als ich den Kopf in sein Büro stecke. »Wie läuft's in der Schule?«

»Kann ich noch nicht sagen.« Aber um ehrlich zu sein, war ich zu sehr von Tobin abgelenkt, um den Lehrern zuzuhören.

»Wie läuft's bei der Arbeit?«

»Langsam wird es ruhiger, jetzt, wo die meisten Sommertouris weg sind.«

»Endlich ist die Invasion vorbei.« Ich hebe die Hände, als würde ich den Himmel preisen, und er lacht.

»Zumindest bis in ein paar Monaten die Blattgucker auftauchen.«

»Also, du hast eine Nachricht für mich? Da du sie mir selbst überbringen willst, ist es wahrscheinlich nichts, was einer von uns beiden hören will?«

Er steht auf und streicht mir mit der Hand über das Haar, behutsam, beschützend. »Es ist nichts Schlimmes, glaube ich. Bloß seltsam.«

»Inwiefern seltsam?«

»Deine Mutter hat angerufen und gesagt, du sollst heute Nachmittag zu Mrs. Chastain ins Lookout kommen.«

»Oh. Okay«, erwidere ich. Es ist drei Tage her, seit ich den Zettel bei Lilly hinterlassen habe. Bis jetzt hat sie sich nicht gemeldet. Ich werde nervös, denn wenn Mrs. Chastain mich sehen will, kann das nichts Gutes bedeuten. Vielleicht ist Lilly gestorben. Und mit ihr meine letzte Hoffnung, Isaac und mich zu retten. *Bitte tu mir das nicht an, Universum. Nimm mir diese Chance nicht weg, wo ich so nah dran bin.* Tapfer frage ich: »Hat sie gesagt, warum?«

»Es ging um eine Lilly. Es klang so, als wäre sie dort und will mit dir reden, aber deine Mutter war sich da nicht sicher.«

»Moment. Sie ist in Talus?« Ich werfe meine Tasche auf den Schreibtisch und wühle hektisch nach dem Schlüsselbund, als ginge es um Leben und Tod. »Kann ich mir den Jeep leihen?«

Dad legt den Kopf schief und wirft mir seinen besorgten Elternblick zu. Den Blick, bei dem die Falten um seine Augen und seinen Mund tiefer werden. »Warte mal kurz. Wer ist sie? Warum kommt sie her, um mit dir zu reden?«

»Sie ist eine angeheiratete Cousine von Mrs. Chastain. Und ich glaube, ihr ist es wie Isaac ergangen. Oder zumindest war es so und jemand hat den Fluch von ihr abgewendet.«

»Remy, darüber haben wir doch geredet und …«

»Nein, sag nicht, dass Isaacs Unglück nicht an mir liegt.« Ich bleibe vor ihm stehen, weil er mit dem Arm die Tür blockiert und mich nicht durchlassen will. »Wenn das so wäre, wäre Lilly nicht den ganzen Weg hierhergekommen, um mit mir zu reden.«

»Warum *ist* sie denn hier? Woher kennst du sie überhaupt?«

»Ich habe ihren Namen im Buch des Glücks gefunden.« Das ist nicht komplett gelogen. Ich habe zumindest Spuren davon gefunden. »Und Mrs. Chastain hat mir ihre Kontaktdaten gegeben, damit sie mir von dem Sommer erzählen kann, den sie hier mit Oma und Tante Edith verbracht hat.«

»Weiß deine Mutter darüber Bescheid? Wenn es eine Holloway-Angelegenheit ist, sollte sie vielleicht mitkommen.«

Ich muss das allein machen. Das Letzte, was ich brauche, ist noch jemand, der mir einredet, dass ich mir das mit dem Fluch bloß einbilde. Ich brauche Antworten. Und Lilly hat sie.

Ich lächle so überzeugend wie möglich, denn dann wird er sich beruhigt zurückziehen können. Wenn er sieht, dass es mir gut geht. Dass ich meine Gefühle im Griff habe und nicht umgekehrt. »Wir unterhalten uns nur, Dad. Mal sehen, ob Lilly mir helfen kann. Mom muss nicht dabei sein. Aber ich verspreche, ihr alles zu erzählen, sobald ich zu Hause bin. Und dir auch, wenn du willst.«

»Ich muss nur wissen, dass es dir gut geht.« Er lässt seinen Arm sinken, aber gibt den Weg zur Tür noch nicht frei.

»Das verstehe ich. Und mir geht es gut. Ehrlich. Also kann ich jetzt …?« Ich deute mit dem Daumen in Richtung Tür, die internationale Geste für »abhauen«.

Kopfschüttelnd seufzt er. »Geh schon. Aber pass auf dich auf, okay?«

»Mach ich.« Ich drücke ihm einen Kuss auf die Wange und laufe mit gezücktem Schlüssel zur Tür. »Danke.«

»Ich hoffe, sie kann dir helfen«, ruft er mir nach.

Aber über Hoffnung bin ich schon längst hinaus. Wenn das hier scheitert, bin ich am Ende.

Maggie würde diese Frau mögen. Das ist alles, was ich denken kann, als ich auf Lilly zugehe, die mich mit barbiepinken Lippen anlächelt. Bei jeder anderen würde diese Farbe knallig wirken, aber Lillys Schmuck gleicht es aus. Eine zweireihige Perlenkette ziert ihren Hals. Sie trägt ein marineblaues, an der Taille gebundenes Hemdblusenkleid und weiße Leinen-Schnürschuhe, die makellos sauber sind.

Nach einer kurzen Begrüßung setze ich mich ihr gegenüber an den Tisch, auf dem zwei Teetassen und ein aufgeschnittener Kuchen stehen. Lilly erzählt, dass Delilah ihr wohl oder übel von meinem Anruf berichten musste, als sie meinen Zettel fand. Lilly bestand darauf, sofort nach Talus zu fahren, damit sie persönlich mit mir reden kann.

»Deiner Nachricht entnehme ich, dass du ein bisschen in der Klemme steckst«, sagt sie.

»Nicht nur ein bisschen«, erwidere ich.

»Es tut mir leid, das zu hören. Obwohl ich zugeben muss,

dass ich froh war, nach all den Jahren einen Grund für einen Besuch in Talus zu haben.«

»Ich bin überrascht, Sie überhaupt hier zu sehen. Delilah klang so, als wären Sie nicht mehr, äh, so gut beieinander.«

»Meine Tochter, Gott segne sie, macht sich gern Sorgen um mich ›in meinem Alter‹, wie sie sich ausdrückt. Mein Gedächtnis lässt mich zwar schon manchmal im Stich. Aber mein Verstand ist noch nicht völlig hinüber.«

Sie zwinkert mir zu. Ich ringe mir ein Lächeln ab.

»Ich bin dankbar, dass Sie gekommen sind. Ich weiß nicht, wie ich es formulieren soll, also frage ich einfach geradeheraus.« Da ich ihr nicht in die Augen sehen kann, richte ich die Frage an meine Teetasse. Meine gesamte Zukunft hängt von Lillys Antwort ab. Voll entspannt, oder? »Haben Sie in dem Sommer, als Sie hier waren, meine Großmutter oder ihre Schwester geküsst?«

Sie lehnt sich in ihrem Stuhl zurück und lacht leise auf. »Das war der Grund für meine Probleme. Ich habe nämlich Edith geküsst, obwohl ich eigentlich Ava hätte küssen sollen. Damals wusste ich nicht, dass das gegen die Regeln verstößt, sonst hätte ich es vielleicht anders gemacht.«

»Sie haben Ihnen die Regeln nicht erklärt?« Oma hat dafür gesorgt, dass Maggie und ich die Regeln lernen, sobald wir alt genug waren, um die Kusszeit zu verstehen. Sie schärfte uns ein, dass wir zu allen, die wir küssen wollen, ehrlich sein müssen, damit es keine Missverständnisse gibt. Das lag dann wohl an der Sache mit Lilly.

»Ich wusste, dass es mir Glück bringt, wenn ich Edith küsse. Das hat sie mir gleich zu Anfang erklärt. Ich mochte sie beide. Man musste sie einfach mögen. Sie waren schön und klug und so voller Leben, so wie du und deine Schwester, nach dem zu urteilen, was ich so höre. Aber in Ada habe ich mich richtig verliebt. Ich hätte alles dafür gegeben, dass sie meine Gefühle erwidert, doch Edith war diejenige, die mich küssen wollte. Edith, die so rot wurde, dass die Sommersprossen auf ihren Wangen wie die Punkte auf einem Marienkäfer aussahen. Also habe ich sie gelassen. Sie war das erste Mädchen, das ich je geküsst habe. Ich würde nicht behaupten, dass es eine Enttäuschung war, denn das würde den Anschein erwecken, dass es an Edith lag, was nicht stimmt. Aber die Leidenschaft fehlte. Da war kein warmes Kribbeln im Bauch, wie ich es in Adas Nähe empfand. Ich schrieb es dem Umstand zu, dass ich die falsche Schwester geküsst hatte. Und so gestand ich Ada noch am selben Abend meine Gefühle, aber den Kuss zwischen mir und ihrer Schwester behielt ich für mich. Leider erkannte ich zu spät, dass die Magie es verbot, Edith zu küssen, weil mein Herz bereits Ada gehörte.«

Die Situation ähnelt meiner so sehr, dass ich unwillkürlich an Isaac denken muss, wie er verletzt am Fuß des Wasserfalls lag und das Unheil seinen Lauf nahm. Ich trinke hastig von meinem noch immer dampfenden Tee, um das Frösteln zu vertreiben, das mir über die Haut kriecht. »Was ist dann passiert?«

Lilly zieht ihre knochige Schulter hoch, als würden wir über ihren letzten Besuch im Lebensmittelladen sprechen und nicht darüber, dass sie ein Holloway-Mädchen küsste und dann verflucht war. »Eine Biene stach mich und bereitete allen Schwärmereien ein jähes Ende, als meine Kehle zuschwoll. Am ersten Tag im Krankenhaus saßen die Schwestern an meinem Bett und hielten meine Hand. Als sie dachten, ich sei eingeschlafen, tuschelten sie, dass das Holloway-Glück mich hätte beschützen müssen. Dann wurde ihnen klar, dass ich Edith geküsst hatte, obwohl ich in Ada verliebt war, und sie gingen. Ich habe keine von beiden je wiedergesehen.«

»Sie haben Sie zurückgelassen, obwohl der Fluch Sie getroffen hat?«

Wie konnten sie das nur tun? Einfach weggehen, obwohl sie wussten, dass ihre Magie der Grund für Lillys Leid war? Wenigstens stehe ich zu meinem Fehler und versuche, Isaac zu helfen. Ich kann nicht glauben, dass meine Oma nicht dasselbe getan hatte. Wenn Lilly denkt, dass ich die Dinge für sie richten kann, wird sie eine große Enttäuschung erleben. Aber damit kämpfe ich ja auch gerade, also ist sie wenigstens in guter Gesellschaft.

»Ich bezeichnete es als ›Unglück‹.« Sie pustet auf ihren

Tee. Dann nimmt sie einen vorsichtigen Schluck, die Lippen gerade so weit geöffnet, dass nicht mehr als ein oder zwei Tröpfchen auf einmal hindurchdringen können.

»Fluch« oder »Unglück«, das kommt auf das Gleiche hinaus. Und alles wegen eines Holloway-Mädchens. »Ich kann nicht glauben, dass die beiden vor Ihrer Abreise nicht versucht haben, es rückgängig zu machen. Selbst wenn sie nicht wussten, was man dagegen tun kann, hätten sie es wenigstens probieren müssen.«

»Ich weiß gar nicht, ob anfangs irgendjemand von uns bewusst war, dass es sich nicht nur um einen Bienenstich handelt. Aus einem einzelnen Unglück lässt sich kein Zusammenhang herstellen. Aber als sich das Pech im Laufe der Zeit häufte, kam mir der Gedanke, dass es vielleicht doch etwas mit dem Kuss zu tun hat.« Lilly nestelt an einem Strang ihrer Perlenkette. Ihr Nagellack ist noch greller als ihr Lippenstift. Als sie merkt, was sie tut, lässt sie die Hand zurück auf den Tisch sinken. »Ich schrieb jeder von ihnen einen Brief, in dem ich mich für mein Verhalten entschuldigte und sie um Verzeihung bat. Das hatte ich weder verdient noch erwartet, aber ich bat sie trotzdem darum. Und weil sie so nett waren, schrieben sie mir zurück und versprachen, einen Weg zu finden, um mich von meinem Unglück zu befreien.«

Sie kannten die Regeln und die Konsequenzen, wenn man dagegen verstößt. Genauso wie ich. Obwohl weder

Oma noch Tante Edith die Regeln absichtlich gebrochen haben, im Gegensatz zu mir. Ich kann nur hoffen, dass das letztlich keine Rolle spielt, falls sie bei Lilly überhaupt Erfolg hatten. »Und ist es ihnen gelungen?«, frage ich. Es gibt noch ein Dutzend anderer Fragen, die mir im Kopf herumschwirren, aber das ist die Einzige, die zählt. Das ist die, die alles ändern kann.

»Es dauerte fast drei Jahre, aber ja, sie haben es geschafft. Seitdem geht es mir blendend«, erwidert Lilly.

Drei Jahre lang Pech. Dennoch sitzt sie jetzt nach all den Jahren putzmunter vor mir. »Wissen Sie, wie sie das geschafft haben? Wenn Sie die beiden nie wiedergesehen haben, mussten Sie offensichtlich dabei nicht anwesend sein.«

»Ich weiß nicht, was sie alles versuchten. Ich weiß nur, was schließlich funktionierte.« Lilly hebt ihre silberne Handtasche vom Stuhl neben sich hoch und holt ein gefaltetes Blatt Papier heraus. Sie fasst es nur an den Ecken an und faltet es vorsichtig auseinander. Es ist vergilbt und die Tinte ist zu einem stumpfen Grau verblasst. Aber der Name am oberen Rand ist unverkennbar.

Edith Holloway

Auf Ediths Seite aus dem Buch des Glücks ist Lilly als dritter Name angeführt. Ich schaue ungläubig darauf und vergleiche ihn vor meinem geistigen Auge mit dem Namen, den ich aus dem Buch durchgerieben habe. Mir war gar nicht aufgefallen, dass Ediths Seite fehlt. »Hat sie Ihnen das geschickt? Hat sie Ihnen etwas dazu erklärt? Oder sollten Sie etwas damit machen?« *Haben alle anderen, die Edith geküsst hat, ihr Glück verloren, als die Seite herausgerissen wurde?*

Wenn ja, dann ist mir dieser Teil der Familiengeschichte nicht bekannt. Aber da das Glück und das Buch miteinander verbunden sind, muss ich es erfahren.

Lillys Gesicht wird weich, unzählige kleine Fältchen zeichnen sich darauf ab. Sie beugt sich vor und tätschelt meine Hand. »Was auch immer dir und demjenigen, den du geküsst hast, zugestoßen ist, wird wieder gut.«

»Nein, wird es nicht. Nicht, wenn Sie nicht wissen, was ich machen muss.« Meine Stimme ist praktisch nicht mehr vorhanden, und ich bin mir nicht sicher, ob sie mich überhaupt hört.

»Du musst einfach nur die Seite heraustrennen. Wenn du die Seite aus dem Buch entfernst, kappst du die Verbindung zur Magie, so ähnlich hat es Edith in ihrem letzten Brief beschrieben. Ich möchte dir den Brief aber lieber nicht zeigen, da er Vertrauliches enthält. Doch das, was du wissen musst, habe ich dir erzählt.«

Da ist sie. Die Antwort, nach der ich so verzweifelt gesucht habe. Mir stockt der Atem, als ich begreife, was das bedeutet. »Ich muss also bloß meine Seite herausreißen, und dann hört es auf? Einfach so?«

»Einfach so«, bestätigt sie.

Ich weiß nicht, ob mit Isaacs Pechsträhne auch meine gesamte Holloway-Magie verschwindet, wenn ich meine Verbindung zum Buch durchtrenne. Aber wenn ich den Fluch brechen will, muss ich wohl auch Opfer bringen.

Ich blättere im Buch des Glücks und finde Ediths Seite. Mir war nicht aufgefallen, dass sie fehlt, weil sie da ist. Edith muss eine neue Seite angefangen haben, nachdem sie die alte entfernt hatte, damit die anderen, die sie küsste, ihr Glück fanden.

Dann schlage ich meine Seite auf: ein halbes Dutzend Berichte über Isaacs Pech. Alles hätte nach dem Sturz enden können, wenn ich Isaacs Namen nicht eingetragen hätte. Wenn ich nicht jedes Unglück haarklein beschrieben hätte, das ihm seitdem widerfahren ist. Solange sein Name auf meiner Seite steht, ist er an die Magie gebunden – und an das Unglück, das wir heraufbeschworen haben.

Sein Fluch endet heute.

Ich fasse die Seite an der Ecke an und ziehe. Das Geräusch der zerreißenden Fasern lässt mich abrupt innehalten. Dieses Buch ist meiner Familie heilig. Ohne Moms Zustimmung kann ich nicht einfach eine Seite daraus verschwinden lassen, auch wenn es meine eigene ist. Auch wenn Mom das Buch des Glücks an Maggie und mich weitergegeben hat, gehörte es vorher ihr. Und sie muss erfahren, was ich damit vorhabe.

Der Riss ist klein, nicht einmal einen Zentimeter lang. Ich streiche das Papier glatt, als ob es sich auf magische Weise selbst reparieren würde, bis ich den Schritt wirklich wage. Da Oma nichts darüber erzählt hat, kann ich nur hoffen, dass es keine katastrophalen Folgen hat, wenn man eine Seite aus dem Buch reißt, und dass es mich nicht meiner Magie beraubt. Selbst wenn, ist es ein Risiko, das ich eingehen muss.

Ich klappe das Buch zu und trage es in die Küche, wo Mom gerade das Abendessen kocht.

Ich setze mich auf einen der Hocker an der Kücheninsel ihr gegenüber und verberge das Buch in meinem Schoß. »Ich muss etwas mit dem Buch des Glücks machen. Aber da es eigentlich nicht mir gehört, wollte ich es dir vorher sagen.«

Mom bereitet eine Mischung aus Milch und geriebenem Cheddar für einen Hähnchenauflauf zu. Sie wirft mir einen kurzen Blick zu und rührt gleichmäßig weiter. »Was genau meinst du damit? Und warum habe ich das Gefühl, dass ich damit nicht einverstanden sein werde?«

»Ich muss meine Seite aus dem Buch heraustrennen.«

Ich warte darauf, dass sie protestiert. Sie enttäuscht mich nicht.

»Remy, du hast dich während der Kusszeit der Magie verpflichtet, indem du deinen Namen im Buch verewigt hast. Das kannst du jetzt nicht einfach rückgängig machen. Und außerdem weißt du nicht, ob die anderen Seiten auch deshalb fehlen.«

»Weiß ich wohl. Der Anruf von Mrs. Chastain? Sie wollte, dass ich mich bei ihr mit der Cousine ihres Mannes treffe, die Tante Edith geküsst hat, obwohl sie eigentlich in Oma verliebt war. Deshalb war Oma so versessen darauf, dass wir die Regeln kennen und dafür sorgen, dass alle, die wir küssen, auch darüber Bescheid wissen. Sie wollte nicht, dass noch jemand zu Schaden kommt.«

»Ich wüsste nicht, was es bringen soll, wenn du das Buch verstümmelst«, wirft Mom ein.

»Das Unglück steht mit dem Buch in Verbindung. Solange Isaacs Name auf meiner Seite steht, klebt ihm das Pech an den Fersen. Ich muss die Seite entfernen.« Ich nehme das Buch hoch und zeige ihr Isaacs Liste. Da ich Gideons Namen nach unserem Kuss nicht auf meine Seite geschrieben habe, war sein Unfall während des Kletterkurses genau das. Ein Unfall. Aber Isaacs Leidensweg geht auf meine Kappe. »Ich will es wiedergutmachen, Mom.«

»Das weiß ich doch, Schatz. Aber lass uns darüber nachdenken, bevor wir etwas Unwiderrufliches tun, okay?«

»Was gibt es denn da groß zu überlegen? Das ist die Lösung für das, was ich Isaac eingebrockt habe. Und es ist bloß eine Seite. Ich will ja nicht gleich das ganze Buch verbrennen oder so.«

»Das ist gut, denn dann hätte ich mit Sicherheit Nein

gesagt.« Sie nimmt den Topf von der Herdplatte, und weil sie mich und das Buch nicht in der Nähe einer offenen Flamme haben will, dreht sie das Gas gleich ganz ab. Bei einer so wichtigen Angelegenheit wie dieser hätte sie eigentlich sofort Ja sagen müssen. Und nicht erst ewig Bedenken abwägen.

Ich umklammere meine Seite. Der Riss wird einen Millimeter länger. »Komm schon, Mom. Tante Edith hat ihre ursprüngliche Seite auch verschwinden lassen und deine Mutter muss damit einverstanden gewesen sein. Außerdem wolltest du doch, dass ich das, was passiert ist, hinter mir lasse. Das kann ich nur, wenn es Isaac wieder gut geht.«

»Und wenn es nun nicht funktioniert?«

»Das wird es.«

»Wie kannst du dir da so sicher sein?«, fragt sie, und ihr Blick fällt auf den Riss, den ich bereits verursacht habe.

Und da weiß ich, dass ich sie habe.

»Weil es muss«, erwidere ich.

Sie gibt nach und küsst mich auf die Schläfe. »Dann mach.«

Ich presse die Handfläche hinten auf Maggies Seite, damit sie nicht auch herausgelöst wird, und reiße meine Seite heraus. Und einen Moment lang scheint sich die Schwärze in meiner Brust in Gold zu verwandeln und mich innerlich zu erleuchten.

33

Später am Abend warte ich, bis Maggie im Bad fertig ist, dann klopfe ich an die Wand, die unsere Zimmer voneinander trennt. Nichts. Ich versuche es noch einmal, diesmal lauter, damit man das Geräusch nicht für etwas anderes halten kann. Innerhalb von Sekunden steht Maggie in meinem Zimmer.

»Alles okay?«, fragt sie.

»Ja.« Ich schlage die Decke zurück, sodass sie mit darunter kriechen kann. »Ich wollte bloß … reden.«

Sie klettert über mich drüber und legt sich wie früher mit dem Rücken an die Wand. Wir machen es uns im Bett gemütlich, unsere Körper finden mühelos ihren gewohnten Platz. Jetzt, wo sie hier ist, verlässt mich der Mut. Fehlt unentschuldigt. Ich habe Maggie monatelang ausgegrenzt. Welches Recht habe ich, sie zu fragen, ob sie Juliet inzwischen geküsst hat?

»Hast du noch einmal darüber nachgedacht, ob du Tobin nicht doch küssen willst?«, erkundigt sie sich. »Ich weiß, dass er gerade sauer auf dich ist, aber das beweist nur, dass er nicht aufs Glück aus ist, sondern dich wirklich mag.«

Dabei weiß ich nicht einmal, warum. Ich habe ihm keinen Grund zu der Annahme gegeben, dass ich eine gute feste Freundin wäre. Aber ich hoffe inständig, dass Maggie sich nicht irrt. Wäre ich nicht durch Lillys Besuch abgelenkt worden, hätte ich mich schon längst bei ihm entschuldigt. »Falls das mit Isaac noch nicht reicht, macht der Schlamassel mit Tobin klar, dass ich nicht gerade eine Überfliegerin in Sachen Kusszeit bin.«

»Es zeigt nur, dass du immer noch kontrollieren willst, was während der Kusszeit passiert. Du siehst nur das, was du sehen willst, und blendest alles andere aus, was dich da draußen vielleicht erwartet.«

Ich hebe den Kopf ein wenig, damit ich Maggie in der Dunkelheit besser erkennen kann. »Was ist denn so falsch daran, wenn ich weiß, was ich will?« Oder *wen* ich will? »Ich bin nicht wie du, Maggie. Ich brauche nicht ein Dutzend Optionen, wenn eine davon bereits mit meinem Herzen auf und davon ist.« Was Tobin trotz all meiner gegenteiligen Bemühungen geschafft hat.

Maggie schiebt den Arm unter das Kissen. »Ob du's glaubst oder nicht, langsam verstehe ich, wie sich das anfühlt.« Sie lehnt sich zurück und schließt die Augen.

Ich denke an Tobin und den Song, den er für mich geschrieben hat. Er ist verletzt, weil ich ihn weiter auf

Abstand halte, aber Juliet hat recht. Ich habe die Magie der Kusszeit auf meiner Seite. Ich kann ihn noch immer erobern, wenn ich mich ins Zeug lege.

»Denkst du, er wird mir verzeihen, dass ich ihn die ganze Zeit weggestoßen habe? Denn ich glaube, ich möchte ihn küssen, sobald ich sicher weiß, dass Isaacs Pechsträhne vorbei ist, seit ich meine Seite aus dem Buch des Glücks gerissen habe.« Wenn der Fluch gebrochen ist und keine Gefahr mehr besteht, dass Tobin durch meinen Kuss etwas zustößt, bin ich aus dem Schneider.

»Moment mal. Ich hab mich wohl verhört. *Was* hast du mit dem Buch gemacht?« Sie durchlöchert mich regelrecht mit ihrem Blick.

»Ich habe meine Seite mit der Liste von Isaacs Schicksalsschlägen herausgetrennt. Keine Bange, Mom weiß Bescheid.«

»Aber die Holloway-Magie ist noch in dir, oder? Dass du deine Seite entfernt hast, hat daran nichts geändert, oder?«

Ich halte mich an dem Glauben fest, dass die Magie mir nicht den Rücken kehrt, jetzt, wo ich die Sache endlich ins Lot bringe. »Nein, es soll nur das damit verbundene Unglück aufheben. Drück mir die Daumen, dass es so ist.«

»Geht es dir gut?«

Ich ringe mir ein Lächeln ab, denn ich weiß, das braucht sie jetzt. Und ich wohl auch. »Mir geht's gut.« Zwischen Tobin und mir läuft es noch immer beschissen, aber daran kann im Moment keine von uns beiden etwas ändern. Nach einer Weile stelle ich Maggie eine der Fragen, vor deren Antwort ich mich fürchte, falls ich mich doch in ihr getäuscht habe. »Bereust du es mittlerweile, dass du nach eurem Kuss nichts Festes mit Laurel angefangen hast?«

»Nein. Dass ich mich zu Laurel hingezogen gefühlt habe und sie küssen wollte, kam so unerwartet, Remy. Es war alles so neu und zu viel neben der Kusszeit. Ich war nicht bereit für eine Beziehung. Ich habe mich bei ihr entschuldigt und ihr gesagt, dass ich hoffe, wir können wieder Freundinnen sein, sobald sie dazu bereit ist.« Sie seufzt. Ihr warmer Atem duftet nach Geißblatt. »Aber es tut mir leid, dass ich dir nicht früher erzählt habe, was mit mir los ist. Und dass ich dir das Gefühl gegeben habe, dass Liebe das einzige Wahre ist und man sie um jeden Preis finden muss, obwohl mir die Vorstellung von Liebe in Wirklichkeit eine Heidenangst macht.«

Das Überraschende an der Wahrheit ist, dass sie nach all der Zeit, in der man sie in seinem Inneren einschließt und vergessen will, ans Licht drängt. Nach Maggies Geständnis schließe ich die Augen und die Worte sprudeln nur so aus mir heraus. »Was mit Isaac und mir passiert ist, war nicht deine Schuld. Du hast mir nichts über die Liebe erzählt, was ich nicht ohnehin schon geglaubt habe. Ich wollte unbedingt all das, was die Kusszeit verheißt, und ich wollte es mit Isaac. Und Isaac wäre fast gestorben, weil ich ihn geküsst habe, obwohl ich wusste, dass er vielleicht noch in Hannah verliebt ist. Ich dachte, der Kuss bringt ihn dazu, sich in mich zu verlieben. Aber wenigstens habe ich jetzt einen Weg gefunden, meinen Fehler wiedergutzumachen.«

»Indem du deine Seite entfernt hast«, sagt Maggie. »Was ist, wenn das noch andere Folgen hat? Was ist, wenn es deine Magie dauerhaft beeinträchtigt?«

»Bei Tante Edith war es nicht so, oder?« Außerdem habe ich bereits mein Herz aufs Spiel gesetzt und es überlebt. Da komme ich auch über den Verlust meiner Magie hinweg, glaube ich. Ich zwinkere Maggie in der Dunkelheit zu. Ich brauche ihr Gesicht nicht zu sehen, um zu wissen, dass sie es mit einem Stirnrunzeln quittiert. »Außerdem, meine Seite aus dem Buch herauszureißen, ist nichts im Vergleich zu dem, was Isaac durchgemacht hat. Ich denke, er hat für den Teil, den er zu dem Ganzen beigetragen hat, schon mehr als genug bezahlt.«

»Du auch, Rem. Es ist nicht fair, dass du deinen Platz im Buch aufgeben musst, nur weil du deinem Herzen gefolgt bist.«

»Es ist doch schon passiert. Jetzt muss ich nur noch hoffen, dass es funktioniert hat. Vielleicht können Isaac und ich dann die Sache hinter uns lassen und nach vorne blicken.«

Maggie ergreift meine Hand und drückt sie so fest, dass

ihre Knöchel weiß werden. »Wenn es klappt, ist dann zwischen uns auch alles wieder gut?«

»Ist es doch schon fast.«

Was nicht heißt, dass alles wieder so wird wie früher. Wir sind nicht mehr dieselben Menschen. Nicht mehr dieselben Schwestern. Zwischen uns ist jetzt ein Raum. Maggie und Remy. Und ich weiß nicht, ob diese Lücke je wieder geschlossen werden kann. Aber jetzt denke ich, dass das vielleicht auch gar nicht notwendig ist.

Maggie mag darauf warten müssen, dass Laurel wieder zu einer Freundschaft bereit ist, aber als neue, eigenständige Remy hängt meine Freundschaft mit Laurel nicht mehr davon ab, ob sie Maggie miteinschließt. Jetzt muss ich nur noch dafür sorgen, dass Laurel das auch weiß. Obwohl ich es ihr nicht verübeln würde, wenn sie sowohl von mir als auch von meiner Schwester Abstand braucht. Mein Leben war so sehr mit dem von Maggie verflochten, dass wir eine Weile brauchen werden, um uns an diese neue Beziehung zu gewöhnen. Trotzdem muss ich es versuchen.

Ich scrolle durch die Fotos auf meinem Handy, bis ich das Meme finde, nach dem ich suche: *Freundschaft ist, jemanden zu finden, mit dem man sich auch ohne Worte versteht.* Ich schicke es an sie.

Innerhalb von Sekunden sendet sie eines zurück, auf dem steht *Das ist Freundschaft: Du. Ich. Eine Portion Käse-*

Fritten. Und ich weiß, dass zwischen uns alles wieder in Ordnung kommen wird.

Am Donnerstagmorgen vor der Schule steckt Maggie den Kopf durch die Tür und hält sich am Türrahmen fest, damit sie nicht gleich in mein Zimmer platzt. »Du solltest vielleicht mal aus dem Fenster schauen.«

Ich binde mein Haar, das noch nass vom Duschen ist, zu einem Pferdeschwanz und schlinge einen Zopfgummi darum. Weiß Seth, dass ich vorhabe, mein Wort zu brechen und Tobin zu küssen, jetzt, wo ich den Fluch beendet habe? »Lass mich raten. Heugabeln? Nein, wahrscheinlich etwas Kreativeres. Sie stapeln Holz in der Feuerstelle der Curcios auf, damit sie mich auf dem Scheiterhaufen verbrennen können?«

»Sieh doch einfach nach«, sagt Maggie und verschwindet aus meinem Sichtfeld.

Ich warte, bis ihre Schritte im Flur verklungen sind, dann schiebe ich den Vorhang beiseite. Im Garten hinter dem Haus sitzt Isaac in einem Campingstuhl, den er mitgebracht haben muss. Zu seinen Füßen liegt ein Golden Retriever, dessen Leine er sich fest um die Hand gewickelt hat. Der verlorene Hund kehrt zurück. So wie er an Isaacs Bein klebt, wird er wohl nicht so schnell wieder ausbüxen. Isaac blickt auf und bemerkt, dass ich ihn beobachte. Er hebt seinen von den Fingerknöcheln bis zum Ellbogen eingegipsten Arm und winkt. Sein Gesicht verzieht sich vor Schmerz.

Ich trete vom Fenster weg und lasse den Vorhang zurückfallen, sodass Isaac mich nicht mehr sehen kann. Wenn der Fluch gebrochen wurde, als ich seinen – und damit auch meinen – Namen aus dem Buch des Glücks getilgt habe, sollte der gebrochene Arm das letzte Unglück sein, das durch unseren Kuss verursacht wurde.

Wir sollten beide frei sein. Obwohl ich mir noch immer nicht sicher bin, was das alles nach sich zieht.

Wird die Magie aus meinen Adern schwinden? Ist mir die wahre Liebe noch gewiss?

Draußen vor dem Fenster gibt es einen dumpfen Schlag, als ob etwas gegen die Hauswand geknallt wäre. Es folgt ein metallisches Quietschen. Ich ziehe den Vorhang wieder auf und schaue nach unten. Isaac hat eine Leiter an das Haus gelehnt und versucht, sie mit einer Hand zu erklimmen. Ich schiebe das Fenster hoch und stecke meinen Kopf nach draußen.

»Isaac, hör auf. Was machst du denn da?«

Er hält inne und hakt seinen Gipsarm in die Sprossen, damit er das Gleichgewicht nicht verliert, bevor er zu mir aufblickt. »Ich versuche, dich dazu zu bringen, mit mir zu reden. Da du nicht herausgekommen bist, als du mich gesehen hast, musste ich mir etwas anderes einfallen lassen. Ich möchte dir sagen, dass ich …«

»Es ist sehr unvorsichtig von dir, hier mit einem Gipsarm hochzuklettern.«

»Er ist doch bloß gebrochen.« Aber Isaac sinkt zusammen und sein Optimismus verfliegt. »Willst du, dass ich gehe?«

Ich halte das obere Ende der Leiter fest, damit sie nicht wackelt. Das wird zwar nichts bringen, wenn er abrutscht oder den Halt verliert, aber es ist besser als nichts. »Ich will, dass du vorsichtig bist, Isaac.«

»Deshalb bin ich ja hier.« Er wirft einen Blick hinüber zu Tobins Haus und die Leiter schwankt durch die Gewichtsverlagerung. Er klettert nicht mehr weiter, obwohl er noch nicht ganz oben ist. »Ich wollte dir sagen, dass es nicht an dir lag, dass ich nach unserem Kuss so viel Pech hatte.«

»Isaac, lass es.«

»Die ganze Zeit habe ich dir die Schuld in die Schuhe geschoben. Und zugelassen, dass alle anderen das auch tun. Aber ich wusste, dass du mich magst, und habe deine Gefühle an jenem Abend ausgenutzt, um einen Kuss von dir zu ergattern. Hannah hat gesagt, wenn ich etwas vom Holloway-Glück abbekomme, trennt sie sich nie wieder von mir, weil sie dann keinen Besseren finden kann. Und ich habe sie geliebt, Remy. Ich weiß, das ist bekloppt, aber ich war so megaverliebt in sie, dass ich zu allem bereit war, damit sie mich nicht wieder verlässt. Ich glaube, das ist der Grund, warum mir das Schicksal so übel mitgespielt hat.

Weil ich meinen Teil der Schuld nicht auf mich genommen und die Regeln bewusst gebrochen habe.«

Auch wenn ich schon geahnt habe, dass er mit seinen Gefühlen mir gegenüber nicht ehrlich war, tut es trotzdem weh, das jetzt zu hören. »Es liegt nicht an dir. Und jetzt geh bitte wieder runter. Ich habe etwas gefunden, was alles wieder einrenkt. Und das möchte ich jetzt nicht ruinieren, weil du noch länger auf dieser Leiter herumeierst.«

»Erst, wenn du versprichst, herunterzukommen und mit mir zu reden. Ich möchte mich wirklich entschuldigen, Remy. Und ich will wissen, welches Opfer du bringen musstest, um mir zu helfen. Denn Flüche verschwinden nicht von selbst und du hättest nicht allein dafür bezahlen sollen.«

Er hat so sehr gelitten, aber trotzdem macht er sich Gedanken über das, was ich aufgeben musste. Fast bekomme ich ein schlechtes Gewissen, dass ihm nicht das Glück zuteilwird, das er sich bei unserem Kuss erhofft hat. Also willige ich ein. Dann warte ich, bis er wieder unten angelangt ist, ohne neue Verletzungen, bevor ich in den Garten gehe.

Als ich bei ihm ankomme, setze ich mich neben seinem Stuhl ins Gras und ziehe die Knie an die Brust.

Erst sagt Isaac nichts, starrt nur auf den Boden, als ob die Worte, die er nicht zu finden scheint, dort auftauchen, wenn er nur lange genug wartet. Er kippelt mit dem Stuhl nach vorne, sodass die hinteren Stuhlbeine in der Luft hängen. Seine Hände verharren über meinen, die ich um die Knie gelegt habe, aber er berührt mich nicht. Ein Dutzend Unterschriften sind auf seinen Gips gekritzelt, zusammen mit Insider-Witzen und leuchtenden lila Herzen und einer Botschaft, der ich nicht widersprechen kann: SCHEISS AUF DIE KUSSZEIT.

Schließlich fragt er: »Hast du wirklich einen Weg gefunden, mich zu retten?«

»Ich musste die Verbindung zur Magie kappen. Das habe ich seit deinem Unfall versucht, aber bis vor Kurzem hat nichts funktioniert. Jetzt solltest du es überstanden haben.« Wir beide.

»Es tut mir leid, Remy. Dass ich dich ausgenutzt habe und dass ich nicht mit der Wahrheit herausgerückt bin, als dir alle das Leben zur Hölle gemacht haben.«

Vor ein paar Monaten hätten diese Worte das Loch in meiner Brust vielleicht gestopft. Jetzt, wo das Narbengewebe zu dick ist, hinterlassen sie nur ein leichtes Kribbeln. Ich drücke meine Knie fester gegen mein Herz, um das Gefühl zu lindern. »Mir tut es auch leid.«

Mehr gibt es nicht zu sagen. Das Universum hat alle Worte aufgebraucht und mich mit leeren Händen zurückgelassen, sodass ich ihm nichts anderes geben kann. Aber wenigstens sind wir frei.

34

Maggie, Juliet und ich haben ein paar Tage die Köpfe zusammengesteckt und beratschlagt, wie wir Tobin davon überzeugen, dass er mir nicht egal ist. Er ignoriert mich noch immer, aber ich habe ihn mehrfach dabei erwischt, wie er im Garten steht und mich genau wie am Tag seines Einzugs durch die Fenster der Backküche beobachtet. Jedes Mal winke ich ihm, und jedes Mal dreht er sich um und versucht nicht einmal mehr, mit mir zu reden. Dass er sieht, wie ich ihn anlächle, will ich lieber nicht riskieren, denn dann denkt er vielleicht, dass ich mich über ihn lustig mache. In Wirklichkeit freue ich mir bloß so sehr einen ab, weil ich ihn offenbar nicht völlig kaltlasse, dass ich mir das Grinsen kaum verkneifen kann.

Maggie und Juliet wagen nicht, mir deshalb genervte Blicke zuzuwerfen, denn sie können ja kaum ihre Augen – oder Hände – voneinander lassen. Dass Maggie sich zu Juliet bekannt hat, war alles, was Juliet gebraucht hat, um mit ihrer Mutter zu sprechen. Sie hat ihr gesagt, sie solle froh sein, dass ihre Tochter jemanden gefunden hat, der sie glücklich macht. Und nach einem längst überfälligen Gespräch zwischen Mutter und Tochter war Mrs. Curcio mit Juliets Wahl dann auch einverstanden.

Ich habe meine Schwester noch nie so glücklich gesehen. Es klingt kitschig, wenn ich sage, dass sie förmlich leuchtet. Aber wenn sie der Sonne nicht ernsthaft Konkurrenz macht, dann weiß ich auch nicht. Ich hoffe bloß, dass sie am Ende das Gleiche von mir behaupten kann. Aber zuerst brauche ich einen Plan. Und es hat eine Weile gedauert, bis mir etwas eingefallen ist, das mir vielleicht zum Ziel verhilft.

»Ich glaube, heute wird ein guter Tag«, lasse ich meine Eltern beim Frühstück wissen. Es ist Samstag, und weil sie auch schon vor Sonnenaufgang aufgestanden sind, müssen sie geahnt haben, dass etwas in der Luft liegt.

Dads Kaffeetasse bleibt auf halbem Weg zum Mund stehen. Dampf steigt in wogenden Wölkchen auf. »Was ist los?«

Maggie legt von hinten ihr Kinn auf meine Schulter. »Ach, nichts weiter. Remy legt bloß einen Köder aus und hofft, dass der Junge ihrer Träume anbeißt.«

Ich knuffe sie mit dem Ellbogen in die Rippen, doch sie rückt keinen Millimeter von mir ab.

»Und mit ›Köder‹ meinst du bestimmt etwas Legales, oder?«, erkundigt sich Mom halb im Scherz.

»Und Ungefährliches?«, ergänzt Dad. Er stellt die Tasse mit dem unangerührten Kaffee auf den Tisch.

»Beides ja«, erwidere ich. »Ich habe einen Plan.« Dummerweise muss ich dabei meinem und Tobins Herzen vertrauen.

»Eigentlich ist er gar nicht so übel.« Maggie lässt von mir ab und setzt sich zu meinen Eltern an die Kücheninsel.

»Das sagst du nur, weil du und Juliet ihn zusammen mit mir ausgeheckt habt.«

Meine Eltern schauen zwischen Maggie und mir hin und her und lächeln.

Dann richtet Mom ihren Blick auf mich. »Das ist ja mal eine schöne Abwechslung.«

»Absolut.« Dad zieht mich in eine dicke Umarmung und gibt mir ein Küsschen auf den Kopf. »Aber verlier dich dabei nicht wieder, okay?«

Ich drücke ihn noch fester. »Ich gebe mir Mühe.«

Juliet kommt vorbei und hilft uns, die letzten Whoopie Pies zu verpacken. An den letzten zwei Nachmittagen nach der Schule habe ich etwa hundertfünfzig gebacken. Alle für Tobin. Und ich habe Maggie und Juliet angeheuert, mir dabei zu helfen, sie überall dort zu verteilen, wo er heute hingeht. Juliet hat bereits einen Double-Chocolate-Whoopie auf seinem Nachttisch, einen Espresso-Crunch-Whoopie auf dem Waschbecken im Bad und einen Salzkaramell-Whoopie auf dem Armaturenbrett seines Autos drapiert. Alle in einzelnen Frischhaltebeuteln. Auf dem Washi-Tape, mit dem die Tüten zugeklebt sind, steht mit schwarzem Filzstift das Wort *Sorry*.

Wenn mein Plan aufgeht, wird Tobin den ganzen Tag lang Whoopies finden. Und hoffentlich erlaubt er es mir dann, mich persönlich zu entschuldigen und ihn zu bitten, mir eine zweite Chance zu geben.

Oder eine erste, wenn wir es genau nehmen.

Maggie will ebenso sehr wie ich, dass es klappt. Sie denkt, wenn nicht, werde ich wieder zu der Remy, die ich den ganzen Sommer über war, und sie wird mich wieder verlieren. Aber ich habe es satt, dass andere bestimmen, wer ich bin. Von jetzt an werde ich einfach nur ich selbst sein und hoffen, dass das reicht.

Ich hieve mir eine Tragetasche auf die Schulter und verlasse die Küche, während meine Schwester und Juliet mir viel Glück wünschen. Ich werfe zwei Entschuldigungs-Whoopies auf das Dach vor Tobins Fenster, denn da scheint er sich besonders gern herumzudrücken. Zumindest war das bis vor ein paar Nächten so. Wenn er das Dach meidet, weil er mich meidet, muss ich vielleicht Juliet hochschicken, damit sie die Whoopies rettet, bevor ein neugieriges Tier sie in seinen Bau schleppt.

Unterwegs hefte ich die Tüten an die Strommasten, an

denen er auf seinem Weg zur Arbeit vorbeikommt. Dann klebe ich sie an Stopp- und Straßenschilder und lasse alle paar Meter einen Whoopie auf dem Gehweg liegen, der vom Parkplatz hinter dem Musikladen bis zur Eingangstür führt. Drinnen stecke ich welche in die Schallplattenfächer und bitte Tobins Chef, ein paar davon im Pausenraum deponieren zu dürfen.

Selbst wenn Tobin keinen einzigen aufhebt, wird er sie nicht übersehen können.

Als ich aus dem Laden komme, lesen Paige und Audrey gerade einen Whoopie Pie vom Gehweg auf. Seit dem Streit am Wasserfall habe ich mit keiner von beiden ein Wort gewechselt, und die Wut von damals kocht wieder hoch, wie Sturmwolken, die plötzlich an einem sonnigen Tag aufziehen.

»Legt das zurück«, knurre ich.

Paige lässt das Päckchen fallen und weicht davor zurück. Und vor mir. Audrey bückt sich und dreht den Whoopie um, sodass die Nachricht wieder lesbar ist.

»Wir wollten ihn nicht nehmen. Keinen davon«, versichert Paige. Sie sieht mir nicht in die Augen. »Wir wollten nur nachschauen, ob überall dasselbe draufsteht.«

Ich öffne die Tragetasche mit den übrigen Whoopie Pies, damit sie sich selbst überzeugen können. »Tut es.«

Beide nicken, als ob die Sache damit erledigt wäre. Als ob sie sich nicht einmal mehr daran erinnern würden, dass wir einmal Freundinnen waren. Ich wende mich zum Gehen, aber Paige hält mich zurück.

Dann sagt sie: »Isaac hat endlich zugegeben, was zwischen euch beiden passiert ist. Und dass du nichts für seine Pechsträhne konntest.«

»Also sollten sich erst mal alle bei *dir* entschuldigen«, fügt Audrey hinzu.

Aber weder sie noch Paige entschuldigen sich. Jedenfalls nicht laut. Aber vielleicht ist ihre Unterhaltung mit mir ein Friedensangebot, das ich nur annehmen muss.

Ich bin nicht bereit, zu vergeben und zu vergessen, ihnen von Tobin und diesem abgefahrenen Plan zu erzählen, der ihm zeigen soll, dass ich mich geirrt habe. Aber wenn ich will, dass er mir eine zweite Chance gibt, haben meine Freundinnen dann nicht auch eine verdient?

Nach einer unbehaglichen Stille sage ich schließlich: »Das hier hat nichts mit Isaac zu tun.«

»Oh.« Audrey läuft knallrot an und blickt hilfesuchend zu Paige.

Paige springt sofort ein. »Brauchst du Hilfe? Ich meine, du musst uns nicht sagen, für wen sie sind, aber wenn du uns ein paar Whoopies gibst, können wir sie für dich in der Stadt verteilen.«

»Ja, gut«, erwidere ich.

Das räumt zwar nicht alles aus, was zwischen uns steht, aber es ist ein Anfang.

Den Rest des Tages fühle ich mich so leicht, dass ich davonschweben könnte. Ich hake meine Füße um die Stuhlbeine, während ich Hausaufgaben mache, und ich kralle meine Hände ins Gras, während ich auf dem begrünten Streifen neben dem Haus liege und darauf warte, dass Tobin von der Arbeit nach Hause kommt. Als ich in Ruhe gelassen werden wollte, bin ich ihn nicht losgeworden. Und jetzt, wo ich mich zum ersten Mal seit Langem wieder wie ich selbst fühle, ist er nicht da, um sich mit mir zu freuen.

Ich döse in der Sonne ein und wache auf, als sich der Himmel blutrot färbt und die ersten Sterne funkeln. Ich lächle über mich. Über das Universum. Selbst wenn es mit Tobin nicht klappt – obwohl ich mich noch nicht geschlagen gebe –, bin ich glücklich. Wirklich glücklich.

Ich fordere mein Glück heraus und schaue zu Tobins Fenster. Ein Lichtschein dringt heraus und lässt die Silhouette einer vertrauten Gestalt auf dem Dach sichtbar werden.

»Tobin!«, rufe ich, während ich mich aufrichte.

Keine Antwort.

»Ich habe auf dich gewartet.«

Immer noch nichts.

Ich bleibe unter seinem Fenster stehen und mein Lächeln erstirbt. Er ist da oben und sagt kein Wort. Aber ich gebe nicht auf. Nicht, bevor er mich endgültig wegschickt. Und selbst dann werde ich vielleicht nicht auf ihn hören. Ich drehe den Spieß einfach mal um. »Warum hast du mich nicht geweckt?«

»Ich war mir nicht sicher, ob ich schon mit dir reden will.« Er sagt es, ohne mich anzusehen, und dreht einen leeren Frischhaltebeutel zwischen den Fingern.

Und ich plumpse wie ein Stein auf den Boden der Tatsachen zurück. Die Schwerelosigkeit, die mir den ganzen Tag Flügel verliehen hat, entweicht mit meinem nächsten Atemzug. »Oh.« Meine Entschuldigungen waren nicht genug. Ich wende mich um und die Schwerkraft lastet auf meinen Füßen.

»Remy, warte.« Es klingt genervt, seine Stimme hat nichts Ermutigendes, aber selbst das ist besser, als wenn er mich einfach gehen lässt.

Ich drehe mich wieder zu ihm.

»Was genau tut dir leid?«, fragt er.

»Wenn du die ausführliche Version willst, stehen wir die ganze Nacht hier herum.«

Tobin grinst schief. »Stichpunkte reichen.«

»Kannst du vielleicht herunterkommen, damit ich dir das ins Gesicht sagen kann?« Damit er nahe genug für einen Kuss ist.

»Tritt mal einen Schritt zurück.« Er geht auf der Dachschräge in die Hocke, um auf den Boden zu springen.

»Tobin, nicht schon wieder. Kannst du bitte einfach die Treppe nehmen wie ein normaler Mensch? Nur, um wirklich sicher zu sein?« Von der Holloway-Magie geht zwar keine Gefahr mehr aus, aber ich habe so lange in Angst davor gelebt, dass es ein Weilchen dauern wird, bis ich sie überwunden habe.

Er verschwindet durch das Fenster, und einen Moment lang fürchte ich, dass er gar nicht herunterkommt. Dann schwingt die Haustür auf, er überspringt die drei Verandastufen und landet einen halben Meter von mir entfernt.

»Okay. Ich höre«, sagt er.

Das ist sie. Meine Chance, ihm mein Herz zuzuwerfen und darauf zu warten, dass er es auffängt. Ich halte einen Finger hoch und beginne mit der Aufzählung. »Es tut mir leid, dass ich dein Freundschaftsangebot nicht ernsthaft angenommen habe. Dass ich dir nicht gesagt habe, wie toll ich die Playlist finde, die du mir geschickt hast. Und dass ich nicht gemerkt habe, dass die Wörter, die ich vor Lillys Haus in deinem Notizbuch gefunden habe, kein Beweis dafür waren, dass deine Gefühle für mich nicht echt sind. Aber vor allem tut es mir leid, dass ich dir nicht gesagt habe, dass ich dich auch gern habe und mit dir zusammen sein und dich auch irgendwann mal küssen möchte. Zum Beispiel jetzt gleich.«

Tobin schließt seine Finger um die Finger, die ich gerade für meine Aufzählung benutzt habe. »Und worauf wartest du dann?«

Ich trete an ihn heran und drücke meinen Mund auf seinen. Alles, was ich für ihn empfunden und verdrängt habe, bricht sich nun Bahn. Jede Stelle, an der sich unsere Körper berühren – Lippen, Oberkörper, Hüfte –, sehnt sich nach mehr Nähe. Unser Kuss entfaltet sich langsam, unsere Lippen stoßen mit gerade so viel Nachdruck aufeinander, dass sich unsere Münder öffnen und wir einander auf ganz neue Art entdecken.

Und in diesem Moment, in dem die Magie der Kusszeit sich bewähren muss, glaube ich von ganzem Herzen daran. Kein Zweifel. Kein Überlegen. Kein Platz für etwas anderes als Tobin und mich und die Möglichkeit, dass dieser Kuss der Anfang von allem sein könnte.

»Ich dachte, das wäre zu gefährlich«, sagt er und rückt ein wenig von meinem Mund ab.

»Kann schon sein.« Ich lege meine Hand in seinen Nacken und ziehe ihn wieder an mich. »Aber ich kann nicht verleugnen, wer ich bin.«

»Und wer bist du?«

»Ein Holloway-Mädchen.«

Und dann küsst er mich wieder. Oder ich küsse ihn. Es ist schwer zu sagen, wer angefangen hat. Ich weiß nur, dass ich nicht will, dass es aufhört.

35

Ich könnte der erste Mensch in der Geschichte sein, der sich zu Tode gelächelt hat. Aber es wäre nicht die schlechteste Art zu sterben, auch wenn es mir jetzt, nachdem ich Tobin geküsst habe, mehr als ungelegen käme, den Löffel abzugeben.

Wenn ich nicht seine Playlist hören würde, während ich darüber nachdenke, was ich mit meiner alten Seite aus dem Buch des Glücks anstellen soll, könnte ich mich wahrscheinlich besser konzentrieren. Aber ich kann mich nicht dazu durchringen, die Musik auszumachen.

Die Küchentür schwingt auf, und ich setze eine ernste Miene auf, damit ich nicht wie eine Psychopathin wirke, die sich, umgeben von den Erinnerungen an Isaacs Unglück, das Grinsen nicht verkneifen kann.

»Okay«, sagt Maggie beim Hereinschneien. »Ich habe darauf gewartet, dass du das Thema ansprichst. Aber weil du dich darüber ausschweigst, muss ich es wohl zur Sprache bringen.«

Bei Maggie kann das alles Mögliche bedeuten.

Sie löst die Riemen, die den Ledereinband vom Buch des Glücks zusammenhalten, und blättert bis zu ihrer Seite. Wegen des ausgefransten Randes, der von meiner Seite dahinter übrig geblieben ist, will das Papier nicht flachliegen. Maggie schlägt eine neue Seite auf. »Tobins Name gehört in das Buch.«

Er hat sich seinen Platz darin mehr als verdient, denn er hat mein Herz von den Toten zurückgeholt. Und da meine alte Seite herausgerissen ist, kann ich neu anfangen. Als unbeschriebenes Blatt.

»Ich weiß. Ich habe auch schon darüber nachgedacht, einen neuen Eintrag anzulegen. Nicht nur, um Tobins Namen aufzuschreiben und sein Glück zu dokumentieren, sondern auch, um zukünftige Holloway-Mädchen darauf hinzuweisen, dass ein Fehler nicht gleich das Ende bedeutet.«

»Da hast du absolut recht«, sagt Maggie.

»Wirklich? Glaubst du nicht, dass ich damit das Schicksal herausfordere oder so?«

»Ganz und gar nicht. Du bist ein Holloway-Mädchen. Du verdienst es, dass dein Name und dein Vermächtnis zusammen mit all den anderen darin stehen. Direkt neben meinem, so wie es uns bestimmt ist. MaggieUndRemy.«

Dass zwischen unseren Namen die Leerzeichen fehlen, ist nicht zu überhören.

Mein Herz krampft sich zusammen und versetzt mir einen Stich. »Ich weiß nicht, ob wir je wieder MaggieUnd-Remy sein können. Jedenfalls nicht so wie vorher. Wir haben uns beide in den letzten Wochen sehr verändert.«

»Weiß ich doch. Aber du sprichst in ganzen Sätzen mit mir – ohne mir den Kopf abzureißen, wenn ich das sagen darf –, und du bist endlich mit Tobin zusammen. Also findest du wohl zu dir selbst zurück.«

»Was, wenn ich so bin, wie ich jetzt bin? Ich glaube nicht, dass ich jemals wieder zu dem Mädchen werde, das ich früher war.« Und ich weiß auch gar nicht so genau, ob ich das möchte. Diese Remy war nicht wirklich ich. Sie war Maggie Light. Derselbe tolle Geschmack, weniger Kalorien. Wobei Kalorien für Persönlichkeit steht.

Maggie dreht sich um und geht wortlos an mir vorbei. Es ist eine so harmlose kleine Geste der Zurückweisung, dass sie eigentlich ohne einen Kratzer an mir abperlen sollte. Aber nach allem, was passiert ist und wie sich die Dinge inzwischen gebessert haben, trifft sie mich mitten ins Herz und droht, meine kleine Glücksblase platzen zu lassen.

Aber anstatt zu gehen, bleibt Maggie hinter mir stehen. »Dann werde ich dein neues Ich kennen und lieben lernen. Du musst mir nur die Gelegenheit dazu geben.« Sie streicht mir die Haare aus dem Gesicht, teilt sie automatisch in drei Stränge und beginnt zu flechten.

»Okay«, erwidere ich, weil sie meine Schwester ist und ich mich nicht mehr streiten will.

Weil Liebe vielleicht so einfach sein kann.

Weitergehen kann bedeuten, die Vergangenheit loszulassen. Manchmal ist das, was man zurücklässt, ein Gefühl oder ein Gemütszustand. Und manchmal ist es etwas Körperliches, und sobald man es abgelegt hat, bekommt man zum ersten Mal seit Jahren wieder richtig Luft.

Als Maggie mit meinem Zopf fertig ist, laufe ich zum Garten hinter dem Haus der Curcios, anstatt zur Vordertür. Tobins Feuerzeug liegt auf dem Rand der Feuerstelle, in der sich verkohlte Stöcke und halb verbrannte Zeitungsschnipsel stapeln. Ich hocke mich daneben und fahre mit dem Daumen ungeschickt und langsam über das Reibrad, bis der Feuerstein Funken schlägt. Ich halte meine herausgerissene Seite über die Feuerstelle und berühre eine Ecke mit der Flamme. Das Papier fängt Feuer/kräuselt sich/verbrennt. Ich lasse es in die Feuerstelle fallen, bevor die Flammen meine Finger erreichen. Aschestückchen steigen auf, rieseln auf meine Beine herab und bleiben an meiner Haut kleben. Sie werden zu grauen Schlieren, als ich sie wegwische, wie Staub von den Schuppen der Flügel einer Motte.

Ich betrachte die Reste in der Feuerstelle und kann nicht mehr unterscheiden zwischen den Rückständen von Tobins und Juliets letztem Feuer und dem, was von meiner Seite übrig ist – oder von dem Mädchen, das ich in den letzten Monaten war.

Im Moment bin ich nur Remy. Ein Holloway-Mädchen, das vielleicht selbst ein kleines bisschen Glück ergattert hat.

Epilog

Sechsundachtzig Stunden und noch ein bisschen mehr. So lange ist es her, seit ich Tobin geküsst habe, und nicht ein einziger Mensch in der Stadt hat das Wort *verflucht* in den Mund genommen. Als wäre es aus dem Wortschatz gestrichen worden. Wenn das alles ist, was mir die Kusszeit hinterlässt, wäre ich schon zufrieden.

Aber nach sechsundachtzig Stunden plus hat Tobin noch immer nicht das Interesse an mir verloren. Und nach der Häufigkeit/Intensität/Einzigartigkeit unserer Knutscheinlagen zu urteilen, wird er das auch nicht so bald tun.

Wir treffen uns auf dem begrünten Streifen zwischen unseren Häusern, wenn uns niemand außer der Mondsichel und ein paar vereinzelten Sternen zusieht. Er verschränkt seine Finger mit meinen und zieht mich durch den Vorgarten. Als wir aus dem Schein der Straßenlaterne in den Schatten hinter den Birken treten, die ihre Rinde abwerfen, schlingt er die Arme um mich und dreht mich zu sich herum. Ich lege meinen Kopf in den Nacken und

küsse ihn, ohne zu zögern, Wärme steigt in meinem Körper auf, er drückt seine Lippen an meine, bis ich den Mund
öffne. Ich vergrabe meine Hand in seinem Haar und ziehe
ihn an mich. Seine Zähne streifen meine Unterlippe, bevor
er den Kuss vertieft.

Ich biege den Rücken durch, weil ich Tobin noch näher
sein will. Immer näher. Nie nah genug.

Seine heißen Finger gleiten unter meine Jacke und mein
Shirt, über die Grübchen unten an meinem Rücken und
lassen sich auf meiner Hüfte nieder. Der nicht enden wol-
lende Kuss verwandelt sich in eine Reihe kürzerer Küsse,
sodass wir nach Luft ringen, als wir uns schließlich voneinander lösen.

»Das will ich schon den ganzen Abend machen«, sagt
er.

»Ich auch.«

»Unsere Schwestern machen es richtig. Sie verdrücken
sich, sobald die Sonne aufgeht. Zu warten, bis es dunkel
ist, ist eine absolute Qual.«

»Ich glaube nicht, dass unsere Mittagspause im Chemie-
labor als Warten zählt. Außerdem dachte ich, wir haben uns
deshalb so spät noch herausgeschlichen, weil du mir heute
Abend etwas zeigen wolltest«, entgegne ich.

»Vielleicht wollte ich dir auch bloß einen Gutenachtkuss
geben.« Er beugt sich vor, legt sein Gesicht sanft an meinen
Hals und lässt seine Zunge auf meiner Pulsader kreisen. Ich

bewege mich, sodass seine Lippen wieder auf meinen landen, bevor er mich noch um den Verstand bringt.

Als er kurz darauf von mir ablässt, schaffe ich es irgendwie, keine Miene zu verziehen. »Na dann, gute Nacht.«

Er ergreift wieder meine Hand, aber es ist sein tiefes Lachen, das mich in seinen Bann zieht. »Nein, warte. Ich habe wirklich eine Überraschung für dich.«

»Du hast mir nicht gesagt, dass es eine Überraschung ist.«

Er geht los, immer am Straßenrand entlang, obwohl so spät niemand mehr unterwegs ist. »Eigentlich solltest du es selbst entdecken, aber irgendwie will ich auch sehen, wie du darauf reagierst.«

»Woher der Sinneswandel?«

»Jetzt, wo ich weiß, wie ein echtes Remy-Lächeln aussieht, will ich es so oft wie möglich hervorzaubern.«

Mir tun schon die Mundwinkel weh, weil ich mir die ganze Zeit das Lächeln verkneife. Ich vergrabe mein Gesicht an seiner Schulter, bis ich sicher bin, dass ich mich unter Kontrolle habe. »Vorsicht mit dem Angebot-und-Nachfrage-Ding. Ich fände es ätzend, wenn mein Lächeln an Wert verliert, nur weil es nichts Seltenes mehr ist.«

»Du könntest die nächsten siebzig Jahre nonstop lächeln und es wäre immer noch etwas Kostbares und Schönes.«

Meine Willenskraft hebt die Hände und kapituliert. Mein Herz folgt Sekunden darauf. Ich bin zu sehr damit beschäftigt, meine lebenswichtigen Organe wieder zurück an ihren Platz zu drängen, um etwas vom Rest unseres Spaziergangs mitzubekommen.

Als wir uns der Thistle Street nähern, lässt er meine Hand los. Dann trottet er hinter mir her und hält mir die Augen zu. Ich bleibe kurz stehen und er stößt mit mir zusammen. Sein Kinn dotzt gegen meinen Hinterkopf und sein Atem streift meinen Hals. Vermutlich ist es ein Lachen.

»Was hast du vor?«, frage ich und versuche, seine Finger von meinen Augen zu lösen.

Tobin lässt sich nicht beirren und lockert den Griff nicht. »Überraschung, schon vergessen?«

»Ach ja.«

Er schubst mich vorwärts. Ich seufze, aber ich bewege mich mit ihm, weil das eine süße, wahrscheinlich megaromantische Geste ist, und ich es satthabe, ein Mädchen zu sein, das nicht mehr an so etwas glaubt.

Wenige Augenblicke später zieht er seine Hand zurück und ich schaue blinzelnd in das plötzliche Licht. In der Schaufensterauslage des Musikladens hängen Dutzende von Notenblättern in unterschiedlicher Höhe an einer Angelschnur. Über alle Blätter erstreckt sich ein in Großbuchstaben über eine halbe Seitenhöhe geschriebener Text. Ein Song, der zum Leben erwacht ist.

Wenn ich mich verliere und Dunkelheit mich umringt
Ist dein Herz das Licht, das mich nach Hause bringt

Ich bin gebannt. Von den Worten. Von der Aussage dahinter. Es ist das Schönste, was jemand je zu mir gesagt – okay, geschrieben – hat. Ich sehe, wie sich Tobins Blick im Fenster spiegelt. Er nestelt mit den Zähnen an seinen Lippenpiercings, während er auf eine Reaktion von mir wartet.

Als ich mich zu ihm umdrehe, sendet das Lächeln, das ich ihm schenke, ein warmes Kribbeln bis in meine Zehenspitzen aus. »Wolltest du das sehen?«

»Jep«, sagt er und neigt seinen Mund wieder zu meinem. »Genau das.«

Tobins Playlist für Remy

1. »Breaking« von Anberlin
2. »All Who Remain« von Beware of Darkness
3. »Black Honey« von Thrice
4. »Follow You« von Bring Me The Horizon
5. »Uncharted Territory« von Tobin Curcio
6. »Do I Wanna Know?« von Arctic Monkeys
7. »Bloodfeather« von Highly Suspect
8. »Little Monster« von Royal Blood
9. »Stardust« von Tobin Curcio
10. »Breath« von Breaking Benjamin
11. »I Don't Need You« von Asking Alexandria
12. »The Opposite of Gone« von Tobin Curcio
13. »Letters from the Sky« von Civil Twilight
14. »Heavy« von Linkin Park
15. »I Am« von Hands Like Houses
16. »Down with the Fallen« von Starset
17. »In My Bones« von Tobin Curcio
18. »Every Time You Leave« von I Prevail
19. »Got Me Going« von Ra
20. »Periscope« von Papa Roach

Dank

Diese Geschichte brachte mich mehrfach an den Rand der Verzweiflung, seit ich 2015 begann, sie zu Papier zu bringen. Es war ein langer (und manchmal steiniger) Weg bis hierher, bis zu einem Buch, das endlich in den Regalen und in den Händen der Leserschaft liegt. Und das wäre nicht möglich gewesen ohne eine ganze Reihe von lieben Menschen.

Ich werde meiner Agentin Jenny Bent auf ewig dankbar sein, dass sie in diesem Buch etwas Besonderes sah und genau wusste, was es braucht, als ich beinahe schon glaubte, es wäre nicht mehr zu retten. Ein großes Dankeschön an sie und das gesamte Team von The Bent Agency, die mir immer zur Seite standen und mir halfen, als Autorin zu wachsen.

Meine fantastische Lektorin Annie Berger und das Team von Sourcebooks Fire sind ein Traum. Ihr Enthusiasmus und ihre Vision von diesem Buch sind viel mehr, als ich mir je hätte erhoffen können. Vielen Dank an alle Beteiligten, darunter: Kay Birkner, Catherine Onder, Annie Berger,

443

Jenny Lopez, Cassie Gutman, Kelsey Fenske, April Wills, Brittany Vibbert, Nicole Hower, Kelly Lawler, Sarah Cardillo, Michelle Mayhall, Stephanie Rocha, Holli Roach, Tina Wilson, Deve McLemore, Jessica Zulli, Tina George, Beth Oleniczak, Madison Nankervis, Rebecca Atkinson, Ashlyn Keil und Jess Elliott. (Bitte entschuldigt, wenn ich jemanden vergessen habe; das war keine Absicht!) Und vielen Dank an Ana Hard für die wunderschöne Umschlagillustration der englischen Originalausgabe.

Ein herzliches Dankeschön an meine kritischen Stimmen: Jessica Fonseca, Zoë Harris und Courtney Howell. Ladys, ihr habt mich jahrelang aufrecht gehalten, als ich dachte, ich könnte keine weitere Überarbeitung oder Enttäuschung verkraften. Ohne euch drei wäre ich verloren. Eine Umarmung und meinen Dank an meine Schreibfreundinnen aus Novas Schreibwerkstatt für Jugendliteratur im Rahmen des Djerassi Resident Artists Program und dem Wordsmith Workshop in Saluda, North Carolina, die einen ersten Entwurf von »Ein zarter Hauch von Glück« lasen, als ich noch keine Ahnung hatte, wohin die Geschichte führen wird, insbesondere an Nova Ren Suma, Rebekah Faubion, Marie Cruz, Jess Capelle, Shelli Cornelison, Carrie Brown-Wolf, Beth Revis und Cristin Terrill. Dank auch an die großartige Laura Ruby, an Anne Ursu und an die Autorinnen in unserem Workshop »Writing the Unreal« bei der Highlights Foundation, die mir halfen, das Potenzial der

Geschichte zu erkennen. Weitere Erstleser*innen, deren unschätzbarem Beitrag großer Dank gebührt, waren Kelly Harms, Marci Lyn Curtis, Christina June, Hayley Chewin und Stacee Evans. Danke, Roselle Lim und Megan McGee, dass ihr außergewöhnliche Autorinnen und Freundinnen seid. Ihr alle habt dieses Buch besser gemacht und ich kann euch nicht genug danken.

Tall Poppy Writers (ehemalige und aktuelle!), eure Großzügigkeit und Unterstützung erfüllen mein Herz jeden Tag. #22Debuts, das Talent in dieser Gruppe ist erstaunlich, und ich bin so glücklich, ein Teil davon zu sein. Die Menschen hinter Pitch Wars, eure geteilte Begeisterung, Kameradschaft und Anteilnahme über die Jahre hinweg machen die harten Tage leichter und die guten Tage umso angenehmer.

Diese Geschichte wäre nicht das, was sie ist, ohne die Musik der erwähnten Bands, insbesondere Breaking Benjamin, Starset, Bring Me The Horizon, I Prevail, Papa Roach, The Amity Affliction und AFI. Große Teile des Buchs schrieb ich, während die Songs in Dauerschleife liefen, und ich kann nur hoffen, dass etwas von ihrer Brillanz auf die Geschichte abgefärbt hat.

Meiner Familie, meinen Freunden und Freundinnen, die meine größten (und lautstärksten) Fans sind, danke ich von ganzem Herzen. Eure Liebe und Unterstützung haben mich motiviert und mich dazu gebracht, meine Träume nie aufzugeben. Ich liebe euch mehr, als ihr je wissen werdet.

Und wie immer, vielen Dank an Mark, dass er es so lange mit diesen Figuren ausgehalten hat wie ich. Bei diesem Buch war ich viel mehr auf deine Gelassenheit und deinen unerschütterlichen Glauben an mich angewiesen. Auf viele weitere kleine Dramen und gemeinsame Abenteuer.

An alle, die dieses Buch lesen: Danke, danke, danke.

© Belinda Keller

Autorin

Susan Bishop Crispell erwarb einen Bachelor of Fine Arts (BFA) in Kreativem Schreiben an der University of North Carolina in Wilmington. Geboren und aufgewachsen in den Bergen von Tennessee, lebt sie derzeit mit ihrem Mann und ihren beiden Katzen zwanzig Minuten vom Strand entfernt in North Carolina. Sie liebt köstliches Gebäck und sucht immer das Magische in der wirklichen Welt.

©Marco Vogel

Übersetzerin

Christiane Wagler studierte Übersetzungswissenschaft in Leipzig, Edinburgh und Bilbao. Sie hat zahlreiche Bücher für Kinder, Jugendliche und Erwachsene aus dem Englischen ins Deutsche übertragen und ist zudem als Filmuntertitlerin, Dozentin und im redaktionellen Bereich tätig. Neben dem Übersetzen widmet sie sich verschiedenen Formen der Druckgrafik.

Mehr zu unseren Büchern auch auf Instagram

Simone Elkeles
Du oder ...

... das ganze Leben
Band 1, 432 Seiten,
ISBN 978-3-570-31472-2

... der Rest der Welt
Band 2, 384 Seiten,
ISBN 978-3-570-31503-3

... die große Liebe
Band 3, 384 Seiten,
ISBN 978-3-570-31530-9

Jeden anderen hätte Brittany Ellis, wohlbehütete Beauty Queen und
unangefochtene Nr. 1 an der Schule, lieber als Chemiepartner gehabt
als Alex Fuentes, den zugegebenermaßen attraktiven Leader einer
Gang. Und auch Alex weiß: eine explosivere Mischung als ihn und die
reiche »Miss Perfecta« kann es kaum geben. Dennoch wettet er mit
seinen Freunden: Binnen 14 Tagen wird es ihm gelingen, die schöne
Brittany zu verführen. Womit keiner gerechnet hat: Dass aus dem
gefährlichen Spiel alsbald gefährlicher Ernst wird, denn Brittany und
Alex verlieben sich mit Haut und Haaren ineinander. Das aber kann
die Gang, der Alex angehört, nicht zulassen ...

www.cbj-verlag.de